BIRGIT JASMUND

Luther und der Pesttote

atb aufbau taschenbuch

BIRGIT JASMUND, geboren 1967 in Bonn, verbrachte ihre Kindheit in der Nähe von Hamburg. Nach dem Studium der Rechtswissenschaften in Kiel hat das Leben sie nach Dresden verschlagen. Sie liebt das Recherchieren in Archiven und Bibliotheken, vor allem aber fasziniert sie es, Geschichten in der Geschichte zu finden.

Bei Aufbau Taschenbuch sind von ihr bereits der historische Roman »Die Tochter von Rungholt« und bei Rütten & Loening die Liebesgeschichte »Krabbenfang« erschienen.

Wittenberg im Jahr der Reformation: Der Geistliche Martin Luther arbeitet an seinen 95 Thesen. Und schwebt schon bald in großer Gefahr. Erbost über den Inhalt der Thesen, will man den Ketzer zum Schweigen bringen. Nur in Almuth Gronenberg, der jungen Schwester eines Wittenberger Buchdruckers, findet er eine Verbündete. Denn Almuth steckt ihrerseits in einer Notlage: Ihr Verlobter Tamme, ein Student der Rechte, ist plötzlich verschwunden. Alle denken, er sei der Pest zum Opfer gefallen. Doch Almuth will nicht an seinen Tod glauben und hofft, zusammen mit Luther das Verschwinden ihres Geliebten aufzuklären. Dann begegnet sie auf dem Markt einem Mann, der dem Totgeglaubten zum Verwechseln ähnlich sieht ...

BIRGIT JASMUND

Luther und der Pesttote

HISTORISCHER ROMAN

aufbau taschenbuch

MIX
Papier aus verantwortungsvollen Quellen
FSC® C083411

ISBN 978-3-7466-3189-9

Aufbau Taschenbuch ist eine Marke
der Aufbau Verlag GmbH & Co. KG

3. Auflage 2017

Umschlaggestaltung www.buerosued.de, München
unter Verwendung von Motiven von © akg-images;
Trevillion Images / Lee Avison und www.buerosued.de
Gesetzt in der Garamond Premier Pro
durch Greiner & Reichel, Köln
Druck und Binden CPI books GmbH, Leck, Germany
Printed in Germany

www.aufbau-verlag.de

Dramatis Personae

Eine Aufstellung der wichtigsten Personen der Geschichte in alphabetischer Reihenfolge. Historische Personen sind kursiv dargestellt.

Benedictus – Augustinereremit, Bruder im Schwarzen Kloster in Wittenberg

Boethius, Friedrich – Kommissar der Fugger, reist mit Johann Tetzel

Brandenburg, Albrecht von – Erzbischof von Mainz und Magdeburg, verkauft den Ablass zur Tilgung seiner Schulden bei den Fuggern

Cranappel, Urban – Ratsherr in Wittenberg

Els – Magd im Haus Gronenberg

Eschaus, Thomas – Arzt in Wittenberg

Friedrich III. – genannt der Weise, Kurfürst von Sachsen

Globigk, Matthias – Stadtrichter in Wittenberg

Gronenberg, Almuth – Schwester des Buchdruckers Johann Gronenberg, verlobt mit Tamme Redecker

Gronenberg, Eufemia – Tochter des Buchdruckers Johann Gronenberg

Gronenberg, Johann – Buchdrucker in Wittenberg, auch Grunenberg oder Rhau Grunenberg

Gronenberg, Sibilla – Johann Gronenbergs Ehefrau

Henning – Augustinereremit, Bruder im Schwarzen Kloster, Luthers Freund

Herkner, Dietlind – Ehefrau des Apothekers Georg Herkner, Tammes Mutter

Herkner, Georg – Apotheker in Wittenberg, Dietlind Herkners zweiter Ehemann, Tammes Stiefvater

Hinke Cuno – Waisenjunge in Wittenberg

Hohndorff, Johann – Bürgermeister von Wittenberg
Link, Wenzeslaus – Augustinereremit, Prior im Schwarzen Kloster
Lufft, Hans – Buchdruckergeselle
Luther, Martin Dr. – Augustinereremit im Schwarzen Kloster, Professor für Bibelkunde an der Wittenberger Universität, Ablassgegner
Marie – Magd im Hause Herkner
Mergelin, Frau – Kupplerin in Wittenberg
Naber, Ferdinand – Kommissar der Fugger, reist mit Johann Tetzel
Redecker, Tamme – Student der Rechte, verlobt mit Almuth Gronenberg
Reichenbach, Philipp – Stadtschreiber in Wittenberg
Reinhart, Symphorion – Buchdrucker in Wittenberg
Spalatin – Verwalter der Wittenberger Universitätsbibliothek, Hofkaplan, Geheimschreiber Friedrichs des Weisen, Freund Luthers
Staupitz, Johann von – Generalvikar des deutschen Augustinerordens, Förderer Luthers
Teuschel, Caspar – Stadtrichter in Wittenberg
Tetzel, Johann – Dominikaner, Ablassprediger

Wittenberg nach Ostern 1517

Prolog

Durch das Gitter des Beichtstuhls erkannte Martin Luther, dass ein Mann auf der schmalen Bank Platz nahm. Sein Bart war sorgfältig gekämmt, seine Kleider raschelten, und das Holz des Sitzes knarrte, während er versuchte sich möglichst bequem hinzusetzen. Geduldig wartete Martin Luther darauf, dass er seinen Mund nahe an das Gitter heranbrachte und die Hände faltete. Nur tat der es nicht. Er schien etwas in der Hand zu halten.

»Von welcher Sünde möchtest du deine Seele reinigen, mein Sohn?«, fragte Luther.

»Meine Seele ist rein.«

»Du führst ein gottesfürchtiges Leben, vom Aufwachen bis zum Einschlafen und auch in der Nacht?« Unauffällig streckte Luther den schmerzenden Rücken. Die Enge des Beichtstuhls machte das Sitzen nicht angenehm. In der Früh ab sechs hatte er vor verschlafenen Studenten über den Hebräerbrief gelesen, war dann durch die Stadt geeilt, um den Gläubigen die Beichte abzunehmen, und nun saß ihm ein Mann gegenüber, der sich ohne Sünde wähnte. Geduld war eine Tugend, seine wurde gerade stark strapaziert.

»Warum bist du zu mir gekommen?«

»Ich erbitte Euren Segen, Pater.«

»Ohne Beichte?«

»Ich habe das hier. Ich muss keine Buße mehr tun. Nie mehr.« Der Mann hielt tatsächlich etwas in der Hand. Es war ein zusammengerollter Zettel, den er durch das Gitter steckte.

»Was ist das?« Luther griff nicht danach, wartete auf eine Erklärung seines Beichtkindes.

»Das ist ein Ablassbrief. Er erspart mir die Qualen des Fegefeuers für Millionen von Jahren. Meine Seele ist so rein, wie sie reiner nicht sein könnte. Ich habe dafür drei Gulden bezahlt. Das ist viel Geld für einen Schneider wie mich.« Der Stimme war die Zufriedenheit ihres Besitzers anzuhören.

»Wie viele Millionen Jahre sind es genau?«

»Achtundzwanzig Millionen.«

»Da kommt es ja auf ein paar mehr oder weniger nicht an.«

»Ich hoffe jedenfalls, dass meine Seele direkt ins Paradies einfährt. Meiner Frau und meinen Kindern habe ich ebenfalls Ablassbriefe gekauft. Auch meinen toten Eltern. Das war meine beste Tat, denn damit habe ich ihre armen Seelen direkt aus dem Fegefeuer befreit. Sie sitzen nun im Paradies an der Seite unseres Herrn.«

»Dort sitzen sie bestimmt nicht.« Luther sprach etwas lauter, als er eigentlich vorgehabt hatte.

»Die Briefe haben ihre Seelen gereinigt. Ich habe sie dabei, wollt Ihr sie sehen?«

»Bestimmt nicht!« Luther sprang aus dem Beichtstuhl. »Raus hier!«, befahl er dem Schneider.

Schmächtig und mit einem Wams aus gutem Stoff stand der Mann vor ihm. Er sah erschrocken aus und hielt Luther den Ablassbrief entgegen.

Dieser Brief!

Luther nahm ihn an sich und warf ihn auf den Boden. »Das ist es, was dieser Brief wert ist. Einen Dreck! Er erspart niemandem auch nur ein Jahr im Fegefeuer. Das ist nur durch ein gottesfürchtiges Leben und lebenslange Buße zu erreichen.

Nur dann kann eine Seele darauf hoffen, aus dem Fegefeuer ins Paradies zu kommen.«

Der Schneider bückte sich und sammelte seinen Brief hastig wieder auf. »Da hat mir der Dominikanermönch etwas anderes erzählt. Und er hat seinen Auftrag direkt vom Papst.«

»Das ändert nichts. Gott ist doch kein Krämer, mit dem man um seine Seele handeln kann wie um einen alten Mantel. Er blickt tief in uns hinein und erkennt unser wahres Gesicht.« Luther schaute sich in der Stadtkirche um.

Außer dem Schneider standen noch ein Mann und eine Frau neben dem Beichtstuhl und warteten. Sie ließen ihre Blicke durch die Kirche schweifen, schauten überallhin, nur nicht auf ihn.

»Und was ist mit euch?«, fuhr er sie an. »Wollt ihr zur Beichte kommen oder mir auch nur diese Drecksbriefe zeigen, weil ihr eure Seele mit ein paar Gulden freigekauft habt? Um einen Judaslohn habt ihr sie in die Hölle gestürzt. Habt ihr nicht gehört, was ich zu Ostern über den falschen Glauben an den Ablass gesagt habe? Das ist erst eine Woche her. Der Ablass ist dem Teufel näher als Gott.«

Die beiden sahen betreten zu Boden.

»Von mir bekommt ihr keinen Segen. Packt euch fort.«

Die beiden schauten auf ihre Schuhe und verließen dann langsam die Kirche.

Der schmächtige Schneider stand mit vorwurfsvoll vorgeschobener Unterlippe neben dem Beichtstuhl. Den Ablassbrief hatte er unter seiner Kleidung versteckt.

»Was willst du noch?«

»Ihr stellt Euch gegen den Heiligen Vater in Rom?«

»Ich stelle mich auf Gottes Seite.«

»Dann finde ich eben einen anderen Priester, der mir den Segen nicht verweigert«, sagte der Schneider trotzig und verließ die Kirche mit langen Schritten.

Luther schaute ihm nach, rieb sich dabei über die Stirn. Er

war erschöpft, fühlte sich, als hätte er die ganze Nacht im Gebet verbracht.

Elf Leute hatten an diesem Morgen die Beichte besucht. Elf! An Mariä Lichtmess hatte noch eine Schlange von reuigen Sündern vor seinem Beichtstuhl gestanden, inzwischen waren es nur noch elf. Außer dem Schneider hatten ihm noch sechs andere einen Ablassbrief vorgelegt und verlangt, sie ohne Beichte von ihren Sünden zu erlösen.

Zwei Beichtkinder hatten sich ihre Sünden von der Seele gesprochen. Davon war der eine ein Knabe von neun Jahren gewesen. Einer von der Sorte, die einem Erwachsenen alles versprachen und nichts hielten. Luther war nicht sicher, ob er das Vaterunser, das er ihm aufgegeben hatte, wirklich betete. Bei dem anderen handelte es sich um einen jungen Tagelöhner aus der Elstervorstadt. Ein ernsthafter und frommer Mann, aber auch bitterarm. Der fehlende Ablasszettel konnte auf seine Frömmigkeit oder seine Armut zurückzuführen sein.

Das Übel das Ablasshandels griff wie eine Krake um sich, obwohl Kurfürst Friedrich, genannt der Weise, ihn in seinen Ländern untersagt hatte. Daran hatte er recht getan, denn auf diese Weise ließ sich Gottes Vergebung nicht erkaufen. Der Fürst mochte bei seiner Entscheidung vielleicht eher daran gedacht haben, dass seine Untertanen ihr schwerverdientes Geld nicht verschleuderten.

Luther verließ die Kirche durch eine kleine Seitentür neben dem großen zweiflügeligen Eingangsportal. Draußen empfing ihn leichter Nieselregen. Noch bevor er sich die Kapuze seiner Kutte über den Kopf ziehen konnte, fiel vom Dach ein dicker Tropfen in seinen Nacken und rann ihm kalt den Rücken herunter. Aber sowenig ihm dieser Tropfen etwas anhaben konnte, sowenig konnte ein Ablasszettel an Gottes Meinung über die Sünden eines Menschen etwas ändern. War das ein guter Vergleich? Luther bejahte seine rhetorische Frage. Das könnte er in einer Predigt verwenden. Unwillkürlich entfuhr ihm ein

Seufzer. Er ahnte, dass es mehr brauchte als einen eingängigen Vergleich, um die Leute vom Ablass abzubringen.

Von der Stadtkirche führte ihn sein Weg durch die schmale Mittelgasse bis zum Schwarzen Kloster der Augustinereremiten. Obwohl er Pfützen und Unrat in den Gassen auswich, waren seine Schuhe durchweicht, als er an die Pforte pochte.

Es dauerte geraume Zeit, bis der Pförtner die kleine Luke in der Tür öffnete und denjenigen musterte, der Einlass begehrte. Sein breites Gesicht glänzte vom Regen.

»Ah, Bruder Martin, du wirst in der Bibliothek des Schlosses erwartet.«

»Ich will nur erst ...«

»Du sollst unverzüglich in die Bibliothek kommen, wurde mir aufgetragen. Am besten machst du dich sofort auf den Weg.« Die Luke wurde wieder zugeschlagen, und Luther hörte, wie sich auf der anderen Seite die Schritte des Bruders entfernten.

Er schüttelte Regentropfen von seiner Kutte und besah sich einen Moment seine nassen und schlammbespritzten Schuhe. In der Bibliothek des Schlosses konnte ihn eigentlich nur Spalatin erwarten, Hofprediger und vom Kurfürst ernannter Bibliothekar für die Werke im Wittenberger Schloss. Wenn es einen Menschen auf der Welt gab, den Luther Freund nannte, war es Spalatin – trotzdem wäre er ihm lieber mit sauberen Schuhen gegenübergetreten.

1. TEIL

Von Mitte Juli 1517 bis Mitte September 1517

Kapitel 1

Auf der Bank in der Küche hockte ein Kaninchen und fraß das Kraut einer Möhre. Das Mahlen seiner scharfen Zähne war deutlich zu hören. Vor dem Tierchen saß rittlings ein magerer Junge und hielt den Stängel. Genauso aufmerksam wie er beobachtete ein etwas jüngeres Mädchen das Kaninchen beim Fressen. Eine Hand hatte sie dabei auf dessen Rücken gelegt und streichelte das seidige Fell.

Außer dem Mahlen der Zähne war das Hacken eines Messers, das unbarmherzig in Karotten und Kohlrabi fuhr und das Gemüse zu kleinen Würfeln verarbeitete, zu hören. Almuth Gronenberg stand am Küchentisch und bereitete die Suppe vor, die am Abend serviert werden sollte. Sie arbeitete schnell und geschickt und musste kaum einmal auf ihre Finger schauen, die der Schneide des Messers gekonnt auswichen. Das Gemüse türmte sich bald zu einem Haufen auf dem Tisch auf.

Almuth unterbrach ihre Arbeit einen Augenblick, wischte die Hände an der Schürze ab und betrachtete die Kinder auf der anderen Seite des Tisches. Die beiden hätten unterschiedlicher nicht sein können. Alles, was bei Eufemia rund und rosig war, stand bei Hinke-Cuno spitz und eckig ab, seine Nase, sein Kinn, die mageren Schultern und die Ellenbogen. Der Knabe war Waise und lebte bei einem arbeitsscheuen Tagelöhner. Beide behaupteten voneinander, Onkel und Neffe zu sein, deshalb hatte der Rat der Stadt Hinke-Cuno nicht im Waisenhaus untergebracht. Ob der Junge dabei ein besseres Leben hatte, bezweifelte Almuth, denn der ›Onkel‹ arbeitete von sieben Tagen in der Woche höchstens zwei und verlangte von Cuno, kräftig zum gemeinsamen Lebensunterhalt beizutragen. Obwohl dessen rechtes Bein kürzer war als das linke, erfüllte er seine Pflichten, indem er für ein paar Groschen, etwas zu essen oder ein abgetragenes Kleidungsstück Botschaften überbrachte. Er kannte jeden Bürger Wittenbergs, und jeder kannte ihn.

Ganz anders verlief dagegen Eufemias Leben als einziges Kind des Buchdruckers Johann Gronenberg. Sie trug Kleidung aus gutem Tuch, aß drei Mahlzeiten am Tag, und das blonde Haar hatte Almuth am Morgen gekämmt und zu zwei ordentlichen Zöpfen geflochten. Über ihrem Bett hing nicht nur ein Kreuz an der Wand, daneben stand auch eine Truhe, die Puppen und Bälle aus Stoffresten, einen Kreisel und eine von ihrem Vater gestaltete Fibel enthielt.

Das Kaninchen hatte das Möhrenkraut aufgefressen, und Cuno nahm einen neuen Stängel vom Tisch, hielt ihn dem Tier hin. Das drehte den Kopf weg.

»Es hat keinen Hunger mehr«, sagte Eufemia mit heller Kinderstimme. Sie zog das Kaninchen sacht an einem Ohr.

»Wohl nicht.« Cuno zerdrückte den Stängel Möhrenkraut zwischen den Fingern.

Hunger war das Stichwort. Almuth ging zum Herd. Der stand, aus Ziegeln gemauert, an der Rückwand der Küche. Aus einem Kessel schöpfte sie ein paar Kellen Getreidebrei vom Morgen in eine Schüssel. Zusammen mit einem Holzlöffel stellte sie das Essen vor Cuno hin. Obwohl sie dem Jungen bereits eine dicke Scheibe Brot mit Butter gegeben hatte, leuchteten seine Augen auf. Er hatte immer Hunger und griff hastig nach der Schale, den Löffel ließ er dabei unbeachtet auf dem Tisch liegen. Dass der Brei kalt war, störte ihn nicht, er hob die Schale dicht vor den Mund und langte mit der Rechten hinein.

Blitzschnell nahm Eufemia den Löffel und schlug dem Jungen damit leicht auf den Kopf. »Du musst hiermit essen, nicht mit den Fingern. Weißt du das denn nicht?«

Cuno jedoch ließ sich nicht beirren.

»Du darfst ihn nicht schlagen«, sagte Almuth entrüstet. »Cuno hat eben viel Hunger.«

»Trotzdem muss man einen Löffel nehmen, nur Tiere fressen aus dem Trog. Cuno muss das wissen, er ist älter als ich.«

»Kein Jahr«, warf der Junge mit vollem Mund ein. Danach leckte er sich die Finger ab und nahm den Löffel, um den restlichen Brei manierlicher zu essen.

Almuth wandte sich wieder dem Gemüse zu und schnitt einen Kohlrabi in Würfel. Eufemia schob ihre Hand über den Tisch und nahm ein paar. Ein Stück hielt sie dem Kaninchen hin. Gierig schnappten die scharfen Zähne zu.

Die junge Frau sagte nichts gegen diesen Mundraub, solange er nicht überhandnahm und genug für die Suppe am Abend übrig blieb. Sie waren eben Kinder. Nächstes Jahr um diese Zeit wäre sie vielleicht selbst Mutter. Seit dem Herbst war sie mit dem Studenten der Rechte, Tamme Redecker, verlobt, und für diesen Sommer war die Hochzeit geplant. Sie konnte es kaum erwarten. Tamme war der Mann, an dessen Seite sie den Rest ihres Lebens verbringen, dem sie Kinder schenken wollte. Kinder wie Eufemia und Cuno.

Das Kaninchen hatte den Kohlrabiwürfel gefressen, Cuno die Breischale geleert, und Eufemia teilte mit ihm die restlichen vom Tisch stibitzten Gemüsewürfel. Der Zwist um den Löffel war längst vergessen.

Ein gellender Schrei erklang aus dem ersten Stock des Hauses. Almuth ließ das Messer auf den Tisch fallen. Die Kinder hörten auf zu kauen, Cuno allerdings nur für einen Moment, dann mahlten seine Zähne weiter.

»Das war die Frau Mutter«, sagte Eufemia. »Was ist mit ihr?«

»Ich sehe nach ihr. Bleibt ihr hier.«

»Es ist wegen des Kindes. Das ist es doch immer«, seufzte Eufemia altklug.

Cuno sah verständnislos drein, als Almuth sich an der Tür noch einmal umdrehte. »Macht keinen Unsinn«, mahnte sie. Ihre Nichte verstand offenbar besser, was im Hause vorging, als sie je vermutet hatte.

Im ersten Stock des Hauses, im Schlafzimmer ihres Bruders und seiner Frau, kniete Sibilla Gronenberg unter dem an der Wand hängenden Heiland. Ein blutbefleckter Unterrock lag auf dem Boden. Almuth hob ihn auf, legte ihn auf eine Truhe.

»Ist es wieder passiert?«, fragte sie ihre Schwägerin sanft.

»Der Heiland straft mich, deshalb schenkt er mir kein Kind.« Sibillas Stimme zitterte.

»Du hast eine Tochter.«

»Aber keinen Sohn. Und diesen Monat wieder nicht, obwohl ich mir fast sicher war, schwanger zu sein. Aber ich habe wieder die Blutungen bekommen.«

Sibilla war sich jeden Monat fast sicher, schwanger zu sein, und haderte dann mit sich und dem Himmel, wenn sie wieder ihre Blutungen bekam. Almuth legte ihrer Schwägerin eine Hand auf die Schulter, mehr Nähe ließ die andere nicht zu. Sie war eine Frau, die sich nicht leicht öffnete. Dass sie überhaupt in dieser aufgelösten Situation anzutreffen war, zeigte, wie groß ihre Seelenqual sein musste. Almuth half Sibilla, sich zu säubern, holte warmes Wasser aus der Küche und legte einen neuen Unterrock und Leinenstreifen zurecht.

Nachdem Sibilla sich gereinigt und umgezogen hatte, riet Almuth der Schwägerin, sich eine Weile hinzulegen und auszuruhen.

»Ich bin doch nicht krank«, widersprach Sibilla und drängte sich an ihr vorbei aus der Kammer.

Almuth folgte ihr.

In der Küche saßen noch immer die Kinder mit dem Kaninchen auf der Bank. Von dem geschnittenen Gemüse fehlte ein sichtbarer Teil, gerade schob sich Hinke-Cuno eine Handvoll Kohlrabiwürfel in den Mund. Das Kaninchen war mittlerweile damit beschäftigt, an einem Stück Karotte zu nagen.

Sibilla Gronenbergs Miene verfinsterte sich. Sie packte Cuno am Ohr und zog ihn von der Bank.

»Unseliger Bengel!«, schimpfte sie. »Frisst sich bei uns durch. Und du lässt das zu.« Dieser letzte Vorwurf richtete sich an Almuth. Sie blitzte die junge Frau und ihre Tochter an. Cunos Ohr wurde feuerrot, und er griff nach seiner Peinigerin, um sich von ihrer Hand zu befreien. Doch Sibilla ließ nicht locker.

»Frau Mutter, du hast geschrien ...«, sagte Eufemia mit leiser, zitternder Stimme.

»Kaum lässt man euch einen Augenblick allein, glaubt ihr, unser Tisch ist überreich gedeckt.« Sie zog Cuno noch stärker am Ohr, und er biss mit schmerzverzerrtem Gesicht die Zähne zusammen, gab aber keinen Laut von sich. »Das wird dich lehren, dich nicht noch einmal bei uns einzuschleichen und unsere Speisekammer zu plündern.« Sibilla zog Cuno zur Tür und stieß ihn in den Flur. Dort schubste sie ihn den schmalen Gang entlang an der Buchdruckerwerkstatt vorbei zur Haustür und auf die Straße hinaus.

Cuno hielt sich das Ohr und gab Fersengeld, so schnell es sein Hinken erlaubte. Bevor er um die Ecke verschwand, rief Sibilla ihm hinterher: »Unverschämter Bengel, komm mir nicht noch mal unter die Augen.«

Sie kam gerade rechtzeitig in die Küche zurück, um zu sehen, dass ihre Tochter sich mit dem Kaninchen im Arm davonstehlen wollte.

»Junge Frau.« Sibillas Stimme peitschte durch den Raum.

Eufemia zuckte zusammen, das Kaninchen rutschte aus ihrem Arm und hoppelte in eine Ecke neben dem Herd. »Du hast genug von unserem Abendessen in dich hineingestopft und wirst von der Suppe nichts mehr bekommen.«

Die Augen der Achtjährigen wurden groß und rund, ihre Unterlippe zitterte.

»Sie ist doch noch ein Kind«, versuchte Almuth zu vermitteln.

»Sie ist meine Tochter, deshalb mischst du dich da nicht ein. Wenn du eigene Kinder hast, kannst du es halten, wie du willst. Lass sie zügellos alles essen, was sie in die Finger bekommen, und du wirst sehen, was du davon hast.«

»Sie zittert, weil sie sich vor ihrer eigenen Mutter fürchtet.« Almuth wurde langsam ärgerlich. Hinke-Cuno zu bestrafen, war eine Sache. Die Enttäuschung über ihre erneute Blutung an der Tochter auszulassen, eine andere.

»Schwägerin.«

Sibilla tat, als hätte sie nichts gehört und deutete mit dem Finger auf das in der Ecke kauernde Kaninchen. »Nimm das Tier, und dann will ich dich heute nicht mehr sehen.«

Eufemia folgte der Aufforderung ihrer Mutter und rannte in den Hof hinaus. Wortlos setzte sich Sibilla an den Küchentisch und begann, auf das Gemüse einzuhacken. Almuth beobachtete sie.

»Willst du mir nicht helfen?«

Sie schüttelte den Kopf. »Nein. Ich schicke dir Els.«

Almuth verließ die Küche durch die gleiche Tür wie kurz zuvor Eufemia. Der angrenzende Hof wurde auf der einen Seite von dem zum Haus gehörenden Stall und auf der anderen Seite vom Stall des Nachbarhauses begrenzt. Eufemia war nicht zu sehen. An den Hof schloss sich der Garten an, in dem die Magd Els zwischen Karotten und Kohlrabi Unkraut jätete. Almuth schickte die Frau in die Küche und übernahm deren Platz im Beet.

Der Schrei war auch in der Buchdruckerwerkstatt gehört worden. Johann Gronenberg und sein Geselle Hans Lufft unterbrachen ihre Arbeit und schauten sich gegenseitig an. Hans Lufft wartete darauf, dass sein Meister aufstand und nachschaute. Er biss sich auf die Lippe und fragte sich, ob er etwas sagen sollte. Aber was?

Sie hörten, wie die Küchentür geöffnet und wieder zugeschlagen wurde, es folgten eilige Schritte auf der Treppe. Almuth war auf dem Weg zur Meisterin. Hans Lufft senkte den Blick und wandte sich wieder seiner Arbeit zu, spannte den Rahmen um eine fertig gesetzte Seite. Einen Augenblick später begann auch Johann wieder damit, Buchstaben in einen Setzrahmen einzulegen. Ein unhörbarer Seufzer war seiner Kehle entschlüpft.

Almuth hatte es übernommen, seine Frau wieder einmal über ihre ausbleibende Schwangerschaft hinwegzutrösten.

Am Abend, nachdem Eufemia zwar ohne Suppe, aber doch mit einem Stück Brot zu Bett geschickt worden war, saßen die beiden Eheleute in ihrer Schlafkammer auf dem Bett. Johann auf der einen Seite, Sibilla auf der anderen.

»Ich habe mitbekommen, was wieder geschehen ist«, sagte Johann, als er die Stille nicht länger ertragen konnte.

»Der Allmächtige wird uns kein Kind mehr schenken.«

»So etwas darfst du nicht sagen, Frau.«

»Eufemia ist bereits acht Jahre alt. Seitdem war es mir nicht vergönnt, ein Kind länger als bis zum dritten Monat zu tragen. Das auch nur zweimal in all der Zeit.«

»Wir werden schon noch ein Kind bekommen. Wir müssen es nur oft genug versuchen und darum beten.«

»Ich bin bald dreißig Jahre alt. Jeden Tag bete ich, aber der Allmächtige wird uns kein Kind mehr schenken, er sieht unsere Sünden.«

»Welche Sünden?« Das war das erste Mal, dass Sibilla so

etwas redete. Es musste ihr diesmal wirklich hart zugesetzt haben. »Wir sind Mann und Frau, es ist keine Sünde, was wir tun.«

»Wir sündigen jeden Tag, weil wir nicht dafür sorgen, dass die Leidenszeit unserer Eltern und Großeltern im Fegefeuer abgekürzt wird. Wir kümmern uns auch nicht richtig um die Vergebung unserer eigenen Sünden.«

»Wir beide gehen jede Woche zur Beichte.« Johann Gronenberg beugte sich zu seiner Frau.

Sie wich ihm aus und ließ ein verächtliches Schnauben hören. »Das erspart nicht einmal uns das Fegefeuer, und unsere Vorfahren werden weiter Jahr um Jahr dort schmoren, weil wir keinen Ablass für sie kaufen.«

»Hast du nicht gehört, was Martin Luther über den Ablass gesagt hat? Das sind nichts als bedruckte Zettel.«

»Martin Luthers Worte retten die Seelen nicht aus dem Fegefeuer, der Ablass schon«, wiederholte Sibilla stur. Eine letzte Strähne ihres dunkelblonden Haares schob sie unter die Nachthaube.

»Ich sehe dein Haar so gern offen«, schmeichelte Johann ihr, allerdings ohne große Hoffnung, seine Frau damit abzulenken.

Sibilla zögerte, schaute ihn von unten herauf an.

»Wenn du mich nur nach Jüterbog reisen ließest, um die nötigen Ablässe zu kaufen. Ich spüre, dass ich dann einen Monat später schwanger werden würde.«

Johann schüttelte den Kopf. »Unser Kurfürst hat verboten, dass der Ablass in seinen Landen verkauft wird, weil er ihn auch für eine Verschwendung guten Geldes hält.«

»Wissen diese Männer denn alles besser als der Papst in Rom und unser guter Erzbischof!«, rief sie empört aus.

»Das Geld für die Ablassbriefe wandert in die Schatztruhen genau dieser beiden Männer. Frage dich doch einmal, wie der Allmächtige im Himmel davon etwas abbekommt. Du kannst das Geld so hoch werfen, wie du willst, es bleibt nicht dort.« Diesen Vergleich hatte Luther verwendet, als er vor Ostern in der Buchdruckerei gewesen war, um zu besprechen, welche Bücher seine Studenten in nächster Zeit benötigen würden.

»Der Allmächtige erfährt von dem Ablass, und dann werden einem die Sünden im Fegefeuer erlassen. Ich möchte, dass wir alles tun, damit ich schwanger werden kann.«

Was sollte er dazu sagen? Es widersprach seiner Überzeugung. Der Ablass beseitigte die Sünden nicht, er vergrößerte sie noch, denn neben allem anderen lud man nun noch Götzendienerei auf die schmalen Schultern der Seele.

Beten, bereuen und ein gottesfürchtiges Leben führen waren die einzigen Mittel, die Seele reinzuwaschen. Wie konnte er Sibilla von der Wahrheit überzeugen? Oder die Gulden für den Ablass opfern, das Gewissen seiner Frau beruhigen und weiter auf ein Kind hoffen? Er erschrak über diesen Gedanken, aber nachdem er sich einmal in seinem Kopf festgesetzt hatte, ließ er sich von dort nicht wieder vertreiben.

»Schlaf jetzt, Frau«, sagte er mit rauer Zärtlichkeit.

Als sie im Bett nebeneinanderlagen, ergriff er unter der Decke ihre Hand.

»Ich liebe unsere Tochter, und wenn sie unser einziges Kind bleiben sollte, müssen wir Gottes Willen hinnehmen. Trotzdem dürfen wir die Hoffnung nicht aufgeben.«

»Du lässt mich die Ablassbriefe besorgen?«

»Wenn es uns hilft, ein Kind zu bekommen und es dich glücklich macht«, antwortete er, ohne zu zögern.

Kapitel 2

Almuth eilte mit fliegenden Röcken den Weg entlang zur Elbe. Unter den ausladenden Ästen einer Eiche saß ihr Verlobter auf einem Stein. An derselben Stelle am Ufer des Flusses hatte sie ihn zum ersten Mal erblickt. Seitdem trafen sie sich an diesem Ort, wann immer sie sich davonstehlen konnten, er von seinem Studium, sie aus dem Haus ihres Bruders. Er hatte ihr den Rücken zugewandt, aber die Allmacht Gottes schien ihm zuzuflüstern, dass sie kam. Er drehte sich um.

Sie beobachtete, wie sich ein Strahlen in seinem Gesicht ausbreitete. Er sprang auf und lief auf sie zu. Bei seinem Anblick machte ihr Herz einen Satz. Dunkles lockiges Haar, in dem sie gern ihre Hände vergrub, liebevolle braune Augen, ein energisches Kinn und eine Nase, die ein Jota nach links gebogen war. Diese störte sie jedoch kein bisschen. Im Gegenteil, sie wunderte sich immer noch, dass dieser junge Mann, der zwischen allen unverheirateten Mädchen in Wittenberg hätte wählen können, sich ausgerechnet für sie entschieden hatte. Betrachtete sie sich heimlich im Spiegel ihrer Schwägerin, so erblickte sie ein höchstens durchschnittliches Gesicht. Die Nase war ebenfalls nicht gerade zu nennen und nicht so zierlich, wie es als schön galt, überdies war ihre Stirn zu hoch und ihr Kinn zu kurz. Zufrieden war sie dagegen mit den langen Wimpern, die ihre Augen umrahmten, und mit ihren Zähnen. In zwei vollständigen Reihen und von heller Farbe schmückten sie ihren Mund. Das war längst nicht selbstverständlich. Der Magd Els, kaum älter als sie, hatte der Bader im Oberkiefer bereits zwei Zähne ziehen müssen, weil sie verfault gewesen waren und ihr unerträgliche Schmerzen verursacht hatten. Seitdem lachte Els weniger.

Tamme stand vor ihr, strahlte sie an, ergriff ihre Hände und näherte seinen Mund dem ihren. Wie sehr sie diesen Kuss ersehnt hatte.

Hand in Hand gingen sie zum Ufer. Tamme legte seinen Studentenkittel auf den Stein, bevor sie sich setzten. Der Stein war zum Sitzen gerade groß genug für zwei – wenn sie sich eng aneinanderdrückten. Den Verlobten kam das entgegen. Tamme legte einen Arm um Almuth, und gemeinsam schauten sie auf das langsam dahinziehende Wasser der Elbe. Auf dem Fluss fuhr ein Kahn vorbei. Er war hoch mit Holz beladen und wurde von zwei Treidelpferden gezogen. Sie beobachteten, wie sich die Tiere mit kräftigen, gleichmäßigen Schritten ins Geschirr legten.

»Weißt du inzwischen, wann du deine Studien beendest?«, wollte sie wissen.

»Ich könnte die Disputation jederzeit ablegen, um Assessorius zu werden und meine Studien zu beenden, sagt mein Professor. Mein Stiefvater sagt, dass er mir die Gulden für die Gebühren nicht geben kann. Das Erbe meines leiblichen Vaters hat sie nicht abgeworfen.« Tamme klang bitter.

Sein leiblicher Vater, ein vermögender Jurist, war an einer Lungenentzündung gestorben, da war sein einziger Sohn gerade einmal so alt gewesen wie Eufemia jetzt, acht Jahre. Er hatte Tamme drei verpachtete Bauerngüter überlassen. Über deren Einnahmen sprachen sie.

»In all den Jahren nicht?«, fragte Almuth. Sie hatte keine Ahnung von den Einnahmen eines Pachthofes, meinte jedoch, dass schon ein paar Gulden hätten zusammenkommen müssen.

»Es sind immerhin fünfzig Gulden. Die anschließende Feier muss ich auch bezahlen, da kommt noch einmal ein Sümmchen zusammen. Insgesamt sind es vielleicht siebzig Gulden, die ich brauche.«

»Kann dein Stiefvater es dir nicht vorstrecken? Du gibst es ihm zurück, sobald die Höfe das Geld abgeworfen haben.«

Almuth hielt das für einen vernünftigen Vorschlag, die Miene ihres Verlobten verdüsterte sich jedoch. Die zusammengepressten Lippen glichen einem Strich, und als er sprach, klang er, als bekäme er die Kiefer nur mit Mühe auseinander.

»Das will ich nicht. Es reicht, wenn er mein Erbe verwaltet, ich will ihm nichts schuldig sein. Er sagt sowieso, dass er mir das Geld nicht geben kann. Die Ausbildung meiner jüngeren Brüder in Leipzig verschlingt mehr als genug. Das Apothekenprivileg, das er vor zwei Jahren von den Mellerstedts erworben hat, ist noch nicht abbezahlt. Und die Apotheke wirft wohl nicht so viel ab, wie er sich erhofft hatte.«

Tammes Stiefvater war der Wittenberger Apotheker Georg Herkner, der zweite Mann seiner Mutter. Gemeinsam hatten sie zwei Söhne, Tammes jüngere Halbbrüder und die Lieblinge ihres Vaters. Einer studierte in Leipzig an der artistischen Fakultät, der andere besuchte dort eine Lateinschule. Für sie musste es das traditionsreiche Leipzig sein, Wittenberg war nicht gut genug.

Almuth war anderer Meinung: Je eher Tamme sein Studium beendete, desto eher konnten sie heiraten, und desto eher wäre er frei von seinem Stiefvater. Die beiden kamen ihr vor wie zwei Katzen, die um denselben heißen Brei schlichen: bestehend aus drei Bauerngütern. Georg Herkner verwaltete sie, bis Tamme sein Studium abgeschlossen hatte und sich Assessorius Iuris nennen durfte.

»Kannst du nichts gegen deinen Stiefvater unternehmen? Du bist doch in der Lage, die Höfe selbst zu verwalten.«

»Ich habe das längst geprüft, Liebes. Das Testament meines Vaters ist nicht angreifbar. Er war selbst Jurist, Doktor beider Rechte. Der zweite Mann meiner Mutter bleibt der Verwalter meines Vermögens, bis ich Assessor bin. So ist es im Testament verfügt, und so lange bin ich von Georg Herkner abhängig.«

»Siebzig Gulden stehen zwischen uns und unserem Glück«, fasste Almuth enttäuscht zusammen.

»In etwa.«

Die winzige Einschränkung tröstete sie nicht. Tatsächlich waren siebzig Gulden ein Betrag, den sie sich nicht vorstellen konnte. In ihrem ganzen Leben hatte sie noch nie mehr als vier Gulden auf einmal in der Hand gehalten. Sie hantierte mit Kupfergeld, Pfennigen und Groschen. Trotzdem wollte sie die Sache nicht auf sich beruhen lassen. »Macht dein Stiefvater dir keine Abrechnungen?«

»Dazu ist er nach dem Testament nicht verpflichtet. Außerdem muss ich von den Einkünften meines Erbes leben. Die Bücher für das Studium, die Kleidung der Gelehrten, das ist alles nicht billig.«

»Ich frage meinen Bruder. Er wird dir das Geld leihen, damit wir endlich heiraten können und er eine Esserin weniger im Haus hat.«

»So denkt Meister Gronenberg nicht über dich.«

Das stimmte. Johann hatte sich sein Leben lang um sie gekümmert und ihr nie etwas vorgerechnet. »Er vielleicht nicht. Meine Schwägerin sieht das anders. Sie meint, ich übe einen schlechten Einfluss auf Eufemia aus, weil ich sie mit Hinke-Cuno spielen lasse und die Kinder nicht bestrafe, wenn sie aus dem Topf naschen.«

»Das machst du ganz recht, ich möchte auch nicht, dass du unsere Kinder bestrafst, nur weil sie naschen.« Tamme gab ihr einen Kuss aufs Haar. »Trotzdem werde ich von deinem Bruder kein Geld nehmen. Ich will niemandem etwas schulden, das musst du verstehen.«

Sie verstand es – nicht wirklich. Männer verwandten eine Menge Stolz auf Dinge, über die Frauen nicht einmal nachdachten. Dennoch nickte Almuth.

Ihr trauriger Blick griff Tamme ans Herz. »Ich werde das Geld besorgen. Mein Stiefvater muss mir eine Abrechnung geben und das Geld, das mir zusteht.«

»Das wird er auch.« Almuth schaute ihren Verlobten an.

Tamme verspürte einen Stich im Herzen, aber er ließ sich nichts anmerken. Niemand kannte die Bestimmungen des Testaments besser als er. Solange sein Vermögen für ihn verwaltet wurde, besaß er keinerlei Rechte daran. Es stand ganz im Belieben seines Stiefvaters, wie er mit dem Geld umging und was er ihm davon gab, um ihm ein angemessenes Leben zu ermöglichen. Jeweils zu Michaelis gab Georg Herkner ihm ein flüchtig mit Zahlen beschriebenes Blatt Papier, auf dem er die Einnahmen und Ausgaben der Pachtgelder notiert hatte. Beides deckte sich in der Regel, aber ob die Rechnungen richtig waren? Er hatte keine Möglichkeit, das zu kontrollieren. Leider stand es mit dem Einvernehmen zwischen ihm und seinem Stiefvater auch nicht zum Besten, und das hatte er den Apotheker stets spüren lassen. Der ließ nun wiederum ihn seine Macht spüren, indem er sich buchstabengetreu an die Bestimmungen des Testaments hielt.

»Wir werden noch in diesem Jahr heiraten. Ich werde das Geld zusammenbekommen, und wenn ich mich als Tagelöhner verdingen muss«, bekräftigte Tamme.

»In dem Fall wird das in diesem Jahr nichts mehr«, erwiderte Almuth schlagfertig. Ihre braunen Augen lachten.

Er wollte nichts so sehr wie dieses Mädchen zu seinem Weib nehmen. Am liebsten hätte er sie sofort geheiratet, nachdem ihr Bruder sich mit der Verbindung einverstanden erklärt hatte. Johann Gronenberg verlangte allerdings von ihm, dass er seine Schwester auch standesgemäß als seine Ehefrau unterhalten könne und über ein Einkommen verfüge. Beides traf auf einen Studenten nicht zu. Wohl oder übel hatte Tamme eine Verlobungszeit bis zum Ende seines Studiums akzeptieren müssen.

Sie saßen nebeneinander auf dem Stein, die Arme umeinandergelegt, bis die Sonne im Sinken begriffen war. Nach einem letzten Kuss trennten sie sich. Im festen Vertrauen auf ihre baldige Hochzeit strebte Almuth dem Elstertor zu. Tamme sah ihr nach. Er wusste noch nicht, wie er es anstellen sollte, aber er war fest entschlossen, seine Verlobte noch in diesem Jahr zu seinem Weib zu machen.

Zwei Tage nachdem Almuth sich von Tamme in der festen Überzeugung verabschiedet hatte, bald seine Ehefrau zu sein, betrat Georg Herkner die Buchdruckerwerkstatt ihres Bruders. Der Juli verwöhnte die Wittenberger mit warmen, sonnigen Tagen, ihr zukünftiger Schwiegervater jedoch trug einen knielangen Mantel aus einem schweren dunkelbraunen Stoff. Sorgfältig über seine Schultern gebreitet, lag ein weißer Spitzenkragen. Die Arbeit seiner Frau, vermutete Almuth, denn Tammes Mutter war geschickt mit der Nadel.

Der Wittenberger Apotheker sah aus, als wäre er einer der höchsten Würdenträger der Stadt, an seinen Fingern blitzten mehrere Ringe, seine Mantelschließe bestand aus Silber und umrankte einen Bernstein. Unter seiner Kappe quollen Schweißtropfen hervor und rannen die Schläfen entlang. Herkner wischte sie mit einem Tüchlein fort, sein Gesicht war puterrot. Almuth war zwar von der Meinung ihres Verlobten beeinflusst, aber auch Herkners Eitelkeit nahm sie nicht für den Mann ein.

Sie ließ sich von ihren Gedanken nichts anmerken und schenkte ihm ein Willkommenslächeln. Sofern ihr Bruder und sein Geselle nicht im Haus waren oder in der Werkstatt viel zu tun hatten, war es ihre Aufgabe, sich um Kunden zu kümmern, die Bücher kaufen wollten. Im vorderen Teil der Werkstatt war ein Bereich abgetrennt, und dort lagen in Schränken die Stapel bedruckten Papiers. Sie mussten vom Käufer erst noch zum Buchbinder gebracht werden, um zu einem richtigen Buch mit einem ledernen Einband zu werden. Die meisten Käufer waren allerdings Studenten, sie brauchten Bücher für ihr Studium und hatten kein Geld mehr für den Buchbinder. In einem Fach lagen auch einige gebundene Bücher, die Johann Gronenberg in Zahlung genommen oder selbst hatte binden lassen, um seinen Kunden zu zeigen, wie schön seine Druckwerke aussehen konnten.

»Gott zum Gruße, Meister Herkner. Was kann ich für Euch tun? Wollt Ihr etwas drucken lassen?«

Er schaute sie forschend an, bevor er ihren Gruß erwiderte. »Ich bin gekommen, um einige Bücher zu kaufen«, sagte er hoheitsvoll. Er verschränkte die Hände vor dem Leib und sah sich um.

»Sehr gern. Sagt mir nur, was Ihr sucht.«

»Das möchte ich mit Eurem Bruder klären, Jungfer Almuth.«

»Er ist nicht da und sein Geselle auch nicht.« Es fiel Almuth nicht leicht, weiterhin ihren freundlichen Tonfall beizubehalten. Offensichtlich traute er ihr nichts zu, und das ärgerte sie. »Die beiden sind am Morgen fortgegangen und werden nicht vor dem Abend zurückkommen. Ihr müsst mit mir vorliebnehmen. Ich kenne mich mit den von meinem Bruder gedruckten Büchern so gut aus wie er selbst«, fügte sie hinzu.

»Wenn das so ist.« Herkner holte einen Zettel hervor und faltete ihn auseinander. »Ich suche eine der logischen Schriften des Aristoteles, ›De interpretatione‹. Und außerdem ...«, er warf einen weiteren Blick auf seinen Zettel, »... eine griechische und eine lateinische Grammatik. Ist das vorrätig, Jungfer Almuth?«

»Die griechische Grammatik nicht. Mein Bruder druckt nicht mit griechischen Lettern. Das andere haben wir.« Sie ging zu einem der Schränke und nahm zielsicher einen mit einer Schnur zusammengebundenen Papierstapel heraus, gleich darauf einen zweiten aus einem oberen Fach, das sie gerade noch so erreichen konnte, wenn sie sich auf Zehenspitzen stellte. Dabei spürte sie die ganze Zeit Georg Herkners Blick in ihrem Rücken.

Sie legte die beiden Stapel vor ihm auf dem Tresen ab. »Das sind Aristoteles' ›De interpretatione‹ für das Studium der Logik und eine lateinische Grammatik.« Dabei tippte sie jeweils auf das entsprechende Werk.

»Ihr beherrscht das Lateinische, Jungfer Almuth?«

»Ich, ein Weib! Wo denkt Ihr hin?«

»Aber Ihr seid sicher, mir tatsächlich ›De interpretatione‹ und eine lateinische Grammatik vorgelegt zu haben?«

»Ich kann lesen, und der Name Aristoteles steht hier auf dem Titelblatt. Da braucht es keine Lateinkenntnisse. Und hier steht Grammatikus. Was soll das sonst für ein Werk sein?« Almuth hatte die Stimme erhoben. Das Misstrauen schürte ihren Ärger.

Herkner musterte sie immer noch zweifelnd. Deshalb legte sie nach. »Ich helfe meinem Bruder seit Jahren in der Werkstatt und weiß genau, welche Bücher er vorrätig hat und wo sie liegen.«

Georg Herkner schaute sich die beiden Druckwerke genau an. Er blätterte durch die Seiten und befühlte das Papier.

»Ist alles zu Eurer Zufriedenheit?« Almuth hatte eigentlich vorgehabt, ihn nicht zu unterbrechen, aber je länger er die Bücher prüfte, desto ungeduldiger wurde sie.

Herkner fuhr mit dem Finger ein paar Zeilen entlang und las einen Absatz im Aristoteles zu Ende.

»Das sieht für mich sehr gut aus. Damit sollte mein Ältester etwas anfangen können.«

Sein Ältester war Michael Georg Herkner, Student in Leipzig. Almuth kannte ihn nur aus Tammes Erzählungen, danach war der junge Mann klug, aber auch gefühllos und bestrebt, immer und überall vorn dabei zu sein. Dabei fragte er nicht nach Sinn und Gottgefälligkeit seines Handelns, sondern nur, wie er vor seinen Freunden dastehen mochte.

»Dann ist die Grammatik wohl für Euren jüngeren Sohn, Meister Herkner?«

Dessen Name war Jakobus Georg, und er besuchte in Leipzig eine Lateinschule. Jakobus war eine jüngere Ausgabe seines Bruders, zeigte aber nach Tammes Meinung mehr Rückgrat.

»Sie haben mir beide geschrieben und um Geld für Bücher gebeten. Ich habe mir gedacht, ich schicke ihnen gleich die benötigten Werke.«

»Das wird sie sicher freuen. Soll ich Euch die Bücher einpacken?« Almuth nannte dem Apotheker den Preis und macht sich auf Verhandlungen gefasst.

»Mehr ist es nicht?« Herkner hielt seine Geldbörse ungeöffnet in der Hand.

»Nein.«

»Ihr habt Euch nicht verrechnet?«

»Ganz bestimmt nicht. Ich kann ein paar Zahlen zusammenzählen.« Nach diesen Worten presste Almuth die Lippen zu einem schmalen Strich zusammen. Zweifelte Herkner erneut an ihren Fähigkeiten?

»Meine Söhne haben mir andere Summen geschrieben.«

»Bücher kosten in Leipzig eben mehr.« Sie sagte es leichthin und war sich sicher, die beiden Herkner-Söhne durchschaut zu haben.

Anders als ihr Vater, denn als er das Geld abzählte, drückte seine Miene immer noch Unglauben aus. Die Jungen hatten ihm offensichtlich höhere Summen genannt, um das restliche Geld für sich zu verbrauchen. Möglicherweise benötigten sie auch gar keine Bücher, sondern nur Geld. Es tat ihr nicht leid, ihnen nun einen Strich durch die Rechnung gemacht zu haben.

Almuth legte die Münzen in einen verschließbaren Kasten und machte für ihren Bruder eine Notiz über die verkauften Werke und das eingenommene Geld. »Erlaubt mir eine Frage, Meister Herkner. Euer Stiefsohn benötigt fünfzig Gulden, um sein Assessorexamen abzulegen. Ich kann einfach nicht glauben, dass das Geld aus seinem Vermögen nicht aufgebracht werden kann.«

»Was geht Euch das an, Jungfer Almuth?«, fuhr Herkner sie an, kaum dass sie das letzte Wort ausgesprochen hatte.

»Ich bin mit ihm verlobt.«

»Ihr versteht nichts von der Sache. Es ist kein Geld da, Tamme ist ein eitler junger Mann und verprasst alles – so sieht es nämlich aus.«

In den Beschreibungen des Apothekers erkannte Almuth Tamme nicht wieder.

»Gebt ihm doch einfach eine Abrechnung und beschwört öffentlich deren Richtigkeit, dann kann er selbst sehen, ob er zu viel Geld ausgibt oder nicht.«

»Das werde ich nicht tun«, giftete Georg Herkner. Speicheltröpfchen sprühten von seinen Lippen. Almuth trat hastig einen Schritt zurück. »Das geht Euch alles nichts an, vorlautes Weib!«

Georg Herkner lief nun der Schweiß in zwei Bächen die Schläfen herunter. Gleichzeitig sah er sie an wie ein Wolf, der sich auf sein Opfer stürzen und ihm die Kehle herausreißen wollte. Er raffte die gekauften Bücher vom Tisch und stürmte aus dem Laden. Almuth atmete auf, als die Tür hinter ihm ins Schloss krachte.

Sie biss sich auf die Lippe. Hätte sie bloß den Mund gehalten, denn einen Gefallen hatte sie Tamme gerade wohl nicht getan.

Kapitel 3

Der Geldkasten war so schwer gewesen, dass ihn zwei Knechte tragen mussten. Von den beiden Männern, die nicht einmal beim Scheißen von Tetzels Seite wichen, griff außerdem der lange dünne zu. Friedrich Boethius und Ferdinand Naber hießen die beiden, er nannte sie nur Feist und Frech. Boethius schob einen mächtigen Brustkasten über einem noch mächtigeren Bauch vor sich her, und Naber wusste nie, wann er besser das Maul halten sollte. Die beiden nannten sich Kommissare der Augsburger Kaufmannsfamilie Fugger. Für ihn waren sie nur Aufpasser, die ihm auf die Finger sahen, dass auch genügend Geld in den Ablasskasten wanderte. Die Ablassgroschen standen weder ihm zu, obwohl er ihn predigte, noch dem Erzbischof von Mainz und Magdeburg, in dessen Namen er ihn verkündete, sondern den bayerischen Pfeffersäcken. Sie hatten dem Erzbischof Geld geliehen, und mit den Einnahmen aus dem Ablass musste er nun die Schulden begleichen.

Tetzel folgte den Männern aus der Kirche St. Wenzel in Naumburg in das nahegelegene Haus des Doktors beider Rechte, Peter Klumpe. Die Truhe schleppten sie in seine Schlafkammer und ketteten sie an der Wand an. Sie selbst war mit drei Schlössern verschlossen, und er, Feist und Frech verwahrten je einen Schlüssel. Niemand sollte in Versuchung geführt werden.

Feist verwahrte außerdem die Bücher, in denen aufgezeichnet war, was die Leute in den Kasten geworfen hatten und wie viele Jahre im Fegefeuer ihnen dafür erlassen wurden. Er selbst predigte den Ablass, und Frech achtete darauf, dass niemand die Kirche verließ, ohne einen Ablassbrief zu erwerben. Nur wenige verschlossen ihre Herzen und ihre Geldbeutel.

Nachdem sie die Truhe angekettet hatten, gingen Feist und Frech in die gute Stube, wo ein gedeckter Tisch, nicht aber der Hausherr auf sie wartete. Die Knechte verschwanden in ihrer Kammer über dem Stall. Tetzel verschloss sorgfältig die Tür seiner Schlafkammer und folgte Feist und Frech in die Stube. Der Hausherr hielt sich nicht in der Stadt auf, betrachtete es aber als Ehre, dem Dominikanermönch und seinen Begleitern sein Haus zur Verfügung zu stellen. Tetzel wäre es andersherum lieber gewesen: Feist und Frech hielten sich nicht in der Stadt auf, dafür aber der gute Notarius, mit dem er einen Abend in gelehrtem Gespräch hätte verbringen können.

Während er den gedeckten Tisch in der Stube betrachtete, kommentierte Frech sofort, was auf Platten und in Schüsseln auf dem Tisch angerichtet stand. Er tippte mit einem Finger auf die Äpfel und fand sie zu hart, bei der Fischpastete fragte er sich, ob sie aus Hecht oder Forelle bestand und ob sie mit genügend Pfeffer gewürzt war. Er war noch nicht fertig mit seinen Betrachtungen über das Essen, als Tetzel längst saß und sich ein Hühnchen und eine dicke Scheibe Brot auf seinen Teller gelegt hatte. Dann füllte er sich eine Schale mit Suppe.

Die Krüge mit Wein und Bier standen außerhalb von Tetzels Reichweite, und eben wollte er Feist bitten, ihm von dem guten Rebensaft einzuschenken, als der Mann sich räusperte. Feist zog mehrere Papiere unter seinem Wams hervor und breitete sie neben seinem Teller aus. Sie enthielten Listen. Es sah ganz so aus, als würden sie erst zum Essen kommen, wenn alles kalt war. Wehmütig betrachtete Tetzel das Hühnchen vor sich.

»Die Einnahmen sind nicht das, was wir erwartet haben«, sagte er und stieß mit seinem dicken linken Zeigefinger auf die Listen.

Der gesamte Satz ärgerte Tetzel, aber am meisten regte er sich über das ›wir‹ auf. Feist meinte damit nicht etwa Albrecht von Brandenburg, den Bruder des Kurfürsten von Brandenburg und Erzbischof von Mainz und Magdeburg, in dessen Namen er den Ablass predigte, oder den Heiligen Vater in Rom. Er meinte die Augsburger, die nur ihr Geld, aber nicht das Seelenheil der Gläubigen interessierte. Deshalb musste er sich das Gerede über Geld anhören, obwohl er den beiden am liebsten einen Tritt in den Hintern versetzt hätte.

Feist erwartete keine Antwort, sondern redete gleich weiter: »Eure Überzeugungskraft lässt nach, Meister Tetzel. Ihr müsst den Leuten mehr von den Qualen des Fegefeuers erzählen, damit sie nicht nur für sich, sondern auch für ihre verstorbenen Verwandten den Ablass kaufen. Welche liebende Mutter, welcher Vater kann es ertragen, dass sein frühverstorbenes Kind auf Jahre hinaus in den Feuern der Vorhölle schmoren muss?«

»Wie viel Geld haben wir diesmal eingenommen?«, wollte Frech wissen und biss ein großes Stück von einer Fischpastete ab. »Hecht«, kommentierte er.

Feist fuhr mit dem Finger die Liste entlang bis ganz nach unten auf dem Blatt und drehte es dann um. Auf der nächsten Seite verfuhr er genauso. »An diesem Tag waren es keine vierhundert Gulden. Das deckt kaum die Zinsen. Insgesamt liegen erst einundzwanzigtausend Gulden im Kasten.«

Von der Tageseinnahme waren drei Gulden abzuziehen. Diesen Betrag hatte Tetzel nach seiner Predigt selbst als erster in den Kasten geworfen und einen Ablass erworben. ›Wenn das Geld im Kasten klingt, die Seele aus dem Fegfeuer springt‹, pflegte er dazu zu sagen, und nichts heizte das fromme Bedürfnis der Menschen nach Vergebung ihrer Sünden so sehr an wie diese Geste.

Normalerweise.

An diesem Tag, er hatte es selbst bemerkt, waren nicht so viele Menschen nach St. Wenzel gekommen, wie er es aus anderen Städten gewohnt war. »Wir bleiben noch bis zum Wochenende in Naumburg. Dann werden sie alle kommen, die

Handwerker und Krämer und schließlich auch die Stadtväter. Der Kasten wird das Geld nicht fassen, Ihr werdet sehen.«

»Ich nehme Euch beim Wort, Meister Tetzel.«

Der eine war so schlimm wie der andere. Er könnte sie auch beide Frech nennen. Tetzel schnaubte. Solche Bemerkungen waren einer Antwort nicht würdig, er begann zu essen.

Kalt – wie er erwartet hatte. Auf der Suppe schwammen geronnene Fettaugen. Er schlürfte sie und wischte die Schale mit einem Stück Brot aus, bevor er sich dem Hühnchen widmete.

Das Essen zog sich hin. Feist machte seinem Namen dabei alle Ehre; er aß zwar nicht schnell, aber dafür gründlich und beendete das Mahl erst, als nur noch Reste übrig waren. Der dürre Frech hörte selbst beim Essen nicht auf zu reden und bekam deshalb weniger ab. Tetzel erinnerte sich an kein einziges der vielen Worte, und das lag auch an den mehreren Krügen Rheinwein, die die alte Magd des guten Notarius ihnen servierte.

»Es gibt reiche Städte, ganz hier in der Nähe. In ihnen könnten wir den Kasten so sehr füllen, dass wir bald einen zweiten bräuchten«, sagte Frech auf einmal. Der Wein hatte seine Zunge schwer und die Sprache undeutlich werden lassen.

Sein Kumpan hob den Kopf. »Welche sollen das sein?«

»Altenburg.«

»Und welche noch?«

»Torgau.«

»Aha.«

»Wittenberg weiter im Norden.«

»Die liegen alle in Kursachsen«, warf Feist ein. »Da können wir nicht hin. Der Kurfürst hat es verboten.«

»Was für ein gottloser Mann«, rief Frech.

»Das stimmt nicht.« Tetzel schlug mit der flachen Hand auf den Tisch, traf jedoch den Tellerrand, und Hühnerknochen flogen durch den Raum. »Er hat mehr Reliquien als die meisten anderen zusammengetragen.«

»Und deswegen erlaubt er nicht den Ablass?« Feist knallte seinen Becher auf den Tisch. »Deswegen lässt er Euch nicht predigen.« Seine Aussprache war ebenfalls verwaschen. »Die Leute sollen zahlen, um vor seinen eigenen Reliquien zu beten.«

»Das ist eben so.«

»Ärgert Euch das nicht?«

»Ich nehme das Leben demütig hin, wie es mir geschenkt wurde.« Tetzel senkte bescheiden den Kopf.

»Wollt Ihr nicht die Seelen im Kurfürstentum Sachsen retten?«

»Ich bin zufrieden mit dem Platz, an den Gott mich gestellt hat. Wer auch nur eine Seele errettet, hat ein gutes Werk getan.«

»Mönchsgefasel. Juckt es Euch nicht manchmal im Hintern?«, fuhr Frech mit lauter Stimme dazwischen.

»Nur beim Scheißen.«

Der hagere Mann lachte auf und schenkte allen noch eine Runde nach. »Trotzdem sollten wir in die reichen Städte gehen und auf den Kurfürsten scheißen.«

»Ich will nicht im Loch landen.«

»Als Mönch kommt man in kein Loch.« Immer noch lachte Frech.

Tetzel fragte sich, was der andere so lustig fand, während Feist trübsinnig in seinen Becher starrte.

»Man müsste es einfach machen«, sagte der langsam. »Euer Erzbischof würde Euch vor Dankbarkeit die Füße waschen.«

»Nein!«

»Doch! Natürlich könnt Ihr nicht einfach in eine Kirche gehen und den Kasten aufstellen, aber es gibt Mittel und Wege. Heimlich in der Nacht kommen, auf einem Hügel das Kreuz aufrichten. Ein paar Leuten Bescheid sagen, wie es läuft. Sie werden in Scharen kommen.«

Der Mann spinnte.

»Denkt mal darüber nach, Tetzel.«

Er meinte es ernst.

»Da gibt es nichts nachzudenken.«

»Wisst Ihr, woran das liegt?«, mischte Frech sich in das Gespräch ein.

»Was?« Feist stützte sich mit beiden Händen auf der Tischplatte ab und ließ seinen Blick über die Platten schweifen, als suchte er noch etwas zu essen. Doch mehr als abgenagte Knochen gab die Tafel nicht mehr her.

»Dass wir nicht in die reichen Städte kommen.«

»Am Verbot des Kurfürsten.«

»An dem liegt es nicht. Der hat Männer, die ihm was einflüstern. Allen voran dieser Mönch in Wittenberg. Dieser ... dieser ...«

»Der gegen den Ablass predigt?« Tetzel fühlte sich immer noch angenehm leicht im Kopf, dennoch begann ihn die Sache zu interessieren.

»Martin Luther heißt der«, kam es von Feist.

»Auf den soll der Kurfürst hören? Das glaube ich nicht.«

»Dieser Mönch, der ist es. Das sage ich Euch, Tetzel. Der muss weg.«

»Mönche müssen weg.« Feists Kopf pendelte hin und her, als würde er nicht mehr zu dessen Körper gehören.

»Na hört mal.«

»Der muss weg. Dieser Luder ... Luther ... Und der Erzbischof wird Euch jeden Tag die Füße waschen für den Rest Eures Lebens.« Frech lachte wieder. »Und das Beste ist, wir werden zwei Kästen brauchen für das ganze Geld. Oder drei oder vier.«

»Jeder Wurm hat mehr Verstand als Ihr.« Tetzel stemmte sich mühsam hoch und wankte aus der Stube. Er stieg die Treppe hinauf, und dann brauchte er eine Weile, bis er die Tür seiner Kammer entriegelt hatte.

Durch seinen Kopf trampelte eine Horde Landsknechte, und sie hatten ihn außerdem auf mindestens den dreifachen Umfang aufgeblasen und mit Steinen gefüllt. Jedenfalls schien er Tetzel zu schwer, um ihn vom Kissen zu heben. Nachdem er es endlich doch geschafft hatte und auf der Bettkante saß, trampelten die Landsknechte wie eine Horde Wildschweine. Den Kopf so ruhig wie möglich haltend, angelte er nach seinen Pantoffeln. Sein Blick fiel dabei auf den Geldkasten. Das Metall der Schlösser und der Ketten glänzte kalt. Es sah aus, als lächle ihn der Kasten böse an.

Ihm fiel das Gespräch wieder ein. Trunkenes Gefasel. Bei Nacht nach Kursachsen hineinschleichen und ein Kreuz auf einem Berg ... So etwas konnte auch nur Frech einfallen.

Tetzel stemmte sich mühsam hoch, schlurfte aus der Kammer, die Treppe hinunter über den Hof zur Abfallgrube. Ein fauliger Geruch schlug ihm entgegen und ließ ihn würgen. Hastig schlug er sein Wasser ab und verließ den Hof wieder, so schnell es sein schmerzender Kopf zuließ.

Im Haus kam er an der Küchentür vorbei. Sie war nur angelehnt, und dahinter wurde mit Geschirr geklappert. An ein Frühmahl war für ihn nicht zu denken.

»Meister Boethius, Ihr habt einen gewaltigen Appetit«, hörte er die Magd sagen, die ihnen gestern Abend unzählige Male die Weinkanne nachgefüllt hatte.

»Du hast auch viel zu bieten, schönes Kind«, schnurrte Feist zweideutig. Die Magd war weder jung noch schön, aber für eine Mahlzeit sah er wohl über manchen Makel hinweg.

Tetzel wandte sich ab und wollte die Treppe hochsteigen.

»Mönchlein, schleicht Ihr da vor der Tür herum?«, rief Feist.

Der Dominikaner machte, dass er die Treppe hochkam und die Tür seiner Kammer von drinnen verriegelte. Er setzte sich an seinen Studiertisch unter dem Fenster und nestelte am Ausschnitt seiner Kutte, bis er das Lederband um seinen Hals zu fassen bekam. Daran hing sein Schlüssel für den Geldkasten. Er hielt ihn in das durch das Fenster scheinende Sonnenlicht und beobachtete, wie sich der Schatten auf der Tischplatte änderte, wenn er den Schlüssel drehte. Das Gespräch der letzten Nacht spukte wieder durch seine Gedanken.

Wie viele Gulden ließen sich verdienen, wenn man sich nachts nach Kursachsen hineinwagte? Das Risiko war vielleicht gar nicht so groß. Sie mussten ja auch nicht weit reisen – nur ein Stück hinter die Grenze, und bevor Friedrichs Büttel etwas bemerkten, wären sie längst wieder in Sicherheit.

Der Gedanke war reizvoll – oder waren das die Nachwirkungen des Weins? Jedenfalls ärgerte es ihn, dass ein weltlicher Fürst seine gottgewollte Mission behinderte, weil ein kleiner Mönch in Wittenberg Gottes Wesen besser kennen wollte als alle anderen. Mehr als ein verzweifelter Wittenberger war zu ihm gekommen, um einen Ablass zu erwerben. Sie hatten berichtet, wie sehr der Mönch um Ostern herum in seinen Predigten gegen den Ablass gewettert hatte. Teufelszeug hatte er es geschimpft! Je mehr Ablässe man erwerbe, desto sicherer lande man im Fegefeuer! Er war selbst den Einflüsterungen des Teufels erlegen, ein armer, irregeleiteter Geist. Verdammte mit seinen Reden die Seelen zu unendlichen Qualen im Fegefeuer, obwohl es doch nur einer kleinen Geste bedurfte, sie zu retten. Die List des Teufels kannte keine Grenzen.

Der Schlüssel entglitt Tetzels Hand und polterte auf die Tischplatte. Das Geräusch jagte einen Dolchstoß durch seinen Kopf. Er presste die Hände auf die Schläfen.

Man musste etwas tun, um die Seelen der Gläubigen im Kurfürstentum Sachsen zu retten, vorerst jedoch plagte ihn brennender Durst. Tetzel erhob sich ächzend, quälte sich in die weiße grobgewebte Kutte der Dominikaner und tappte erneut die Treppe hinab. Die Küchentür war nur angelehnt, und bevor er die Hand nach dem Griff ausgestreckt hatte, ertönte von drinnen ein Ruf.

»Tetzel, seid Ihr das wieder?«, rief Feist.

Durch den Türspalt war zu sehen, dass sich der Mann hinter einen Tisch gezwängt hatte. Vor ihm standen ein Laib Brot und eine Platte mit Käse und Würsten. Beidem sprach Feist wacker zu. Allein der Gedanke an Essen verursachte Tetzel einen sauren Geschmack im Mund.

»Kommt her, es schmeckt alles köstlich«, murmelte Feist mit vollen Backen.

Zum Essen ließ Tetzel sich nicht überreden, aber einen Krug angewärmtes Würzbier von der alten Magd akzeptierte er. An die Wand gelehnt blieb er stehen und schlürfte das Bier, er bemühte sich dabei, nicht genau hinzuschauen, was Feist alles in sich hineinstopfte.

»Wir machen es«, sagte er und leckte sich Bierschaum von der Oberlippe.

»Was?« Feist hielt mit dem Bissen, den er gerade zum Mund führen wollte, auf halbem Wege inne.

»Ich predige in Kursachsen den Ablass. Nachts, auf einsamen Höhen. Ganz wie Euer Begleiter es vorgeschlagen hat.«

»Trunkenes Gerede.«

»Mir tun die Menschen leid, die ohne Möglichkeit auf Vergebung im Jenseits auskommen müssen. Sie gehen einem wahrlich schweren Schicksal entgegen, denn nicht jeder kann eine weite Reise auf sich nehmen, um einen Ablass zu erwerben. Deshalb werde ich meine eigenen Sorgen hintanstellen und die Gefahr auf mich nehmen.«

Feist schüttelte den Kopf, sein Mund stand dabei offen.

»Ich werde es machen. Ihr könnt fortbleiben, wenn Ihr Euch nicht traut.«

Das überzeugte Feist. Je länger Tetzel über seinen Plan nachdachte, desto besser gefiel er ihm. Es stand einem wahren Christenmenschen gut an, seine eigene Bequemlichkeit hintanzustellen und den Bedürftigen zu helfen.

Feist und Frech standen an der Stalltür und beobachteten einen Knecht, der ein Pferd rückwärts an die Wagendeichsel heranschob. Das Tier schlug unwillig mit dem Kopf und rollte die Augen, aber sein Wille war nicht stark genug, um sich der schiebenden Hand des Knechts an seiner Brust zu widersetzen.

»Der alte Dominikaner hat doch Schneid in den Knochen. Heimlich den Ablass in Kursachsen zu predigen. Wir könnten aber mehr tun für unsere Sache«, sagte Frech. »Ich will nicht noch jahrelang auf den Straßen unterwegs sein, um Ablassgelder einzusammeln.«

Beide wussten längst, welche Spitznamen Tetzel ihnen gegeben hatte und störten sich nicht mehr daran.

»Was?«, fragte Feist nur mäßig interessiert. Gleich dem Ablassprediger gab er nicht allzu viel auf die Geistesgaben des dürren Franken. Und nach Augsburg zurück in seine leere Wohnung zog ihn nichts.

»Man muss nur dafür sorgen, dass der Ablass in Kursachsen erlaubt wird. Der gute Friedrich muss nur seine Meinung ändern.«

»Du bist wohl der Mann, um ihm das einzugeben?«

»Ich nicht.« Frech senkte die Stimme. »Er müsste dem Einfluss dieses Wittenberger Mönchs entzogen werden.«

»Lass gut sein. Wir wurden hergeschickt, um die Rückzahlung des von Jacob Fugger an den Erzbischof gegebenen Kredits zu überwachen. Etwas anderes braucht uns nicht zu kümmern.«

»Dich vielleicht nicht. Mich kümmert es schon. Ich bin mir sicher, Jacob Fugger wird meinen Einsatz zu schätzen wissen.«

Feist schwante Übles. »Was hast du gemacht?«

»Einen Brief nach Augsburg geschrieben.«

»Was steht drin?«

»Nur so eine Idee, die mir in der Nacht kam. Da trifft es sich auch richtig gut, dass der dicke Mönch heimlich in Kursachsen predigen will.«

Feist war jetzt wirklich alarmiert. »Was hast du Jacob Fugger geschrieben? Hast du den Brief noch?«

»In der Früh abgeschickt.« Frech grinste breit.

Er ließ sich nicht entlocken, was er an ihren Prinzipal geschrieben hatte.

»Jacob Fugger ist hoffentlich so klug, deinem trunkenen Gefasel nicht mehr Aufmerksamkeit zu schenken, als nötig ist, um den Brief ins Feuer zu werfen«, fauchte Feist. Sicher war er sich jedoch keineswegs. Die Fugger waren nicht die mächtigste Kaufmannsfamilie nördlich der Alpen geworden, weil sie sich scheuten, neue Wege zu beschreiten, sondern gerade deswegen. Der Himmel mochte wissen, was sein Kollege angerichtet hatte.

Kapitel 4

Luther schreckte aus dem Schlaf hoch. Das Bettgestell knarrte, als er sich aufsetzte. Die Fetzen eines Traumes trieben davon. Er drückte die Handflächen gegen die Schläfen. Um ihn herum war es dunkel, bis auf einen Streifen Mondlicht, der durch den offenen Fensterladen fiel. Außer seinen eigenen Atemzügen war nichts zu hören. Obwohl er den Kopf reckte, war der Mond nicht zu sehen, aber er schätzte, dass es noch eine Weile dauerte, bis die Glocken zu den Laudes läuteten und die Nacht für die Augustinereremiten zu Ende ging.

Er schlug die dünne Decke zurück und schwang die Beine aus dem Bett. Nur im Untergewand und barfuß reckte er sich. Seine Kutte hing an einem Haken neben der Tür. Ohne hinzusehen, griff Luther danach und wollte sie sich über den Kopf streifen. In der Dunkelheit verhedderte er sich mit dem langen Gewand, war viel zu ungeduldig, es zu sortieren, und eilte schließlich mit der Kutte über dem Arm aus der Kammer.

Er begab sich in die kleine Kapelle des Klosters. Auf dem Altar brannten zwei Kerzen und spendeten warmes Licht. Vor dem Abbild des gekreuzigten Christus fiel Luther auf die Knie und faltete die Hände zum Gebet.

In der gleichen Haltung kniete er immer noch auf den Steinplatten, als es zu den Laudes läutete. Er war so in seine Gedanken versunken, dass ihn das laute Glockengeräusch aufschreckte. Die kleine Glocke der Kapelle wurde dann von den viel größeren der nahen Stadtkirche übertönt.

Das Läuten war noch nicht verklungen, als die ersten Mönche hineinschlurften und zu ihren Plätzen gingen. Es gab einiges Getuschel, als sie Luther vor dem Altar bemerkten. Er hörte es als ein fernes Rauschen. Nach einem letzten Amen erhob sich Luther und strebte seinem Platz für die Morgenandacht zu. Ihm folgten die Blicke sämtlicher Mitbrüder, und er wurde sich bewusst, dass er nicht nur lediglich im Untergewand war, sondern auch keine Schuhe trug. Sein üblicher Platz in der Kapelle befand sich ganz außen in einer der letzten Reihen, und dort gelang es ihm auch, in seine Kutte zu schlüpfen. Der Strick, mit dem sie gegürtet wurde, hing allerdings in seiner Kammer.

Zwei Plätze neben ihm saß Bruder Benedictus und warf ihm entrüstete Blicke zu. Ein Kranz dünner grauer Haare stand ihm vom Kopf ab, die faltige Haut hing wie ein schlaffer Sack an seinem Leib, aber er trug Kutte, Skapulier, Gürtel und natürlich Schuhe, wie es sich für einen Augustinereremiten gehörte. In diesen Dingen war er eine Zierde seines Ordens und brachte keine Nachsicht für jene auf, die es damit nicht so genau nahmen. Luther nickte ihm entschuldigend zu, mehr blieb ihm nicht zu tun. In eben diesem Moment begann der Vorleser mit einem Vers aus dem Lukasevangelium. Ein hochgewachsener Mönch mit auffallend lockigem Haar um seine Tonsur betrat als Letzter die Kapelle, drängte sich durch die Reihen der sitzenden Mönche und ließ sich auf dem einzigen freien Platz an Luthers linker Seite nieder. Der Vorleser ließ sich nicht stören, aber der Prior des Klosters warf dem Zuspätgekommenen einen finsteren Blick zu. Bruder Henning faltete seine großen Hände und senkte den Kopf. Unter seinen Fingernägeln klebten Trauerränder aus Erde. Der Bruder arbeitete im Klostergarten und hatte bestimmt die Zeit zwischen dem Aufstehen und dem Beginn der Laudes genutzt, um bei seinen Pflanzen nach dem Rechten zu sehen. Er kam zu den Andachten und den Mahlzeiten und eigentlich immer zu spät.

Mit dem gemeinsam gesprochenen Tagesgebet endete die Andacht, und kaum dass das letzte Amen verklungen war, erhoben sich die Augustinereremiten und strebten dem Refektorium zu, um das Frühmahl einzunehmen. Die meisten dachten mehr an ihren Magen als an Gott. Jedenfalls strömten sie sehr viel schneller aus der Kapelle heraus, als sie hineingekommen waren. Draußen wartete Bruder Henning auf Luther, die Hände in den weiten Ärmeln der Kutte verborgen. Er ging neben ihm her, als er zu seiner Zelle eilte, um seine Schuhe zu holen und den vergessenen Gürtel um die Leibesmitte zu schlingen. Er fragte den jungen Gelehrten nicht nach dem Grund für dessen nachlässigen Aufzug.

Auf dem Weg ins Refektorium im Keller des Klosters bemerkte er: »Gott legt keinen Wert auf die richtige Kleidung. Du hast wohl die Nacht in der Kapelle verbracht?«

»Nicht die ganze.«

»Und was ist mit deiner Vorlesung?«

»Meine Vorlesung halte ich erst wieder morgen.« Luther sah bekümmert aus. »Inzwischen habe ich so viele Andachten verpasst, dass ich sieben Tage oder länger ununterbrochen beten müsste, um sie alle nachzuholen.«

»Ich könnte alle Gebete zweimal aufsagen, einmal für dein Seelenheil und einmal für meines«, bot Bruder Henning an.

»Für mein Seelenheil bin ich selbst verantwortlich. Wir können doch Gebete nicht sprechen, als wäre Gott ein Krämer auf dem Marktplatz.«

Bruder Henning zuckte mit den Schultern. »Andere machen es so.«

»Dadurch wird es nicht besser.«

»Von uns beiden bist du auf jeden Fall der schlauere.«

In manchen Momenten beneidete Luther seine Mitbrüder, die nicht so viele gescheite Gedanken hatten. Die zerbrachen sich nicht mit unzähligen Fragen den Kopf. Wenn seine Brüder sich bei ihren Gebeten vertreten ließen, hatten diese in ihren Augen denselben Stellenwert wie selbstgesprochene. Wie viel einfacher wäre sein Leben, könnte er auch so denken. Sogleich ermahnte Luther sich in Gedanken: Wir sind auf der Welt, um ein gottgefälliges, nicht um ein einfaches Leben zu führen. Doch ihm erschien alles einfacher, als ein gottgefälliges Leben zu führen.

»... Aufguss machen«, sagte Bruder Henning und riss Luther aus seinen Gedanken. »Hast du mich verstanden? Das vertreibt die Müdigkeit aus den Knochen.«

»Ich habe nicht zugehört. Verzeih, Bruder.«

»Du warst tief in Gedanken versunken. Ich wollte dir einen Senfaufguss machen. Du kannst die Füße darin baden oder dir damit getränkte Lappen auf die Stirn legen. Beides schenkt neue Kraft.«

»Meine Kraft kommt von Gott. Er wird mir zuteilen, was ich brauche, um meine Aufgaben zu erfüllen.«

»Ein Senfumschlag kommt auch von Gott und wird das Seine dazutun.« Bruder Henning schenkte ihm ein verschmitztes Lächeln. »Komm nach dem Frühmahl mit in meinen Schuppen, dann mache ich dir den Aufguss.«

Sie erreichten das Refektorium als eine der letzten, und Luther nickte dem Gärtner zu, bevor er sich zu seinem Platz begab. An die Wirksamkeit eines Senfaufgusses glaubte er nur bedingt, aber in Bruder Hennings Gartenhütte standen nicht nur Blumen in Töpfen auf Regalbrettern und Gartengeräte in den Ecken, es hingen auch getrocknete Samen in kleinen Leinenbeuteln an Wandhaken. Alles zusammen roch nach feuchter Erde und frischem Grün. Dieser Geruch half besser als jeder Senfaufguss.

Das Frühmahl bestand aus dicker Bohnensuppe und Brot. Es waren sogar einige Speckstreifen in der Suppe mitgekocht worden, deren rauchiger Geschmack die Zungen der Mönche kitzelte. Jeder bekam eine Schale mit der gleichen abgemessenen Menge Suppe, vom Brot durften sich die Brüder so viel nehmen, wie sie wollten und auch vom Dünnbier war reichlich vorhanden. Bald war nichts anderes zu hören außer dem Schmatzen der Mönche und der Stimme des Vorlesers. Bruder

Benedictus trug aus dem Markusevangelium vor. Er hatte eine schöne weiche Stimme, mehr Schmeichelhaftes ließ sich über seine Vortragskunst allerdings nicht sagen. Mehrmals stockte er bei schwierigen Wörtern oder verlas sich. Oft genug merkte er es nicht einmal, aber Luther zuckte bei dem falschen Latein innerlich zusammen. Er wollte es nicht, aber er ärgerte sich über die schlechte Vortragskunst des Mitbruders, die die Erhabenheit des Evangeliums zunichtemachte.

Nach dem Frühmahl bat der Prior Wenzeslaus Link alle Mitbrüder, in einer Stunde ins Refektorium zurückzukommen und sich bis dahin im Gebet zu sammeln. Er ließ seine Blicke wohlwollend über seine Wittenberger Augustinereremiten gleiten, und besonders freundlich nickte er Bruder Benedictus zu. Außer dem so Bedachten und Bruder Henning bemerkte es niemand. Der Hüter über den Klostergarten schüttelte den Kopf und fragte sich, was der ehrgeizige Mitbruder jetzt schon wieder plante. Benedictus war dafür bekannt, sich zu Höherem berufen zu fühlen.

Die Stunde bis zum Beginn der Versammlung verbrachte Bruder Henning damit, den Senfaufguss für Martin Luther zu kochen. Er sprach dabei ein Vaterunser und fand damit die Forderung des Priors erfüllt. Der Duft nach heißem Senfwasser erfüllte seine Hütte.

Der Aufguss entfaltete seine beste Wirkung, wenn man ihn frisch anwendete, deshalb füllte er ihn in eine bauchige Tonflasche, nahm einen Schwamm und trug alles in Martin Luthers Zelle. Der Freund kniete vor dem Kruzifix auf dem harten Steinboden. Wahrscheinlich sollte er ihm nicht nur die Füße, sondern auch die Knie einreiben.

Es bedurfte einiger energischer Worte, damit der Freund sich aufs Bett setzte. Als er sich hinkniete und ihm die Schuhe ausziehen wollte, protestierte Luther und hielt seine Hand fest.

»Unser gütiger Herr Jesus hat weit Geringeren die Füße gewaschen, als du einer bist, und nun lass mich tun, was ich am besten kann: für das Wohl anderer sorgen«, widersprach Bruder Henning.

Er goss Senfwasser auf den Schwamm und rieb damit Luthers Füße ab, bis sie wieder rosig und warm waren. Luther musste zugeben, dass er sich besser fühlte.

Zur festgesetzten Zeit kamen die Augustinereremiten wieder im Refektorium zusammen. Der Prior sprach ein Gebet. Aus dem Psalm dreiundsiebzig trug er vor: ›Dennoch bleibe ich stets an dir; denn du hältst mich bei meiner rechten Hand, du leitest mich nach deinem Rat und nimmst mich endlich in Ehren an. Wenn ich nur dich habe, so frage ich nichts nach Himmel und Erde.‹

Wenzeslaus Links Stimme klang tief und voll und füllte mühelos den Saal. »Der Herr wird unsere Ratschlüsse mit Weisheit lenken. Als Erstes möchte ich unserem Mitbruder Michael danken, der lange Jahre als unser Cellerar tätig war, unserer Wirtschaft vorgestanden und unsere Speisekammern umsichtig verwaltet hat. Jahr um Jahr hat er die Bürde seines Amtes klaglos getragen, und nun ist es an der Zeit, ihn zu entlasten. Wir wollen ihm einen Gehilfen an die Seite stellen und die Bürde auf mehr als zwei Schultern verteilen. Deshalb sind wir zusammengekommen, um diesen Gehilfen aus unserer Mitte zu bestimmen.«

Als Zeichen ihrer Zustimmung trampelten und scharrten alle Mönche mit den Füßen auf dem Steinboden.

Während dieser Rede hatte Bruder Michael bescheiden und mit gefalteten Händen auf einem ungepolsterten Stuhl neben dem Prior gesessen und betend zu Boden geschaut. Bei ihm wirkte die Bescheidenheit echt und seinem Wesen entsprechend. In den langen Jahren als Cellerar war sein Haar schütter und grau geworden. Er hätte schon längst um einen Gehilfen bitten sollen, dachte Bruder Henning. Er gönnte dem anderen von ganzem Herzen die Erleichterung seiner Arbeit.

Nachdem Stille eingekehrt war, ergriff wieder Wenzeslaus Link das Wort: »Für diese verantwortungsvolle Arbeit hat sich unser Mitbruder Benedictus Cohrs zur Verfügung gestellt. Unsere Aufgabe ist es nun, darüber zu beraten, ob wir ihm dieses Amt anvertrauen wollen.« Der Prior nickte dem Genannten zu.

Luther und Bruder Henning wechselten einen schnellen Blick. Auch andere Mitbrüder sahen aus, als sei ihnen dieser Vorschlag nicht angenehm. Bruder Benedictus dagegen schaute sich herausfordernd um und schien vom Unbehagen im Saal nichts zu spüren. Wer ihn kannte, wunderte sich nicht über sein Verhalten.

»Bruder Benedictus lebt schon lange in unserer Mitte«, fuhr der Prior fort. »Er hat sich als unser Vorleser und durch seinen weisen Rat bewährt. Ich halte ihn für würdig, der Gehilfe unseres Cellerars zu werden. Ich möchte euch um eure Meinungen bitten.«

Bruder Benedictus streckte seinen Rücken, korrigierte seine ohnehin schon tadellose Haltung. Mit der Unterstützung Wenzeslaus Links war die halbe Strecke auf dem Weg zu seinem neuen Amt bereits absolviert. Er sah sich schon mit einem großen Schlüsselbund am Ledergürtel herumlaufen. Dieses Gefühl verstärkte sich noch, als zwei andere Brüder ebenfalls für ihn sprachen.

Dann erhob sich Martin Luther. »Als Gehilfen unseres Cellerars sollten wir einen Bruder wählen, der dem Orden mit ganzem Herzen dient und sich um unsere Gemeinschaft verdient gemacht hat. Bei Bruder Benedictus sehe ich Nachlässigkeiten. Sein Latein lässt die Güte vermissen, die ich von einem Vorleser erwarte. Er lebt schon lange Jahre mit uns, aber dass sich etwas verbessert hätte, vermag ich nicht zu erkennen. Für sein Lesen spricht einzig und allein der Wohlklang seiner Stimme. Doch dies lässt sich ihm kaum als Verdienst anrechnen.«

Atemlose Stille! Seine Rede hatte eingeschlagen wie ein

Blitz in eine Eiche. Einige Augustinereremiten nickten bedächtig. Bruder Benedictus sah aus, als glaubte er nicht, was er da eben hören musste, und auch der Prior schien keinesfalls glücklich über Luthers Worte. Wenn er geglaubt hatte, schnell zur Wahl voranschreiten zu können, sah er sich um diese Hoffnung betrogen.

Bruder Benedictus blies die Backen auf, als wollte er zu einer heftigen Gegenrede ansetzen, aber vor lauter Empörung brachte er zunächst kein Wort heraus. Bruder Henning fühlte sich an einen Fisch erinnert, als er den auf und zu schnappenden Mund beobachtete. Mitleid empfand er nicht.

»Es ist unglaublich, von einem Mitbruder so etwas hören zu müssen«, stieß Benedictus schließlich hervor. »Von ihm haben wir nie auch nur eine Silbe lesen gehört, und von sieben Tagen versäumt er an sechsen die Andachten.«

Die Empörung der Brüder steigerte sich. Luther hatte sich wieder auf seinen Platz gesetzt und sah aus, als ginge ihn das alles nichts mehr an. Dafür erhob sich nun der Prior. Ein strenger Blick traf erst Martin Luther und danach Benedictus Cohrs.

»Wir sind für eine Aussprache über den neuen Gehilfen des Cellerars zusammengekommen. Nicht, um uns gegenseitig Vorwürfe zu machen. Wir sind alle Brüder und einander in Liebe und Güte zugetan. Ich möchte darum bitten, das nicht zu vergessen. Bruder Martin halten seine Pflichten an der Universität davon ab, an jeder Andacht teilzunehmen. Ich weiß von ihm aber, dass er alle seine Gebete nachholt.«

»Wissen wir …?«, schnappte Bruder Benedictus, brach aber mitten im Satz ab.

Martin Luther stand ein zweites Mal auf. »Wegen meiner Lehrtätigkeit an der Universität bin ich von der Teilnahme an den Stundengebeten teilweise befreit. Was das für mein Seelenheil bedeutet, muss ich mit Gott allein ausmachen.« Er wendete sich an Benedictus. »Zudem habe nicht ich mich um die Übernahme eines weiteren Amtes beworben. In diesem Fall könntest du mir zu Recht vorwerfen, mir mehr auf die Schultern laden zu wollen, als ich tatsächlich tragen kann, ohne in meinen Pflichten nachlässig zu werden.«

Bevor der Anwärter auf das Amt des Gehilfen wieder sein Gift verspritzen konnte, stand der Cellerar, Bruder Michael, selbst langsam auf. Den Oberkörper leicht nach vorn geneigt, blieb er stehen. »Ich habe zwar um einen Gehilfen an meiner Seite gebeten, aber wenn ich es mir recht überlege, brauche ich doch keinen.«

Der Prior schüttelte entschieden den Kopf. »Bei Gott und allen Heiligen, das kommt nicht in Frage. Nur deine Bescheidenheit lässt dich so sprechen. Wenn in unserer Gemeinschaft jemand einen Gehilfen verdient hat, bist du das. Soll Bruder Benedictus dich nicht unterstützen, müssen wir einen anderen finden. Kann sich noch jemand vorstellen, dieses Amt zu übernehmen?«

Niemand meldete sich, und Unsicherheit machte sich im Refektorium breit. Der Prior hatte seine Frage geschickt gestellt. Stellte sich niemand zur Verfügung, blieb ihnen keine andere Wahl, als Benedictus Cohrs zu wählen. Bruder Henning fing einen Blick Martin Luthers auf. Er schüttelte kaum wahrnehmbar den Kopf. Seinen Garten verlassen und Gehilfe des Cellerars werden? Bei seiner unsterblichen Seele – das kam nicht in Frage, auch nicht auf die Gefahr hin, dass Bruder Benedictus eines Tages mit den Schlüsseln am Gürtel herumlief.

Bruder Benedictus wartete mit zusammengepressten Lippen und schaute in die Menge. Aber je länger das Schweigen dauerte, desto mehr entspannten sich seine Gesichtszüge. Er sah sich offenkundig schon als Gehilfen des Cellerars, und wenn er nur gewählt wurde, weil sich kein anderer fand.

Er könne wirklich keine zusätzlichen Aufgaben mehr übernehmen, dachte Luther. Doch er war versucht, sich zu melden.

Von der Bank erhob sich ein gemütlich aussehender, kräftiger und kleingewachsener Mönch, dessen Anwesenheit kaum jemals auffiel. Er sagte mit tief aus der Brust kommender Stimme: »Ich bin bereit.«

Luther hätte ihn am liebsten umarmt und auf die Schulter geklopft.

Die Aussprache nahm kaum noch Zeit in Anspruch, die anschließende Wahl fiel beinahe einstimmig aus. Lediglich Bruder Benedictus und zwei andere Mönche schlossen sich ihr nicht an. Die Kapitelversammlung endete, wie sie begonnen hatte: mit einem Gebet.

Schlurfend verließen die Mönche das Refektorium. Wer an Bruder Benedictus vorbeiging, schaute ihn nicht an oder sagte kein Wort zu ihm. Er selbst starrte wütend auf Luthers schmalen Rücken. Hätte der nur den Mund gehalten. Aber das lag nicht im Wesen des gelehrten Doktors und Professors. Er musste an alles immer den höchsten Maßstab anlegen. Bruder Benedictus ballte die Hände zu Fäusten und stellte sich vor, wie eine davon im Gesicht des verhassten Mitbruders landete. Wenn er ihn schon nicht schlagen durfte, wollte er es ihm wenigstens auf andere Weise heimzahlen.

Kapitel 5

Früh am Morgen – die Sonne war durch die Wolkenschicht gerade als heller Fleck zu erkennen und versprach einen warmen Julitag, die Luft war erfüllt vom morgendlichen Läuten der Glocken – entriegelte Georg Herkner seine Haustür und zog sie nur so weit auf, dass er gerade hindurchpasste. Er trug einen langen dunkelgrauen Umhang, dessen Kapuze er tief ins Gesicht gezogen hatte. Hinter sich verschloss er die Tür wieder sorgfältig und schaute sich um, bevor er die Schlossgasse entlangeilte, sich immer dicht an den Hauswänden haltend.

Sein Ziel war das Haus eines reichen Goldschmieds. Die gesamte Familie war vor Wochen zu einer Marienwallfahrt nach Eggerode aufgebrochen. Seitdem war das Haus verschlossen, und Herkner wunderte sich, dass er in dieses Haus bestellt worden war. Woher kannte der Goldschmied die Männer, die der Apotheker gleich treffen würde? War dessen Leumund am Ende nicht so blütenweiß, wie man in Wittenberg glaubte? Dass der Besitzer zurückgekehrt war, nahm der Apotheker nicht einen Moment an, denn der Bote hatte ihm ein Siegel gezeigt, das er nur allzu gut kannte. Es war nicht das eines Goldschmiedes gewesen.

Das Haus verfügte über zwei Stockwerke sowie ein hohes Dach mit mehreren Böden. Es war nur schmal, dafür aber lang. Das untere Stockwerk gemauert, das obere in Fachwerk ausgeführt, waren die Balken mit reichen und sorgfältig ausgemalten Schnitzereien verziert. Mit geschlossenen Fensterläden sah es aus, als wäre es seit Monaten unbewohnt. Herkner wurde jedoch sofort geöffnet, nachdem er den Türklopfer betätigt hatte. Von seinem Gegenüber erkannte er nicht mehr als eine dunkle Gestalt im unbeleuchteten Flur.

Er wurde ins Haus gezogen, hinter ihm fiel die Tür wieder ins Schloss. Das Geräusch ließ ihn zusammenzucken. Es hatte etwas Endgültiges an sich, als wäre ein Teil seines Lebens unwiederbringlich vorbei. Wortlos wurde er in einen Raum geführt, in dem ein Feuer im Kamin einen schwachen Schein verbreitete, unterstützt durch zwei Kerzen auf einem Tisch. Mehr Licht gab es nicht in dem Raum, dafür war es sehr warm. Herkner brach unter seiner Kapuze und dem schweren Umhang sofort der Schweiß aus. Die reiche Ausstattung der Stube – Teppiche hingen nicht nur an den Wänden, sondern lagen auch auf dem Boden unter schmutzigen Stiefeln – hätten ihn an jedem anderen Tag eine Bemerkung gegenüber dem Hausherrn entlockt. Diesmal betrachtete er alles nur voller Neid. Die Stühle waren gepolstert. Auf dem Kaminsims stand Silbergeschirr, dessen Wert Herkner kurz im Kopf überschlug. Wäre es sein, müsste es diesen Besuch nicht geben.

Mit ihm befanden sich drei Männer im Raum. Bei keinem davon handelte es sich um den Juwelier. Derjenige, der ihn hereingeführt hatte, setzte sich rittlings auf einen Stuhl mit gerader Lehne und stützte die Unterarme darauf ab. Von den anderen beiden Männern lag einer lang hingestreckt auf einem gepolsterten Ruhebett, den Kopf von mehreren Kissen gestützt. Bei Herkners Eintritt drehte er sich auf die Seite, stützte sich mit dem Ellenbogen ab. Er betrachtete kurz den Neuankömmling, bevor er begann, an einem losen Faden der Polsterung zu zupfen. Der dritte Mann saß in einem breiten Armstuhl, den er ganz ausfüllte, und hatte die Füße auf einem Hocker abgelegt. Alle drei Männer hatten die Wämser abgelegt und die Schnüre der Hemden am Hals geöffnet, der Liegende ließ sogar einen Gutteil seiner Brust sehen.

Keiner machte sich die Mühe, aufzustehen und Georg Herkner zu begrüßen. Sie boten ihm weder einen Sitzplatz noch Wein an, obwohl sie selbst welchen tranken. Ein mutigerer Mann hätte sich vielleicht einfach gesetzt und sich bedient.

Herkner blieb in der Nähe der Tür stehen, einzig seine Kapuze nahm er ab und öffnete den Umhang am Hals.

»Da bin ich«, sagte er überflüssigerweise.

Niemand antwortete ihm. Der Liegende beschäftigte sich weiter mit dem losen Faden, die beiden anderen schauten ihn an. Sie taten das, um ihn zu verunsichern, das war so ihre Art. Herkner wusste das. Trotzdem gelang es ihnen.

»Gebt uns, was uns gehört. Danach werdet Ihr uns nie wiedersehen«, sagte der in dem Lehnstuhl dumpf.

»Das kann ich nicht. Noch nicht.« Schweiß sammelte sich auf Herkners Oberlippe, es schmeckte salzig, als er mit der Zunge darüberfuhr.

Derjenige, der verkehrt herum auf dem Stuhl saß, zog ein Messer, das scharrende Geräusch hallte laut in der Stille wider. Er begann, sich damit die Nägel zu reinigen.

»Wann?«, sprach wieder der im Lehnstuhl. »Ihr haltet uns hin, seit über einem Jahr.«

»Bisher waren wir sehr geduldig«, kam es vom Ruhebett.

»Ich habe eine größere Geldsumme in Aussicht. Es ist ... es dauert nicht mehr lange, dann bekommt Ihr Euer Geld.« Herkner unterbrach sich. Es hatte keinen Zweck, diesen Juden etwas zu erklären. Sie waren wie alle ihres Volkes, nur auf ihren eigenen Vorteil bedacht. Unter seinem Umhang zog er einen Beutel hervor und warf ihn dem Kräftigen im Lehnstuhl zu. »Mehr habe ich im Moment nicht.«

Der wog ihn einen Augenblick in der Hand, bevor er ihn auf den Boden plumpsen ließ. »Das reicht nicht.«

»Es sind Goldgulden drin.«

»Es sind keine zweitausend.«

»Ich schulde Euch nur tausendsechshundert.«

»Ihr vergesst die Zinsen, Meister Apotheker.«

»Das ist ...« Das Wort ›Judenwucher‹ konnte er gerade noch herunterschlucken. »Das ist dann eben so«, sagte er stattdessen und bereute es, keine Freunde mitgebracht zu haben, die vor der Tür warteten. »Ihr werdet Euer Geld bekommen, bis auf den letzten Groschen.«

Das zu sagen, war überflüssig. Sie bekamen immer ihr Geld. Und Herkner verfluchte sich nicht zum ersten Mal dafür, dass er nach dem Erwerb des Wittenberger Apothekenprivilegs von der Familie Mellerstedts nicht die Finger von dieser ach so günstigen Gelegenheit hatte lassen können. Sich an einem Handelsschiff zu beteiligen und beim Verkauf jeder Ladung einen Gewinn einzustreichen, hatte zu verführerisch geklungen. Ein Extragewinn für die Ausbildung seiner beiden Jungen in Leipzig. Pech nur, dass er die dafür notwendigen zweitausend Goldgulden nicht gehabt hatte. Das trieb ihn in die Arme dieser Männer. Noch mehr Pech war es gewesen, dass das Schiff gleich auf seiner ersten Fahrt im östlichen Mittelmeer Piraten in die Hände gefallen war. Das lieferte ihn auf Gedeih und Verderb diesen Männern aus. Mal hier ein Gulden, da ein Gulden, den er von seinem Einkommen als Apotheker abzweigte, reichte ihnen nicht. In seiner Not hatte er Tammes Vermögen eingesetzt und deshalb seinem Stiefsohn das Geld für dessen Examen nicht geben können.

Auf diese Weise war es ihm gelungen, vierhundert Goldgulden zurückzuzahlen, und jetzt taten sie so, als hätten sie noch keinen Groschen bekommen. In die tiefste Hölle mit ihnen.

»Zum Vermögen meines Stiefsohnes gehört ein Gut in Paunsdorf bei Leipzig. Es steht unter meiner Verfügungsgewalt. Das überschreibe ich Euch, wenn dadurch alle Schuld beglichen ist.«

Er konnte kaum glauben, was er sich da sagen hörte. Trotz des schlechten Lichts sah er denn auch ein gieriges Glitzern durch die Augen des Liegenden huschen, als der kurz aufschaute.

Die Miene des Kräftigen im Lehnstuhl hingegen blieb undurchdringlich. Der Mann tat, als überlegte er, zu dem einzigen Zweck, um ihn, Herkner, zappeln zu lassen.

Der Apotheker wusste um die Güte seines Angebots. Der Hof war weit mehr wert als zweitausend Goldgulden. Das war das Opfer, das sein Stiefsohn für die Familie bringen musste, für seine Mutter. Zu Tammes Vermögen gehörten noch zwei weitere Höfe. Die sicherten ihm und seiner zukünftigen Frau immer noch ein gutes Einkommen. Er hatte allerdings nicht viel Hoffnung, dass Tamme das genauso sehen würde. Aber ihm blieb keine andere Wahl.

»Nehmt Ihr mein Angebot an?« Herkner konnte das Schweigen nicht länger ertragen.

»Gemach, gemach.« Der Kräftige gebot ihm mit einer Handbewegung Schweigen.

Der Dritte, der ihm die Tür geöffnet, aber bisher noch kein Wort gesprochen hatte, hörte auf, mit dem Messer seine Fingernägel zu reinigen, und steckte es weg. Herkner nahm das als ein Zeichen, dass seine Lage sich verbessert hatte.

»Sehen wir aus wie Bauern?« Der Kräftige ließ ein meckerndes Lachen hören.

»Das Gut ist verpachtet. Ihr müsst nur viermal im Jahr hingehen und die Pacht holen, werte Herren. Niemand verlangt, dass Ihr auch nur eine Schaufel Erde in die Hand nehmt. Das haben mein Stiefsohn und ich auch nie gemacht.« Herkner versuchte sich an einem Lächeln und ahnte, dass es ihm nicht gut gelang.

»Was bringt es ein im Jahr?«, wollte wieder der Kräftige wissen.

»Zweihundert Gulden.« Er hatte die Summe verdoppelt, damit sein Angebot lohnender erschien.

»Das dauert zehn Jahre.«

»Nach zehn Jahren ist die Schuld bezahlt, und das Gut gehört immer noch Euch, werte Herren. Das nenne ich ein Geschäft.«

Wieder das Schweigen, während der Kräftige so tat, als überlege er. Herkner tropfte der Schweiß in den Kragen, lief seinen Rücken herunter. Das Hemd klebte ihm mittlerweile auf der Haut. Das Feuer im Kamin war beinahe heruntergebrannt, aber im Raum herrschte noch immer eine Temperatur wie in der Hölle.

»Wir nehmen das Gut. Eure Schuld beträgt dann aber zweitausenddreihundert Gulden«, sagte auf einmal der Liegende. Sein Tonfall war träge, und er hatte sich nicht bewegt. »Sofern unser Meister sich damit einverstanden erklärt. Ihr wisst, dass wir bei unserem kleinen Geschäft nur die Mittelsmänner gewesen sind?«

Herkner hörte davon zum ersten Mal, nickte jedoch mit unbeteiligter Miene. »Sofern Euer Meister sich gute Geschäfte nicht entgehen lassen will, wird er das Gut nehmen.«

»Vollmundige Worte.«

»Wahre Worte.«

»Ihr habt Mut, das muss ich Euch lassen, Herr Apotheker.« Der Kräftige verzog die Lippen zu einem Grinsen und zeigte seine verfaulten Zähne. »Nicht viele wagen es, so mit uns zu sprechen.«

Herkner war viel zu sehr damit beschäftigt, sich zu fragen, wessen Mittelsmänner sie wohl waren, um eine Antwort zu geben. Hatte er am Ende Geschäfte mit den Augsburger Fuggern gemacht? Oder mit Hansekaufleuten?

»Mit leeren Händen können wir nicht vor unseren Meister treten. Wir brauchen eine Sicherheit.«

»Gebt das halbe Gut«, verlangte der mit dem Messer und bewies mit seinen Worten sogleich, ein Mann der Tat und nicht des Geistes zu sein.

»Ich trage es nicht unter meinem Umhang mit mir herum.«

»Betrüger.«

»Wartet!« Herkner hob eine Hand. »Ich werde vom Stadtgericht in Wittenberg eine Urkunde ausstellen lassen, in der ich meine Verfügungsgewalt über das Gut bezeuge und außerdem verspreche, es an Euch zu überschreiben, sobald Euer Meister sein Einverständnis erteilt hat. Die Urkunde lege ich in meine Lade ...«

Der Messerträger wollte aufbegehren und auch die beiden anderen sahen nicht erfreut aus. Schnell sprach Herkner weiter: »Eine Abschrift dieser Urkunde gebe ich Euch.«

Herkner stolperte beinahe über seine Worte. Es musste ihm einfach gelingen, sie von seinem Plan zu überzeugen.

»Warum bekommen wir nur eine Abschrift?«

»Weil ... weil ...« Er wusste es selbst nicht so genau, war sich aber im Klaren darüber, dass bei diesen Männern höchste Vorsicht geboten war. Ihnen eine Urkunde in die Hand zu geben, konnte einen schweren Nachteil bedeuten.

In diesem Punkt musste er sich allerdings geschlagen geben und ihnen das Original versprechen.

»Ich brauche etwas Zeit.«

»Ein Dutzend Tage und keinen länger.« Es sprach wieder der Kräftige. »Ihr werdet uns die Sicherheit bringen. Keine Winkelzüge. Ich kann lesen, was in so einer Urkunde steht.«

»Es wird alles so geschehen, wie ich gesagt habe.«

»Ein Glas Wein auf unsere Vereinbarung.« Der Kräftige hob seinen eigenen Pokal und nahm einen kräftigen Schluck. Ein blassroter Tropfen rann über sein Kinn.

»Ein anderes Mal gern. Jedoch nicht am frühen Morgen, wenn ich noch meine Offizin öffnen muss.«

Der mit dem Messer brachte ihn wieder zur Tür.

Als er auf der Gasse stand, atmete Herkner tief durch. Er wischte sich den Schweiß aus dem Gesicht und lockerte seinen Kragen. Er hatte sich noch einmal Zeit verschafft.

Kapitel 6

»Gib der Frau das Brot, das wir mitgebracht haben«, forderte Sibilla Gronenberg ihre Tochter auf.

Mit ernstem Gesicht nahm Eufemia das Brot und legte es vor der mageren Frau in dem viel zu weiten Kleid und dem schmutzigen Kopftuch auf den Tisch.

»Ich danke Euch, Kind. Gott segne Euch und Eure Mutter. Ich werde Euch in meine Gebete einschließen.« Sie neigte den Kopf vor dem Mädchen.

Sibilla beobachtete ihre Tochter zufrieden. Sie besuchte zusammen mit ihr die Familie eines verunglückten Tagelöhners in der Fischervorstadt. Außer Brot und Suppe hatte sie den Leuten auch einen alten Rock von Almuth gebracht. Für einen guten Christenmenschen war es eine Freude, sich um die Armen und Beladenen zu kümmern. Eufemia musste das lernen, sie war noch schüchtern, aber diesmal hatte sie ihre Sache gut gemacht.

Ein Fuhrwerk war dem Mann vor zwei Wochen über das Bein gefahren, jetzt lag er stöhnend vor Schmerz auf seinem Lager. Zwei Stöcke schienten den gebrochenen Oberschenkel, eine Kräuterschlammpackung lag auf der offenen Wunde. Der Mann würde noch viele Wochen nicht arbeiten können und seine Familie besaß kein anderes Einkommen. Da hatte Sibilla es sich zur Aufgabe gemacht, an ihnen ein gutes Werk zu tun, und besuchte sie alle paar Tage mit einem Korb voller Essen.

Außer der Ehefrau gehörten vier kleine Kinder zu der Familie, davon drei Jungen, die ständig hungrig waren. In diesem Moment standen alle schon wieder um den Tisch herum und schauten mit großen Augen auf das Brot. Die Mutter schnitt drei Scheiben ab und gab sie den Kindern, die diese unter sich aufteilten, wobei die beiden kleineren sich eine Scheibe teilten.

»Geht es deinem Mann besser?«, fragte Sibilla leise die Mutter.

Deren Blick wurde sofort traurig. »Die Wunde will einfach nicht heilen, und er hat immer noch Fieber. So wahr mir Gott helfe, ich weiß nicht, was aus uns werden soll. Wenn Ihr und Eure Tochter uns nicht helfen würdet, ich wüsste nicht, wie ich die Kleinen satt bekommen sollte. Es ist nicht eine Münze mehr im Haus.«

Wenn das eine Bitte sein sollte, so überhörte Sibilla diese. »Ich komme in zwei Tagen wieder, schaue nach deinem Mann und bringe Essen. Bete für deinen Friedel, dann wird der Allmächtige ihn auch wieder gesund machen. Das hilft besser als jeder Medikus.«

Vor dem Haus strich sie ihrer Tochter übers Haar und ließ sie den leeren Korb tragen. »Es ist unsere Pflicht als gute Christen, den Armen und Beladenen zu helfen, aber nicht, ihnen auch noch Geld zu gehen. Verstehst du das, Kind?«

»Wenn wir ihr Geld geben, kann sie auf dem Markt etwas zu essen kaufen. Ist das nicht das Gleiche?«

»Das ist es nicht. Wir geben diesen Menschen, was sie am nötigsten brauchen: Essen und Arzneien. Mit Geld in der Hand würde die Frau am Ende nur Bier und Branntwein holen, um die Schmerzen ihres Mannes und ihre eigenen zu betäuben. Die Kinder vergessen sie dabei.«

Eufemia sagte nichts, schaute aber mit großen Augen zu ihrer Mutter auf. Sie konnte nicht verstehen, wie jemand seine eigenen Kinder vergessen konnte.

Aus einer Seitengasse der Fischervorstadt kam Dietlind Herkner, Tammes Mutter, auf sie zu. Sie war eine hübsche, schlanke Frau, der man nicht ansah, dass sie drei Söhne geboren hatte. Ihr Haar war noch voll und die Brüste fest. Mit kleinen grazilen Schritten schwebte sie mehr über die Gasse, als dass sie ging. An ihrem Arm baumelte ebenfalls ein Korb. In den Vorstädten gab es mehr als eine bedürftige Familie.

Sibilla richtete ihre Schritte so ein, dass sie an der Straßenecke mit ihrer zukünftigen Verwandten zusammentraf.

»Liebe Freundin«, schmeichelte sie. »Du hast auch eine arme Familie besucht?«

»Einen armen Fischer, dessen Frau gestorben ist. Nun ist er ganz alleine mit seinen drei Kindern. Die Kleinen haben seit Tagen nichts Richtiges mehr gegessen, und das Haus sah aus, als wäre eine Horde Schweine hindurchgelaufen.«

»Hast du etwa geputzt?« Sibilla konnte sich lebhaft vorstellen, wie es in einem Haus mit drei kleinen Kindern und ohne die ordnende Hand einer Frau aussah.

»Ich halte das für meine Pflicht den Kindern gegenüber. Sie waren so dankbar, weil sie mal wieder einen Napf Suppe zu essen hatten.« Frau Dietlind schaute zu der größeren Buchdruckergattin auf.

»Du hast es wirklich selbst gemacht?«

»Ich halte das für meine Pflicht.«

»Das Haus geschrubbt? Dafür gibt es Mägde.« Für Sibilla hatte Mildtätigkeit eine Grenze, und die zog sie bei schmutzigen, schweren Arbeiten.

»Es macht mir nichts aus.« Dietlind senkte die Stimme. »Hör, es gibt da eine Sache, die ich gehört habe und die dich vielleicht interessiert.«

»Ja?«Sibilla beugte sich ein Stück vor.

»Es geht das Gerücht, dass in unseren Landen Ablässe gekauft werden können.«

»Das hat der Kurfürst doch verboten.«

»Es soll trotzdem so sein, nachts auf einsamen Hügeln bei kleinen Dörfern. Alle, die etwas für die Erlösung ihrer Seele und die ihrer Verwandten tun wollen, können kommen und den Ablass erwerben.«

»Das ist …« Sibilla war sprachlos. Sie sollte die notwendigen Ablässe erwerben können, ohne nach Zerbst oder Jüterbog reisen zu müssen. Sie spürte, wie der Seelenfrieden zu ihr zurückkehrte.

»Ich dachte mir schon, dass dich das interessiert. In Wittenberg ist es kein Geheimnis, wie dein Mann über den Ablasshandel denkt. Er hält es da ganz mit der Ansicht Martin Luthers und wäre bestimmt nicht damit einverstanden, wenn du eine Reise auf dich nimmst, um Ablässe zu kaufen.«

»Tatsächlich haben wir bereits darüber gesprochen, und er hat nichts dagegen, weil es mir wichtig ist«, erklärte Sibilla. Sie neigte sich näher zu Frau Dietlind und senkte die Stimme noch weiter. »Er will nur nicht, dass es in Wittenberg bekannt wird, da er fürchtet, sonst keine Aufträge der Universität mehr zu bekommen, wenn er sich gegen Martin Luther stellt. Aber wenn ich gar nicht weit reisen muss ...«

Eufemia stand die ganze Zeit neben ihrer Mutter und lauschte dem Gespräch mit großen Augen. »Bekomme ich auch einen Ablass?«, fragte sie jetzt.

»Natürlich, mein Schatz«, versicherte ihre Mutter. »Dann sind alle deine Sünden abgebüßt, und du bist wieder rein wie ein Englein.«

Eufemia verstand zwar nicht ganz, was damit gemeint war, aber rein wie ein Englein zu sein, das hörte sich gut an. Sie strahlte über das ganze Gesicht und stellte sich vor, wie sie in einem seidenen Kleidchen mit vielen anderen Engeln über eine Wiese lief und mit ihrem Kaninchen spielte. Ob Hinke-Cuno dann auch ein Engel wurde?

»Mein Georg lässt mich hingehen und Ablässe für die ganze Familie erwerben. Wir haben auch Herrn Luther in der Stadtkirche gehört. Es ist von guter Logik, was er sagt, meint mein Georg. Aber wer weiß, ob es wahr ist, was er spricht – immerhin stellt er sich gegen den Heiligen Vater in Rom. Das Beste wird sein, ein gottgefälliges Leben zu führen und einen Ablassbrief zu kaufen.« Frau Dietlind sah zufrieden aus mit dieser Entscheidung. »Ich werde deshalb gehen, um den Ablassprediger in der Nacht zu hören. Das wird sein wie in der Bergpredigt. Wenn du willst, bringe ich dir den Ablass mit. Wie viele brauchst du für dich und deine Familie?«

Sibilla war erleichtert und dankte Frau Dietlind, indem sie deren Hände ergriff. Danach zählte sie die Mitglieder ihres Haushalts auf. Auch für ihren Ehemann wollte sie einen Ablass erwerben und für einige verstorbene Verwandte. Am Ende kam sie auf elf Personen und eine hübsche Summe von dreiunddreißig Gulden, die das kosten würde. Sie versprach Frau Dietlind, ihr das Geld und eine Liste mit den Namen aller Personen zu bringen.

Die beiden Frauen setzten ihren Weg durch die Vorstadt Richtung Wittenberg fort. Dicht nebeneinandergehend wie beste Freundinnen erreichten sie den kleinen Platz, der das Zentrum der Fischervorstadt bildete. Vor einem Haus war eine Menschenmenge zusammengelaufen. Aus ihrer Mitte erklang lautes Wehklagen. Die beiden Frauen gesellten sich zu der Menge, Eufemia wurde befohlen, an einer Hausecke stehen zu bleiben und zu warten. Sie blieb zwar zurück, war aber viel zu neugierig, um dem Befehl ihrer Mutter zu gehorchen.

Vor dem Haus lag ein spindeldürrer Toter, ein älterer Mann mit grauem Haar und struppigem Bart. Neben ihm kniete eine junge Frau. Sie stieß das Wehklagen aus und streichelte unentwegt seine eingefallenen Wangen.

»Vater, Vater«, klagte sie. »Heiliger Lazarus, vor zwei Tagen war er noch kerngesund und nun das.«

Der Tote war bis auf eine schmuddelige Bruche nackt. Schwarzverfärbte Beulen blühten unter seinen Achseln und in seiner Leiste. Die Menge betrachtete ihn mit Abscheu und Faszination zugleich.

»Die Pest«, flüsterten die Menschen sich zu. »Es ist die Pest.«

»Ist es die Pest?«, fragten andere zurück.

Die schlanke Frau Dietlind drängte sich durch die Menge, bis sie ganz vorn stand und einen ungehinderten Blick auf den Toten werfen konnte. Sie sah die Beulen, und als Frau des Wittenberger Apothekers erkannte sie, dass es sich tatsächlich um die Pest handelte. Eine kalte Hand griff nach ihrem Herzen.

Die Vorstädter wogten hin und her; sie wollten vor dem Toten zurückweichen, gleichzeitig jagte er ihnen einen Schauder den Rücken hinunter, dem sie sich nicht entziehen konnten. Eine Frau beugte sich vor, um die Tochter von ihrem Vater wegzuziehen.

Frau Dietlind griff ein. »Niemand darf den Toten berühren«, sagte sie laut. »Es darf auch nichts angefasst werden, was ihm gehört oder er berührt hat. Ich bin die Frau des Apothekers, hört auf mich. Geht in eure Häuser, verschließt die Fenster und die Türen und kommt nicht wieder heraus, bis der Tote abgeholt und beerdigt wurde. Wo sind die Ältesten aus der Fischervorstadt?«

»Beim Fischen«, lautete die Antwort.

Die Worte der Apothekergattin zeigten Wirkung. Die ersten Leute strebten ihren Häusern zu. Türen wurden zugeschlagen und Fensterläden vorgeklappt.

»Der Rat muss informiert werden«, fuhr Frau Dietlind fort. »Schickt einen Boten in die Stadt zum Schreiber.«

Niemand machte sich auf den Weg, dafür begaben sich immer mehr Leute in ihre Häuser.

»Nun macht schon!«, rief Frau Dietlind ärgerlich. Sie stemmte die Arme in die Hüften und schaute einen jungen Burschen, der nur aus Armen und Beinen zu bestehen schien, strafend an.

Der Junge rannte davon. Inzwischen standen kaum noch Menschen vor dem Haus. Sibilla berührte Frau Dietlind am Ärmel.

»Wir müssen hier weg und uns in Sicherheit bringen, bevor wir die ganze schlechte Luft einatmen.« Sie schaute sich nach ihrer Tochter um. Eufemia stand nicht mehr an der Ecke. Wo war das Mädchen? Hatte sie am Ende …? Ihre einzige Tochter.

Da stand sie allein ganz in der Nähe des Toten und starrte auf ihn hinunter. Dessen Tochter kniete immer noch neben ihm, ihre Klage war inzwischen ein tränenersticktes Weinen geworden.

Sibilla sprang auf Eufemia zu und riss sie zurück. Eine Ohrfeige traf die Wange des Mädchens. Ihr Kopf flog zur Seite, und auf ihrer zarten Haut zeichneten sich Fingermale ab.

»Habe ich dir nicht gesagt, du sollst dich nicht vom Fleck rühren!« Vor Sorge klang ihre Stimme schrill.

Mit Eufemia an der Hand und Frau Dietlind hinter sich eilte Sibilla auf das Elbtor zu. Sie musste nach Hause, sie musste dafür sorgen, dass sie in Sicherheit kamen.

Im Haus des Buchdruckers zogen Sibilla und Eufemia ihre gesamte Kleidung aus. Sie wurde später auf dem Hof verbrannt. Sibilla tat es um das Kleid aus gutem Stoff leid, das sie erst einige Male getragen hatte. Es half jedoch nichts, alles, was sie am Leib gehabt hatten, könnte von der Pestilenz verunreinigt sein. Sich selbst schrubbten sie mit einer Mischung aus Asche und Wasser ab, bis die Haut rot war und brannte. Eufemia wollte sich dieser Prozedur entziehen, aber sie wurde von ihrer Mutter erbarmungslos festgehalten. Mehrere Dutzend Male wurde sie gefragt, ob sie den Toten oder seine Kleidung wirklich nicht berührt habe. Sie verneinte jedes Mal. Die Tochter des Toten hatte sie auch nicht angefasst, sondern nur sehen wollen, was dort vor sich ging. Als dann das Wort ›Pestilenz‹ die Runde machte … sie war doch kein dummes Kleinkind mehr und wusste um die Gefahr dieser Seuche. Nur Beten half, und das hatte sie für den Toten in der Vorstadt gemacht, um ihm den Weg in den Himmel zu ebnen. Was für ein gutes Kind, Sibilla drückte ihre Tochter und küsste sie auf den Scheitel.

Nach der Waschung rieben sie die Haut mit Rosenöl ein.

Die kostbare Essenz stank, und jedes Mal, wenn Eufemia an ihrer Hand roch, zog sie die Nase kraus. Wie ihre Mutter das für einen Wohlgeruch halten konnte?

Der sitzende Rat der Stadt Wittenberg kam wenige Stunden nach dem Eintreffen der Nachricht über den Pesttoten in der Fischervorstadt zusammen. Die Männer brauchten keine lange Aussprache, bevor sie genau die gleichen Verordnungen trafen, die sie auch letztes Jahr bei Auftauchen der Pestilenz erlassen hatten. Sofortige Beerdigung der Toten noch am Tag des Ablebens, keine Aufbahrung im Haus, keine Trauerfeier. Alle Kleidung und aller Besitz des Toten mussten verbrannt, sein Haus ausgeräuchert werden. Einen ganzen Monat durfte die Familie des Toten das Haus nicht verlassen, bis sicher war, dass sich niemand angesteckt hatte oder jemand an der Pestilenz gestorben war. Nach diesem Monat wurde das Haus noch einmal ausgeräuchert und danach die Bewohner wieder in die Gemeinschaft der Wittenberger aufgenommen. Für die Bestattung der an der Pestilenz Gestorbenen wurden zwei Seelweiber eingestellt, die die Leichen in Tücher einzunähen hatten, ihnen zur Seite wurden zwei Totengräber gestellt. Damit sich jemand für diese gefährliche Tätigkeit bereitfand, versprach man eine gute Belohnung. Zum Pestarzt wurde Thomas Eschaus ernannt, Medikus und außerordentlicher Professor an der Leucorea.

In den Vorstädten würden die Menschen eigene Seelweiber und Totengräber bekommen, die von ihren Abgaben zu bezahlen waren, bisher kosteten die beschlossenen Maßnahmen die Stadt keinen Gulden, und noch konnte man zum heiligen Lazarus und den Pestheiligen Rochus und Sebastian beten, dass es so weit nicht kommen möge.

Den Katalog an Vorkehrungen gegen die Ausbreitung der Pestilenz ließ der Stadtrat bei Johann Gronenberg drucken. Er wurde an den Kirchen, dem Rathaus, jedem Stadttor und in den Vorstädten ausgehängt.

Alle beteten zum heiligen Rochus und zum heiligen Sebastian, dass die Pestilenz die Stadt verschonen möge.

Zunächst ging es gut, aber dann lag eines Morgens die Frau eines Flickschusters aus der Kupfergasse tot in ihrem Bett. Sie hatte schwarze Beulen unter den Achseln und an den Leisten. Der Schuster rannte weinend im Haus umher. Fünf Kinder und sein alter Vater fielen in das Klagen ein. Einer riss die Haustür auf und brüllte seinen Schmerz in die Gasse hinaus. Die Tür blieb offen, und die neugierige Nachbarin ging nachschauen. Schreiend rannte sie aus dem Haus, und es dauerte nicht mehr lange, bis auf die Tür mit Kohle ein schwarzes Kreuz gemalt wurde.

Die Pestilenz!

Die Pestilenz war in Wittenberg!

Die Pestilenz bedrohte alle!

Vormittags erreichte die Nachricht den Marktplatz und die Seelweiber, die in einem Verschlag neben der Stadtkirche darauf warteten, dass sie gebraucht wurden. Sie machten sich auf den Weg zum Haus des Schusters.

Vom Markt brachte die Magd Els die Nachricht ins Haus Gronenberg.

Im Hof war Almuth gerade dabei, den Hühnern alte Brotbrocken und die Reste des Breis vom vergangenen Abend hinzustellen. Sie hatte die Magd nur mit fliegenden Röcken die Hofeinfahrt hineinlaufen sehen. Den Einkaufskorb hatte Els an der Hausecke verloren, und sie schmetterte die Haustür hinter sich zu, als gelte es, den Teufel persönlich auszusperren.

Almuth kippte den Hühnern das restliche Futter hin. In einer Wolke aus Federn und Gegacker stürzten sie sich darauf. Verwundert über Els' seltsames Verhalten, holte sie den Korb – noch gänzlich ohne Einkäufe – und ging durch die Hintertür ins Haus. In der Küche traf sie nicht nur auf Els und ihre Schwägerin Sibilla, sondern auch auf ihren Bruder und Hans Lufft.

Von den Erwachsenen unbemerkt, stand Eufemia klein und schmächtig in einer Ecke. Die Augen hatte sie weit aufgerissen und eine zur Faust geballte Hand auf den Mund gepresst. Almuth stellte sich neben sie und strich ihr über das Haar.

»Wir müssen sofort die Stadt verlassen«, sagte Sibilla. Vor Aufregung klang ihre Stimme noch schriller als gewöhnlich. »Du darfst deine Tochter keiner Gefahr aussetzen, Johann.«

Eufemia zuckte bei diesen Worten zusammen und drückte sich eng an Almuth.

»Das ist nichts als das Gerede einer Magd. Els glaubt alles, was sie auf dem Markt aufschnappt. Alle zwei Tage kommt sie mit Neuigkeiten nach Hause, von denen kaum die Hälfte wahr ist«, erwiderte Johann seiner Frau.

Els stand neben ihrer Herrin, blass und mit weitaufgerissenen Augen. Ihre Unterlippe zitterte, aus ihrem geflochtenen Haarkranz hatten sich mehrere Strähnen gelöst und standen wirr vom Kopf ab. »Es ist die Pestilenz! Die Pestilenz!«

Almuth schwindelte für einen kurzen Moment. Die Maßnahmen des Rates gegen die Pestilenzvorfälle in den Vorstädten hatten es nicht vermocht, diese schlimmste Geißel der Christenheit aus der Stadt herauszuhalten. Sie hätten vielleicht die Stadttore schließen, niemanden mehr herein- oder hinauslassen sollen. Alle drei Wittenberger Stadttore führten in die Vorstädte und in die Nähe der Pestilenz. Die schlechte Luft machte aber wohl vor der Stadtmauer nicht halt. Almuth selbst war zu jung, um eine der großen Seuchen erlebt zu haben, aber sie kannte alle Geschichten, die darüber erzählt wurden.

Es hatte kaum ein Haus gegeben, in dem nicht Tote zu beklagen waren, in vielen hatte nicht einer überlebt. Die Toten hatten in den Straßen gelegen, weil niemand mehr da gewesen war, um sie zu beerdigen. Ratten fraßen das verseuchte Fleisch und ließen nur bleiche Knochen übrig. Am Ende wurden sie so fett und groß wie Kaninchen. Ohne es selbst zu bemerken, faltete Almuth die Hände und sprach in Gedanken eine kurze Fürbitte an den heiligen Sebastian.

»Die Pestilenz war in der Vorstadt, ich habe den Toten selbst gesehen. Und jetzt ist sie auch bei uns. Ich will nicht länger hierbleiben.« Sibilla kniff die Lippen zu einem schmalen Strich zusammen.

»Werden wir jetzt alle Engel?«, fragte Eufemia mit heller Stimme dazwischen.

Jeder in der Küche schaute sie an. Johann fasste sich als Erster. »Nein, meine Kleine. Wie kommst du denn darauf?«

»Weil die Pestilenz in der Stadt ist.«

»Da hast du es«, warf Sibilla ein. »Das Kind hat Angst. Wir können nicht länger in der Stadt bleiben. Ich packe sofort alles zusammen. Bevor die Glocken das nächste Mal läuten, sind wir fort.«

»Eufemia hätte keine Angst, würdest du nicht so tun, als lägen wir alle demnächst tot in unseren Betten«, brachte Johann streng an.

»Werden wir dann keine Engel?«, fragte wieder Eufemia, und diesmal klang sie eindeutig enttäuscht.

Almuth beugte sich zu ihr hinunter. »Später. Bis dahin dauert es noch eine lange Zeit«, flüsterte sie ihrer Nichte zu.

»Unser Geschäft ist hier«, fuhr Johann fort. »Wir können nicht einfach gehen und alles zurücklassen. Wir werden unsere Kunden verlieren, die Grundlage unserer Existenz, wenn wir für Wochen oder Monate die Stadt verlassen. Wo sollen wir auch hingehen?«

»Nach Trotta. Mein Bruder nimmt uns bei sich auf.«

»Dein Bruder hat die Tochter eines Böttchers geheiratet und ist nun selbst einer geworden. Er wohnt in einem Haus mit einer Küche und zwei kleinen Kammern. Das einzig Große bei ihm ist sein Hof, auf dem er das Holz für seine Fässer lagert. Er hat keine Magd im Haus, die für Ordnung sorgt, dafür aber zwei Gesellen und einen Lehrjungen. Außerdem Zwillinge, die erst vier Jahre alt sind und den ganzen Tag schreien. So sieht auch sein Haus aus, du hast es selbst gesagt. Da wird Eufemia ganz bestimmt von Flöhen und Spinnen gebissen und erst recht krank werden.«

»Ich habe auch noch eine Schwester.«

»Mit der du in Streit gerätst, sobald ihr euch im selben Raum aufhaltet. Weder du noch ich wollen das auf uns nehmen. Deiner armen Schwester kann man es auch nicht zumuten. Ich will erst einmal sehen, ob es stimmt mit der Pestilenz, so lange wird hier niemand gehen. Schließt die Türen und die Fensterläden und bleibt alle im Haus, bis ich zurückkomme.«

»Ich begleite dich«, sagte Almuth. Es hatte ihr noch nie behagt, tatenlos im Haus zu sitzen und zu warten. Neuigkeiten erfuhr sie am liebsten aus erster Hand. Sie drängte sich deshalb an Hans Lufft vorbei, bis sie vor ihrem Bruder stand. »Ich hole nur mein Umschlagtuch.«

»Du bleibst im ...«

Mehr als diese hastig hervorgestoßenen Worte ihrer Schwägerin hörte Almuth nicht. Sie hatte sich schon aus der Küche gezwängt und lief die Treppe nach oben zu ihrer Kammer im zweiten Stock. Als sie mit dem Tuch um Kopf und Schultern wieder nach unten kam, traf sie ihren Bruder im langen Hausflur an. Gemeinsam betraten sie durch die vordere Tür die Gasse. Johann Gronenberg schloss hinter ihnen sorgfältig ab.

In der Stadt war eine veränderte Stimmung wahrzunehmen. Es waren viel weniger Leute zu sehen als an einem gewöhnlichen Donnerstagvormittag. Die Kinder, die sonst mit Filzbällen, Puppen oder geschnitzten Ritterfiguren vor den Häusern spielten, fehlten. Niemand fegte Schmutz zur Tür hinaus, um danach auf den Besen gestützt die Kinder einen Augenblick zu beobachten oder einen Schwatz mit der Nachbarin zu halten. Nicht einmal mehr Schweine und Hühner scharrten in der Gosse.

Johann Gronenberg eilte Richtung Marktplatz. Mit seinen langen Beinen ging er so schnell, dass Almuth ihm kaum folgen konnte, ohne zu rennen.

»Wo willst du hin?«, keuchte sie.

»Zum Haus von Thomas Eschaus. Wenn einer etwas über einen Ausbruch der Pest weiß, dann er.«

Almuth konnte nur nicken, zum Sprechen fehlte ihr die Luft. Ihr Bruder bemerkte es nicht, denn er eilte ihr weiter einen Schritt voraus.

Das Haus des Wittenberger Medikus und Professors der Universität lag in der Jüdengasse, hier waren Fenster und Türen verschlossen wie überall in der Stadt. Der Buchdrucker hämmerte mit der Faust gegen das harte Eichenholz der Tür.

Statt dieser wurde ein Fensterladen im ersten Stock aufgestoßen. Eine ältere Frau mit grauem Haar unter der Haube steckte kaum mehr als ihre Nasenspitze heraus. Wahrscheinlich eine Magd, dachte Almuth.

»Was gibt es?«, wollte die wissen.

»Ich möchte zu Thomas Eschaus.«

»Der Herr ist nicht da.« Die Frau wollte den Fensterladen wieder schließen.

»Wo ist er hingegangen?«, fragte Johann schnell.

Der Laden war nur noch einen Spaltbreit geöffnet, ihr Gesicht nicht mehr zu sehen. »Zu Patienten«, ertönte es dumpf.

Der Fensterladen klappte zu.

Johann holte tief Luft und hämmerte erneut mit der Faust gegen die Tür. Diesmal dauerte es länger, bis der Fensterladen geöffnet wurde, die Magd zeigte sich jedoch nicht mehr.

»Was wollt Ihr noch?«

»Du weißt, dass in Wittenberg von der Pestilenz geredet wird? Deswegen muss ich mit Thomas Eschaus sprechen. Verlässt die Universität die Stadt?«

»Ich weiß nicht, wann er wiederkommt oder was mit der Universität ist. Das machen die hohen Herren unter sich aus.«

»Dann warte ich auf ihn.«

»Ich kann Euch nicht daran hindern, auf der Gasse zu stehen.«

Zum zweiten Mal wurde der Fensterladen zugeschlagen. Diesmal hämmerte Johann Gronenberg nicht mehr gegen die Tür, sondern lehnte sich an die Wand. Er fuhr sich mit der Hand über das Gesicht. Almuth spürte die Last der Verantwortung für einen ganzen Haushalt auf seinen Schultern.

»Wir können auf den Markt gehen und uns umhören. Dort sind immer Leute«, schlug sie vor.

Ihr Bruder nickte, und sie machten sich auf den Weg.

Auf dem Markt waren die Händler dabei, ihre Waren zusammenzuräumen. Einer ließ die Peitsche knallen und trieb seine Ochsen an. Der Wagen fuhr so dicht an Almuth vorbei, dass er ihr beinahe über die Füße gerollt wäre.

»Wartet!«, rief Johann dem Mann hinterher, aber der hörte nicht.

»Wir fragen jemand anderes.« Almuth schaute sich um.

Das große Nordportal der Stadtkirche stand weit offen. Die Menschen strömten hinein. Gesang drang auf den Platz.

Ein alter Mann zog einen Handkarren hinter sich her. Hoch aufgetürmt lagen Kessel und Werkzeuge und Decken. Ganz oben hatte es sich ein kleiner Hund bequem gemacht. Der Wagen ratterte und klapperte, als wären dort mindestens drei und nicht nur einer unterwegs. Almuth kannte ihn, der Mann war als Kesselflicker in Wittenberg und Umgebung unterwegs.

»Ich verlasse Wittenberg, bis die Pestilenz vorbei ist. Wenn Ihr klug seid, verfahrt Ihr ebenso«, keuchte er als Antwort auf ihre Frage.

»Ich habe nur von einem Flickschuster gehört, dessen Frau es getroffen hat. Weißt du noch von anderen Opfern?«

»Was muss man da wissen? Es ist die Pestilenz. Das reicht doch.«

»Mir scheint, halb Wittenberg hat seinen Verstand in der

Gosse verloren. Wir hatten beinahe in jedem Jahr ein paar Pesttote«, mischte sich ihr Bruder ein.

Der Kesselflicker eilte weiter, ohne sie noch einer Antwort zu würdigen. Die Pestilenz bringt in einigen Menschen das Beste hervor, in anderen das Schlechteste und in den meisten die Angst, dachte Almuth. Auch ihr kroch es auf einmal kalt den Rücken hinunter. Wenn sogar schon die Kesselflicker die Stadt verließen ... Dann sollten sie vielleicht die Enge bei Sibillas Bruder oder den Streit bei ihrer Schwester in Kauf nehmen.

»Ich glaube, da kommt Meister Eschaus«, sagte Johann und zeigte auf eine Gruppe Menschen, die von der Mittelgasse aus den Marktplatz betraten. In den schwarzen Roben der Studenten eilten junge Männer hinter einem Älteren her.

Sie schaute hin, vergewisserte sich noch einmal. Es war Thomas Eschaus mit seinen Studenten.

»Oh, Tamme ist bei ihnen.«

Wie war der unter die Medizinstudenten geraten? Inzwischen befand sich außer ihnen auch niemand mehr auf dem Marktplatz. Almuth fing Tammes Blick ein, und er zwinkerte ihr zu. Sie wollte an seine Seite eilen, verstohlen die Hand in seine schieben, aber die Gegenwart der anderen Studenten hielt sie zurück. Er mochte ihre Verbundenheit vor Kommilitonen nicht allzu deutlich zeigen.

Der Medikus hatte sie ebenfalls gesehen und kam auf sie zu. Johann fragte ihn nach der Pestilenz.

»Sie ist es, ohne jeden Zweifel. Ich komme eben aus dem Haus des Flickschusters, dessen Frau gestorben ist. Schwarze Beulen unter den Achseln und in der Leistengegend, eine andere Diagnose ist nicht möglich. Leider.«

»Und denkt Ihr, die Stadt ist in Gefahr?«

»Ihr wisst so gut wie ich, dass das niemand vorhersagen kann. Die arme Frau ist bisher die einzige Tote, und soweit ich es bisher sagen kann, hat sich kein anderer angesteckt. Genau wissen wir das aber erst in einigen Wochen. Das Haus habe ich ausgeräuchert, aber ob das die Pest vertreibt, weiß nur Gott allein. Möge er unseren Seelen gnädig sein.«

Almuth atmete trotzdem aus. Der Medikus war bisher der Einzige, der vernünftig redete und wusste, wovon er sprach.

»Wird die Universität die Stadt verlassen?«

Die junge Frau hörte das Unbehagen in den Worten ihres Bruders. Von der Antwort hing viel für ihn ab. Die Universität verschaffte der Buchdruckerei Gronenberg die meisten Aufträge, stellte sie ihren Betrieb in Wittenberg vorübergehend ein, konnte Johann seine Druckerei ebenfalls schließen und das Ende der Seuche außerhalb der Stadt abwarten.

»Für so eine Entscheidung ist es viel zu früh«, erwiderte Thomas Eschaus. »Ich kann nicht für den Rektor sprechen, aber das ist meine Meinung. Die werde ich ihm auch sagen, sollte er mich fragen.«

»Ihr gebt mir wieder Hoffnung, werter Herr Eschaus. Solange die Universität in Wittenberg bleibt, bleibe ich auch.«

»Wacker gesprochen. Wenn alle die Vorsichtsmaßnahmen einhalten, zu denen ich ihnen geraten habe, wird sich daran auch nichts ändern.«

»Welche sind das?«

»Die Nachbarn des Flickschusters sollen nicht mehr in dessen Haus gehen oder mit ihm und seiner Familie reden. Sie sollen nichts anfassen, was aus diesem Haus stammt. Die Tote muss noch heute beerdigt werden. Die Familie muss in ihrem Haus eingeschlossen bleiben, bis wir sicher sein können, dass sich niemand angesteckt hat oder bis sie alle …« Der Medikus sprach es nicht aus, aber jeder wusste, was er meinte. »Der Rat hat alles bereits beschlossen, und es muss nun unbedingt eingehalten werden.«

Almuth lief ein Schauer über den Rücken.

Thomas Eschaus sprach schnell weiter: »Essen und Wasser kann man ihnen durch eine Klappe ins Haus schieben, und ich werde jeden Tag hingehen und nachschauen, ob sie noch leben und gesund sind. Mehr kann man nicht tun.«

»Ich danke Euch.« Johann wollte dem Medikus die Hand geben, aber der wich zurück.

»Ihr solltet Vorsicht walten lassen, Meister Gronenberg.«

Später am Tag kam Tamme ins Buchdruckerhaus. Die Verlobten umarmten sich und tauschten verstohlene Küsse.

»Ich bin eigentlich nur gekommen, um zu sagen, dass die Universität die Stadt nicht verlassen wird«, sagte Tamme. Der feste Händedruck, mit dem er Almuths umfasst hielt, und der innige Blick, den er mit ihr tauschte, straften seine Worte jedoch Lügen. Er war mindestens ebenso sehr gekommen, um seine Verlobte zu sehen.

»Was hast du unter den Studenten der Medizin gemacht?«, wollte Almuth von ihm wissen.

»Ich bin nur zufällig unter sie geraten.«

»Warst du im Haus des Flickschusters?«

»Du fragst strenger als der Stadtrichter«, entgegnete Tamme lachend.

»Das ist kein Spaß.«

»Hältst du mich für leichtsinnig? Ich gehe doch nicht in das Haus eines Pestkranken. Niemand außer dem Medikus ist reingegangen. Er war vorsichtig. Du warst doch selbst dabei, als er deinem Bruder nicht die Hand geben wollte.«

Almuth war noch nicht beruhigt. »Versprich mir, dich keiner Gefahr auszusetzen.«

Er legte die rechte Hand auf sein Herz. »Das verspreche ich dir. Es wird mir nichts passieren. Diese Aufregung gibt es doch jedes Jahr in der Stadt, weil jemand an der Pest stirbt. Vertrauen wir auf Gott, auf uns und Thomas Eschaus.«

»In dieser Reihenfolge?« Almuth musste kichern.

Als Antwort küsste Tamme sie.

Kapitel 7

Im Laufe des Tages waren viele Kunden gekommen, hatten Theriak, Mithridat, Rauchpulver und Latwergepflaster bei Georg Herkner gegen die Pestilenz gekauft. Mit den Einnahmen des Tages hätte er zufrieden sein können, dennoch saß er in seinem Laboratorium am Arbeitstisch, der unter einem Fenster die ganze Länge der Wand einnahm. Hinter ihm stand ein Schrank, dessen untere Hälfte in viele kleine Schubladen aufgeteilt war, in denen Pulver, Samen, Kapseln und dergleichen mehr lagerten, bis er sie zu Arzneien verarbeitete. Die obere Hälfte des Schrankes enthielt in Fächern Tonflaschen mit fertigangemischten Arzneien. Säcke mit Gewürzen waren auf dem Boden aufgereiht, von der Decke herab hingen Bündel getrockneter Heilpflanzen. Alles strömte Gerüche aus, die Georg Herkner längst nicht mehr wahrnahm.

Neben und vor ihm auf dem Tisch standen ohne Ordnung Glaskolben und -flaschen, Dreibeine und flache Schalen mit brennbarem Öl sowie ein schwerer steinerner Mörser mit Stößel. Dazwischen lag achtlos sein wertvollster Besitz: die beiden Bücher mit den Rezepturen. Eines war aufgeschlagen, auf der Seite hatte er vor Tagen einen Bierbecher abgestellt. Er enthielt noch eine trübe Neige und hatte einen Rand auf der Seite hinterlassen. Das Laboratorium erinnerte an die Studierstube eines Alchemisten, und tatsächlich hielten nicht wenige die Tätigkeit eines Apothekers für Hexenwerk.

›Apothecarius Georg Herkner – Arzneien und Gewürze‹, untergebracht in einem zweistöckigen Haus in der Residenzstadt Wittenberg. Darauf könnte er stolz sein. Im Moment war er es jedoch nicht. Er fühlte sich, als läge die Last der Welt auf seinen Schultern. Seine Frau war nicht da. Dietlind ging mit anderen Wittenbergern Gerüchten nach, um Ablässe auf einsamen Hügeln zu kaufen. Von den Gerüchten hatte er auch gehört, und es konnte auf jeden Fall nicht schaden, Vorsorge für das Seelenheil im Jenseits zu treffen. Obwohl auch die Argumente des Stadtpredigers Martin Luther etwas für sich hatten.

Um das Jenseits sorgte er sich gegenwärtig jedoch nicht. Eine Frist von zwölf Tagen lag ihm schwer auf dem Gemüt. Er musste eines von Tammes Gütern weggeben. Und zunächst in einer Urkunde öffentlich versprechen, es zu tun. Bisher hatte er noch keinen Schritt unternommen, die Forderung seiner Gläubiger zu erfüllen, aber ihm lief die Zeit davon. Von den zwölf Tagen waren bereits zehn vergangen. Er musste einen Weg finden, die Urkunde so zu formulieren, dass daraus keine Besitzansprüche abgeleitet werden konnten. Es tat ihm in der Seele weh, das Bauerngut wegzugeben. Im Laufe der Jahre würde es weit mehr einbringen, als seine Schulden betrugen. Gern hätte Herkner sich mit einem Rechtsgelehrten beraten, wenn er es nur gewagt hätte, sich einem anzuvertrauen. Gab es nicht doch einen anderen Weg, die Schuld zu bezahlen und das Gut zu behalten?

Den Kopf in die Hände gestützt, richtete er wieder den Blick auf die langen Zahlenkolonnen vor ihm auf dem Tisch: seine Käufe und Verkäufe in diesem Jahr. Sosehr er auch rechnete, die Einnahmen deckten gerade die Ausgaben. Die Leute, vor allem die ärmeren Wittenberger, verließen sich viel zu oft auf selbstzusammengerührte Mixturen, als bei ihm bewährte Arzneimittel zu kaufen. Er käme mit Dietlind und den Jungen über die Runden, wenn da nicht diese Schulden wären.

Er zog ein anderes Blatt Papier zu sich heran und faltete es auseinander. Es enthielt ebenfalls lange Zahlenkolonnen, nur waren die Beträge bedeutend höher als die in seinem Kaufmannsbuch. Es waren die Einnahmen seines Stiefsohnes. Die Abrechnungen, die er dem Studenten zeigte, enthielten wesentlich geringere Erträge. Daraus bestritt Tamme seinen

Lebensunterhalt, und sie stopften die Löcher in Herkners eigener Wirtschaft. Das Geld, das er den Juden vor die Füße geworfen hatte, stammte aus Tammes Einnahmen, ebenso wie die Gulden, die er ihnen bereits vorher zurückgezahlt hatte.

Aber wie konnte er es zuwege bringen, den Juden einen der Höfe zu überschreiben, ohne dass Tamme etwas davon bemerkte? Ausgeschlossen – der Junge war kein Idiot, dem man etwas vormachen konnte. Blieb nur, ihn zu überreden. Dietlind könnte das wesentlich besser als er.

Er hörte ein Geräusch vor der Tür des Laboratoriums, gleich darauf wurde angeklopft.

»Moment!« Hastig schob er die Liste mit den Einnahmen aus Tammes Gütern zwischen die anderen Papiere, nahm einen Federkiel zur Hand und tat so, als trüge er etwas in seine eigenen Bücher ein.

Die Tür wurde geöffnet, und sein Stiefsohn trat ein.

»Kannst du nicht warten, bis ich dich hereinbitte?«, knurrte Herkner. »Ich bin mit den Büchern beschäftigt.«

»Das trifft sich gut. Genau darüber muss ich mit dir reden.« Tamme warf ihm einen finsteren Blick zu. Herkner drehte die Feder zwischen den Fingern und tat so, als warte er ungeduldig, dass sein Stiefsohn endlich zur Sache kam. Der tat ihm den Gefallen und wollte Einsicht in die Abrechnungsbücher seiner Bauerngüter.

Das Einfachste wäre es nun gewesen, ihm die Liste mit den Zahlen zu geben, aber aus verschiedenen Gründen kam das nicht in Frage.

»Die habe ich nicht hier«, wich der Apotheker aus.

»Dann gib mir eben die fünfzig Gulden in Gold, die ich für meine Assessorprüfung einzahlen muss. Danach ist mein Studium abgeschlossen, und du bist die Last der Verwaltung meiner Güter los.«

»Ha! Wie stellst du dir das vor? Glaubst du, dass ich so eine ungeheure Summe mit mir herumtrage?« Seine Entrüstung musste Herkner nicht einmal vortäuschen – sie war echt, angesichts der Unverfrorenheit seines Stiefsohnes.

»Hol das Geld aus deiner Truhe. Der mit den drei Schlössern, die du in der Kammer unter der Treppe verwahrst. Die Kammer, die immer abgeschlossen ist.«

»Da sind keine fünfzig Gulden in Gold drin.«

»Dann gib mir eine beeidete Abrechnung meiner Landgüter. Ich will selbst sehen, ob sie das Geld inzwischen abgeworfen haben oder nicht.«

»Ich würde dir das Geld geben, wenn es da wäre. Aber der Herr Student der Rechte beansprucht jedes Quartal eine nicht geringe Summe Gulden für sein Leben. Das müssen deine Höfe auch erst einbringen.«

»Es sind drei. Sie bringen das notwendige Geld ein«, erwiderte Tamme heftig. »Ich habe sie alle drei in den letzten Wochen besucht und mit den Pächtern geredet. Sie haben mir genau gesagt, welche Abgaben sie leisten. Das notwendige Geld ist schon mehrmals reingekommen. Also, wo ist es?«

Herkner war erschrocken, nach außen gab er sich unbeeindruckt, aber in seinem Kopf jagten sich die Gedanken. Bisher hatte Tamme keine Neigung gezeigt, sich um die Güter zu kümmern oder gar hinzureisen. »Es mussten …«, begann er vorsichtig und hatte noch keine Ahnung, wie er den Satz zu Ende bringen sollte.

»Du hast mein Geld für deine eigenen Zwecke ausgegeben!«, unterbrach Tamme ihn.

»Nein!«

»Wahrscheinlich für deine Söhne, damit sie es sich in Leipzig gutgehen lassen können.« Tamme sprach mühsam beherrscht. »Gib mir wenigstens eine Abrechnung, damit ich sehen kann, wie viel es gewesen ist. Meinen Brüdern soll es an nichts fehlen. Du hast eine Abrechnung gemacht, ich kenne dich doch. Über jeden Groschen in diesem Haus führst du Buch.«

In diesem Punkt hatte sein Stiefsohn recht, das gestand Herkner aber nur sich selbst ein. Da sich im Testament keine genauen Regelungen über die Verwaltung und die Rechnungslegung befanden, hatte er das bisher ausgelegt, wie es ihm zum größten Vorteil gereichte. »Egal, was sie dir erzählt haben, deine Pächter sind faul. Das Einzige, was sie mit schöner Regelmäßigkeit machen, ist, mich um Stundung ihrer Abgaben zu bitten. Ich bin vielleicht zu weich, das kannst du mir vorwerfen. Und ich darf sie nicht rauswerfen, das verbietet mir das Testament. Was ein Mann nicht in seiner Tasche hat, das kann ihm niemand nehmen. Es ist kein Geld da.«

Er wandte sich wieder seinem Kaufmannsbuch zu. Für ihn war die Unterhaltung beendet. Für seinen Stiefsohn nicht. Der packte ihn an der Schulter und riss ihn herum.

»Du und weich! Granit ist wie Schlamm gegen dich!«

Herkner sprang auf. Tamme war größer und breiter als er.

»Das wagst du nicht!«

»Gib mir die fünfzig Goldgulden«, verlangte der junge Mann wild. »Und nimm dir meinetwegen das Doppelte aus den Einkünften meiner Güter. Nach und nach, was sie so abwerfen.«

Herkner stieß seinen Stiefsohn vor die Brust, dass er einen Schritt zurücktaumelte. »Wie viele Jahre soll ich mich da gedulden? Mich mal hier und da mit ein paar Groschen befrieden. Selbst wenn ich das Geld hätte, das kommt nicht in Frage.«

»Du betrügst mich!« Tamme baute sich wieder vor ihm auf. »Als mein Vater noch lebte, waren die Pächter nicht faul, und die Höfe haben immer genug abgeworfen. Und jetzt soll das auf einmal anders sein? Ich hätte viel früher darauf kommen müssen, dass da etwas nicht stimmt. Du hast mich eingelullt mit deinem Gerede, du kümmerst dich um alles. Deswegen bekomme ich auch keine beeidete Abrechnung zu Gesicht. Wie viel hast du dir im Laufe der Jahre in die Tasche gesteckt?«

»Das ist eine Lüge!«, schrie Herkner.

»Ich verfluche den Tag, an dem meine Mutter dich geheiratet hat.« Tamme ballte seine Hände zu Fäusten und öffnete sie wieder. Den Unterkiefer hatte er vorgeschoben, sein glattes Gesicht war zu einer Maske der Wut verzerrt.

Herkner wich zurück, bis ihn die Tischplatte aufhielt. Er tastete hinter sich, stieß an den schweren Mörser. Als seine Finger den Stößel berührten, packte er zu und riss den Arm nach vorn. »Verschwinde! Bettel mich nicht noch einmal um Geld an!«

»Ich bettle nicht, ich verlange, was mir zusteht.« Tamme wollte nach seinem erhobenen Arm greifen.

Der Apotheker schlug zu. Der Stößel sauste herab und traf seinen Schwiegersohn an der Schulter. Ein Knacken ertönte.

Tamme knickte halb in den Knien ein und griff nach der Verletzung. »Welcher Teufel ist in dich gefahren?«

»Ich lasse mich keinen Lügner nennen. Nicht von dir.«

»Ich nenne dich Betrüger.« Tamme keuchte vor Schmerzen und quetschte die Worte heraus.

Wieder schlug Herkner zu. Diesmal traf der Stößel seinen Stiefsohn am Kopf. Der ging auf die Knie, und ein überraschter Blick traf den Apotheker. Blut rann über Tammes linke Schläfe, seine Wange und sickerte in den Kragen. Er bewegte die Lippen, aber außer einem Stöhnen ertönte nichts. Herkner hob erneut den Stößel ...

Kapitel 8

Almuth schreckte aus dem Schlaf auf. An ihre Seite geschmiegt und zusammengekauert lag Eufemia neben ihr auf der schmalen Bettstatt. Die Kleine wollte nicht allein schlafen und kam regelmäßig nachts in Almuths Bett gehuscht. Das Mädchen atmete tief und gleichmäßig, im Haus war alles ruhig. Was hatte sie aufgeschreckt? Almuth lauschte in die Dunkelheit. Nur der Wind strich ums Haus, ließ die Dachbalken ächzen, einen Fensterladen knirschen.

Sie wollte sich wieder hinlegen, aber sie war viel zu unruhig, um erneut einzuschlafen. Krampfhaft versuchte sie, sich die Bilder eines Traumes ins Gedächtnis zurückzurufen. Je mehr sie sich mühte, desto weniger Erfolg war ihr beschieden. Deshalb schwang sie die Beine aus dem Bett und tastete nach ihren Pantoffeln. Sie wollte ihre Nichte nicht wecken, indem sie mit Feuerstein und Zunder hantierte, deshalb nahm sie nur die Kerze vom Wandbord neben dem Bett und verließ die Kammer.

Durch eine Luke zum Hof fiel ein wenig Mondlicht in den Flur und übergoss Boden und Wände mit einem grauen Schimmer. Almuth schlich zu genau dieser Luke und spähte hinaus. In der Gesellenkammer über dem Stall war auch alles dunkel, Hans Lufft schlief offensichtlich. Bisher hatte sie gehofft, aufgewacht zu sein, weil jemand zur Latrine gegangen war. Das Gefühl, es müsse etwas Schreckliches geschehen sein, hielt sie aber immer noch in den Klauen. Auf leisen Sohlen ging sie die Treppe hinunter, vermied dabei die knarrende Stufe.

Im ersten Stock angekommen, lauschte sie einen Augenblick an der Tür, hinter der ihr Bruder und Sibilla schliefen.

Auf dieser Etage gab es keine Luke im Flur, deshalb war es dunkler. Almuth tastete sich vor zur Tür der guten Stube und bekam die Klinke zu fassen. Der Raum dahinter war dunkel, wie der Rest des Hauses, aber sie konnte zu Zunderschwamm und Feuerstein greifen, und beim zweiten Versuch gelang es ihr, die Kerze anzuzünden.

Deren Schein tauchte die gute Stube in ein warmes Licht, schaffte es aber nicht, alle Ecken zu erhellen. In einem Weidenkörbchen auf dem Tisch lag sorgfältig zusammengefaltet das Altartuch, das Sibilla bestickte. Alles sah aus wie immer.

Im unteren Stockwerk, in einem Verschlag neben der Küche, schnarchte die Magd Els auf ihrem Lager, und in der Werkstatt war ebenfalls alles unberührt. Almuth kontrollierte die Türen und Fenster – alles war verschlossen. Sie beendete ihren Rundgang schließlich wieder in der Küche. Auf dem Herdrand stand abgedeckt eine Schüssel mit dem Morgenbrei, den Els bereits vorgekocht hatte. Die junge Frau steckte den Finger hinein und schob sich etwas davon in den Mund. Der Brei schmeckte milchig und süß. Els hatte bestimmt Honig hineingerührt. Almuth probierte ein zweites Mal. Ein Teil des Breis klatschte von ihrem Finger auf den Boden. Und … Almuth taumelte, hätte beinahe die Kerze fallen lassen.

Sie kniff die Augen zusammen. Was ihr für einen kurzen Augenblick wie ein Blutfleck erschienen war, war nur der Breiklecks auf dem Boden. Sie stellte die Kerze auf den Herd und stützte sich an dessen Rand ab. Der Brei blieb Brei, aber der Gedanke an das Blut wollte nicht weichen. Sie deckte die Schüssel wieder zu. Keinen Bissen würde sie mehr davon herunterbringen, und was sie davon schon gegessen hatte, lag ihr als schwerer Klumpen im Magen. Ein Blutklumpen.

Dieser Gedanke ließ sie würgen. Hastig bekreuzigte sie sich und murmelte ein Vaterunser. Die vertrauten Worte gaben ihr Halt. Am liebsten wäre sie aus dem Haus gerannt, um ein Unglück zu verhindern, aber sie wusste nicht, wohin.

Ihr blieb nur der Weg zurück ins Bett. Ihre Nichte hatte inzwischen die ganze Breite der Bettstatt eingenommen. Almuth blies die Kerze aus und schlüpfte unter die Decke. Am Bettrand liegend, starrte sie in die Dunkelheit. Das Gefühl, dass ein Unglück bevorstand, wollte nicht von ihr weichen, und schlafen konnte sie in dieser Nacht auch nicht mehr.

Fünf Tage nach Ausbruch der Krankheit war die Frau des Flickschusters gestorben. Ihr Schwiegervater und der jüngste Sohn hatten den Kampf gegen die Pestilenz vor zwei Tagen verloren. Mehr Opfer hatte die Seuche in der Stadt bisher nicht gefordert. Außer dieser Familie war auch niemand krank geworden. Die Menschen begannen aufzuatmen. Der Rat zählte die Gulden zusammen, die die Seuche ihn bisher gekostet hatte, und atmete ebenfalls auf. Es sah so aus, als würde die Stadt in diesem Jahr vom Schlimmsten verschont werden. In den Vorstädten waren um die dreißig Menschen gestorben, seit einer Woche hatte sich dort niemand mehr angesteckt. Wenn die Wittenberger noch zwei Dutzend Tage warteten und nichts weiter passierte, konnte sich die Stadt glücklich schätzen.

Dennoch war die Stimmung gedrückt. Es war kaum ein Mensch auf der Straße zu sehen, dafür waren aus allen Kirchen ununterbrochen Gesänge zu hören. Vor der Stadtkirche lauschte Almuth einen Augenblick. Wie gern hätte sie die lateinischen Worte verstanden. Vielleicht brachte Tamme ihr die Sprache bei? Wenn sie erst verheiratet wären ...

Seit Ausbruch der Pest hatte sie ihn nicht gesehen, obwohl die Universität ihren Sitz nicht verlegt hatte. Sie hielt es nicht länger aus, deshalb pochte sie wenig später an die Tür des Apothekers Herkner.

Die Tür war genauso verrammelt wie überall in Wittenberg, und sie musste den Klopfer mehrmals betätigen, ehe eine kleine Klappe auf Augenhöhe geöffnet wurde. Georg Herkners

Gesicht mit den durch geplatzte Äderchen geröteten Wangen tauchte dahinter auf. Sein Blick wirkte abweisend, als er sie erkannte.

»Herr Herkner, bitte, ich möchte zu Eurer Frau.« Sie konnte wohl kaum sagen, dass sie gekommen war, um mit Tamme dicht nebeneinander auf der Bank zu sitzen und Händchen zu halten. Dann würde er ihr gleich die Klappe vor der Nase zuschlagen. War sie erst einmal im Haus, fand sich schon eine Möglichkeit, ihren Verlobten zu sehen.

»Das geht nicht.«

»Ach bitte, Herr Herkner.«

»Meine Frau ist nicht da. Sie hat für ein paar Tage die Stadt verlassen.«

»Die Pestilenz ist doch vorbei?«

»Sie ist trotzdem nicht da.«

Herkner wollte die Klappe wieder schließen.

»Wartet noch«, sagte Almuth schnell. »Dann lasst mich ein paar Worte mit meinem Verlobten sprechen.«

Es kam ihr so vor, als husche bei der Erwähnung Tammes ein Schatten über sein Gesicht.

»Ich kann dich nicht hereinlassen.«

»Ich versichere Euch, dass bei uns zu Hause niemand an der Pest erkrankt ist.«

»Bei euch nicht.« Georg Herkners Wangen hatten unverkennbar eine gräuliche Färbung angenommen.

Almuth musste sich mit einer Hand an der Wand abstützen. »Ist bei Euch jemand erkrankt? Doch nicht ...?«

»Tamme. Er liegt mit Fieber im Bett.«

Ein Schreck scharf wie die Schneide eines Messer durchfuhr Almuth. Das Unglück, das sie in der Nacht gesehen hatte ...

»Lasst mich rein, Herr Herkner. Ich muss zu ihm, wenn es ihm nicht gutgeht. Ist es ...?« Almuth konnte das Wort nicht aussprechen. Sie hatte das Gefühl, keine Luft mehr zu bekommen. Ihre ganze Welt war auf eine kleine Klappe in einer Tür zusammengeschrumpft. Ihre Finger krallten sich in die Hauswand.

»Wir wissen es noch nicht genau. Meister Eschaus war hier, und wir haben uns beraten.«

»Ihr müsst mich reinlassen. Ich muss mich um ihn kümmern. Ich muss bei ihm sein, wir sind doch verlobt.«

»Niemand darf zu ihm. Nicht einmal die Magd lasse ich in seine Kammer. Und Dietlind werde ich es auch nicht erlauben, wenn sie wieder da ist. Es reicht, wenn ich mich in Gefahr begebe. Bete für Tamme zum heiligen Sebastian. Mehr kannst du nicht für ihn tun.« Die Klappe wurde geschlossen. Hinter der Tür entfernten sich seine Schritte.

Almuth betätigte wieder den Klopfer, hämmerte schließlich mit der Faust gegen die Tür. Sie blieb geschlossen.

Tamme! Tamme! Tamme!

Der Name kreiste durch ihre Gedanken. Das konnte einfach nicht sein. Die Pestilenz hatte in Wittenberg nur eine einzige Familie heimgesucht. Nicht Tamme. Doch nicht Tamme. Er war so stark und nie krank. Er hatte doch das Pesthaus nicht betreten und wusste, wie gefährlich die Seuche war und dass man nicht vorsichtig genug sein konnte.

Tränen strömten über Almuths Gesicht, mit den Handrücken wischte sie sie fort. Ein letztes Mal betätigte sie den Türklopfer und rief nach dem Apotheker. Als sich im Haus nichts rührte, gab sie auf.

Aus der Stadtkirche drang immer noch Gesang. Almuth ging die Stufen zum Portal empor und drückte mit ihrem Körper die große Tür ein Stück auf. Drinnen standen die Menschen dicht gedrängt. Sie zwängte sich zwischen sie.

Kapitel 9

Mit dem nach außen gedrehten linken Fuß hinkte Cuno, so schnell er konnte, durch die Kupfergasse und bog nach rechts in die Collegiengasse. Sein Ziel war das Haus des Buchdruckers Johann Gronenberg. Er ignorierte die Schmerzen, die bei jedem Schritt durch sein linkes Bein in die Hüfte schossen. Hühner stoben vor ihm davon, aus einer Hofeinfahrt kläffte ihn ein Hund an. Cuno drohte ihm im Vorbeieilen kurz mit der Faust. Die Nachricht, die er zu überbringen hatte, beherrschte seine Gedanken, obwohl ihn diesmal niemand auf einen Botengang geschickt hatte. Er hoffte dennoch auf ein paar Pfennige oder einen Kanten Brot. Seit dem Vortag hatte er nichts mehr gegessen, abgesehen von den Kohlblättern, um die er sich mit einem Schwein in der Gosse gestritten hatte. Der Onkel hatte seinen gesamten Verdienst in die Schenke getragen und lag nun schnarchend auf dem Lager.

An diesem Vormittag öffnete ihm die Magd Els die Tür, nachdem er den Klopfer betätigt hatte. Er fragte nach dem Buchdrucker, und sie wies ihn in die Werkstatt. Das Knarren der Presse, die Geschäftigkeit in der Werkstatt schüchterten ihn ein, deshalb blieb er an der Tür stehen, bis Johann Gronenberg auf ihn aufmerksam wurde. Der Buchdrucker winkte ihn herbei. »Was bringst du mir Cuno?«

»Eine Nachricht.« Der Junge leckte sich die Lippen.

»Gib sie her.«

»Sie ist nur in meinem Kopf.«

»Dann sage sie mir.«

Cuno leckte sich noch einmal über die Lippen und holte tief Luft.

»Tamme Redecker ist an der Pest gestorben«, sprudelte er

heraus. Er wagte es nicht, dem Buchdrucker ins Gesicht zu sehen, sondern starrte seinen verdrehten linken Fuß an. Mehr als einmal hatte man ihn als Überbringer einer schlechten Nachricht beschimpft und davongejagt. Sogar Ohrfeigen hatte er schon einstecken müssen.

Deshalb sah er nicht, wie Johann Gronenberg erst rot, dann blass wurde. Alle hatten gedacht, die Geißel der Seuche habe die Stadt verschont, da forderte die Pest ein weiteres Opfer. Almuths Verlobten.

»Wo ist meine Schwester?«, fragte der Buchdrucker an niemand Bestimmtes gerichtet.

»In der Küche und näht. Soll ich sie holen?« Els stand noch in der Tür zur Werkstatt und hatte die Hände vor der Brust verkrampft.

»Ich gehe zu ihr.« Doch erst noch griff Johann Gronenberg unter sein Wams und drückte Cuno ein paar Münzen in die Hand. Dabei achtete er nicht, wie viele er ihm gab. Dann drängte er sich an der Magd vorbei.

Ihr Bruder betrat die Küche, Almuth hörte es am ausgreifenden Schritt. Sie zog erst noch die Nadel durch den Stoff, bevor sie aufsah. Johann stand vor dem Tisch, hinter ihm Els mit weitaufgerissenen Augen. Sie sah aus, als hätte sie direkt in den Schlund der Hölle geblickt. Johann schaute sie ebenfalls ernst an. Alarmiert legte Almuth das Nähzeug neben sich und stand auf.

»Was ist passiert?«

»Cuno hat eine Nachricht aus dem Apothekenhaus gebracht.«

»Ist was mit Tamme?«

»Die Pest hat ein neues Opfer gefordert. Dein Verlobter ist früh am Morgen gestorben.«

Almuth hörte die Worte, verstand kaum deren Sinn, schwankte jedoch und musste sich am Tisch festhalten. Es war erst ein paar Tage her, da hatten sie sich noch bei den Händen gehalten und über die Zukunft gesprochen.

»Almuth.« Ihr Bruder legte den Arm um sie und wollte sie an seine Brust ziehen.

Sie befreite sich aus seinem Griff. Ihr Kopf war leer, sie fühlte sich, als hätte jemand eine dicke Decke über sie geworfen.

»Tamme! Das kann nicht stimmen. Er kann nicht gestorben sein. Er ist nicht tot. Vor ein paar Tagen haben wir doch noch … Da war er völlig gesund.« Erst allmählich drang in ihr Bewusstsein, was das bedeutete: Es gab keine Zukunft mehr für sie.

»Almuth. Schwester. Er war an der Pestilenz erkrankt. Die meisten Pestkranken sterben.«

»Nein!« Sie blickte sich wild um und erkannte kaum die vertraute Küche. »Ich muss ihn sehen. Ich muss zu ihm, ihn waschen und … Erst wenn ich ihn mit eigenen Augen gesehen habe …« Sie erinnerte sich, wie sie vor Herkners Tür gestanden und er sie nicht hereingelassen hatte. Hatte sein Gesicht dabei nicht verschlagen gewirkt? »Herkner! Es ist der Stiefvater.«

»Was redest du denn da?«

»Wie er mich angesehen hat.«

»Almuth! Wie kannst du so was sagen? Georg Herkner ist ein geachteter Bürger dieser Stadt. Aus dir spricht der Schmerz.« Herr im Himmel, dachte der Buchdrucker, warum ausgerechnet Tamme? Es hatte sich alles so schön gefügt, und Almuth war so glücklich.

»Tamme ist nicht tot. Das hätte ich gespürt. Es ist Herkner – er hat etwas damit zu tun. Ich werde die Wahrheit herausfinden. Eher ruhe ich nicht.«

»Almuth! Versündige dich nicht vor Gott!«

Sie schien ihn gar nicht gehört zu haben.

»Wir werden sehen!« Ohne sich mit Umschlagtuch und Haube zu bekleiden, rannte sie aus dem Haus Richtung Schloss, durchmaß die Länge der Stadt im Laufschritt.

Johann folgte ihr.

Kurz darauf stand sie zum zweiten Mal innerhalb weniger Tage vor dem Hause Herkner und hämmerte mit dem Klopfer gegen die Tür. Diesmal musste sie nicht lange warten, bis die kleine Klappe in der Tür geöffnet wurde. Wieder stand Georg Herkner dahinter.

»Ihr seid es, Jungfer Almuth und Euer Bruder. Ich habe die Seelweiber erwartet. Was wollt Ihr?«

»Ich will ihn sehen. Ich will seinen Leichnam sehen.«

»Wozu soll das gut sein? Er ist an der Pestilenz gestorben. Niemand außer den Seelweibern und dem Totengräber darf ins Haus.«

»Lasst mich zu ihm. Das könnt Ihr mir nicht verwehren.«

»Hast du nicht gehört, was ich gesagt habe? Geh und lass mich in Frieden. Die Beerdigung findet nach Sonnenuntergang statt.«

Der Apotheker wollte die Klappe wieder zuwerfen, aber Almuths Bruder griff ein. »Lasst sie doch für einen Augenblick zu Eurem Stiefsohn, damit sie sich verabschieden kann. Die beiden waren immerhin verlobt.«

»Ich will, dass Ihr verschwindet.« Die Klappe wurde zugeschmettert.

Almuth verließen die Kräfte. Sie sackte gegen die Hauswand, ihr Bruder musste sie festhalten. Die Willenskraft, die sie bis eben aufrecht gehalten hatte, wich aus ihr wie Luft aus einer Schweinsblase.

»Almuth. Es tut mir so leid. Ich weiß nicht, was ich sagen soll, das lässt einen wirklich an allem zweifeln.«

»Warum nur?« Sie blickte nach oben und erkannte undeutlich die Gesichtszüge ihres Bruders über ihr.

Er zog sie auf die Füße und brachte sie nach Hause. Mechanisch setzte sie einen Schritt vor den anderen. In der Stadt hatte es sich bereits herumgesprochen, was geschehen war. Mehr als einmal trat jemand auf Almuth zu, berührte sie an der Schulter und sagte ihr, wie schlimm das alles sei und wie leid es ihm tue. Almuth reagierte nicht, ihr Bruder gab die passenden Antworten.

Zurück im Gronenberg'schen Haus führte Johann sie den Flur entlang an der Küchentür vorbei zur Treppe. Er brachte sie in ihre Kammer. Linkisch stand er in der Tür, während sie auf dem Bett saß.

»Brauchst du was?«

Sie schüttelte den Kopf.

»Soll ich Sibilla heraufschicken?«

Heftiges Kopfschütteln.

Die Zeit bis nach Sonnenuntergang verbrachte Almuth in ihrer Kammer. Sie wusste nicht zu sagen, was sie gemacht oder gedacht hatte. Sie erinnerte sich nur daran, wie Sibilla hereingekommen war, sie in den Arm genommen und ihr über das Haar gestrichen hatte. An der Brust der Schwägerin hatte Almuth sich in einen erschöpften Schlaf geweint.

Ihre Augen waren rot, ihre Nase geschwollen, als sie sich auf den Weg zu Tammes Beerdigung machte.

Als Student hätte er Anspruch gehabt, auf dem Gottesacker der Universität beerdigt zu werden. Weil er aber an der Pestilenz gestorben war, kam für ihn nur die Ecke auf dem städtischen Friedhof in Frage, die für die Opfer der Seuche reserviert war.

Ihr Bruder und Sibilla begleiteten sie zum Friedhof. Auf dem Weg dahin begegneten ihnen immer wieder kleine Gruppen von Studenten, die alle dasselbe Ziel zu haben schienen.

Für Opfer der Pestilenz war eine Beerdigung in aller Heimlichkeit vorgesehen. Zumindest das blieb Tamme erspart. Er würde nicht in aller Eile und Stille verscharrt, an seinem Grab würden Worte gesprochen werden. Almuth zog daraus Trost, wenn der Verlust des Verlobten auch immer noch so schmerzte, dass sie keine Worte dafür fand. Unter den Menschen auf dem Weg zum Friedhof entdeckte sie die Professoren der

Rechte, Wolfgang Stähelin, Hieronymus Schurff, Christoph Scheurl und Henning Goede. Die vier Gelehrten gingen nebeneinander, alle mit schwarzen, knielangen Talaren, über denen die weißen Krägen im Dämmerlicht leuchteten.

Am ausgehobenen Grab warteten bereits der Totengräber und seine beiden Gehilfen. Sie waren die Männer, die für die Zeit der Pestilenz ernannt worden waren. Auf einem Karren ruhten Tammes sterbliche Überreste, eingenäht in ein Leinentuch. Es gelang Almuth, eine Hand auf den Leichnam zu legen und ein Ave-Maria für Tamme zu beten, bevor ihr Bruder sie zurückzog.

In einer entfernten Ecke des Friedhofs, von einem Gesträuch verborgen stand Georg Herkner und kniff die Lippen zusammen, als er die auf bestimmt fünfzig Personen angewachsene Menschenmenge am Grab betrachtete. Er hätte das Haus vier Wochen lang nicht verlassen dürfen, bis sicher war, dass er sich nicht mit der Pestilenz angesteckt hatte, aber er hielt es auch nicht aus, der vermeintlichen Beerdigung Tammes nicht beizuwohnen. Deshalb hatte er sich, in ein fadenscheiniges Hemd und eine ebensolche Hose gekleidet, aus dem Haus geschlichen und beobachtete nun, wie ein schmaler Pater der Augustinereremiten an das Grab herantrat.

Tamme hatte mütter- und väterlicherseits Verwandte, aber von denen war niemand gekommen. Nicht einmal seine Mutter stand am Grab, sie hatte die Stadt für einige Tage verlassen. Welch ein Schreck würde es für sie sein, bei ihrer Rückkehr vom Tod des ältesten Sohnes zu erfahren? Dafür standen ein paar Schritte vom Grab entfernt drei Männer in schwarzen Wämsern, die ihre Hüte in den Händen hielten und das Geschehen aufmerksam beobachteten. Keinen von ihnen hatte Almuth jemals gesehen, und aus Wittenberg stammten die bestimmt nicht.

Der Augustinereremit sprach ein Gebet über dem Toten, besprengte ihn mit Weihwasser und empfahl Tammes Seele

Gottes unendlicher Gnade. Danach ließen die Knechte des Totengräbers den Leinensack mit Tammes Überresten ins Grab hinab. Einer griff nach der Schaufel.

Almuth drängte sich an ihrem Bruder vorbei. Am Wegesrand hatte sie Blumen gepflückt. Die warf sie in die Grube. Dann stand sie wie erstarrt und blickte auf den Leinensack. Sie hatte Tamme noch etwas sagen wollen, aber nun war ihr Kopf wie leergefegt.

»Tamme, ich liebe dich. Daran wird sich nie etwas ändern«, flüsterte sie schließlich, als Johann nach ihrem Arm griff und sie vom Grab wegzog.

Ihr folgten in langer Reihe Tammes Kommilitonen, die Professoren der Rechte und die Mitglieder des Gronenberg'schen Haushalts.

Das Geräusch, mit dem der Lehm in die Grube klatschte, schnitt Almuth ins Herz. Sie konnte die Tränen nicht länger zurückhalten, musste sich auf ihren Bruder stützen.

Schaufel um Schaufel wurde das Grab gefüllt. Es ist nur sein Leib, seine Seele fliegt frei in den Himmel, sagte sich Almuth tonlos. Dennoch gelang es ihr nicht, den Gedanken abzustreifen, wie elend sich Tamme fühlen musste, mit all dem Dreck auf sich.

Der Augustinereremit hatte sich bereits auf den Weg zurück in die Stadt gemacht, und als die letzte Schaufel Erde fiel, verließ auch Georg Herkner sein Versteck.

Zu Ehren des Verstorbenen wurde nach einer Beerdigung ein Leichenschmaus abgehalten, bei dem die Verwandten und Freunde zusammensaßen und sich an ihn erinnerten. Nicht selten artete dieser in eine fröhliche Feier aus. Dieses Mal blieben die Gäste jedoch allein mit ihrer Trauer.

Ungesehen erreichte Georg Herkner sein Haus und verriegelte die Tür sorgfältig. Endlich hatte er die Beerdigung hinter sich gebracht, das Erbe war sein, aber er fühlte sich nicht so erleichtert, wie er eigentlich hätte sein müssen. Die drei fremden

Männer, die sich stets abseits gehalten hatten, waren von manchen Trauergästen erstaunt betrachtet worden, aber er hatte die Botschaft seiner Gläubiger verstanden: Wir sind über jeden deiner Schritte informiert. Waren sie am Ende allmächtig, denn er hatte sie jedenfalls nicht über Tammes Tod informiert?

Der Apotheker scheuchte die Magd davon, die eine Erfrischung bestehend aus einem Krug Bier und Hafergebäck bringen wollte. Ihr kummervolles Gesicht konnte er jetzt nicht ertragen.

Kapitel 10

Zwei Tage waren seit der Beerdigung seines Stiefsohns vergangen, und Georg Herkner hielt sich in seiner Offizin auf, stellte neue Portionen Theriakpulver her, als seine Frau von ihrer Reise zurückkehrte. Er hörte sie im Haus umhergehen, in der Küche ein paar Worte mit der Magd wechseln, dann betrat sie sein Reich. Sie musste sich umgezogen haben, denn statt eines Reisekleides aus gutem Stoff trug sie ihr einfaches braunes Hauskleid mit einem geflochtenen schwarzen Gürtel, daran hingen bereits wieder die Schlüssel des Hauses und ihre Nadelbüchse. Die gute Haube hatte sie gegen ein einfacheres Modell getauscht.

»Hier bist du.« Dietlinde hielt ihrem Mann die Wange zum Kuss hin.

Er kam seiner Pflicht nach und umarmte sein Eheweib. »Hast du die Ablassbriefe?«

Sie nickte. »Ich habe den Ablassprediger gefunden und für alle die Briefe bekommen. Für uns beide, die Jungs, für Tamme, für meine Geschwister und für alle Wittenberger, die bei mir welche bestellt hatten. Wie etwa Sibilla Gronenberg. Es ist ein richtiger Stapel. Sie liegen alle in der guten Stube.«

»Wir sind also rein von all unseren Sünden«, stellte Herkner fest.

»Es ist so still im Haus. Wo ist Tamme?«

»Er ist …«

»An der Universität?«

»Er ist … Wir haben immer noch die Pestilenz in Wittenberg.« Herkner fühlte sich elend.

»Was hat das mit Tamme zu tun?«, fragte seine Frau arglos.

»Dein Sohn ist an der Pestilenz erkrankt und vor zwei Tagen gestorben. Ich habe ihn gepflegt mit meinen eigenen Händen, aber ich konnte ihn nicht retten.«

Dietlinds gequälten Aufschrei würde er nie mehr im Leben vergessen. Er wollte die Arme um sie legen und sie trösten, aber sie stieß ihn zurück.

»Mein Sohn ist an der Pestilenz gestorben? Wie kann das sein? Wie kann er sich angesteckt haben? Warum hast du nicht auf ihn aufgepasst?« Ihre Stimme klang abgehackt, die letzten Worte waren kaum noch zu verstehen.

»Dein Sohn ist ein junger Mann und hört längst nicht mehr auf mich. Ich weiß nicht, wie Tamme mit der Krankheit in Kontakt kommen konnte. Der Rat hat Verordnungen erlassen, wie man sich schützen kann. Ich habe jede einzelne von ihnen peinlich eingehalten. Letztendlich sind wir in Gottes Hand.« Der Apotheker wollte nach der Hand seiner Frau greifen. Wieder stieß sie ihn zurück.

»Du bist dafür verantwortlich. Du bist Apotheker. Warum hast du dich nicht angesteckt?«

»Niemand kann vorhersagen, wer erkrankt und wer nicht.« Er war sich nicht sicher, ob sie ihn gehört hatte.

Jedenfalls stand sie in der Offizin, schmal und gut einen halben Kopf kleiner als er, und starrte ihn mit harten Augen an. So hatte er sie noch nie gesehen, nicht einmal als er gegen ihren Willen die beiden Jungen, seine Söhne, nach Leipzig auf die besten Schulen geschickt hatte. Sie hatte sie in Wittenberg behalten wollen. Er wusste nicht, was er machen sollte. Stand einfach nur da und beobachtete seine Frau.

Er hätte alles dafür gegeben, ihr das ersparen zu können. Wenn das Leben anders verlaufen wäre, wenn er ... Georg Herkner schüttelte den Kopf.

»Ich will ihn sehen. Ich will meinen Sohn sehen«, verlangte Dietlind.

»Das geht nicht. Er ist bereits beerdigt.«

»Mein Sohn ist gestorben, und du hast ihn unter die Erde gebracht, ohne dass ich ihn noch einmal gesehen habe. Ich kann ihn nicht waschen, ihm nicht nahe sein. Zwei Tage mehr, und dies alles wäre möglich gewesen.«

»Wegen der Vorschriften des Rates«, antwortete Herkner und fühlte sich weiterhin hilflos. »Ein Opfer der Pestilenz muss noch am Tag des Todes beerdigt werden. Es darf keine Totenfeier geben. Du kannst froh sein, dass dir das erspart geblieben ist.«

»Wie ist er gestorben?«

»Die Beulen an den Leisten und unter den Achseln sind aufgebrochen. Er war schon sehr schwach und lag im Fieber, ich glaube nicht, dass er noch viel gemerkt hat. Dann ist er einfach gestorben.«

»Wo?«

»In seiner Kammer.«

Dietlind Herkner drehte sich wortlos um und eilte aus der Offizin. Bevor er reagieren konnte, hörte er ihre Schritte auf der Treppe. Herkner folgte ihr.

Die Tür zu Tammes Kammer hatte er verriegelt und verschlossen, auf das Holz mit Kohle ein schwarzes Kreuz gemalt, als Zeichen dafür, dass dahinter jemand an der Pestilenz gestorben und der Raum ausgeräuchert worden war und vier Wochen lang nicht benutzt werden durfte. Herkner erreichte seine Frau, als sie gerade an der Klinke rüttelte. Er hielt ihre Hand fest.

»Lass mich!«, rief sie.

Er musste beträchtliche Kraft aufwenden, um ihre Finger von der Klinke zu lösen.

»Niemand darf in die Kammer gehen, um sich nicht mit der Pestilenz zu infizieren. Das hat der Rat so verfügt. Es war sogar ein Ratsschreiber hier, hat überprüft, ob der Raum verriegelt ist, und hat das Kreuz auf der Tür angebracht.«

»Ich muss …« In diesem Moment verließ Dietlind die

Kraft. Sie wäre zu Boden gestürzt, hätte ihr Mann sie nicht aufgefangen.

Herkner legte den Arm um seine Frau und führte sie ein Stockwerk hinunter in die gute Stube. Er sorgte dafür, dass sie sich auf ein Sofa mit hoher Lehne setzte, stopfte ihr ein Kissen in den Rücken und legte ihr eine Decke über die Knie. Schließlich nahm er neben ihr Platz und hielt sie im Arm. Ihr Kopf lehnte an seiner Schulter, und endlich flossen auch Tränen.

»Es tut mir alles so leid, meine Liebe.« Herkner streichelte ihren Rücken. »Ich habe mir so gewünscht, dass alles anders kommt, aber Gottes Pfade sind für uns Menschen nicht zu verstehen. Wenigstens hast du einen Ablass für ihn und ihm die Qualen des Fegefeuers erspart. Er ist mit reiner Seele in den Himmel gelangt, direkt an die Seite unseres Herrn.«

Ihr ganzer Körper bebte unter den Tränen, die sie in sein Wams vergoss. Unter ihrer Haube schaute eine Strähne ihres seidigen Haares hervor. Er wickelte sie sich um den Finger, so fest, dass die Spitze kalt wurde.

»Ich musste Tammes Sachen verbrennen. Seine Kleidung, sein Bettzeug, seine Bücher und Aufzeichnungen, einfach alles. Sie haben mich dazu gezwungen. Alles, was Tamme je besessen hat, könne zur Gefahr werden und andere mit der Pestilenz infizieren. Doktor Eschaus war hier und hat das angeordnet.«

Dietlinds Schluchzen wurde lauter. »Ist gar nichts mehr da?« Ihre Worte klangen abgehackt, der Apotheker ahnte ihren Inhalt mehr, als dass er ihn wirklich verstand.

»Doch. Ich habe etwas behalten. Die Holzklötze, mit denen Tamme als Kind gespielt hat, und seinen Filzball.« Tatsächlich war ihm gerade eben erst eingefallen, dass die Sachen in einer Kiste auf dem Dachboden standen. Nach Tamme hatten seine Jungs damit gespielt. Als sie nach Leipzig gegangen waren, war alles auf dem Dachboden verstaut worden. Er hatte die Sachen dem Waisenhaus schenken wollen, aber seine Frau hatte sich geweigert.

Seit langem wusste er, dass Dietlind ihrem Erstgeborenen mehr zugetan war als den beiden Jüngeren. Sie war ihnen eine gute Mutter und ihm ein gehorsames Weib, aber ihr Herz hing an Tamme. Vielleicht änderte sich jetzt etwas daran. Er hoffte es.

Sie hob den Kopf. Ihre Augen waren vom Weinen rot und geschwollen, ihre Nase ebenso, dennoch begehrte er sie.

»Wo sind die Sachen?«

»Auf dem Dachboden. Ich hole sie.«

Kurz darauf schleppte Herkner eine kleine Truhe in die gute Stube. Eine dicke Staubschicht bedeckte ihre Oberfläche. Mit dem Ärmel seines Wamses wischte er sie sauber und klappte den Deckel auf.

Dietlind ging davor in die Knie, nahm jeden einzelnen Gegenstand nacheinander heraus und presste ihn an ihre Wange. Die letzten Erinnerungsstücke an ihren Erstgeborenen. Sie konnten ihn ihr nicht zurückgeben, aber sie hatte das Gefühl, sein Geruch hafte an ihnen. So konnte sie ihm noch einmal nahe sein. Den Ball in den Händen schaute sie zu ihrem Ehemann auf, der auf dem Sofa saß und die Hände um die Oberschenkel gekrampft hatte.

»Du!«, sagte sie vorwurfsvoll. »Du hast meinen Sohn einfach sterben lassen, statt dich um ihn zu kümmern. Tamme war dir nie wichtig, du hast ihn nie wie deinen Sohn behandelt.«

»Das stimmt nicht«, empörte sich Herkner. »Ich habe Tamme gepflegt und mich dabei der Gefahr ausgesetzt, selbst an der Pestilenz zu erkranken. Das hat mich aber nicht geschreckt.«

Sie schien ihm nicht richtig zugehört zu haben, streichelte einen alten Filzball, als wäre darin die Seele ihres Sohnes eingeschlossen. »Am Ende ist es dir noch recht, dass er gestorben ist. So bist du ihn endlich los, und es gibt nichts mehr, was dich an mein altes Leben mit Friedrich Redecker erinnert.«

»Was redet du da, Weib!« Ehe Herkner es überhaupt wusste, hatte er ausgeholt und seiner Frau eine Ohrfeige versetzt.

Sie fiel nach hinten, der Filzball flog aus ihrer Hand und landete in einer Zimmerecke. Der Blick, den sie ihm zuwarf, ging Herkner durch Mark und Bein. Er hatte noch nie die Hand gegen sie erhoben. Sofort tat es ihm leid. Er wollte Dietlind in seine Arme ziehen.

Sie wich vor ihm zurück, stand auf und brachte sich auf der anderen Seite des Tisches in Sicherheit. »Fass mich nicht an!«

»Bei Gott, es tut mir leid. Aber du hast Dinge gesagt ... Es kam einfach über mich. Ich wollte das nicht. Ich liebe dich doch.«

»Tu das nie wieder.«

»Ich verspreche es.«

Er hatte die Worte noch nicht ganz ausgesprochen, da hatte sie bereits das Zimmer verlassen. Er hörte sie die Treppe hinaufgehen, vor Tammes Kammer blieb sie kurz stehen und rüttelte an der Tür. Die war verschlossen, den Schlüssel trug Herkner am Körper. Schließlich ging sie in die eheliche Schlafkammer, und er hörte, wie dort von innen der Riegel vorgelegt wurde. Herkner fand sich damit ab, sein Nachtlager in der guten Stube aufzuschlagen.

Noch am selben Tag erfuhr Dietlind Herkner von der Magd Marie, dass ihr Ehemann Tamme tatsächlich aufopferungsvoll gepflegt habe. Tagelang sei er kaum von dessen Seite gewichen. Sie habe er gar nicht in die Kammer des jungen Mannes gelassen, damit die Pestilenz nicht auf sie überspringe.

In Dietlind regte sich ein Funken Schuldbewusstsein. Sie hätte ihren Mann vielleicht nicht der Nachlässigkeit beschuldigen sollen. Allerdings hatte er sie geohrfeigt, und sie beschloss, sich doch nicht zu entschuldigen.

Kapitel 11

Es ist ein Schreiben für dich gekommen, Bruder Martin. Ein Bote hat es gebracht, während du deine Vorlesung gehalten hast.« Benedictus Cohrs stand im Gang, der zu den Zellen führte, und versperrte Luther den Weg zu seiner. Er hielt ihm einen zusammengefalteten Brief hin. Das Siegel zeigte nach oben und war unbeschädigt.

»Ich danke dir. Es ist doch nicht deine Aufgabe, mir Briefe hinterherzutragen.«

»Ich bin gern gefällig.« Benedictus schenkte ihm ein falsches Lächeln und ging davon.

Luther wog den Brief in der Hand und betrachtete das Siegel. Es war nicht deutlich genug ins Wachs gedrückt, um es zu erkennen. Er befürchtete, der Brief enthielte wieder einen Arbeitsauftrag. Womöglich wollte man ihn als Distriksvikar der Augustinereremiten in den sächsischen Gebieten mit einer erneuten Visitationsreise beauftragen. Als ob er mit Vorlesungen, den Predigten in der Stadtkirche, den Beichten und seinen Pflichten im Kloster nicht schon genug zu tun hatte. Die Klöster seines Bezirks hatte er erst im letzten Jahr visitiert und sie zur Einhaltung der Regeln ermahnt. Er entschied sich und verließ das Haus mit dem ungeöffneten Brief in der Hand wieder. Er strebte dem Garten zu.

Dort kniete Bruder Henning in einem Beet, in einer Hand eine kleine Hacke, mit der anderen zog er Unkräuter aus der Erde und warf sie in einen neben ihm stehenden Korb. Er stand sofort auf und klopfte sich die Erde von dem Sack, den er wie eine Schürze umgebunden hatte, als er Luther bemerkte.

»Gedeiht alles in deinem Garten Eden?«

»Die Gurken werden bald reif sein. Noch ein paar Tage,

in denen es nicht zu feucht, aber auch nicht zu trocken ist. Und etwas Sonne«, erwiderte der leidenschaftliche Gärtner. »Bohnen und Erbsen habe ich bereits zum zweiten Mal gesetzt. Die brauchen noch schöne warme Tage bis in den September hinein.«

»Die Pflanzen haben wie die Menschen ihre Bedürfnisse. Dabei sind sie auch genauso unterschiedlich.« Luther sah sich nach einer Sitzgelegenheit um.

Sein Freund deutete den Blick richtig und wies zu der Hütte, in der er seine Gartengeräte aufbewahrte. Neben der Tür stand eine Bank. Dort ließen sich die beiden Mönche nieder. Die Sonne schien ihnen genau in die Gesichter, brachte sie zum Blinzeln, wärmte sie aber auch.

Benedictus hatte beobachtet, wie Luther in den Garten gegangen war. Er hätte zu gern gewusst, von wem der Brief war. Als er ihn in der Hand gehalten hatte, war er versucht, das Siegel zu erbrechen. Luther bekam häufig Briefe, stand mit hochgestellten Persönlichkeiten in Kontakt. Was wollten die von dem Mann, der anderen nicht einmal den kleinsten Posten gönnte? Er hatte nicht vergessen, was Luther vor ein zwei Wochen getan hatte. Deshalb konnte er nicht anders, als ihm verstohlen in den Garten zu folgen. Dort sah er ihn kurz mit dem einfältigen Bruder Henning reden, bevor sich beide vor der Gartenhütte auf die Bank setzten. Den Brief hielt Luther immer noch ungeöffnet in der Hand.

Benedictus schlich außen an der Hecke, die den Garten begrenzte, entlang bis auf die Hinterseite der Hütte. Er drückte sich an die hölzerne Rückwand und hielt sich eine Hand vor den Mund. Vor lauter Aufregung ging sein Atem schnell und keuchend, und er fürchtete, die beiden auf der Bank könnten ihn hören.

»Öffne schon den Brief, sonst wirst du nie erfahren, was drinsteht«, sagte Bruder Henning. Ausgerechnet der, der kaum lesen konnte, musste kluge Reden schwingen.

Statt Luthers Antwort hörte er Papier rascheln. Dann herrschte Stille.

»Was steht drin?«, fragte Bruder Henning ungeduldig.

»Es steht nun fest, wann sie herkommen.«

»Wer?«

»Sie werden im September in Wittenberg sein, und er ist bereit, dann meiner Einladung zu einem Essen zu folgen.«

»Wer, im Namen des Heiligen Gottes?«

Ja, wer denn bloß? Das interessierte Benedictus mehr als alles andere.

»Spalatin. Der Hof wird sich dann in Wittenberg aufhalten und Spalatin mit ihm. Wir hatten bei seinem letzten kurzen Besuch in der Stadt darüber gesprochen. Das war nach Ostern. Damals war keine Zeit, und er wollte mir mitteilen, wann er wieder in die Stadt kommt. Ich dachte schon, er hätte es vergessen.« Luther klang aufgeregt.

»Ich denke, ein Mann wie der ehrenwerte Spalatin vergisst einen Freund nicht. Wer soll noch zu diesem Festessen kommen?« Bruder Henning dachte gleich wieder an die praktischen Aspekte eines solches Festes. »Oder willst du nur mit Spalatin beisammensitzen?«

»Das wäre ja kein Festessen. Ich denke an Vogt, Scheurl und Beckmann.«

Alles große Gelehrte und Poeten, und bei jedem Namen fühlte Benedictus einen Neidstich in der Brust. Mit Vogt war der Franziskaner Jakob Vogt gemeint, der Beichtvater des Kurfürsten Friedrich, der andere, Christoph Scheurl, war ein gekrönter Poet der Leucorea, den der Kurfürst sehr schätzte. Und schließlich Otto Beckmann, Jurist und Poet, und gerade erst in diesem Jahr nach Wittenberg berufen.

Diese Männer wollte also Luther zu einem Festessen einladen. An seine Mitbrüder hatte er dabei offenbar nicht gedacht. Dabei gab es auch unter ihnen kluge Köpfe, die etwas zu einem Fest beisteuern konnten. Ihn zum Beispiel. Er würde auch gern einen Abend in Gesellschaft gelehrter Männer verbringen. Aber für ihn interessierte sich keiner, niemand kannte ihn, weil Luther sich immer in den Vordergrund gedrängt hatte. Von anderen erwartete er mönchische Demut und selbst hielt er sich nicht daran.

»Bei den Gästen sind gewichtige Gespräche gewiss«, meinte Bruder Henning. »Du wirst erlesene Speisen und Getränke benötigen.«

»Wir wollen disputieren. Also ein Streitgespräch führen über verschiedene Themen der Religion und der Philosophie. Wir nennen es Festessen, aber es soll ein Fest für den Geist werden, nicht für den Körper.«

»Ich weiß, was ein Streitgespräch ist. In meinem Garten gibt es so etwas zwar nicht, aber ich bin dennoch nicht gänzlich fremd in der Welt der Gelehrsamkeit. Sei dir aber nicht so sicher, dass es nur ein Fest für den Geist werden soll, der Körper möchte auch zu seinem Recht kommen.«

»Wir sind ein Kloster und folgen der Regel des heiligen Augustinus. Üppige Speisen und Getränke gehören nicht dazu.«

»Denke an meine Worte, und stelle nicht unseren täglichen Klosterbrei auf den Tisch!«

»Fleisch wird schon dabei sein«, stimmte Luther gutgelaunt zu.

Auf seinem Horchposten atmete Benedictus tief ein. Keine Frage, dass es auch wieder um den Ablass gehen musste. Bei Luther ging es doch immer darum. Stellte sich gegen den Heiligen Vater in Rom und hielt sich für schlauer als alle anderen. Der Horcher knirschte mit den Zähnen vor Abscheu über das Treiben seines Mitbruders. So weit durfte es nicht kommen, so weit würde es nicht kommen.

Benedictus fasste einen Entschluss und verließ seinen Lauschposten auf genau dem gleichen Wege, wie er gekommen war.

Eine Tagesreise von Wittenberg entfernt auf dem Weinberg bei Grimme sollte es sein. Das hatte Benedictus Cohrs mit einiger Mühe in Erfahrung gebracht. Die Menschen sprachen nur hinter vorgehaltener Hand über die Orte, an denen nachts der Ablass gepredigt wurde. In der Abenddämmerung saß er auf einem Baumstumpf und wartete darauf, dass die Gerüchte Wahrheit wurden. Nachdem er den ganzen Tag gegangen war, fühlte er sich erschöpft, gleichzeitig war er angespannt. Er hatte keinen Blick dafür, dass die Sonne als feuerroter Glutball hinter den westlichen Horizont versank.

Eine Familie kam. Benedictus zählte fünf Kinder, das jüngste wurde von der Mutter auf dem Rücken getragen. Sie ließen sich im Gras nieder und packten mitgebrachtes Essen aus. Ein Krug machte die Runde. Dem Mönch lief das Wasser im Mund zusammen. Er hatte den letzten Bissen seines Proviants bereits gegen Mittag verzehrt und litt seitdem Hunger und Durst. In dem Weiler befand sich keine Herberge, und er hatte es sowieso für besser gehalten, sich nicht allzu sehr zu zeigen.

Zu der ersten Familie gesellten sich bald weitere. Der Fuß des Hügels sah aus, als lagere dort eine Armee. Diese hier kam in friedlicher Absicht, Kinderlachen und -rufe waren zu hören.

Benedictus bemerkte nichts, aber auf einmal kam Bewegung in die wartende Menge. Die Menschen standen auf und strebten der Hügelkuppe zu. Dort hob sich ein Kreuz schwarz gegen den Sternenhimmel ab. Ein Mann, beinahe so lang wie das Kreuz, hielt es aufrecht, ein anderer stand davor und hatte beide Arme erhoben. Das war also der berühmte Ablassprediger. Der Dominikaner Johann Tetzel. Eindrucksvoll sah er aus, wie er da im Mondlicht auf dem Hügel stand. Benedictus ging näher heran, um kein Wort zu verpassen.

Tetzel segnete die Menge, betete mit den Menschen und begann dann über den Ablass zu sprechen. In einfachen bewegenden Worten schilderte er die Qualen des Fegefeuers, wie die Helfer der Hölle mit glühenden Zangen an den Seelen der Gestorbenen zwackten, wie die Gepeinigten klagten und jammerten. Es war so anschaulich geschildert, dass Benedictus meinte, die Zangen an seinem Fleisch zu spüren. Niemand verstand es wie Tetzel, über den Ablass zu sprechen.

Nach der Predigt warf der Dominikaner Geld in den Kasten und erwarb den ersten Ablass. So mache er es jedes Mal, hieß es von ihm. Gleich danach klangen weitere Geldstücke im Kasten. Ablassbriefe wurden ausgegeben, und die von ihren Sünden Befreiten gingen in die Dunkelheit davon. Benedictus blieb als Letzter zurück und näherte sich dem Kreuz auf dem Hügel. Dessen Halter hatte es auf den Boden gelegt und war gerade dabei, das Querholz zu entfernen, als Tetzel ihn bemerkte.

»Noch ein Gläubiger. Ein Mönch ...«, der Dominikaner kniff die Augen zusammen, »... der Augustiner. Willst du auch einen Brief erwerben?«

»Deswegen bin ich eigentlich nicht hier.«

»Einen Ablass für jemanden aus deiner Familie? Nur wenige Gulden, und ihre Seelen sind auf ewig dem Fegefeuer entrissen.«

»Ich komme aus Wittenberg«, stellte Benedictus klar und verbarg die Hände in den Ärmeln seiner Kutte.

»Aus dem Herzen Kursachsens selbst. Dann ist wohl sogar dieser Mönch, der sich gegen den Papst und die heilige Kirche stellt, ein Mitbruder von dir? Was führt dich zu uns?«

»Martin Luther gehört meinem Orden an und lebt im selben Kloster wie ich.«

»Wunderbar«, unterbrach ihn Tetzel. »Gott hat meine Gebete erhört.«

Vor Staunen brachte der Augustinereremit einen Moment lang kein Wort heraus. Was schwätzte der Ablassprediger?

»Er vergiftet die Seelen der guten Wittenberger, sogar in den Geist unseres guten Kurfürsten hat er seinen Schmutz schon geträufelt.«

»Wie kannst du so reden?«

»Weil ich schon lange auf eine Gelegenheit wie diese warte. Dein Mitbruder ist irregeleitet und muss wieder auf den rechten Pfad geführt werde. Er entfernt sich jeden Tag mehr von Gott und unserem Heiligen Vater in Rom. Das muss ihn ungeheuer schmerzen.«

Benedictus' Verwirrung stieg weiter. Trotz der Dunkelheit mussten sie ihm anzusehen sein, denn Tetzel kam näher und schlug ihm freundschaftlich auf die Schulter.

»Ich will Luther auf den rechten Pfad zurückbringen. Verschaffe mir eine Gelegenheit, mit ihm zu sprechen. Eine Disputation über Ablass und Gehorsam, und er verschließt sich dem Heiligen Vater und dem Erzbischof nicht länger. Willst du das für mich tun?«

»Eine Disputation?« Den Verlauf des Gesprächs hatte Bruder Benedictus sich anders vorgestellt.

»Genau, guter Bruder. Du bringst Martin Luther dazu, in eine Disputation mit mir einzuwilligen. Zeit und Ort werden sich dann finden. Die Universität in Frankfurt an der Oder vielleicht. Ich bin mir sicher, der Rektor und die Professoren dort werden sich geehrt fühlen.«

Gelehrte! Der Augustinereremit hielt Gelehrsamkeit und all das Streben nach Wissen für verdächtig. Die Gaben eines jeden Menschen kamen von Gott und immer noch nach mehr und mehr zu streben, förderte nur die Eitelkeit. Ihn hatte man nie gefragt, an einer Universität ein Studium aufzunehmen. Er hatte deshalb nie Gelegenheit erhalten, es demütig abzulehnen. Dennoch wusste er, was unter einer Disputation verstanden wurde: Es war ein gelehrtes Streitgespräch. Die Gegner standen einander gegenüber und trugen die Argumente für ihre Sache vor. Ein Richter entschied am Ende, wer die gewichtigeren Argumente vorgetragen hatte. Dessen Meinung galt, und die andere wurde verworfen.

War das im Falle des Ablasses nicht riskant? Am Ende entschied jemand für Luther. Es war noch keine vierzehn Tage her, da hatte er am eigenen Leib zu spüren bekommen, wie geschickt der Professor die Worte zu setzen wusste und wie leicht es ihm gelang, ein ganzes Kloster umzustimmen.

Tetzel wollte keine Einwände hören. Solange nur Martin Luther in eine Disputation einwilligte, war die Sache so gut wie entschieden.

»Du erweist mir einen großen Dienst, wenn du mir Luthers Einverständnis bringst.« Der Ablassprediger schlug ihm noch einmal freundschaftlich auf die Schulter und drehte sich dann um, um das Aufladen des Geldkastens auf einen Wagen zu überwachen.

Die Gläubigen hatten inzwischen den Hügel verlassen. Einige ihrer Laternen waren noch als blasse sich entfernende Lichtpunkte zu erkennen. Bruder Benedictus stand immer noch da, wo Tetzel ihn verlassen hatte. Er dachte darüber nach, welche Folgen eine Disputation über den Ablass und über die Demut für Luther haben könnte. Ausschluss aus dem Orden und ein Sinken in die Bedeutungslosigkeit? Das träfe einen derart eitlen Menschen wie den Mitbruder sicher schwer, war jedoch nicht das, was er sich wünschte. Eine Anklage vor einem Inquisitionsgericht wäre da schon besser.

Während er noch diesem Gedanken nachhing, näherte sich ihm ein hochgewachsener, dürrer Mann. Wahrscheinlich derselbe, der bei der Predigt das Kreuz gehalten hatte.

»Unser guter Ablassprediger hat mit Euch über Martin Luther gesprochen und über seinen Wunsch, mit dem Wittenberger zu disputieren?«, sprach der Mann ihn an.

»Woher wisst Ihr das?«

»Ich kam nicht umhin, Teile Eures Gespräches zu hören.«

»Ja, aber …« Nachts auf einem Hügel kam er nicht umhin, Teile eines Gesprächs zu hören? Der Mann hatte gelauscht. Bruder Benedictus wollte ihm gerade eine Moralpredigt halten, besann sich dann aber eines anderen. Es war vielleicht von Vorteil, zu hören, was der Mann zu sagen hatte.

»Ich sollte mich vorstellen: Ferdinand Naber, mein Name. Ich begleite den Ablassprediger im Auftrag der Kaufmannsfamilie Fugger und frage mich, weshalb Ihr in dieser Nacht den weiten Weg von Wittenberg auf Euch genommen habt. Ein Ablass kann es nicht sein, denn Ihr habt keinen gekauft.«

Benedictus schwieg.

»Seid Ihr am Ende ein Freund Luthers, und beseelt auch diesen der Wunsch, mit unserem Meister Tetzel ein Streitgespräch über den Ablass zu führen?«

»Einen Freund Luthers hat mich noch niemand genannt. Ich halte seine Ansichten über den Ablass so falsch wie jede andere Ketzerlehre.«

»Also ein Feind Luthers«, stellte Ferdinand Naber fest.

Benedictus schwieg. Jedes Wort konnte jetzt gefährlich werden. Er bedauerte es, wegen der Dunkelheit den Gesichtsausdruck seines Gegenübers nicht erkennen zu können.

»Ihr sagt nichts?« Naber klang eindeutig enttäuscht. »So wisst denn, dass auch ich mich nicht Luthers Freund nenne.«

»Das wäre auch verwunderlich.«

»Dieser Mann hat überall Freunde.«

»Das behagt Euch nicht?« Benedictus wusste auch beim zweiten Gespräch dieser Nacht nicht, was er davon halten sollte.

»Fragte mich jemand nach meiner Meinung, was kaum jemand jemals tut, hielte ich Euren Mitbruder Doktor Martin Luther für einen Ketzer. Sprechen wir dieselbe Sprache?«

»Das tun wir.« Benedictus atmete hörbar auf.

»Ich habe nicht einen Augenblick geglaubt, Ihr hättet den weiten Weg von Wittenberg hierher gemacht, weil Ihr eine Predigt hören oder Ihr Luther und Tetzel disputieren hören wolltet. Dazu bedarf es keiner nächtlichen Reise.« Naber schmatzte, als leckte er sich über die Lippen. »Es gibt nur einen Weg: Luther muss weg, damit sein unheilvoller Einfluss auf den Kurfürsten und andere hohe Persönlichkeiten schwindet.«

Sie sprachen wirklich dieselbe Sprache.

»Was schlagt Ihr vor?«

»Ihr seid meine Augen und Ohren, wie man Luthers am besten habhaft werden kann. Findet etwas heraus, bereitet etwas vor, aber wenn Ihr mir unbedingt etwas mitteilen müsst, schreibt nach Augsburg an Jacob Fugger. Nennt Euch Konrad Seyffer, und ich weiß, wer der wirkliche Absender ist.«

Benedictus schluckte. Was der andere vorschlug, entsprach seinen eigenen Wünschen. Dennoch …

»Ihr wollt Luther doch nicht etwa …?«

»Keine Bange«, sagte Naber mit einem Auflachen. »Ich habe nicht vor, eine Sünde auf meine Seele zu laden, obwohl ich mehr als einen Ablassbrief besitze. Es geht nur darum, Luthers Einfluss zu beschränken. Der Mann braucht eine schöne lange Zeit der Einkehr in einem Kloster fernab der Welt. Verstehen wir uns?«

Das war nicht der Inquisitionsprozess, den er sich vorgestellt hatte, aber besser als Tetzels Vorschlag. Lud nicht auch eine Verschleppung eine Sünde auf die Seele?

Der lange, dürre Naber schien es nicht eilig zu haben, während Benedictus sich immer unwohler fühlte. Hatte er sich während der Predigt noch im Einklang mit Gott gewusst, konnte jetzt keine Rede mehr davon sein. Einen Mitbruder nicht zu mögen, war eine Sache, aber tatsächlich einen finsteren Plan gegen ihn zu schmieden, eine andere.

Es geht nicht um Luther, sondern um den rechten Glauben und das Wohl der Christenmenschen, flüsterte es auf einmal in seinem Kopf. Die armen Leute in Kursachsen sollten sich nicht länger bei Nacht davonschleichen müssen, um einen Ablass zu erwerben. Manchmal muss ein Einzelner eine Sünde auf sich laden, um die Seelen vieler zu retten. Tiefe Entschlossenheit und Ruhe überkamen Benedictus. Wenn er als Streiter für den wahren Glauben auserwählt war, durfte er nicht fehlen.

»Wir verstehen uns«, antwortete er.

Kapitel 12

Das Primläuten war an diesem Dienstag im August verklungen, als Almuth vor dem Hause Herkner stand. Zum dritten Mal war sie nun hierhergekommen. Die anderen beiden Male hatte ihr Bruder sie begleitet, an diesem Tag war sie allein.

Kräftig betätigte sie den Türklopfer. Dahinter rührte sich zunächst nichts. Gerade als Almuth wieder klopfen wollte, hörte sie Schritte im Inneren des Hauses.

Diesmal kam nicht der Apotheker an die Tür, sondern die Magd Marie öffnete die kleine Klappe. Almuth kannte sie von früheren Besuchen. Da hatte immer ein Lächeln auf ihrer Miene gelegen, nun verschleierte sich ihr Blick, noch bevor ein Wort gesagt worden war.

»Ich möchte zu Frau Dietlind und ihr mein Beileid aussprechen.«

»Die ... ja ... ich muss fragen.«

»Ich gehe hier nicht weg, bevor ich nicht mit meiner Schwiegermutter gesprochen habe. Das ist meine christliche Pflicht und mein gutes Recht.« Den letzten Satz sprach sie schon in die leere Klappe hinein und zu dem klappernden Geräusch sich entfernender Holzpantinen.

Es dauerte nicht lange, bis Marie zurückkam. »Die Herrin möchte Euch nicht sehen, Jungfer Gronenberg. Es tut mir leid.«

»Warte. Marie, du kennst mich. Deine Herrin hat mich immer gern um sich gehabt. Lass mich ein. Ich möchte doch nur mit ihr gemeinsam um Tamme trauern.«

»Das – das kann ich nicht.«

»Ich will doch nur kurz mit ihr sprechen. Danach gehe ich wieder und lasse sie in Ruhe, wenn sie das will.«

»Versteht doch, ich darf Euch nicht ins Haus lassen.« Marie sah gequält drein.

In diesem Moment öffnete sich linker Hand eine Tür, hinter der sich das Laboratorium des Apothekers befand. Georg Herkner trat in den Flur. Über seinem Wams trug er einen hellen Kittel, auf dessen Brust mehrere Flecke prangten.

»Was gibt es, Marie?«, fragte er die Magd streng.

»Es ist die Jungfer Gronenberg. Sie will nicht gehen. Sprecht selbst mit ihr, Herr. Bitte.« Marie knickste und huschte dann am Apotheker vorbei in den hinteren dämmrigen Teil des Flurs, wo sie mit den Schatten verschmolz.

Zwei lange Schritte brachten den Apotheker hinter die Haustür, und sein wütendes Gesicht füllte die Klappe aus.

»Verschwinde von hier!«, zischte er. »Ich will nicht, dass jemand vor meinem Haus herumlungert.«

»Lasst mich rein und mit Eurer Frau sprechen.«

»Auf keinen Fall. Sie trauert um ihren Sohn und fühlt sich nicht in der Lage, jemanden zu empfangen. Auch dich nicht, Jungfer Gronenberg. Außerdem darf niemand ins Haus und niemand hinaus.«

»Das gilt doch nicht für Eure Frau. Sie war doch gar nicht da, als – als Tamme krank geworden ist. Das kann doch nicht für sie gelten. Lasst mich mit ihr reden. Ich will ihr helfen, über diese Sache hinwegzukommen.«

»Sie schläft, und ich will sie nicht stören. Das alles hat sie wirklich sehr mitgenommen.«

»Ich werde warten, bis sie aufwacht.«

»Du sollst verschwinden!« Herkner schrie die Worte unbeherrscht hinaus, und Speicheltröpfchen regneten auf Almuth nieder.

»Ich warte«, erwiderte die ungerührt.

»Geh! Ich will dich nie wieder vor meinem Haus sehen. Keinen mehr aus deiner Sippe.«

»Ich warte.«

»Das wirst du nicht!« Herkner schmetterte die Klappe zu, und Almuth hörte, wie seine Schritte sich entfernten.

Almuth wischte sich mit einem Zipfel ihres Umschlagtuchs über das Gesicht. Anschließend lehnte sie sich gegen die Wand. Sie würde mit Dietlind Herkner sprechen, und wenn sie den ganzen Tag warten musste. Manche heiligen Männer verbrachten ihr Leben auf einer Säule, da würde sie wohl ein paar Stunden vor einem Haus zubringen können.

»Da. Da steht sie.« Der Apotheker trat aus der Einfahrt seines Hofs. An einer Leine führte er den kräftigen braunen Hund seines Nachbarn. Der Mann selbst lugte durch einen Spalt seiner Haustür. Bei Almuths Anblick begann das Tier wie wild am Strick zu zerren und zu bellen. Geifer tropfte von seinen Lefzen.

Almuth stieß sich von der Wand ab, stellte sich breitbeinig auf die Gasse. Sie wollte die Stellung behaupten, aber als der Apotheker mit dem Hund auf sie zukam, verließ sie der Mut. Sie drehte sich um und rannte davon.

»Verschwinde!«, schrie Herkner ihr nach.

Über dem Bellen des Hundes war seine Stimme kaum zu hören.

Die Beine unter den Rock gezogen, die Arme um ihre Knie geschlungen, saß Almuth am Ufer der Elbe. An einer Stelle, wo der Fluss eine sanfte Biegung machte und wo seine Strömung eine Bank aus weißem Sand angespült hatte. Sie schaute aufs Wasser, das vom Schicksal unbeeindruckt dem Meer entgegenströmte, während die Sonne auf seinen Wellen glitzerte. Nachdem Herkner sie mit dem Hund vor seinem Haus verjagt hatte, war sie sofort hierhergeeilt, zu diesem Ort, an dem sie sich immer geborgen gefühlt hatte. Wo sie sich Tamme nahe fühlte.

Ihre Gedanken führten sie zu einem Tag im Jahr zuvor. Sie war ebenfalls an die Elbe gekommen, genau an diese Stelle, um sich klebrigen Schlamm von Rock und Händen zu waschen. Ihre Schuhe hatte sie auf der Sandbank ausgezogen und war ins flache Wasser gewatet.

Das kühle Nass leckte an ihren Füßen, umspülte ihren Saum, als wollte es sie tiefer hineinlocken. Es zerrte jedoch auch die Strömung an ihr, deshalb machte sie nur noch ein, zwei zögerliche Schritte, bevor sie sich nach vorn beugte, um die Hände zu waschen. Dabei entdeckte sie einen menschlichen Kopf zwischen den Wellen. Sie erschrak, schaute aber genauer hin.

Ein hellbrauner Haarschopf, das Gesicht ihr zugewandt. Der Mann ruderte hektisch mit den Armen im Wasser. Sein Mund bewegte sich, als wolle er ihr etwas sagen. Sie hielt es für Schreie, konnte aber nichts hören. Der Kopf entfernte sich von ihr, trieb der Flussmitte zu.

Sie konnte nicht schwimmen, aber sie musste doch helfen. Da war jemand in Not und ertrank. Sie ging noch einen Schritt tiefer ins Wasser. Die Strömung zerrte an ihr. Sie entdeckte einen weiteren Kopf in den Wellen, näher am Ufer. Sie rief und winkte, deutete auf den Schwimmer in Not. Der zweite Mann drehte sich zwar in die angegebene Richtung, machte jedoch keine Anstalten, den anderen zu retten. Im Gegenteil – er schwamm näher zum Ufer.

Almuth winkte so heftig, dass ihr der Arm weh tat.

Der Mann im tiefen Wasser ruderte noch immer mit den Armen, während der andere sich ungerührt dem Ufer näherte. Jetzt hatte er offensichtlich eine Stelle erreicht, an der er stehen konnte, denn er richtete sich auf. Kopf und der halbe Oberkörper ragten aus dem Wasser. Er hatte dunkle Haare und eine glatte Haut, an der die Tropfen abperlten. Er winkte ihr zu.

»Es ist nichts!«, rief er. »Keine Gefahr! Ein Spaß!«

Der andere weiter draußen im Fluss hörte auf, mit den Armen zu rudern, und begann zu schwimmen. Er brauchte zwar kräftige Züge und kam nur langsam vorwärts, aber er näherte sich dem Ufer. In Gefahr schien er nicht mehr zu schweben.

»Das war ein schlechter Spaß«, grollte Almuth.

Die Männer standen nun nebeneinander im Wasser. Einer schaute betreten auf die Wellen, der andere herausfordernd zu ihr.

»Wie soll man sonst die Aufmerksamkeit eines hübschen Mädchens erregen?«, rief der, der den Ertrinkenden gespielt hatte, zu ihr herüber. Dabei lachte er.

»Ich hatte wirklich Angst um Euch«, erwiderte Almuth.

»Es war nicht gelungen«, gab der andere zu. Sein dunkles Haar kräuselte sich inzwischen zu feuchten Locken um seine Stirn. Dazu hatte er dunkle Augen, deren Blick Almuth rührte. »Es tut uns auch leid, Euch erschreckt zu haben, Jungfer.«

Er gab seinem Freund einen Rippenstoß.

»Ja, auch mir tut es leid«, sagte der.

Almuth entschied sich, nicht länger ärgerlich zu sein.

»Ist das Wasser nicht zu kalt zum Schwimmen?« Sie zog sich aufs Ufer zurück, wrang ihren nassen Rocksaum aus und konnte den Blick nicht von dem Kraushaarigen lassen.

»Es ist angenehm und herrlich frisch«, erwiderte der und kam ein paar Schritte ans Ufer. Das Wasser perlte an seinem schlanken Oberkörper herab. »Wir würden dennoch gern rauskommen.«

»Kommt doch.«

»Sollen wir wirklich?« Der andere grinste und kam noch näher an Ufer. Das Wasser reichte ihm nur noch bis zur Hüfte. Dann verließ ihn aber doch der Mut, und er blieb wieder stehen.

Almuth kehrte den Männern den Rücken zu, damit diese aus dem Fluss kommen konnten. Sie zogen sich an und standen in der Tracht der Studenten vor ihr. Sie seien zwei Studenten der Rechte, erklärten sie. Tamme Redecker hieß der Kraushaarige und den Namen des anderen vergaß sie in dem Moment wieder, als er ihn ihr nannte, dafür ging ein eigentümlicher Zauber von Tamme aus. Sie strahlte ihn an.

Der Freund bemerkte irgendwann, dass seine Strategie nicht aufgegangen war, und verabschiedete sich. Sie und Tamme hatten noch lange zusammen auf der Sandbank gesessen. Die Sonne hatte sein Haar getrocknet, und es war lockig geblieben. Aus einem Beutel bot Tamme ihr die mitgebrachte Wegzehrung an: hartes Brot und trockenen Käse. Dazu tranken sie Flusswasser aus einem Becher. Es hatte Almuth besser geschmeckt als das raffinierteste Festmahl, bei dem ein halbes Dutzend Gerichte serviert wurden.

Sie wischte sich mit der Hand einige Haarsträhnen aus dem Gesicht und zog die Nase hoch. Die Erinnerung an ihr erstes Zusammentreffen mit Tamme schmerzte. Er hatte damals die Augen genauso wenig von ihr lassen können wie sie von ihm. Ihr Glück war perfekt gewesen, als Tamme um ihre Hand angehalten und ihr Bruder zugestimmt hatte. Niemand hatte daran gedacht, dass es so enden könnte.

Den alten Rock, in dem er sie zum ersten Mal sah, hatte sie später dem Waisenhaus gegeben, damit für die Kinder daraus neue Kittel genäht werden konnten. Nun hätte sie das Kleidungsstück gern zurück, um sich immer daran zu erinnern, wie es im letzten Jahr gewesen war. Almuth grub einen Stein aus dem Sand und warf ihn ins Wasser. Dem ersten folgte ein zweiter, den sie mit mehr Kraft warf. Stein auf Stein schleuderte sie in den Fluss, und jeder flog weiter. Als sie erschöpft innehielt, fühlte sie sich von einer schwelenden Wut befreit. Ihre Überzeugung, Tammes Tod auf den Grund zu gehen, war dagegen gewachsen.

Kapitel 13

Luther hielt seine Vorlesung im ersten Stock des Klosters; die Zellen der Brüder lagen in den beiden Stockwerken darüber. Bruder Benedictus schaute sich mehrfach um, als er den Gang im dritten Stock des Klostergebäudes entlangging. Niemand war zu sehen. Vor einer Tür blieb er stehen und vergewisserte sich ein letztes Mal, bevor er die Klinke niederdrückte.

Gleich darauf stand er in Luthers Zelle. Neugierig schaute er sich um. Bisher war er noch nie in der Studierstube des Professors gewesen. Auf jeden Fall war sie größer als seine eigene Zelle. Benedictus schloss die Tür hinter sich.

Es gab nicht nur eine karge Bettstatt, wie bei ihm, wo dann nur noch für einen Hocker und ein Kruzifix an der Wand Platz war. Hier standen zusätzlich ein Schreibpult und in der Ecke neben dem Fenster sogar ein Schrank, der statt einer Tür allerdings lediglich einen Vorhang hatte. Er war zur Seite gezogen und hinter einem Nagel festgeklemmt. Im Schrank lagen einige Bücher und Papiere zu unordentlichen Stapeln aufgeschichtet. Auf dem Schreibpult lagen noch mehr Papier und mehrere zusammengeknüllte Bögen auf dem Boden.

Die nahm Benedictus sich als Erstes vor, faltete sie auseinander und studierte den Inhalt. Alles Notizen zu Luthers Vorlesung über den Hebräerbrief. Nichts Interessantes. Er knüllte die Zettel wieder zusammen und warf sie zurück in die Ecken.

Danach kam das Schreibpult an die Reihe. Noch mehr Notizen zu den Galaterbriefen. Entwürfe für Luthers Predigten in der Stadtkirche. Benedictus überflog die Zeilen. Nichts über Ablässe, nur über Reue und Buße. Sein Leben lang müsse man Buße tun, um nach dem Tode die Möglichkeit des Paradieses zu haben. Gewissheit gab es nicht. Kein Wunder, wenn die

Leute nicht zufrieden waren und sich lieber auf die Gewissheit der Ablassbriefe verließen.

Er überlegte einen Augenblick, ob diese Predigtentwürfe Tetzel in die Hände spielen könnten. Danach legte er sie auf das Schreibpult zurück. Harmloses Geschreibsel!

Es musste doch etwas geben, mit dem Luther sich als Ketzer entlarvte. Das Gespräch mit Naber hatte er nicht vergessen, aber ihm war nach wie vor nicht wohl bei dem Gedanken an eine Verschleppung. Er wollte Luther lieber als Ketzer vor Gericht sehen, statt als Konrad Seyffer nach Augsburg zu schreiben. Benedictus wendete sich dem Schrank zu, als er erstarrte. Draußen auf dem Gang näherten sich Schritte. In der Zelle gab es keinen Platz, um sich zu verstecken.

Die Schritte wurden langsamer, dem Bruder trat der Schweiß auf die Stirn. Zu seiner Erleichterung entfernten sich die Schritte in eine andere Richtung. Benedictus stieß die angehaltene Luft aus. Er sollte sich besser beeilen.

Im Schrank begann er mit den im obersten Fach liegenden Papieren. Noch mehr Entwürfe für Predigten. Dieser Mann hatte offenbar jedes Wort niedergeschrieben, das er je gedacht hatte. Was war der eitel! Das tat doch nur jemand, der sich für so bedeutend hielt, dass er alles der Nachwelt überliefern wollte.

Er nahm sich das zweite Fach vor. Es enthielt offenbar Entwürfe für Schriften, die Luther in Zukunft herauszubringen gedachte. Noch mehr Eitelkeit. Ein wilder Gedanke kam ihm auf einmal in den Sinn. Wie wäre es, wenn dies alles ein Raub der Flammen würde? Das würde Luther in Verzweiflung stürzen und zum Verstummen bringen. Er hatte wirklich gute Lust, alles dem reinigenden Feuer zu übergeben.

Er musste sich konzentrieren, dieses Bild aus seinem Kopf zu vertreiben, um sich wieder der Suche widmen zu können. Wie leicht konnte das gesamte Kloster mit Mann und Maus niederbrennen.

Im nächsten Fach lagen die Bücher. Eine Bibel und ... Er

schaute sich die Werke nicht so genau an, räumte sie nur schnell beiseite. Das war nicht, was er suchte. Aus einem der Werke fielen allerdings einige Zettel. Sie segelten zu Boden. Benedictus bückte sich nach ihnen, und als er sie wieder zusammenlegte, fiel sein Blick auf den Inhalt. Als Erstes stach ihm das Wort ›Ablass‹ ins Auge. Er schaute sich die Notizen genauer an. Die Seiten waren mit Stichpunkten gegen den Ablass beschrieben. Sie waren genau, was er gesucht hatte, um Luther als Ketzer zu entlarven.

Sollte er die Papiere mitnehmen? Benedictus sah sich um. Es war besser, sie hierzulassen, damit die Durchsuchung der Zelle nicht auffiel. Er legte die Zettel auf das Schreibpult, feuchtete den Tintenstein an und machte sich daran, die Notizen abzuschreiben. Die Feder flog über das Papier, stellenweise konnte er seine eigene Schrift kaum noch lesen. Immer lauschte er mit einem Ohr zur Tür.

Am Ende hatte er vier Papierbögen beidseitig vollgeschrieben und nummeriert. Er legte die Notizen zurück zwischen die Bücher und stellte sich hinter die Tür. Die Abschrift verbarg er unter seiner Kutte. Auf dem Flur war alles ruhig. Vorsichtig öffnete er die Tür einen Spalt und spähte hinaus. Er schlüpfte auf den Flur. Die Hände in den Ärmeln verborgen, schlenderte er den Gang entlang und atmete auf, als er in seiner Zelle angekommen war.

Mit einer Bibel und seinen Notizen beladen, kehrte Luther nach der Vorlesung in seine Zelle zurück. Die Unterlagen legte er auf dem Bett ab und streifte das Kissen und die Decke mit einem sehnsüchtigen Blick. Seit fünf Uhr in der Früh war er auf den Beinen, aber für einen Augustinereremiten kam es nicht in Frage, sich tagsüber dem Nichtstun hinzugeben. Ora et labora – beten und arbeiten –, lautete das oberste Gebot des Ordens. Er wollte Briefe schreiben an den Generalprior Staupitz in München, an seinen Freund Johann Lang in Erfurt, und die Predigt für den nächsten Sonntag war auch noch vorzubereiten.

Es wäre der einundzwanzigste Sonntag im Jahreskreis. Seine Predigt sollte Lukas, Kapitel vierzehn, Vers sechzehn bis vierundzwanzig zum Inhalt haben. ›Er aber sprach zu ihm: Es war ein Mensch, der machte ein großes Abendmahl und lud viele dazu. Und sendete seinen Knecht aus zur Stunde des Abendmahls zu sagen den Geladenen: Kommt, denn es ist alles bereit.‹ So lautete der sechzehnte Vers, Luther murmelte ihn leise vor sich hin.

Das Verspeisen von Christi Leib und Blut und dass der Gläubige dadurch Trost und Glück empfange, sollte der Inhalt der Predigt sein. Wer nun Christus im Herzen hat und von dieser Speise isst, wo eitel Gerechtigkeit und keine Sünde herrscht, der ist auch durch diese Speise gerecht, ging es ihm durch den Kopf. Er sagte diesen Satz noch zweimal vor sich hin, dehnte dessen Geschmack auf der Zunge. Das verstand gewiss jeder Wittenberger.

Eigentlich hatte er zunächst die an diesem Tag verpassten Stundengebete nachholen, danach Briefe schreiben wollen, aber Gott verlangte sein Recht und gab ihm die Sätze der Predigt ein. Dem wollte er sich nicht verschließen. Luther sagte den Satz ein drittes Mal vor sich hin, während er sich die Kutte über den Kopf zog. Nur mit dem wollweißen Untergewand bekleidet, wandte er sich dem Studierpult zu, um sich Notizen für die Predigt zu machen.

Er stutzte. Das Pult kam ihm verändert vor. Luther schaute genauer hin. Es schien alles da zu sein, aber hatten die Stapel loser Blätter vorher nicht anders gelegen? Er nahm einen und blätterte ihn durch. Der Entwurf für eine Predigt, die er zur Bekehrung des Apostels Paulus am fünfundzwanzigsten Januar gehalten hatte, lag ganz oben, andere für Predigten aus jüngerer Zeit weiter unten. So hatte er die Unterlagen auf keinen Fall geordnet. Bei ihm lag immer das Älteste unten und seine neuesten Entwürfe oben. Die einzig sinnvolle Ordnung. Hatte jemand den Stapel durchgeblättert? Er hatte ihn niemandem gegeben, es hatte auch keiner darum gebeten. Dann musste jemand in seiner Zelle gewesen sein.

Die Erkenntnis stürzte ihn in ein Gedankenwirrwarr. Wer sich für seine Studien interessierte, der musste ihn nur fragen. Er betrieb keine Geheimlehre und würde seine Erkenntnisse gern mit jedem teilen. Luther stand vor dem Tisch, hatte die Ellenbogen daraufgestützt und das Kinn in die Hände gelegt. Seine Blicke schweiften über die Papiere. Hatte der fremde Eindringling gefunden, was er gesucht hatte? Was mochte das gewesen sein?

Unbeschriebenes Papier erregte seine Aufmerksamkeit. Ein sehr flacher Stapel. Er streckte eine Hand danach aus, ließ die Bögen durch die Finger gleiten. Drei waren es nur. Darunter lag wieder beschriebenes Papier. Am Morgen hatten mehr leere Bögen auf dem Tisch gelegen, da war er sich sicher. Der Tintenstein war auch feucht, obwohl er ihn an diesem Tag noch gar nicht benutzt hatte.

Luther stemmte sich vom Pult hoch und schaute sich genauer um. Er zog den Vorhang vor dem Schrank beiseite. Da fiel es ihm nun ganz deutlich auf. Seine Bücher und Papiere lagen nicht mehr so da, wie er sie eingeordnet hatte. Alles war hier und da ein bisschen verschoben, sah aus, als hätte es jemand in der Hand gehabt und sich bemüht, es so zu hinterlassen, wie er es vorgefunden hatte.

Es war kein Zweifel mehr möglich: Jemand hatte sich in seiner Zelle umgesehen. Nun hatten die Türen im Schwarzen Kloster keine Schlösser, jeder hätte hereinkommen können. Es in aller Heimlichkeit zu tun, dafür konnte er sich nur einen Grund vorstellen … Dieser jemand hatte nach etwas gesucht, um ihn beim Prior anzuschwärzen. Kleinliches Gezänk kam gar nicht einmal so selten vor in einer Klostergemeinschaft, in der die Brüder auf engem Raum zusammenlebten.

Zu finden war zwischen den Notizen zu Vorlesungen und Niederschriften seiner Predigten allerdings nichts. Luther schüttelte den Kopf. Oder hatte der heimliche Besucher unbeschriebene Papierbögen gesucht? Die hätte er von ihm jederzeit haben können. Er verließ seine Zelle, um sich selbst neues Papier zu holen. Danach notierte er den Satz zu Lukas und dem Abendmahl, nur der Rest wollte ihm nicht mehr so richtig von der Hand gehen, zu sehr lenkte ihn der heimliche Besuch in seiner Kammer ab. Er schrieb ein paar Sätze hin, die er dann mit heftigen Bewegungen wieder ausstrich. Der Brief an Johann Lang würde auch keine Meisterleistung, aber der Freund würde es ihm verzeihen.

Kapitel 14

Obwohl seit Tammes Tod keine neuen Pestfälle mehr aufgetreten waren – in den Vorstädten war auch nur noch eine alte Witwe gestorben – und die Menschen begannen aufzuatmen und sich verschont zu fühlen, blieb der Rat vorsichtig. Die Pestordnungen waren weiterhin in Kraft, die beiden Seelweiber noch im Dienst. Sie hielten sich bei der Fronleichnamskapelle neben der Stadtkirche auf und warteten auf Pesttote, um sie zu waschen und in Leintücher zu nähen. Almuth beneidete sie nicht um diese Aufgabe. Der Rat zahlte ihnen zwar jede Woche zwei Gulden, und die Angehörigen eines Toten mussten die Dienste der Weiber noch zusätzlich bezahlen, aber die Frauen konnten leicht selbst an der Pestilenz sterben.

Sie saßen nebeneinander auf einer Bank. Mit ihren schmutzigen, zerfledderten und beinahe bis zum Knie hochgezogenen Röcken sahen sie einander ähnlich wie Schwestern. Statt Hauben hatten sie sich Tücher um den Kopf gebunden. Die Morgensonne beschien hagere Waden und nackte Füße in Holzschuhen. Zwischen sich hatten sie eine bauchige Tonflasche stehen, aus der sie abwechselnd tranken. Almuth vermutete Bier oder vielleicht auch etwas Stärkeres darin.

Die beiden Frauen beachteten Almuth nicht, bis sie direkt vor ihnen stand. Bei der einen schauten Strähnen graublonden Haares unter dem Tuch hervor, die andere hatte eine Warze unter dem linken Ohr, aus der ein borstiges dunkles Haar spross.

»Ihr guten Frauen«, sagte Almuth leise.

»Is wieder einer abgekratzt?«, wollte die Warzige wissen. Beim Sprechen zeigte sie ihre letzten drei Zähne, die sie im Mund hatte. »Brauchste unsere Hilfe, Mädchen?«

Die Graublonde nahm erst noch einen Schluck aus der Tonflasche, bevor sie aufsah.

»Ich wollte Euch etwas fragen.«

»Wo hat man denn so was gehört?« Die Graublonde kicherte und zeigte dabei nur wenige Zähne mehr als die andere. »Zu uns kommen die Leute mit Toten, nicht mit Fragen.«

»Wenn bei dir keiner tot ist …« Die Warzige griff nach der Flasche. Ihre Kehle arbeitete beim Schlucken, und sie setzte erst wieder ab, als die andere ihr einen Rippenstoß versetzte.

»Ich möchte trotzdem von Euch wissen, ob Ihr vor mehr als einem Dutzend Tagen den toten Studenten der Rechte, Tamme Redecker, gewaschen und in ein Tuch genäht habt?«

Die beiden Seelweiber schauten sie stumm an.

»Ihr müsst Euch doch daran erinnern können. Er war der letzte Kranke, der in der Stadt an der Pestilenz gestorben ist, im Haus des Apothekers Herkner. Seitdem hat es keine neuen Fälle mehr gegeben.« Almuth hatte nun lauter gesprochen. Die beiden Weiber konnten das doch nicht vergessen haben.

»Sind noch nicht viele abgekratzt in diesem Sterbslauft. Nich viel zu tun für uns«, stellt die Warzige fest.

»Der Rat zahlt uns nicht dafür, Fragen zu beantworten«, ergänzte die andere.

Darum ging es also. Almuth hatte es vorausgesehen und ein paar Münzen mitgebracht. »Ich bezahle Euch die Hälfte von dem, was Ihr für Eure Dienste an einem Toten bekommt.« Sie zählte das Geld ab und hielt es auf der ausgestreckten Hand, sodass die beiden Weiber es sehen konnten.

Die Augen der Warzigen glitzerten gierig. Sie wollte sich erheben, um das Geld zu nehmen, wurde jedoch von der anderen zurückgehalten.

»Warum nur die Hälfte?«

»Ich will für das Geld nur eine Antwort. Ihr müsst keinen Toten waschen, und bei einer Antwort steckt Ihr Euch nicht mit der Pestilenz an.«

»Aber wir wissen die Antwort, und du willst sie haben. Gib uns den vollen Lohn.«

»Das ist zu viel.« Almuth schüttelte empört den Kopf. »Die Antwort besteht aus nur einem einzigen Wort.«

»Was war noch mal die Frage?«

»Habt Ihr Tamme Redecker gewaschen, in ein Tuch genäht und dabei seinen toten Leib gesehen?«

»Sin für mich drei Fragen un drei Antworten«, lispelte die Warzige. »Wir lassen uns nich übers Ohr hauen.«

Die Graublonde hatte einen Finger an ihre Unterlippe gelegt und sah nachdenklich aus. Sie kam Almuth als diejenige vor, deren Herz sich eher erweichen ließ. Hoffentlich dachte sie darüber nach, dass Almuths Geld leicht verdientes war.

»Du musst noch was drauflegen«, verlangte sie.

»Ihr bekommt zwei Pfennige mehr. Jede von euch.« Almuth zählte die Münzen in ihre Hand und hielt sie danach wieder so, dass die Seelweiber sie sehen konnten.

»Wir haben seinen toten Körper gewaschen und eingenäht«, bestätigte die Graublonde.

»Und es war ganz sicher Tamme Redecker?« Almuth machte sich darauf gefasst, noch mehr ihrer Münzen opfern zu müssen.

»Er war tot un an der Pestilenz gestorben. Das ham wir gesehen, diesen Tamme kennen wir nicht.« Das kam wieder von der Warzigen.

»Aber es war ein junger Mann?«

»Ein junger, hübscher – das kann ich dir sagen.«

Almuth legte für jede der Frauen noch eine kleine Münze in ihre Hand und legte das Geld auf ein Tuch vor sich auf den Boden. Sie war noch keinen ganzen Schritt zurückgewichen, da stürzten sich die beiden Weiber schon darauf. Sie teilten es unter sich auf und saßen gleich darauf wieder nebeneinander auf der Bank. Die Graublonde griff nach der Tonflasche.

Kapitel 15

Was hatte dieser Wittenberger Mönch ihm da geschickt? Johann Tetzel breitete die Bögen vor sich aus. Vier engbeschriebene kleine Zettel. Er seufzte. Das war genau, was er nach einem langen Tag der Predigten und Ablassverkäufe nicht gebrauchen konnte. Er hatte Durst, war beinahe heiser, und ihm stand ein Abend mit Frech und Feist bevor. Da hatte ihm ein Schreiben mit kleiner Kritzelschrift gerade noch gefehlt.

»Bier! Bring mir Bier!«, brüllte er.

Das Gasthaus, in dem sie in Zerbst Quartier genommen hatten, gehörte eindeutig nicht zu den besseren seiner Art. Nicht nur waren Bettwäsche und Betten klumpig und kalt, auch das Essen war fade und die Portionen klein.

Er wollte gerade zum zweiten Mal rufen, als endlich eine Magd mit einer Bierkanne und einem ausreichend großen Humpen aus Ton erschien. Tetzel winkte ab, als sie ihm einschenken wollte. Er wedelte sie mit einer Handbewegung davon und bediente sich lieber selbst. Nachdem er einen tüchtigen Schluck genommen hatte, widmete er sich dem Brief dieses Wittenberger Mönches.

Das Begleitschreiben war kurz gehalten und nichtssagend. Kein Wort über eine Disputation. Kein Wort darüber, dass er Luther diesen Vorschlag unterbreitet hätte. Ob Bruder Benedictus wirklich zuverlässig war? Er zweifelte an der Hilfe dieses Mönches. Der Mann hatte mehr versprochen, als er halten konnte. Tetzel knüllte den Brief zusammen und warf ihn zu Boden. Aber der Wittenberger Augustinereremit war die beste Verbindung, die er derzeit zu Luther hatte.

Kurz erwog Tetzel, an Luther selbst zu schreiben und ihm eine Disputation vorzuschlagen. Die Idee verwarf er aber schnell wieder. Er hatte es nicht nötig, um eine Auseinandersetzung zum Ablass zu betteln. Genau so würde ihm ein Brief aber ausgelegt werden. Er war auf einen Vermittler angewiesen.

Tetzel wandte sich der Anlage zu, die Bruder Benedictus beigelegt hatte. Notizen gegen den Ablass. Kam es zur Disputation, würde sich dieses Wissen als wertvoll erweisen. Es zeigte Luthers Argumentation. Er steckte das gefaltete Papier in den weiten linken Ärmel seiner Kutte und verschränkte die Hände ebenfalls in den Ärmeln. Gemessenen Schrittes verließ er die Gaststube.

Wenig später hob Frech den zusammengeknüllten Brief auf und strich ihn glatt. Mit zusammengekniffenen Augen las er. In einem ersten Reflex knüllte er das Papier wieder zusammen, bevor er es wegwarf, besann er sich jedoch anders. Seine Wut auf diesen kleinen Wittenberger Mönch minderte sich keineswegs. Er biss die Zähne zusammen, bis ihn die Kiefer schmerzten.

An Tetzel schrieb dieser Schwarzkittel, er selbst empfing keinerlei Brief von Konrad Seyffer.

»Schlechte Nachrichten?«, sprach Feist ihn von hinten an.

Trotz seiner Körperfülle gelang es dem Mann, sich geräuschlos zu bewegen. Frech fuhr herum und bemühte sich um einen gleichgültigen Gesichtsausdruck.

»Wie kommst du darauf?«

»Weil du da einen zerdrückten Brief in der Hand hältst.«

»Den nicht ich zerknüllt habe. Tetzel hat ihn weggeworfen, und ich habe ihn nur an mich genommen. Solche Briefe wirft man ins Feuer.«

»Von wem ist er?«

»Von einem Wittenberger Mönch.«

»Also geht es um Luther«, stellte Feist fest. »Es geht doch immer um diesen Mann. Er sitzt wie eine Spinne in seinem

Netz, das er in alle Richtungen gesponnen hat. Was machen deine Pläne gegen ihn?«

»Sind am Laufen.«

Feist lachte auf. »Du warst schon immer ein schlechter Lügner, ob nun mit oder ohne Ablass. Mit deinen Plänen läuft es gar nicht.«

Frech zuckte nur mit den Schultern. Er fühlte sich ertappt.

Der Fettwanst lachte immer noch. »Du warst schon immer richtig gut darin, dir die falschen Leute auszusuchen. Dieser Mönch aus Luthers Kloster ist eben doch nur ein Mönch. Schwingt gern große Reden und kneift, wenn es ans Handeln geht. Statt ein paar Männer mit Erfahrung anzuheuern, die solche Dinge zuverlässig erledigen, verlässt du dich auf einen Mönch.« Feist schüttelte den Kopf. »Da machst du es besser selbst.«

»Worauf du einen lassen kannst.« Er zerriss den Brief in kleine Fetzen, ließ sie zu Boden regnen und trampelte darauf herum.

Kapitel 16

Johann Gronenberg war gern Buchdrucker. Tagsüber gefiel ihm die Geschäftigkeit in seiner Werkstatt und abends die Ruhe und der Geruch bedruckten Papiers. Tief sog er ihn ein.

Das Zuschlagen einer Tür und raschelnde Röcke sagten ihm, dass er nicht länger allein war. Er drehte sich um. Seine Frau Sibilla stand mit einer brennenden Kerze in der Hand in der Werkstatt und lächelte ihn an. Ihm fielen ihre spitzenverzierte Haube und das gute dunkelrote Kleid auf. Er hatte es ihr geschenkt, als sie ihm vor zwei Jahren ihre Schwangerschaft bekundet hatte. Sie verlor das Kind, seitdem hatte er das Kleid nicht oft an ihr gesehen, obwohl die Farbe ihr gut stand.

Sie schritt auf ihn zu. Dabei kam sie einem der zum Trocknen aufgehängten Papierbögen gefährlich nahe, die an von Wand zu Wand gespannten Leinen hingen.

»Um Himmels willen, sei doch vorsichtig«, sagte er schnell. Am liebsten hätte er sie gepackt und zur Seite gezogen.

Sie lachte auf, und der Augenblick der Gefahr war vorüber. Mit der Kerzenflamme strich sie dicht an ihrer Wange vorbei. Wie ein zärtlicher Finger. Johann schluckte, und sein Adamsapfel hüpfte.

»Deine Bücher bedeuten dir mehr als ich?«, fragte sie mit einem unschuldigen Augenaufschlag.

»Fängt erst eine Seite Feuer, entsteht bei dem ganzen trockenen Papier in der Werkstatt ein Brand, den niemand mehr zu löschen vermag«, erwiderte er. Hatte ihr Ausschnitt eigentlich immer schon den Ansatz ihrer Brüste sehen lassen? Oder hatte sie den weißen Saum des Unterkleides heruntergezogen? Wann?

»Die Werkstatt.«

»Das Haus und alles, was wir besitzen, kann ein Raub der Flammen werden.«

»Aber eine Flamme ist auch so zart.« Wieder strich sie mit der Kerze dicht an ihrer Wange vorbei und näherte sich dann auch seiner.

Er spürte die Hitze und den Luftzug. Der Kuss eines Flammenfingers.

Sibilla stellte die Kerze auf den Tisch und schmiegte sich an ihn. »Es sind die besten Tage«, flüsterte sie ihm zu.

Das eben erwachende Feuer in Johann drohte zusammenzufallen. Sibilla wollte ihm beiliegen, aber nicht weil sie die Lust einer Ehefrau nach ihrem Mann verspürte, sondern weil es die besten Tage waren, um ein Kind zu empfangen. So ging das seit Jahren und nicht erst, seit er ihr das rote Kleid geschenkt hatte. Und immer lag der Druck auf ihnen, dass sie diesmal endlich schwanger werden musste. Sie dachte während des Aktes nur daran, und er konnte auch kaum etwas anderes in seinen Kopf bekommen.

»Es ist schon viel zu lange her, Johann«, hauchte sie und biss ihn ins Ohrläppchen. Dabei schmiegte sie sich an ihn wie eine Katze. Dann griff sie ihm in den Schritt.

Es war wirklich schon viel zu lange her. Er vergaß die richtigen Tage, sah nur noch seine Frau im roten Kleid. Johann Gronenberg nahm sie gleich auf dem Tisch in der Werkstatt. Kräftig stieß er in sie, und als sich seine Lust entlud, er ihren Schrei der Erfüllung hörte, glaubte er beinahe selbst, dass diesmal ein Kind entstanden sein könnte.

Sibilla drückte die Knie zusammen und ordnete ihre Röcke. Die Haube war verrutscht, darunter hatten sich einige Strähnen aus ihrer Frisur gelöst. Sie schob alles wieder in die richtige Lage. Auf ihrer Miene lag ein tief zufriedener Ausdruck. Eine Hand legte sie auf ihren Bauch, als wäre dort schon werdendes Leben zu spüren. Die andere Hand zog etwas klein Zusammengefaltetes unter ihrem Kleid hervor. Es hing an einer

Schnur um ihren Hals. Sie führte es an ihre Lippen und küsste es.

»Ich werde ein Kind bekommen, ich spüre es.«

»Was hast du da?«

»Es reinigt meine Seele und auch deine.«

»Was soll das sein?«, fragte er wieder, diesmal ungeduldiger. Es sah aus wie ein Stück Papier, aber wie das Seelen retten sollte …?

Sibilla löste es von der Schnur, entfernte auch das Bändchen, mit dem es zusammengebunden war. Sie entrollte das Papier. Er erkannte auf den ersten Blick, was es war: ein Ablassbrief. Sibillas Name stand darauf und auch seiner. Johann prallte zurück. Das hatte sie beim ehelichen Verkehr zwischen den Brüsten getragen. Das zufriedene Gefühl, das sich seiner immer bemächtigte, nachdem er seinem Weibe beigelegen hatte, fiel von ihm ab.

»Wo hast du das her?«, fragte er streng. »Das kannst du doch nicht hier erstanden haben.«

»Ich habe es mir mitbringen lassen. Des Nachts gibt es Orte, an denen wird der Ablass gepredigt und verkauft.«

»Weib, hast du in der Messe nicht zugehört? Der Ablass ist des Teufels, er vermindert nicht deine Sünden, sondern vergrößert sie.«

»Das sagst du.« Als Johann nach dem Schreiben griff, verbarg sie den Ablassbrief in ihrer Hand.

»Das sagt Martin Luther, ein überaus gelehrter und gottesfürchtiger Mann.«

»Der Heilige Vater in Rom sagt etwas anderes.«

Sie umklammerte den Brief immer noch, er hätte ihn ihr nur mit Gewalt abnehmen können. »Dumme Frau, du gibst Geld für einen Götzenglauben aus. Wie viele Briefe hast du noch gekauft?«

Für die ganze Familie, einschließlich seines Gesellen und der Magd sowie der verstorbenen Eltern und Geschwister hatte sie Ablässe erworben und dafür eine Monatseinnahme verschwendet.

»Johann, verstehst du denn nicht?«, bat sie. »Der Papst hat den Ablass zur Rettung der Seelen erlaubt. Nur Martin Luther spricht gegen ihn. Was sollen wir machen? Ist es nicht besser, alle Hilfe anzunehmen, die man finden kann? Einen Ablass erwerben, beichten und Buße tun. Wir müssen uns aller göttlichen Hilfe versichern, damit uns ein Sohn geschenkt wird. Johann …«

Er hätte ihr den Brief wegnehmen und in tausend kleine Fetzen zerreißen wollen, nun brachte er es nicht mehr fertig. In ihm regte sich der Gedanke, ob seine Frau nicht vielleicht recht hatte. Diese Sache mit dem Ablass war mehr, als der Verstand eines Buchdruckers fassen konnte. Darüber mussten klügere Leute, als er einer war, sich die Köpfe zerbrechen.

»Johann«, begann Sibilla zaghaft. »Du willst doch auch einen Sohn und Erben haben?«

»Ich nehme die Kinder, wie sie kommen, und am wichtigsten ist mir ein glückliches Eheweib.«

Ein strahlendes Lächeln belohnte seine Worte.

»Wenn zu deinem Seelenfrieden ein Ablassbrief gehört, sollst du meinetwegen einen haben. Du musst es ja nicht auf dem Markt herumerzählen.«

»Doktor Martin Luther wird es nicht zu Ohren kommen. Ich weiß doch, was wichtig ist für dein Geschäft.«

Kapitel 17

Die Sonne beschien gnadenlos den Karrenweg mit den beiden tief ausgefahrenen Furchen. Es versprach ein drückend heißer Augusttag zu werden. Auf dem Grasstreifen des Karrenweges ging Almuth, wischte sich immer wieder den Schweiß aus dem Gesicht und fand ihre Röcke schwer und umständlich. Dabei war sie noch gar nicht weit gegangen, hatte gerade einmal die Elbe überquert. Wenn sie sich umdrehte, waren noch die Hausdächer der Fischervorstadt zu sehen. An einen so warmen August konnte sie sich nicht erinnern. Sie hätte ihn gern mit ihrem Verlobten genossen, wäre Hand in Hand mit ihm an der Elbe entlanggewandert, hätte auch mal einen Zeh ins Wasser gesteckt. Entschlossen stapfte sie weiter.

»Frau Almuth, Frau Almuth«, rief jemand hinter ihr.

Sie blieb stehen und schaute sich um. Es war Hinke-Cuno, der mit seinem verdrehten Fuß erstaunlich schnell auf sie zuhinkte. Er schwenkte die Arme. Als er vor ihr stand, keuchte er nicht einmal.

»Wohin wollt Ihr, so ganz allein?«, fragte Cuno. »Ich kann Euch begleiten.«

»Das brauchst du nicht. Ich muss etwas suchen.«

»Dabei kann ich doch helfen. Ich bin gut im Finden von Dingen, genauso gut wie im Überbringen von Nachrichten.«

Almuth hatte sich umgedreht und ging weiter den Weg entlang. Cuno hinkte neben ihr.

»Es geht nicht um Dinge, ich muss einen Ort finden.«

»Das kann ich auch.«

»Cuno«, seufzte Almuth. »Ich habe nichts zu essen dabei und auch keinen Groschen.«

»Ich komme trotzdem mit. Es ist nicht sicher für eine Frau, allein unterwegs zu sein«, sagt der Junge altklug.

Er sorgte sich um ihre Sicherheit. Gegen ihren Willen war Almuth gerührt.

»Hat mein Bruder dich geschickt?« Was sie im Sinn hatte, würde ihm nicht gefallen, deshalb hatte sie niemanden in ihren Plan eingeweiht. Johann traute sie jedoch ohne weiteres zu, sie zu durchschauen.

Cuno schüttelte jedoch den Kopf. »Ich habe Euch beim Elbtor gesehen, als Ihr über die Brücke gegangen seid. Da bin ich Euch gefolgt. Es geht um Herrn Tamme, nicht wahr?«

Almuth zog die Stirn kraus.

»Ich glaube nicht, dass er an der Pestilenz gestorben ist«, fügte der Junge schnell hinzu.

Er war der Erste, der das zu ihr sagte. Nur wusste man bei ihm nie, ob er etwas sagte, weil es seine Meinung war oder weil er glaubte, sein Gegenüber wolle es hören. Das eine war so wahrscheinlich wie das andere, trotzdem taten Almuth die mit Überzeugung vorgebrachten Worte gut.

»Du kannst nicht mitkommen. Ich weiß selbst nicht, was mich erwartet.«

»Dann beschütze ich Euch.« Er reckte den mageren Arm mit seiner zur Faust geballten Rechten in die Höhe. »Ich bin stark.«

»Bestimmt bist du das, aber die Straßen sind sicher. Unser Kurfürst sorgt dafür, und er nimmt seine Pflichten ernst. Mir wird nichts passieren.«

Cunos entschlossene Miene geriet ins Wanken. Nachdem Almuth ihm noch einmal vor Augen geführt hatte, wie sicher sie dank des Kurfürsten sei und dass sie noch ein tüchtiges Stück zu gehen habe, ließ er sich zum Umkehren überreden.

»Ihr könnt auf mich zählen, wenn Ihr Hilfe braucht«, versprach er, bevor er zurückhinkte.

Almuth sah ihm nach, bis er beinahe die Vorstadt erreicht hatte. Dann erst setzte sie ihren Weg fort.

Tamme hatte ihr einmal erklärt, wo seine Bauerngüter lagen, das Erbe seines Vaters. Zwei in Paunsdorf bei Leipzig und das dritte bei Boßdorf, nur ein paar Wegstunden von Wittenberg entfernt. Zu diesem Gut war Almuth unterwegs.

Als die Sonne hoch am Himmel stand, musste sie sich eingestehen, dass das Gut nicht so einfach zu finden war, wie Tammes Beschreibung sich angehört hatte. Almuth hatte bereits einen entgegenkommenden Hausierer nach dem Weg gefragt, aber der Mann hatte nur in sein dichtes Bartgestrüpp gebrummt und vage hinter sich gedeutet. Der Weg hatte dann am Ufer eines Baches, der sich durch die Wiesen schlängelte, geendet. Immerhin konnte Almuth ihren Durst stillen und sich den Schweiß vom Gesicht waschen, aber von einem Bach war bei Tammes Wegbeschreibung nicht die Rede gewesen.

Sollte sie nun am Ufer entlang nach Süden bis zur nächsten Ansiedlung gehen oder den gleichen Weg zurück, um die Abzweigung zu suchen, die sie wahrscheinlich verpasst hatte? Am liebsten würde sie nicht mehr weitergehen, sondern sich ins Gras legen und ausruhen. Wenigstens eine Haube gegen die Sonne hätte sie mitnehmen sollen, so blieb ihr nichts anderes übrig, als ein Tüchlein zu befeuchten und sich in den Nacken zu legen. Sie entschied sich dafür, am Bach entlangzugehen.

Die nächste Siedlung war nicht fern, und dort erklärte ihr eine junge Mutter mit zwei Kleinkindern am Rockzipfel und einem Säugling auf dem Arm den Weg nach Boßdorf. Sie schenkte ihr sogar noch einen Kanten Brot und bot ihr einen Becher frische Milch an. Für beides war Almuth dankbar.

Ihr Weg führte sie zunächst weiter am Bach entlang, und sie musste einsehen, dass sie nicht bei der letzten Abzweigung falsch gegangen war, sondern der Fehler schon viel früher passiert sein musste. Nun war sie sich jedoch sicher, den Ort zu finden, denn nach den Worten der jungen Mutter war es nicht mehr weit. Almuth schritt energisch voran. Sie warf auch keinen Blick in den Himmel, als ein Wind auffrischte, sondern begrüßte die Kühle dankbar, hob ihre Flechten an, damit die Brise über ihren Nacken strich.

Beim ersten Donner schrak sie zusammen. Sie hatte die Wolken nicht bemerkt, die sich über ihr aufgetürmt hatten. Die Sonne verschwand dahinter und mit ihr der Tag, als hätte jemand eine Kerze ausgeblasen. Dem Donner folgte ein gezackter Blitz am Horizont. Der nächste brachte den Regen. Dicke Tropfen klatschten auf den Boden und ließen kleine Fontänen aus Erde und Wasser hochspritzen. Almuth rannte zum nächsten Baum und stellte sich unter. Lange hielten die Äste dem Regen nicht stand, und sie war im Nu durchnässt. Die Kleidung klebte auf ihrer Haut, der Regen prasselte so stark hernieder, dass von der Umgebung nicht mehr viel zu erkennen war. Am Himmel zuckten in ununterbrochener Folge Blitze auf, und der Donner grollte. Das Gewitter befand sich genau über ihr.

Der Baum bot nicht länger Schutz, und Almuth wurde mulmig zumute – sie war ganz allein in einem Unwetter. Sie lief los auf der Suche nach der nächsten Unterkunft. Das Gewitter begleitete sie, und sie kam nicht besonders gut vorwärts, denn der Weg hatte sich in Morast verwandelt, bei dem sie achtgeben musste, nicht auszurutschen. Kalter Matsch spritzte an ihre Waden. Hatte sie vor kurzem noch geschwitzt, so fröstelte sie nun.

Zum Glück entdeckte sie bald ein Dach und rannte darauf zu. Es gehörte zum Haus eines Bauerngutes und hatte seine besten Zeiten bereits hinter sich, die Balken des Fachwerks wiesen tiefe Risse auf, die Schindeln hingen schief, es fehlten auch einige. Die Fensterläden waren geschlossen, bei Stall und Scheune war ebenfalls alles verrammelt. Es sah nicht so aus, als wohnte jemand auf dem Hof. Almuth kümmerte sich nicht darum, sie eilte auf die Tür zu und hämmerte dagegen.

Die Fingerknöchel taten ihr bereits weh, als in der Tür eine kleine Klappe geöffnet wurde. Das Gesicht eines älteren Mannes mit strähnigem grauem Haar und einem gleichfarbigen wilden Bart erschien. Seine Miene war abweisend.

»Lasst mich rein, bitte«, sagte Almuth, ihre Stimme zitterte vor Kälte. »Das Gewitter hat mich überrascht.«

Die Miene des Mannes änderte sich nicht.

»Nun lass sie schon rein«, bestimmte seine hinter ihm stehende Frau. Sie war viel kleiner als er und hatte ein spitzes Gesicht wie ein Wiesel. Der Mann öffnete augenblicklich die Tür.

Almuth atmete auf, als sie ins Haus trat und nicht länger dem Gewitter ausgesetzt war. Aus ihrem Kleid tropfte das Wasser und bildete eine kleine Pfütze um ihre Füße. Sie stand direkt im einzigen Raum des Hauses, der Wohnstube, Küche Schlafkammer zugleich war.

Die Bäuerin reichte ihr Tücher und sagte entschuldigend: »Wir haben leider kein Feuer im Herd. Wegen des Gewitters haben wir es ausgehen lassen.«

So gut es ging, trocknete Almuth sich mit dem Tuch ab und legte es sich anschließend um die Schultern. Das Zittern ließ nicht nach. Der Stoff war grob gewebt und kratzte auf der Haut ihres Halses, außerdem roch er streng.

»Eigentlich suche ich den Hof von Michel Holmeier. Der muss hier ganz in der Nähe sein.«

»Den kenne ich«, sagte die alte Bäuerin. »Der Hof ist kaum eine Viertelmeile entfernt. Bei gutem Wetter erreicht man ihn schnell. Jetzt allerdings ...«

»Ich versuche es«, entschied sich Almuth. »Nasser, als ich schon bin, kann ich nicht mehr werden. Und vielen Dank, dass ihr mich ins Haus gelassen habt.«

Der Bauer begleitete sie zur Tür und zeigte ihr den Weg.

Das Gewitter tobte sich nach wie vor über der Gegend aus. Almuth eilte durch den Schlamm in die angegebene Richtung.

Im Rücken spürte sie die Erleichterung der Bauern, dass sie nicht geblieben war. Am Ende hätten sie ihr noch etwas zu essen und ein Nachtlager anbieten müssen – das mochten die Gedanken dieser armen Leute sein.

Vor ihr tauchte ein Dorf auf. Vier, fünf oder sechs Höfe. Sie klopfte an die erste Haustür, die sie erreichte. Das Haus war ungleich größer als das einsame am Wegesrand. Auch hier waren die Fensterläden geschlossen, aber hinter einem drang ein Lichtschein heraus. Vor dem Regen fand sie bereits Schutz unter dem breiten Dachüberstand. Diesmal dauerte es auch nicht lange, bis die Tür geöffnet wurde.

Eine Frau in Sibillas Alter mit einer Kerze in der Hand ließ sie herein. Sie bekam weiche Decken und warme Suppe. Ihre nasse Kleidung wurde zum Trocknen in der Nähe des Ofens aufgehängt. Außer der Frau wohnten im Haus noch ihr Mann und zwei erwachsene Söhne.

Almuth fragte wieder nach Tamme Redeckers Bauerngut.

»Ja, das ist unseres«, antwortete ihr der Bauer. »Ich bin Michel Holmeier.«

Sie war so froh, sie hätte den Mann umarmen können. Was sie dann allerdings zu hören bekam, trübte ihre Freude gleich wieder. Der Bauer beklagte sich bitter über Tammes Stiefvater, der die Pacht schon immer vor dem Termin kassieren wolle. Allerdings musste er auch zugeben, in den letzten beiden Jahren, einen Teil der Pacht schuldig geblieben zu sein. Die Ernte sei nicht ausreichend gewesen, und sein Ältester habe sich im letzten Sommer das Bein gebrochen und nicht richtig mitarbeiten können. Er hinke immer noch. Michel Holmeier deutete auf einen der beiden jungen Männer, der verlegen zu Boden schaute.

»Ich hatte befürchtet, der Apotheker würde uns im letzten Herbst davonjagen, weil ich wieder die Pacht nicht bezahlen konnte, aber er hatte noch einmal ein Einsehen. Im Herbst dieses Jahres müssen wir aber die aktuelle Pacht und einen Teil der Rückstände zahlen, sonst dürfen wir nicht bleiben.« Der Mann klang bekümmert und hoffnungsvoll zugleich.

Einsehen und Herkner – das passte nicht zu dem Bild, das Almuth von dem Mann hatte. Sollte es am Ende doch stimmen, dass die Höfe weniger Geld abwarfen, als Tamme angenommen hatte? Sie schaute in den Becher mit warmem Bier, den sie in der Hand hielt, und wusste nicht, was sie sagen sollte.

»Wir lassen uns nicht verjagen«, warf der jüngere Sohn kämpferisch ein. »Wir …«

»Das wird auch nicht passieren«, unterbrach ihn sein Vater, »wenn das Jahr so weitergeht, wie es begonnen hat. Dann werden wir unsere Schulden zahlen können.«

»Es ist nicht recht, dass wir uns abschuften, und der feine Herr aus Wittenberg kommt nur und hält die Hand auf.«

»Das Land und alles, was zum Gut gehört, ist nun mal im Besitz der Familie Redecker.«

»Das ist trotzdem nicht recht.«

Michel Holmeier wurde die Redeweise seines Jüngsten sichtlich unangenehm. Barsch wies er ihn zurecht. Dieser Streit flammte nicht zum ersten Mal zwischen Vater und Sohn auf, vermutete Almuth. Ihre Gedanken waren aber vor allem noch mit dem beschäftigt, was sie über Herkner erfahren hatte.

»Der Familie Redecker gehören drei Bauerngüter«, sagte sie. »Wisst Ihr etwas über die anderen beiden in Paunsdorf bei Leipzig?«

»Oh ja. Das eine davon bewirtschaftet ein Vetter meiner Frau. Er hatte ebenfalls zwei nicht so gute Jahre, konnte wohl nicht alles von seiner Pacht bezahlen. Das ist aber nicht das Schlimmste.«

Almuths Aufmerksamkeit war geweckt. Sie richtete sich auf und stellte den Bierbecher weg.

»Der Apotheker aus Wittenberg hat die Pacht von einem der Höfe verkauft. Nicht die unseres Verwandten, sondern des anderen. Das ist der kleinste. Ich weiß es vom Vetter meiner

Frau, dass am Tag des heiligen Florian fremde Männer auf den Hof gekommen sind. Sie hatten einen Brief mit dem Siegel des Apothekers und haben in jeden Winkel geschaut und wegen der Pacht gefragt. Sie haben verlangt, die Pacht ab sofort an sie zu zahlen. Der Vetter kennt sich mit den Dingen der Jurisprudenz nicht aus, aber das kann doch nicht rechtens sein.« Der Bauer schaute Almuth anklagend an.

Das passte schon eher zu dem Herkner, den sie kannte. Andererseits wusste sie von ihrem Bruder, dass es unter Kaufleuten üblich war, ihnen zustehende Gelder an einen anderen zu verpfänden. Johann hatte es selbst schon gemacht. Wenn die Männer erst am Tag des heiligen Florian auf den Hof gekommen waren, war Tamme zu diesem Zeitpunkt schon tot – offiziell an der Pestilenz gestorben, korrigierte sie sich in Gedanken –, und Herkner hatte sich in den Augen aller anderen völlig rechtmäßig verhalten. Die Höfe haben Tammes Mutter zugestanden und damit ihrem Ehemann.

»Ich weiß nicht, was Recht und Unrecht in dieser Sache ist«, antwortete sie bedrückt. »Wer hat die Pacht gefordert? Wusste Euer Vetter das?«

»Es waren angeblich Juden. Persönlich haben sie sich nicht blicken lassen, sondern nur einen Abgesandten geschickt«, antwortete der Bauer verächtlich.

»Ich muss nach Paunsdorf gehen und mit der Familie sprechen.« Almuth sprang auf und wollte aus dem Haus stürmen.

Doch der Regen prasselte immer noch aufs Dach.

»Paunsdorf ist mindestens eine Woche entfernt, Mädchen.« Der Bauer konnte ein Lachen nicht unterdrücken. »Und bei diesem Regen braucht Ihr noch mal länger, wenn Ihr Euch nicht vorher den Tod holt. Ihr schafft es nicht einmal mehr nach Wittenberg zurück.«

»Ich muss aber. Mein Bruder fragt sich bestimmt schon, wo ich bin.« Auf einmal erinnerte Almuth sich daran, dass sie einfach aus dem Haus gelaufen war.

»Sobald der Regen nachlässt, bringe ich Euch mit dem Fuhrwerk in die Stadt zurück«, bot der Bauer an.

Sie mussten noch eine geraume Weile warten, bevor Michel Holmeier die Ochsen anspannte und sie sich auf den Rückweg machten. Trocken blieben sie auch nur den kürzeren Teil des Weges, denn ein weiteres Gewitter zog über sie hinweg.

Kapitel 18

Albrecht von Brandenburg, Erzbischof der Diözesen Mainz und Magdeburg, residierte in einem Palast in der Stadt an der Elbe, den er an guten Tagen als langweiligen Steinhaufen und an schlechten als Zumutung bezeichnete. Er war ein noch junger Mann und sehnte sich nach mehr Licht und Luft statt nach dicken Mauern, die auf sein Gemüt drückten. Er liebte Musik, Kunst, Literatur und Augustinus. Aus dessen Werken ließ er sich vorlesen, lag dabei nach Art der alten Römer auf einem gepolsterten Ruhebett, knabberte Honigkuchen und Rosinen und trank dazu Wein.

Ein Franziskaner brachte ihm einen Brief und zog sich genauso leise wieder zurück, wie er hereingekommen war. Der Vorleser verstummte hinter seinem Stehpult. Der Erzbischof bedeutete dem jungen Mann fortzufahren und öffnete den Brief erst, nachdem dessen melodische Stimme wieder den Raum erfüllte.

Das Schreiben stammte von seinem Ablassprediger Tetzel. Was wollte dieser Mensch? Beim Volk kam der Mann gut an, seine feinen Sinne beleidigte er.

Außer einem Brief enthielt das Schreiben noch eine Menge Bögen, geschrieben in einer kleinen, hastig aufs Papier gekritzelten Handschrift. Albrecht vertiefte sich in Tetzels Nachricht. Nach den ersten Zeilen hatte er die Honigkuchen, seinen jungen Vorleser und die Rosinen vergessen. Nachdem er den ganzen Brief gelesen hatte, vergaß er auch das Weinglas auf der Lehne seines Ruhesofas. Mit einer unachtsamen Armbewegung fegte er es herunter, merkte es nicht einmal, sondern vertiefte sich in das, was im Brief als ›ketzerische Lehrsätze bezeichnet‹ war. Er las die ersten beiden Seiten dieses nicht enden wollenden Traktats und richtete sich auf.

»Das ist doch ...«

Der Vorleser unterbrach sich erneut.

»Dieser Mann muss zum Schweigen gebracht werden.«

»Eure Eminenz ...?«

Der Vorleser sah erschrocken aus und war bis über beide Ohren rot geworden.

»Dich meine ich nicht«, beschwichtigte Albrecht. »Hol mir den Boten her, der diesen Brief gebracht hat. Schnell!«

Der junge Mann eilte davon und kam gleich darauf mit einem dürren Kerl zurück, der den Geruch nach Schweiß und Pferd mit sich brachte. Albrecht rümpfte die Nase und winkte dem Mann, näher zu kommen.

»Soll ich für neuen Wein sorgen?«, fragte der Vorleser, und seine Stimme zitterte leicht.

Eigentlich wollte Albrecht ablehnen, aber dann warf er einen Blick auf den Boten und nickte. Der Mann nannte seinen Namen, er hieß Ferdinand Naber. Und er sprach mit dem Akzent der bayerischen Lande. Der primitive Klang schmerzte Albrecht in den Ohren, als er sich anhören musste, wie sie zu den ketzerischen Thesen gekommen waren. Mit »sie« meinte der Bote sich und einen Friedrich Boëthius, beide Kommissare der Fugger in Tetzels Begleitung, und den Ablassprediger selbst.

»Welche Antwort soll ich überbringen, Eure Eminenz?«, schloss er seinen Bericht.

»Das will gut überlegt sein.« Albrecht griff nach dem neuen Weinglas, das inzwischen gebracht worden war, und nahm einen Schluck.

»Es soll vor allen Dingen schnell überlegt sein. Wir wissen nicht, was dieser Mann als Nächstes plant, um die Seelen der einfachen Menschen zu vergiften. Buße ohne Ablass – wo hat man so etwas schon einmal gehört, Eure Eminenz.«

»Hast du mit diesem Mönch gesprochen? Kennst du ihn?«

Naber machte eine Geste des Abscheus. »Gott bewahre mich davor.«

Albrecht erinnerte sich wieder an die Honigkuchen und die Rosinen und nahm, während er nachdachte, mit spitzen Fingern etwas davon. Mönche, die glaubten, der Himmel und die Erde stürzten ein, wenn nicht alle ihrer Meinung waren, gab es immer wieder. Nun, er wusste, dass es keinesfalls so war. Bei den Mönchen kam das daher, dass sie immer nur in ihren Klöstern hockten, während für ihn der Tag nicht genug Stunden hatte, alle seine Pflichten zu erfüllen.

Er stützte das Kinn in die rechte Handfläche und hielt den Blick auf Nabers schmutzige Stiefel gerichtet. Der Mann stank dermaßen nach Schweiß und Pferd, am besten wurde er ihn schnell wieder los.

»Das ist nichts als unzusammenhängendes Gefasel, was du mir da gebracht hast«, sagte er streng.

»Wie Eure Eminenz meinen.«

»Diese angeblichen Gelehrten regen sich über alles und nichts auf und sind erst zufrieden, wenn sie einige Dutzend Seiten mit ihren widerstreitenden Theorien gefüllt haben. Das hat für die einfachen Gläubigen keine Bedeutung. Der Ablass ist von unserem Heiligen Vater eingesetzt. Mehr müssen sie nicht wissen und du auch nicht.«

»Was soll ich dem Ablassprediger als Antwort überbringen?«

»Das ist die Antwort. Hinfort mit dir.« Albrecht von Brandenburg wedelte mit der Hand.

Der Geruch dieses Mannes hing noch im Raum, nachdem er ihn längst verlassen hatte. Der Erzbischof ließ ein Fenster öffnen, aber draußen stand die Luft und brachte kaum Erleichterung. Der erzbischöfliche Arm mit dem Schreiben in den Händen sank kraftlos herab. Die Blätter glitten zu Boden. Ein abweichlerischer Mönch hatte ihm gerade noch gefehlt. Dieser Luther aus Wittenberg war nicht der Erste und würde nicht der Letzte sein, der gegen den Ablass wetterte. Im Allgemeinen hörte er nicht auf sie und das Volk auch nicht. Es war viel zu sehr um sein Seelenheil besorgt. Diesmal beschlich den Erzbischof ein schlechtes Gefühl – das würde nicht im Sande verlaufen. Er rief nach seinem Vorleser.

Der Mann betrat den Raum auf leisen Sohlen und ging zu seinem Stehpult, begann jedoch nicht mit dem Lesen.

»Mach genau da weiter, wo wir unterbrochen wurden.«

»Ihr wollt, dass ich weiterlese?«

»Das habe ich gesagt.«

»Ihr müsst Euch nicht beraten und …?«

Albrecht lehnte sich auf dem Sofa zurück und schloss die Augen. Es dauerte noch einen Augenblick, bis er wieder die ruhige vorlesende Stimme hörte.

Im Hof des Palastes stand Ferdinand Naber, genannt Frech, und ballte die Rechte zur Faust, während er darauf wartete, dass ihm sein Pferd gebracht wurde. Die Faust zu schütteln, wagte er nicht, aber seine Kiefer mahlten vor Wut. Die Entscheidung des Erzbischofs hielt er für dumm. Der Mann war vielleicht zu jung, um die ganze Tragweite von Luthers Handlungsweise zu überblicken. Der war nicht einfach ein Mönch, sondern Bibelprofessor an der neuen Wittenberger Universität, dem Hätschelkind des sächsischen Kurfürsten. Frech wusste nun, was er zu tun hatte, ob nun mit oder ohne Hilfe dieses Bruders Benedictus aus Wittenberg. Für ihn war es zu einer persönlichen Angelegenheit geworden.

Sein Pferd wurde herangeführt. Frech schwang sich in den Sattel und trabte zum Tor hinaus. Die Hufe klapperten laut auf dem Pflaster. Zum Glück hatte er es nicht weit bis nach Pechau, wo er wieder mit dem Ablassprediger und Feist zusammentraf.

In den Augen dieser beiden stand die stumme Frage nach der Antwort des Erzbischofs auf Luthers Ketzerei. Frech zuckte auch nur die Schultern. Dafür übergab ihm Feist ein Schreiben, das Siegel war bereits erbrochen. Frech erkannte sogleich die Handschrift Jacob Fuggers, und der Name Konrad Seyffer fiel ihm ins Auge.

Sein Augsburger Prinzipal billigte alle Maßnahmen, um einen reibungslosen Verkauf des Ablasses zu gewährleisten. Frechs Augen leuchteten auf. Es waren nicht alle so unentschlossen wie der Erzbischof.

»Wie sieht dein Plan aus?«, wollte Feist wissen.

»Ich werde mich persönlich um diesen Mönch kümmern.«

Kapitel 19

Sie schlüpfte durch das Elbetor, als die Wache es gerade schließen wollte, und eilte durch die stillen Gassen zum Gronenberg'schen Haus.

Auf der Straße hielt sich außer Katzen niemand auf. Das Hoftor war verriegelt, aber Almuth kannte den Trick, wie man dennoch hineinkam. Hinter sich verriegelte sie das Tor wieder sorgfältig. Auf Zehenspitzen schlich sie über den Hof. Die Hintertür war offen, und Els wartete auf sie.

»Dem Himmel sei Dank, junge Herrin. Ich hatte schon befürchtet, Ihr schafft es nicht mehr rechtzeitig. Ich habe Euch etwas vom Abendessen aufgehoben. Ihr seid ja ganz nass.« Die Magd reichte ihr ein Tuch.

»Ich habe keinen Hunger, sondern wünsche mir nur eines: mein Bett.« Almuth wischte sich das Gesicht ab und wickelte den Stoff um ihre tropfenden Haare.

Die flackernde Kerze beschien ein enttäuschtes Gesicht der Magd. Ohne ein weiteres Wort wandte Els sich ab. Almuth verließ die Küche und schlich auf Zehenspitzen die Treppe hinauf – vermied die knarrende Stufe – und ging in ihre Kammer.

Am nächsten Tag hatte Johann Gronenberg bereits in der Früh das Haus verlassen, in der Werkstatt arbeitete sein Geselle an der Druckerpresse. Deren Knarren erfüllte den Raum und hielt Almuth wach. Sie saß im abgetrennten vorderen Bereich der Werkstatt auf einem Schemel, wartete auf Kunden und flickte einen Riss in einem von Eufemias Kleidern. Es gelang ihr nicht besonders gut, denn sie hatte in der Nacht kaum Schlaf bekommen, und es fiel ihr schwer, sich auf die Nadel zu konzentrieren. Einmal hatte sie sich bereits in den Finger gestochen.

Das Öffnen der Tür unterbrach ihre Tätigkeit. Almuth verstaute das Kleid unter dem Schemel und schaute auf, bereit für einen Kunden. Ein Augustinereremit im schwarzen Habit stand vor ihr. Ein schmales Gesicht mit vorspringenden Wangenknochen und einem Höcker auf der Nase. Sie erkannte in ihm den Prediger, der in der Stadtkirche die Wittenberger zu Demut und Buße anhielt und den Ablass verteufelte. Doktor Martin Luther.

Er fragte nach den Probedrucken, die ihr Bruder fertighaben wollte. Davon wusste Almuth jedoch nichts, und Hans Lufft, der hinter der Presse lag – nur seine Füße schauten heraus – und vor sich hin schimpfend versuchte, ein verklemmtes Teil zu lösen, brummte etwas, das sie nicht verstand. Seine Arbeit war in der Werkstatt, mit Kunden hatte er nichts zu tun, deshalb hantierte er weiter an der Druckerpresse herum. Sie machte sich auf die Suche nach den Probedrucken, und als sie auf einem Deckblatt den Namen ›Martinus Lutheri‹ entdeckte, nahm sie die Bögen mit nach vorn und breitete sie vor dem Mönch auf dem Tresen aus.

Luther ließ einen Finger über das Papier gleiten und beugte sich über den Druck. Er war wie üblich in Latein verfasst, von dem Almuth kein Wort verstand. Die gerunzelten Augenbrauen Luthers machten sie nervös.

»Ist das der richtige Druck? Es steht Euer Name drauf«, sagte sie.

»Wie?« Er schaute auf. »Das ist schon richtig. Du kannst lesen, das erstaunt mich.«

»Mein Bruder hat es mir beigebracht. Er ist der Meinung, Frauen sollten ihren Kopf auch zum Denken benutzen und nicht nur, um ihre Haare darauf zu tragen. Seine Tochter unterrichtet er auch.« Danach wurde Almuth bewusst, dass es sicher nicht angemessen gewesen war, was sie über Frauen und deren Bildung gesagt hatte, und sie verstummte abrupt.

Ein feines Lächeln umspielte Luthers Mundwinkel. »Das hast du gut gesagt …«

»Almuth Gronenberg. Johann Gronenberg ist mein Bruder.«

»Jungfer Almuth, es gefällt mir, wenn Frauen ihren Kopf nicht nur dazu benutzen, ihre Haare darauf zu tragen.« Anschließend lobte er das klare Schriftbild des Probedrucks und die gute Qualität des Papiers.

Almuth fühlte den gleichen Stolz, der auch ihren Bruder erfüllt hätte.

»Dein Bruder kann alles in dieser Qualität drucken?«

»Selbstverständlich. Wir drucken auch alles für die Universität.«

»Das habe ich ihm vermittelt.« Luther nickte ihr zu und wollte, dass alles wie auf dem Probedruck gemacht werden sollte. Er stand bereits in der Tür, als er sich noch einmal umdrehte. »Was mit deinem Verlobten passiert ist, tut mir leid. Trotzdem darfst du nicht an Gottes Gnade zweifeln und nicht aufhören, nach der Vergebung deiner Sünden zu streben, Jungfer Almuth.«

»Das tue ich nicht«, antwortete sie verwundert. Sie hatte nicht erwartet, dass er das Wort noch einmal an sie richten würde, dass er überhaupt von Tamme wusste. Sie konnte aber auch nicht aus ihrer Haut. »Ich glaube jedoch nicht daran, dass mein Verlobter wirklich an der Pestilenz gestorben ist. Er hatte Streit mit seinem Stiefvater. Wenn er verschwinden würde ...«

Luther nickte interessiert.

Dadurch ermutigt sprach Almuth weiter: »Außer ihm sind nur Bewohner der Vorstädte gestorben und die Familie eines Flickschusters. Tamme kannte sie nicht. Er ist auch kein Medikus, der von Berufs wegen mit der Pestilenz zu tun hatte. Wo hätte er sich mit dem Schwarzen Tod anstecken sollen? Thomas Eschaus, der ein sehr umsichtiger Medikus ist, hat sehr darauf geachtet, dass diese Schuhmacherfamilie mit niemandem in Wittenberg mehr Kontakt hatte. Damit sich niemand bei ihnen anstecken kann, und es ist ja auch nichts passiert. Bis auf Tamme. Aber er war ein starker, gesunder Mann, war im letzten Winter nicht einmal erkältet. Sonst sind nur Kinder und Alte gestorben.«

»Du darfst nicht an Gott zweifeln, liebes Kind. Er ist uns keine Rechenschaft schuldig. Wir können nicht verlangen, den Lauf der Welt zu verstehen wie er. Dein Kummer um den Tod deines Verlobten ist verständlich, aber du musst im Herzen stark bleiben«, predigte Luther milde.

»Ich zweifle niemals an unserem Herrn im Himmel, aber ich weiß, dass Tamme nicht an der Pest gestorben ist. Ich spüre es tief in meinem Herzen. Mit seinem Tod stimmt etwas nicht, und ich will herausfinden, was.«

Spätestens jetzt hätte Luther sie rügen müssen. Scharfe Worte gegen ihre anmaßenden Gedanken. Stattdessen ...

»Du glaubst also nicht an den Tod deines Verlobten, obwohl du selbst, dein Bruder und viele Studenten auf seiner Beerdigung gewesen waren. Was bringt dich auf diese Idee?«

»Ich spüre es in meinem Herzen. Die Beerdigung – die war nicht echt, und ich werde herausfinden, wie alles zusammenhängt. Und wenn es das Letzte ist, was ich auf dieser Welt tue.«

Ihre trotzig hervorgestoßenen Worte ließen Luther unberührt. »Wo willst du suchen?«

»Ich habe mit den Seelweibern gesprochen und eines von Tammes Bauerngütern aufgesucht und mit dem Pächter geredet.«

»Hast du etwas herausgefunden?«

»Vielleicht. Ich brauche erst noch mehr Erkenntnisse.«

»Aber eine erste Spur. Gegen wen richtet sie sich?«

»Ich will niemanden beschuldigen, bevor ich mir nicht sicher bin.«

»Mir scheint, nicht nur dein Verlobter hat juristische Studien betrieben, sondern auch du«, sagte Luther respektvoll.

»Ich frage mich nur, wo Tamme sich aufhält. Warum meldet er sich nicht bei mir? Er muss doch wissen, wie sehr ich in Sorge um ihn bin.« Almuth hatte Mühe, die Tränen zurückzuhalten. Insgeheim hatte sie gehofft, ihn in Boßberg zu finden.

»Vielleicht wird er festgehalten? Ein junger Mann würde doch sicher zu seiner Verlobten zurückkehren, wenn er könnte. Aber wer wurde dann beerdigt?«

Diese letzte Frage hatte sich Almuth auch schon verzweifelt gestellt. Immerhin hatten die Seelweiber bestätigt, sie hätten einen Leichnam gewaschen und in das Leinentuch genäht. Es bestand auch kein Zweifel daran, dass tatsächlich jemand im Tuch gesteckt hatte. War nicht nur Tamme verschwunden, sondern hatte Herkner auch noch einen Mord auf seine Schultern geladen, um jemanden als seinen Stiefsohn zu beerdigen? Oder hatte er am Ende doch …? Sie schluckte, weil auf einmal ein Kloß ihre Kehle verengte, sie kaum noch Luft bekam.

»Ich weiß, dass Tamme nicht an der Pest gestorben ist«, sagte sie mehr, um sich selbst Mut zu machen, als tatsächlich Luthers Frage zu beantworten. »Er ist nicht tot. Ich spüre es in meinem Herzen.« Oder hoffte sie es nur?

»Dein Kopf ist ganz sicher nicht nur für die Haare da. Dein Verlobter kann sich glücklich schätzen mit einer Frau wie dir. Bleib fest im Glauben, und zögere nicht, zu mir zu kommen, wenn ich etwas für dich tun kann. Dein Mut imponiert mir, ich will dir gern helfen.«

Sie hätte sich bedanken sollen, aber bevor sie wieder ein Wort herausbrachte, hatte Luther die Buchdruckerwerkstatt längst verlassen. Eine ruhige Zuversicht überkam sie. Wenn dieser kluge Professor an ihrer Seite stand, würde sie das Rätsel lösen.

Kapitel 20

Nach der Vorlesung über den Galaterbrief stießen die Studenten die Tür so heftig auf, dass sie an die Wand krachte. Bruder Benedictus, der davorgestanden hatte, konnte gerade noch zur Seite springen, ehe die jungen Männer herausströmten. An die zwanzig verließen Luthers Vorlesung. Ihre Tritte dröhnten auf den Holzdielen und brachten sie zum Schwingen. Einige nickten Bruder Benedictus zu, murmelten vielleicht auch ein »ehrwürdiger Bruder«, in dem ganzen Radau hörte er davon allerdings nichts. Ohnehin beachteten ihn die meisten nicht.

Er warf einen Blick durch die offene Tür. Luther stand noch hinter dem Pult und sortierte seine Notizen. Der Mann sah konzentriert und zufrieden zugleich aus. Das versetzte Benedictus einen Stich; er konnte sich nicht erinnern, wann er zum letzten Mal zufrieden gewesen war. Seit er nicht zum Gehilfen des Cellerars gewählt worden war, jedenfalls nicht. Luther hatte seine Unterlagen zu einem Stapel geordnet und sah auf. Sofort wurde sein Blick abweisend und aus seinen Lippen ein schmaler Strich.

»Auf ein Wort, Bruder«, sagte Benedictus schnell. Es war das zweite Mal nach der Kapitelversammlung, dass er das Wort an Luther richtete. »Ich trage dir nichts nach. Du hast gehandelt, wie es deiner Natur entspricht. Ich nehme das hin. Gottes Pläne sind für den Geist eines Menschen nicht zu verstehen.« Jedes Wort schmeckte wie ein Dreckklumpen, den er nur mühsam aus dem Mund bekam.

»Ich habe zum Besten unseres Klosters gehandelt.« Luthers Stimme klang so dünn, wie seine Lippen waren. »Ich habe noch Gebete zu sprechen und Briefe zu schreiben.«

Er wollte an Bruder Benedictus vorbei aus dem Raum gehen, aber der Mönch verstellte die Tür mit der ganzen Breite seiner Gestalt.

»Eine Sache lässt mich nicht los«, begann Benedictus und war sich nicht sicher, wie er zu Ende bringen sollte, weswegen er gekommen war. Luthers starrer Blick machte es nicht besser.

»Welche ist es?«

»Meine Seele. Was geschieht mit ihr, nachdem ich gestorben bin?«

»Sie kommt ins Fegefeuer, bis deine irdischen Sünden abgebüßt sind.«

»Aber ich bin ein Mönch und habe mein Leben unserem Herrn im Himmel geweiht.«

»Jeder lädt Schuld auf sich an jedem Tag seines Lebens. Egal ob Mönch, Frau, Soldat oder Herr«, antwortete Luther bestimmt.

Benedictus glaubte etwas anderes. Er war nicht ins Kloster gegangen, um seine Seele dennoch mit Sünden zu beladen, wie jeder Tagarbeiter oder jeder gewissenlose Kaufmann. Im Kloster war er Gott nah, und seine Seele war rein wie die eines frisch getauften Säuglings. Er behielt diese Meinung allerdings für sich.

»Es hilft nicht, einen Ablass für die Seele zu kaufen, sagst du. Wie kannst du dir da sicher sein?«

»Studiere die Bibel, dort findest du die Antwort.« Luthers Lippen wurden noch schmaler.

»Ich kann es, die Bibel studieren meine ich. Aber was machen die Menschen draußen in der Welt? Diejenigen, die keine Bibel besitzen oder sie nicht lesen können.«

»Die haben Priester, die ihnen in der Messe das Wort Gottes predigen.«

Bruder Benedictus hatte gute Lust, Luther die strenge Selbstgefälligkeit aus dem Gesicht zu treiben.

»Das sagt aber nicht jeder, dass der Ablass die Seele nicht aus dem Fegefeuer rettet. Ich sorge mich um die einfachen Christenmenschen, die dieses Wissens nicht teilhaftig werden.« Diesen Satz hatte er vor dem Gespräch geübt, und er war ihm glaubwürdig über die Lippen gegangen.

Luther schaute ihn dennoch an, als glaube er ihm nicht. »Keine Seele wird gerettet, wenn sein Träger nicht ehrlich und aufrichtig Buße tut.«

»Der Ablassprediger Tetzel sagt was anderes. Tut es dir nicht in der Seele weh, dass er durch die Lande reist und den Leuten falsche Hoffnungen verkauft?«

»Gott wird über ihn richten wie über alle anderen auch.«

Diese Selbstgefälligkeit ließ Benedictus mit den Zähnen knirschen. Sie spielte ihm aber auch in die Hand. »Wäre es dir nicht eine Herzensangelegenheit, dem Ablassprediger seinen Irrtum vor Augen zu führen? Vielleicht sogar dem Heiligen Vater in Rom?« Er konnte es sich nicht verkneifen, den letzten Satz hinzuzufügen.

»Seit wann interessierst du dich für meine Herzensangelegenheiten?«

»Nicht nur das allein treibt mich um. Die Seelen der Gläubigen dauern mich. Aber wenn du Tetzel überzeugen könntest …« Er ließ das Ende des Satzes offen.

»Und du willst der Mann sein, der sich darum sorgt?«

»Irrtümer müssen aus der Welt geschafft werden. Dir wird es doch mit deinen hervorragenden Geistesgaben nicht schwerfallen, andere zum rechten Glauben zu bekehren.« Der Dreckklumpen in seinem Mund würgte Benedictus, aber er ließ sich nichts anmerken, beobachtete seinen Mitbruder gespannt.

»Nun«, sagte Luther nachdenklich. Dann straffte er die Schultern. »Das wird sich zeigen.«

»Du kannst …«

Luther war nur einen halben Kopf größer, schaffte es aber,

auf ihn herabzuschauen, als wäre er doppelt so groß. »Du musst mir nicht sagen, was nötig ist, um jemandem seinen Irrtum vor Augen zu führen.«

»Ich meine doch nur ...«

Ohne ein weiteres Wort zwängte sich Luther an ihm vorbei aus dem Raum heraus. Er eilte den Gang entlang, seine Holzschuhe klapperten auf den Dielen.

Benedictus schaute ihm nach, die Hände in den Ärmeln seiner Kutte verborgen. Dieser unselige Bruder ... den Rest schluckte er hinunter, um seine Seele nicht mit einem Fluch zu belasten. Er folgte Luther den Gang entlang, ging die Treppe hinauf ins nächste Stockwerk und zu seiner eigenen Zelle.

Dort schloss er sorgfältig die Tür hinter sich und bedauerte einmal mehr, dass es keine Vorrichtungen gab, sie auch zu verriegeln. Dieser Luther ... Er hasste ihn. Am liebsten hätte er es laut durch das kleine Fenster der Zelle in den Hof hinausgeschrien. Die jahrelange Zucht, der er als Mönch ausgesetzt gewesen war, verhinderte das. Dafür tat er etwas anderes.

Er suchte Papier und Feder zusammen, setzte sich auf sein Bett und zog den Hocker heran. Den benutzte er als Tisch und störte sich nicht daran, dass der Hocker niedriger war als das Bett, und er in verkrümmter Haltung sitzen musste. Er schrieb als Konrad Seyffer nach Augsburg. Im Guten hatte er nun alles versucht, jetzt war die Zeit anderer Mittel gekommen.

Zur gleichen Zeit kniete Luther in seiner Zelle vor dem Kruzifix an der Wand und holte das am Morgen versäumte Gebet nach. Damit war seine Schuld vor Gott nicht abgegolten– bei weitem nicht. Ihm fehlten noch – dazu musste er nicht die Strichliste konsultieren, die er führte – weitere dreiundachtzig Vaterunser und siebenundfünfzig Gebete.

Er wollte mindestens zwanzig Gebete sprechen. Bereits das erste hatte er nur mit halbem Herzen über die Lippen gebracht.

Ein halbes Gebet verringerte jedoch nicht seine Schuld. Er erhob sich und rieb sich die Knie. Von dem Senfaufguss, den Bruder Henning ihm bereitet hatte, war längst nichts mehr da. Seinen Gelenken hatte er jedoch gutgetan. Bei Gelegenheit wollte er den Freund um einen neuen Krug bitten. Einige Tage musste er sich noch gedulden, denn Bruder Henning weilte augenblicklich im Augustinerkloster in Erfurt.

Luther seufzte. Wie so oft hatte er das Gefühl, die Last seiner Pflichten sei zu groß für seine Schultern. Und doch schaffte er es nicht, ein paar davon abzugeben. Gebete, Korrespondenz, Vorlesungen, Predigten, Beichten, die Aufgaben als Distriktsvikar – der Tag hatte nicht so viele Stunden, wie er bräuchte. Wenn es ihm schon nicht gelang, seine Gebete mit dem rechten Sinn zu sprechen, wollte er wenigstens Briefe schreiben. Mit seiner Korrespondenz war er genauso in Rückstand geraten wie mit den Gebeten. Sein Freund Johann Lang, der Prior des Erfurter Augustinerklosters, wartete bestimmt schon sehnsüchtig auf seinen Rat. Hinter seinem Pult stehend, griff Luther zur Feder, tauchte sie in das Tintenfass und hielt sie über einen Briefbogen. In schneller Folge begrüßte er seinen Freund und fragte nach seinem Befinden. Danach musste er die Feder erneut in die Tinte tauchen. Wieder schwebte sie über dem Papier. Diesmal stockte Luther.

Ein Klecks Tinte tropfte auf das Papier. Luther wollte ihn auftupfen, danach war nicht nur der Fleck größer, sondern auch sein Zeigefinger tintenschwarz. Was würde Johann Lang von ihm denken, wenn er einen so verschmutzten Brief erhielt?

Er legte das Schreiben erst einmal wieder beiseite. Was so begann, ließ für den Rest nichts Gutes erwarten. Ihm ging sowieso das Gespräch mit Benedictus Cohrs nicht aus den Gedanken. Gern hätte er mit Bruder Henning darüber gesprochen, er schätzte dessen praktischen Sinn und dessen Lebenserfahrung. Auch das musste warten, bis Bruder Henning nach Wittenberg zurückgekehrt war. Vielleicht saß er gerade in diesem Augenblick mit Johann Lang im Garten des Erfurter Klosters und plauderte.

Luther musste jedoch allein eine Antwort auf die Frage finden, was Benedictus ihm eigentlich hatte sagen wollen. Dass er die Schmach bei der Kapitelversammlung überwunden haben wollte und ihm nichts nachtrug – das wäre ein Benedictus, den er nicht kannte. Der hatte es seit der Versammlung strikt vermieden, das Wort an ihn zu richten. Warum jetzt ein langes Gespräch? Nur vordergründig war es dabei um die Seelen der Gläubigen gegangen, davon war Luther überzeugt. Es musste noch etwas anderes dahinterstecken. Für ihn hieß das, auf der Hut zu sein.

Kapitel 21

Meister?«, fragte der Buchdruckergeselle Hans Lufft. Er schloss gerade den Rahmen einer Druckplatte auf, um die einzelnen Lettern herauszunehmen und wieder in die richtigen Kästen einzusortieren. Eine langweilige Arbeit, bei der einem dennoch kein Fehler unterlaufen durfte.

Auf der anderen Seite des Tisches war Johann Gronenberg gerade dabei, neue Buchseiten zu setzen. Beinahe ohne hinzusehen, griff er sich die einzelnen Buchstaben aus den Kästen und setzte sie auf dem Winkelhaken zu Worten und Sätzen zusammen. Das erforderte viel Konzentration und Geschick, deshalb setzte er erst die Reihe zu Ende, bevor er auf die Frage seines Gesellen reagierte und aufschaute.

»Ich möchte etwas mit Euch besprechen.«

»Nur zu, mein guter Lufft.«

»Eure Schwester ist doch nun nicht mehr verlobt, aber sie ist ein hübsches, junges Ding, und ein Mann kann froh sein, sie als Weib zu bekommen. Ihr wollt sie doch verheiraten?«

»Wenn das ihr Wunsch ist.«

»Also ich meine, sie soll doch nicht in ein Kloster gehen?« Hans Lufft runzelte die Stirn. Er war der Meinung, sein Meister könnte es ihm etwas leichter machen und sich nicht jedes Wort wie die Würmer aus der Nase ziehen lassen.

»Sie hat keinen solchen Wunsch geäußert.«

»Gut. Denn sie gefällt mir, und es muss doch auch in Eurem Sinne sein, Jungfer Almuth gut zu verheiraten.« Er holte tief Luft. »Ich würde sie nehmen. Ihr wisst, dass ich in der Lage bin, eine Frau zu ernähren und eine Familie zu gründen. Ich wohne nur deshalb bei Euch in der Gesellenkammer, weil ich ledig bin. Ich könnte sofort eine Wohnung für Almuth und mich mieten. Sie wäre die Herrin ihres eigenen Hausstandes.«

Johann Gronenberg hatte längst die Blicke bemerkt, die sein Geselle Almuth seit Tammes Beerdigung zuwarf. Dass es für Hans Lufft Zeit war, an eine Familie zu denken, dagegen war nichts einzuwenden. Musste es jedoch unbedingt Almuth sein? Er schwieg und schaute auf den halb fertiggesetzten Druckstock vor sich.

»Es ist üblich, dass ein Geselle in die Familie seines Meisters einheiratet. Ihr habt nur eine Tochter, und wer soll die Druckerei übernehmen, wenn Ihr eines Tages nicht mehr unter uns weilt. Möge dieser Tag noch fern sein und Gott über Euch wachen«, sprudelte der Geselle weiter hervor.

»Wäre dann nicht Eufemia die richtige Frau für dich?«

»Ihr würdet mir eure Tochter zu Frau geben?« Hans Lufft war verblüfft. An die Zehnjährige hatte er bei seinen Plänen nicht gedacht.

»Sie ist viel zu jung zum Heiraten, aber wenn du ein paar Jahre wartest, können wir darüber reden.«

Ein paar Jahre – das waren wohl mindestens noch sechs oder sieben. So lange wollte sich der Geselle mit der Gründung einer Familie keine Zeit lassen. »Mir gefällt eure Schwester«, sagte er deshalb. »Sie wäre eine gute Frau für einen Mann in meiner Lage.«

»Sprich mit ihr, und sie wird dir ihre Antwort geben.«

»Wollt Ihr Euch nicht für mich einsetzen? Ihr seid ihr Vormund und könnt bestimmen, wem sie zum Weibe gegeben wird.« Die Antworten seines Meisters befriedigten Hans Lufft immer weniger. Almuth könnte nichts dagegen sagen, wenn ihr Bruder einen Ehemann für sie aussuchte.

»Meine Schwester entscheidet für sich selbst. Wenn sie dich wählt, lege ich euch keine Steine in den Weg.« Johann Gronenberg seufzte. Almuth für einen neuen Ehemann zu begeistern, wäre keine leichte Aufgabe. Zu frisch war noch die

Trauer über Tammes Tod. Sie fühlte sich als Witwe, und daran hielt sie stur fest. Zudem hegte sie seit kurzem den Verdacht, beim Tod ihres Verlobten sei nicht alles rechtens zugegangen. Sie hatte sich sogar zu der Behauptung verstiegen, der junge Mann sei gar nicht tot, sondern sein Schwiegervater halte ihn irgendwo versteckt und wolle sich an dem Erbe bereichern.

»Ihr wollt also kein gutes Wort für mich einlegen?«, unterbrach der Geselle seine Gedanken.

»Ich will sie glücklich sehen, deshalb soll sie ihren Ehemann selbst wählen.«

Eine andere Antwort würde er nicht mehr bekommen. Hans Lufft wendete sich wieder seiner Arbeit zu und warf die Bleilettern mit mehr Kraft als nötig in die Kästen.

Am späten Nachmittag passte er Almuth auf dem Hof ab, als sie gerade mit einem Eimer in den Ziegenstall gehen wollte, um die Tiere zu melken.

»Jungfer Almuth, erlaubt Ihr mir, ein paar Worte mit Euch zu wechseln?«

Er sprach sie selten an, und deshalb blieb sie überrascht stehen. Sie zog ein Wolltuch enger um ihre Schultern und setzte den Eimer ab. Abwartend stand sie vor ihm, die Hände locker vor dem Leib gefaltet.

»Ihr seid eine schöne Frau, Jungfer Almuth. Das wollte ich Euch sagen«, begann er bedächtig.

»Ich danke Euch.«

»Würdet Ihr mir erlauben, öfter mit Euch zu reden? Wir können auch einmal zusammen auf der Bank im Hof sitzen, und ich kann Euch etwas vorlesen.«

»Ich kann selbst lesen«, erwiderte sie milde lächelnd. »Tatsächlich habe ich wenig Zeit, um auf der Bank im Hof zu sitzen. Ihr sicherlich auch nicht.«

»Es lässt sich einrichten. Ich möchte nur, dass wir Zeit zusammen verbringen und vertrauter miteinander werden.« Er fragte sich, wie er noch deutlicher werden sollte, ohne gleich zu sagen, dass er daran dachte, sie zum Weibe zu nehmen.

»Lieber, guter Hans«, sagte sie nun ganz unverblümt. »Wir müssen nicht auf einer Bank zusammensitzen und Zeit verbringen. Sprecht ganz offen, dass Ihr daran gedacht habt, um meine Hand anzuhalten.«

Er spürte, wie er rot wurde. »Das habe ich tatsächlich. Ich habe aber erst mit Eurem Bruder gesprochen, wie es sich gehört. Er hat nichts dagegen, wenn ich Euch den Hof mache.«

»Das ist ganz unnötig, denn ich bin bereits verlobt.«

»Mit einem Toten.«

Ihr Gesicht verfinsterte sich, und er merkte, dass er das Falsche gesagt hatte. »Ich meine«, fügte er schnell hinzu, »Ihr habt einen schrecklichen Verlust erlitten. Deshalb dürft Ihr Euch nicht vom Leben abwenden. Ich erwarte nicht, dass Ihr mir morgen Eure Hand reicht. Lasst Euch ruhig Zeit, um darüber nachzudenken.«

»Ich brauche keine Zeit. Eine Frau kann froh sein, Euch zum Mann zu bekommen, aber diese Frau werde nicht ich sein. Selbst wenn ich nicht mit Tamme Redecker verlobt wäre, es ihn nie gegeben hätte, wäre ich nicht die richtige Frau für Euch. Hat mein Bruder etwas anderes gesagt?«

»Er hat Euch die Entscheidung überlassen, Jungfer Almuth.«

»Johann kennt mich gut.« Sie hob den Melkeimer wieder auf und wandte sich zum Gehen.

Hans Lufft schaute ihr nach, bis sie im Stall verschwunden war.

Kapitel 22

Vor Sonnenaufgang schulterte Martin Luther ein schmales Bündel, zog einen Mantel an und setzte sich einen Hut gegen die Sonnenstrahlen des späteren Tages auf. Bruder Henning erwartete ihn im Hof. Die beiden Männer drückten sich die Hände. Worte waren zwischen ihnen nicht nötig. Dennoch sagte sein Freund: »Pass gut auf dich auf. Auf den Straßen lauert so manche Gefahr. Um deinen klugen Kopf wäre es schade.«

»Ich bin Mönch, was soll bei mir zu holen sein?«

»Du hast nicht nur Freunde.«

Wenig später hatte Luther Wittenberg durch das Coswiger Tor verlassen. Er durchschritt die Fischervorstadt und drehte sich noch einmal um. Sein Blick glitt über die im Frühnebel liegende Stadt, über die Türme der Schloss- und der Stadtkirche, wanderte weiter zu der Stelle, an der die Fischerboote auf dem Elbufer lagen. Die ersten Boote befanden sich bereits auf dem Wasser und wurden mit kräftigen Schlägen flussaufwärts gerudert. Weitere wurden gerade in den Fluss geschoben. Außer dem Klatschen der Ruderblätter ins Wasser und dem Gesang der Amseln und Finken war nichts zu hören.

Luther atmete tief durch. Die Lesung über den Galaterbrief hatte er in der letzten Woche abgeschlossen, nach seiner Rückkehr aus dem Kloster Himmelpforten würde er mit einer über den Hebräerbrief beginnen. Bis dahin war Zeit für Wanderungen durch Gottes schöne Natur. Gespräche mit einem Freund statt einsames Sitzen in seiner Zelle, während die Feder übers Papier flog, um die Gedanken festzuhalten, bevor sie wieder entschwunden waren, immer mit dem Gefühl, nie zu genügen – nicht den Anforderungen Gottes, nicht den Anforderungen seines Professorenamtes. Er verspürte plötzlich Lust, zu rennen und erst zu stoppen, wenn er im Kloster Himmelpforten im Harz angekommen wäre. In Gedanken schalt er sich selbst einen Toren – nicht nur, dass der Weg viel zu weit war, es vertrug sich auch nicht mit der Würde eines Augustinereremiten, Doktors und Professors der Theologie. Dennoch setzte er seinen Weg gutgelaunt fort.

Im Mantel wurde ihm zu warm, bevor die Sonne im Zenit stand. Luther zog ihn aus, rollte ihn zusammen und verstaute ihn in seinem Bündel. Er hatte Apollendorf und Griebo hinter sich gelassen, erreichte wieder beinahe die Elbe und näherte sich Coswig. Obwohl seine Stirn schweißbedeckt war, war das morgendliche Hochgefühl nicht von ihm gewichen.

Er betrat in Coswig die Kirche St. Nicolai, betete vor dem Altar und ließ sich von dessen Priester zu einem kargen Mahl aus Brot, Käse und harten Äpfeln überreden. Er fand in dem Priester einen einfachen Mann, der fest an die Kraft der Heiligen und der Reliquien glaubte und seine Schäfchen mit fester Hand leitete. Als Luther sich von ihm verabschiedete, dachte er, dass es die Coswiger mit ihrem Priester schlechter hätten treffen können.

Er wandte sich in Richtung Klieken und beschloss, in diesem Ort um ein Nachtlager zu bitten. Er wollte seine Füße am ersten Tag seiner Wanderung zum Kloster Himmelpforten nicht gleich über Gebühr beanspruchen.

Benedictus Cohrs bekam beim Frühmahl kaum einen Bissen herunter. Das lag an einem freien Platz auf der anderen Seite des Tisches und den Auskünften, die er dazu erhalten hatte. Seine Gedanken kreisten mit dem Geklapper der Löffel in den Schüsseln.

Martin Luther fehlte beim Frühstück im Refektorium.

Der einfältige Bruder, der den Garten versorgte und aus undurchsichtigen Gründen mit Luther befreundet war, hatte ihm von dessen Reise zum Kloster Himmelpforten erzählt. Mindestens zwölf bis fünfzehn Tage wäre Luther unterwegs – zu Fuß und allein auf der Straße. Das war ein Fall für Konrad Seyffer.

In Himmelpforten wollte Luther seinen früheren Beichtvater und Freund Johann von Staupitz treffen. Staupitz war außerdem Generalvikar der deutschen Augustiner und ein Mann von Einfluss. In wenig christlichen Wendungen dachte Benedictus, dass der verhasste Mitbruder ihm durch die Finger geschlüpft war.

Nach dem Frühmahl eilte er in seine Zelle. Sein erster Gedanke war gewesen, Luther zu folgen und die Sache in die eigene Hand zu nehmen. Genauso schnell, wie der Gedanke ihm gekommen war, hatte er ihn auch wieder verworfen. Er war nicht in der Lage, dem wesentlich jüngeren Bruder hinterherzurennen.

Unter der Matratze seiner Bettstatt hatte er mehrere Bogen Papier versteckt, und in einem Hohlraum hinter einem losen Stein lagen eine Feder und ein Tintenstein in einem Kästchen. Die Feder gespitzt, die Tinte angefeuchtet, schaute er auf einen Bogen Papier und überlegte, was Konrad Seyffer schreiben sollte. Einen Brief an Jacob Fugger nach Augsburg zu richten, dazu war keine Zeit. Er musste direkt an Tetzel oder Ferdinand Naber schreiben. Außer der Abschrift des Traktats hatte er dem Ablassprediger bisher noch nichts zukommen lassen. Das konnte diesen feuerköpfigen Naber aus Bayern nicht zufriedenstellen. Er wollte bei diesem Mann nicht in Misskredit geraten, der kannte kein Zögern.

Benedictus schrieb über Luthers Reise, faltete das Blatt und umwickelte es mit mehreren Lappen, bis ein kleines Päckchen vor ihm lag. Es musste nur noch in Nabers Hände gelangen, und er hätte seine Schuldigkeit getan.

In Momenten, in denen er streng zu sich selbst war, bereute er längst, mit einem wie Ferdinand Naber gemeinsame Sache zu machen. Demut und Güte standen einem Augustiner besser an, als sich in finstere Pläne zu verwickeln.

Kapitel 23

Sie stand vor der Mühle im Coswiger Viertel und versuchte nicht aufzufallen. Obwohl es sommerlich warm, wenn auch trüb war an diesem Augustmorgen, trug sie einen leichten Umhang und hatte ihre Haube unter dem Kinn fest zugebunden. Unablässig beobachtete Almuth Herkners Haus, das der Mühle genau gegenüberlag. Die Apotheke war geöffnet, denn sie hatte bereits zwei Kunden hineingehen und nach einer Weile wieder herauskommen sehen. Sonst war im Haus alles ruhig. Georg Herkner hatte sich nicht blicken lassen.

Ein weiterer Kunde trat auf die Tür zu. Bevor er die Klinke ergriff, schaute er sich erst misstrauisch nach allen Seiten um. Schnell drehte Almuth sich weg, um nicht erkannt zu werden. Kaum hatte der Kunde die Tür hinter sich geschlossen, trat die Magd Marie aus der schmalen Pforte, die in den Hof hinter der Apotheke führte. An ihrem Arm baumelte ein Korb, und sie ging die Schlossgasse entlang Richtung Markt. Almuth folgte ihr verstohlen.

An der Ecke Coswiger Gasse und Marstall Gasse brachte ein kurzer Lauf die junge Frau dicht hinter Marie. Sie zog die Magd am Ärmel.

»Nicht erschrecken. Ich bin es. Almuth.«

Marie war trotzdem bleich und hatte die Augen weit aufgerissen, als sie sich umdrehte. Beinahe ließ sie den Korb fallen, konnte ihn im letzten Augenblick greifen, bevor er ihr vom Arm rutschte.

»Jungfer Almuth.« Ihre Augenbrauen zogen sich zusammen, und die Mundwinkel hingen nach unten. »Was wollt Ihr? Ich muss zum Markt und habe keine Zeit.«

»Du musst mich ins Haus lassen.«

Marie wartete gar nicht erst ab, was Almuth noch alles sagen wollte, sondern schüttelte entschieden den Kopf.

»Ich muss mit Frau Dietlind reden.«

Immer noch schüttelte Marie den Kopf. »Das darf ich nicht. Mein Herr hat streng verboten, dass Ihr ins Haus kommt. Er will Euch nicht mehr sehen wegen Eurer Lügen über den jungen Herrn, sagt er.«

»Das sind keine Lügen. Du musst mir glauben.«

»Ich bin eine einfache Magd und kann Euch nicht helfen.« Marie wollte um Almuth herumgehen und ihren Weg fortsetzen.

»Warte doch. Wenn ich nicht ins Haus darf, muss ich woanders mit Frau Dietlind sprechen. Wann geht sie aus?«

»Gar nicht.«

»Das ist doch nicht möglich.«

»Sie verbringt ihre Tage in Tammes Kammer, sitzt auf seinem Bett, trauert um ihn oder betet. Nicht einmal zu den Mahlzeiten kommt sie heraus. Ich bringe ihr etwas zu essen auf einem Tablett. Manchmal nimmt sie davon, manchmal nicht.«

»Dann musst du mich hineinbringen.«

»Nein! Der Herr jagt mich davon. Wo soll ich dann hin?«

»Er wird nichts davon merken, wenn du mich heimlich ins Haus lässt, während er in der Apotheke arbeitet. Ich werde dich nicht verraten, wenn er mich doch sehen sollte. Du willst doch auch nicht, dass ein Unrecht ungesühnt bleibt?« Den letzten Satz hatte Almuth schnell gesagt, bevor die Magd sich erneut abwenden konnte.

Marie kratzte sich an der Nase und überlegte. »Ich muss auf den Markt gehen. Wartet hier auf mich.«

Erleichtert schaute Almuth ihr hinterher.

Es dauerte nicht lange, bis die Magd mit dem vollbepackten Korb zurückkam. Oben schauten Kohl und ein großes Brot heraus. Marie nickte ihr kurz zu, als sie an ihr vorbeiging.

Langsam folgte Almuth und bezog wieder einen Beobachtungsposten bei der Coswiger Mühle. Im Haus war alles ruhig, die Tür zur Apotheke geschlossen. Marie ließ die kleine Pforte einen Spalt offen.

Sie kam zurück und winkte Almuth. Deren Herz klopfte schnell, und ihre Handflächen wurden feucht, als sie hinter der Magd durch den schmalen Gang zwischen Herkners Haus und dem seines Nachbarn herging. Die Magd winkte sie ins Haus, ging jedoch selbst über den Hof und durch eine zweite Pforte in den Garten.

Almuth kannte sich im Haus des Apothekers aus. Sie war oft genug dort gewesen, um ihren Verlobten und ihre zukünftige Schwiegermutter zu besuchen. Außerdem war es innen ähnlich aufgeteilt wie das ihres Bruders. Die Hintertür führte in die Küche. Von dort gelangte Almuth in den Flur, im hinteren Teil führte eine Treppe in die oberen Stockwerke, vorn eine Tür in die Offizin. Diese war geschlossen, vergewisserte Almuth sich mit einem schnellen Blick, bevor sie den Fuß auf die erste Treppenstufe setzte.

Sie hatte die Stufen bereits halb hinter sich gebracht, als sie auf ein loses Brett trat. Im selben Moment wurde die Tür der Offizin geöffnet. Almuth erstarrte und presste sich eng an die Wand.

Herkner erschien im Flur. »Ich hole es, wartet einen Moment«, sagte er zu jemandem, den sie nicht sehen konnte.

Seine schweren Schritte dröhnten auf den Fliesen, und genau unter der Treppe hielten sie an. Sie hörte Metall gegen Metall klirren und wie ein Schloss geöffnet wurde. Ein Riegel wurde zurückgezogen, eine Tür schwang knarrend auf. Almuth hielt die Luft an. Der Apotheker musste nur einmal nach oben schauen, und sie wäre entdeckt.

Es raschelte unter der Treppe, offenbar suchte Herkner etwas in der Kammer darunter. Sie hielt es nicht länger aus, hob den rechten Fuß und setzte ihn lautlos auf die höhere Stufe, wollte den anderen nachziehen. Außer einem leisen Rascheln der Röcke war nichts zu hören, aber Herkner musste etwas wahrgenommen haben, denn das Suchen endete abrupt.

»Dietlind, bist du das?«, fragte er. »Bist du endlich aus der Kammer gekommen, meine Liebe? Warte, ich komme zu dir.«

Auf keinen Fall! Almuth blieben zwei Wege offen, und sie entschied sich für die Flucht nach vorn. Den Rock mit beiden Händen gerafft rannte sie die Treppe hinunter, an Herkner vorbei, in die Küche und zur Hintertür hinaus, ums Haus herum. Zum Glück war die Pforte immer noch offen, und Almuth stolperte auf die Schlossgasse hinaus. Ein Schwein, das davor im Dreck gewühlt hatte, sprang quiekend zur Seite. Matronen, Mägde, spielende Kinder schauten interessiert zu ihr, aber sie nahm nichts davon wahr, rannte die Gasse entlang und nach Hause.

Der Allmächtige war nicht auf ihrer Seite. Die meisten Spuren, denen sie bisher nachgegangen war, hatten ins Nichts geführt. Ihre Zweifel an Tammes Pesttod waren jedoch so stark wie am Tag seiner Beerdigung.

Kapitel 24

Zum Kloster Himmelpforten gehörten mehrere Fischteiche, die die Mönche angelegt hatten. Die Ufer waren mit Bäumen und Büschen bestanden, Wege führten von Teich zu Teich. Auf einem dieser Wege spazierten Martin Luther und Johann von Staupitz nebeneinanderher. Der ältere, beleibte Mönch hatte Luther von Erfurt an die neugegründete Universität nach Wittenberg geholt und sie bald darauf Richtung München verlassen. Luther betrachtete ihn als seinen Mäzen und Freund. Deshalb hatte er es auch widerspruchslos zugelassen, dass Staupitz ihm eine lange Rute in die Hand gedrückt hatte. Luther hielt sie geschultert und hatte sich mit der Spitze bereits mehrmals in Baumwipfeln verfangen. Staupitz selbst hatte sich einen Beutel umgehängt, über dessen Inhalt Luther nur Vermutungen anstellen konnte.

»Ist hier ein guter Platz?« Staupitz war am Ufer stehen geblieben und blickte über den Fischteich. Er hatte zu sich selbst gesprochen und schien keine Antwort zu erwarten.

Der ältere Mönch setzte sich auf den Stamm eines umgestürzten Baumes und kramte in seinem Beutel herum. »Gib mir die Rute.«

»Was soll das werden?« Luther reichte sie ihm.

»Wir sind an einem Fischteich mit einer Rute, ich habe eine Schnur und einen Haken. Was soll das wohl werden?«

»Ihr wollt fischen? Ein Mann wie Ihr?«

»Fische sind Gottes Geschöpfe wie wir. Der Herr hat sie erschaffen, damit sie uns als Nahrung dienen. Außerdem ist es eine herrlich friedvolle Tätigkeit, sie aus dem Wasser zu ziehen. In München komme ich nie dazu, obwohl es auch dort zum Konvent gehörende Fischteiche gibt.«

Staupitz fädelte die Schnur an die Rute und verband sie mit einem Haken. Ein gekonnter Schwung, und der Haken verschwand einige Ruten vom Ufer entfernt im Wasser. Staupitz steckte die Angelrute in die Erde und bedeutete Luther, sie mit Steinen zu verkeilen. Anschließend saß er bewegungslos und entspannt auf dem Stamm und schaute über das Wasser.

Luther setzte sich neben seinen Mentor und versuchte, genauso entspannt über den Teich zu blicken. Der Wind kräuselte dessen Oberfläche, sonst passierte nichts. Wenn wenigstens ab und an mal ein Fisch auftauchen würde, um nach einer Fliege zu schnappen. Nichts dergleichen geschah, an dem Bild vor ihm änderten sich nur die Schatten. Sie wurden kürzer, da es auf die Mittagszeit zuging. Er überkreuzte die Füße vor sich auf dem Boden, stellte sie wieder zurück, stützte sich mit beiden Händen auf dem Stamm neben sich ab, mal nur mit einer oder keiner. Immer wieder betrachtete er auch seinen ruhig dasitzenden Mentor.

»Was ist nur los mit dir? Du zappelst herum, als müsstest du dringend die Latrine aufsuchen.«

»Mir gehen Gedanken im Kopf herum.«

»Und Fische hören unter Wasser. Sie beißen nicht an, wenn man nicht leise ist.«

Sie verstummten wieder. Ein Fisch biss trotzdem nicht an. Wollte sein Mentor den ganzen Tag am Teich sitzen und einen Angelhaken ins Wasser halten? Luther stand auf und ging ein Stück den Weg entlang. Nach etlichen Ruten, als er am nächsten Fischteich angekommen war, kehrte er wieder um.

Staupitz schaute noch genauso versunken aufs Wasser wie vor wenigen Augenblicken. An einem gefangenen Fisch fehlte es weiterhin.

»Ich sehe, Ihr habt heuer kein Glück beim Angeln«, bemerkte der Jüngere.

»Und ich sehe, du bist ein ungeduldiger junger Mann. Was

macht es schon, ob ich einen Fisch fange oder nicht. Essen wir eben etwas anderes zu Abend.«

»Ihr wollt mir etwas sagen. Das soll ein Gleichnis sein«, vermutete Luther.

»Immer nur mit dem Kopf. Du lebst nur mit dem Kopf.«

»Das habe ich von Euch gelernt. Wir denken, also sind wir.«

»Das steht nicht in der Bibel. Du bist nicht in der Lage, die Sonne auf deinen Schultern zu genießen, weil dich etwas umtreibt. Woran zweifelst du, mein Sohn?«

Luther seufzte. Aber da er so direkt gefragt worden war, entschied er sich für eine direkte Antwort. »Ich bin in Sorge um das Seelenheil der mir anvertrauten Christenmenschen.«

Staupitz sah ihn an, sagte jedoch nichts.

»Sie kommen nicht mehr mit bußfertigem Herzen zu mir in die Beichte. Sie zeigen mir ihre Ablassbriefe, nach denen ihnen in diesem Leben und im Fegefeuer ihre Sünden vergeben sind. Sie wollen, dass ich ihnen ohne jede Reue im Herzen die Absolution erteile. Ich habe gegen den Ablass gesprochen, aber in ihren Herzen nichts bewegt. Sie hören mir zu, aber sie verstehen nichts.«

»Du hältst es nicht mit dem Ablass?«

»Wie können wir glauben, mit Geld Gottes Vergebung zu erkaufen?« Luther schüttelte den Kopf. »Wie können wir überhaupt glauben, seine Vergebung unserer Sünden zu erringen? Wir sind nicht vollkommen.«

»Obwohl Gott den Menschen nach seinem Ebenbild geformt hat.«

»Es ist eben nur das Ebenbild«, ereiferte sich Luther. In der Abgeschiedenheit seiner Kammer im Schwarzen Kloster hatte er diese Gedanken hin und her gewälzt und von allen Seiten betrachtet. »Der sündige Mensch konnte nie erwarten, Gott ähnlich zu werden. Er durfte nie auf ein sündenfreies Leben hoffen und durfte doch nie aufhören, danach zu streben.« Er setzte Staupitz seine Gedanken auseinander.

»Du stellst dich damit gegen den Papst und den Erzbischof von Mainz, die den Ablass unter den Christen verbreiten lassen.«

»Ich kann nicht anders.«

»Mir geht es genauso. Außerdem dachte ich, der sächsische Kurfürst hat den Ablasshandel in seinen Landen untersagt. Wie kommt dieser widernatürliche Ablass dennoch nach Wittenberg?«

»Die Leute reisen nach Zerbst oder Jüterbog und kommen mit den Briefen zurück. Sie beten nicht einmal mehr. Es gibt außerdem Gerüchte, Tetzel komme nachts nach Kursachsen und predige den Ablass auf einsamen Hügeln. Niemand unternimmt etwas dagegen.«

»Die einfachen Menschen sind leicht zu verführen.« Staupitz verschränkte die fleischigen Finger ineinander.

»Gebete helfen, wenn sie mit Reue im Herzen gesprochen werden, auch wenn sie einer Reliquie oder einem Heiligen gelten.«

»Diese Verirrung kann der Allmächtige verzeihen?«, fragte Staupitz.

»Da bin ich mir sicher.«

»Du stellst dich dennoch mit deiner Ansicht gegen die offizielle Meinung der Kirche. In Brandenburg wird der Ablass bald erlaubt sein, das hat mir ein Vöglein gezwitschert.«

»Wie sollte es anders sein, ist der Erzbischof Albrecht von Mainz doch der jüngere Bruder des brandenburgischen Kurfürsten.« Luther klang enttäuscht. Erst hatte es geschienen, als würde Kurfürst Joachim von Brandenburg den Ablass in seinen Landen nicht vertreiben lassen, aber nun hatte sich das Blatt gewendet, und der Erlass wurde jeden Tag erwartet. Er war dem Einfluss des Bruders erlegen. Luther setzte auch diese Gedanken seinem Mentor auseinander. Endlich konnte er sich vor jemandem aussprechen, ohne sich Schwierigkeiten zu gewärtigen. Bei seinen Studenten war er sich nie sicher, ob die jungen Männer sich von ihm nicht auf einen falschen Pfad geführt fühlten. Die meisten plapperten ohnehin nur nach, was er ihnen vorsprach.

»Was ist mit der Bulle ›Sacrosancti salvatoris et redemptoris nostri‹? Danach ist eine Behinderung des Ablasses bei Strafe verboten.«

Er kannte die Bulle, hatte den Text gelesen und versuchte nun, sich ihren Wortlaut ins Gedächtnis zu rufen. Bei einigen wenigen Stellen war er nicht sicher, aber am Inhalt bestand kein Zweifel. »Wenn man etwas als Gottes Geboten zuwider erkannt hat, darf man sich von einer irdischen Strafe nicht schrecken lassen«, sagte Luther.

»Du sprichst das gelassen aus, mein lieber Sohn. Bisher bist du nicht auf die Probe gestellt worden.«

»Zweifelt Ihr an mir?«

»Wir sind beide Männer des Geistes. Wer kann schon wissen, wie er reagiert, wenn der Leib bedrängt wird. Wir müssen beide hoffen, dass diese Entscheidung nie von uns verlangt werden wird.«

»Die Bulle wird mich jedenfalls nicht dazu bringen, gegen mein Gewissen zu reden oder zu schweigen. Diese Antwort werde ich jedem geben, der mich fragt.«

»Soll ich hoffen, dass dich niemand fragt?« Staupitz wandte ihm das Gesicht zu.

Luther las darin Sorge, genauso wie Neugier und Verständnis. Eine Antwort erhielt er nicht, denn in diesem Moment ruckte die Angel. Die Rute bog sich durch und wäre beinahe aus ihrer Verankerung gerissen worden. Luther griff mit beiden Händen zu. Etwas zog mit Macht am Haken. Dass ein Fisch so viel Kraft haben konnte. Er wollte zurückgehen, um den Burschen ans Ufer zu ziehen.

»Nein, nein. Der muss sich müde schwimmen«, widersprach Staupitz. »Halte die Rute fest und pass auf, dass er dir nicht vom Haken geht. Das muss ein richtiger Brocken sein.« Der ältere Mönch spähte angespannt aufs Wasser.

»Seht Ihr ihn?«

»Er ist noch zu tief unten. Er will entkommen. Ein Fisch an der Angel ist ein Lebewesen, das sein Schicksal kennt. Er darf auf Gottes Gnade hoffen, aber er weiß nichts davon.«

Luther taten die Hände weh vom starken Zug des Fisches. Er fragte sich, woher sein Mentor so viel über das Angeln wusste. Er hörte sich an wie einer der Bewohner aus Wittenbergs Fischervorstadt.

Am Ende bewahrheitete sich Staupitz' Aussage: Der Fisch schwamm sich müde und ließ sich an Land ziehen. Ein Hecht länger als ein Männerarm lag am Ufer, schnappte nach Luft und schlug verzweifelt mit dem Schwanz. Ein, zwei Schläge mit einem kurzen Knüppel auf den Fischkopf, und der Hecht lag still. Staupitz legte ihn der Länge nach aufs Gras und betrachtete ihn wohlgefällig.

»Zum Abendmahl gibt es frischen Fisch«, sagte er.

»Morgen noch eine Hechtsuppe.« Am gemeinsamen Essen schätzte Luther mehr die Tischgesellschaft als das Essen an sich. Aber er wusste, dass es bei seinem alten Mentor anders aussah.

Sein Mentor hatte das Kloster Himmelpforten längst wieder Richtung München verlassen, aber Luther spazierte um die Fischteiche herum und ließ die Gedanken kreisen. Die Ruhe in Himmelpforten ließ ihm Zeit für die Stundengebete – er hatte auch alle fehlenden aus Wittenberg nachgeholt. Sein Geist hatte sich geklärt, und worum er in seiner Zelle in Wittenberg mühevoll hatte ringen müssen, flog ihm im Harz nur so zu. Ein Argument gegen den Ablass gab das nächste. Sie waren von bestechender Klarheit.

Nach den Spaziergängen saß er in seiner Klosterzelle und schrieb die Gedanken nieder. Die Feder flog nur so über das Papier. Die Tinte spritzte und kleckste. Am Ende faltete Luther die engbeschriebenen Bögen zusammen, ohne das Geschriebene noch einmal anzuschauen, und fühlte sich erleichtert.

Ein halbes Dutzend Tage gönnte er sich die Ruhe des Klosters, bevor er sich auf den Rückweg nach Wittenberg machte. Im September wollte er mit der Vorlesung des Hebräerbriefes beginnen. Bis dahin waren es noch ein Dutzend Tage, und wenn er zu seiner eigenen Lesung nicht zu spät kommen wollte, durfte er nicht länger im Harz verweilen. Tatsächlich begann ihm auch das wegen der Menge der in seinen Mauern weilenden Studenten aus allen Nähten platzende Wittenberg zu fehlen. Genauso zufrieden, wie er seine Reise begonnen hatte, brach er auch jetzt auf.

Am zweiten Tag seines Marsches traf er auf einen Kaufmann auf dem Weg nach Leipzig. Auf zwei Ochsenkarren transportierte der kostbare Stoffe und geschliffene Edelsteine, die er auf der Messe präsentieren wollte. Ein Dutzend Knechte begleitete den Kaufmann. Sie trugen einfache Kittel und Hosen, aber darunter erkannte Luther Halsbergen und umgeschnallte Brustpanzer. Zwischen den Bündeln auf den Karren waren Waffen versteckt und die Hände der Knechte nie weit davon entfernt.

Der Kaufmann war ein redseliger Geselle, dessen Mund nie lange stillstand. Er war überall in den deutschen Landen und in Polen herumgekommen, sogar in Belgrad und Budapest war er gewesen. Er berichtete von fremden Menschen und Gebräuchen, anderen Göttern und exotischen Speisen.

»Ich bin wirklich froh, Euch getroffen zu haben, Herr Luther«, sagte er ein ums andere Mal und deutete auf seine Knechte. »Mit diesen Kerlen kann man nicht reden. Ihr dagegen wisst meine Worte zu würdigen. Mein jüngster Sohn besucht noch die Lateinschule, aber in ein oder zwei Jahren wird er so weit sein, auf eine Universität zu gehen. Ich habe überlegt, ihn auf die Leucorea zu schicken. Der Älteste wird meine Geschäfte übernehmen, aber der Jüngere soll ein Mann des Geistes werden.«

»Zeigt er Neigung dazu?«, warf Luther ein.

»Natürlich, natürlich. Er ist mein Sohn, da kann er kein Dummkopf sein.«

»Möchtet Ihr ihn Theologie studieren lassen?«

»Nichts gegen Eure Bestimmung, aber ich habe eher an ein Studium der Rechte gedacht. Das wird mein Kaufmannskontor sehr gut ergänzen. Einen dritten Sohn habe ich nicht, aber sollte sich noch einer ankündigen, werde ich ihn für den geistigen Stand bestimmen.«

»Es ist auch wirklich der Wunsch Eures Sohnes?«, fragte Luther zum zweiten Mal. Er musste an sich selbst denken, hatte er doch zunächst auch auf Wunsch seines Vaters die Rechte studiert, bis er erkannte, welchen Weg Gott wirklich für ihn vorgesehen hatte, und in das Kloster der Augustinereremiten in Erfurt eingetreten war. Sein Vater war alles andere als erfreut über diesen Schritt gewesen.

»Rechtsgelehrter ist das Richtige für meinen Jüngsten. Dann habe ich noch drei Töchter, die ich alle verheiraten muss. Ihr könnt wirklich froh sein, dass Euch als Mann Gottes diese Sorge erspart bleibt. Drei Mädchen gut unter die Haube zu bringen, kann einem Vater graue Haare bescheren.«

Plötzlich geriet das Hinterrad eines Ochsenwagens in ein Loch auf dem Weg, und mit einem lauten Knacken brach die Achse. Der Wagen hing hinten herunter, das Rad lag auf der Straße.

Der kleine Zug kam zum Halten, der Kutscher stieg vom Bock und besah sich den Schaden. Es musste eine neue Achse her, so viel erkannte auch Luther.

»Allmächtiger, die Zeit, die uns das kosten wird«, stöhnte der Kaufmann. »Wir brauchen eine neue Achse.«

Der Kutscher machte sich mit einem der Pferde auf den Weg ins nächste Dorf. Dessen Häuser waren vor ihnen schon zu sehen.

Während sie darauf warteten, dass der Kutscher mit der

neuen Achse zurückkam, sorgten die Knechte dafür, dass der Wagen abgeladen wurde. Der zweite Kutscher schirrte die Pferde ab und ließ sie am Wegrand grasen. Luther und der Kaufmann setzten sich auf zwei abgeladene Kisten in den Schatten und teilten ihre Wegzehrung miteinander. Sie übten sich in Geduld, und das gelang dem Augustinereremiten entschieden besser als dem Kaufmann. Dessen Blick schweifte unruhig umher, seine Lippen bewegten sich stumm, und er runzelte die Stirn. Luther nutzte die Pause, sich hinter die Kiste zu knien, um die Gebete nachzuholen, die immer noch auf seiner Strichliste standen.

Die Knechte beobachteten aufmerksam die Umgebung. Auf der einen Seite des Weges befand sich ein Wald, auf der anderen wuchs Roggen auf einem Feld. Dem Wald schenkten sie deutlich mehr Aufmerksamkeit, als dem Feld.

»Eure Männer sind pflichtbewusst«, bemerkte Luther, nachdem er mehr als ein Dutzend Gebete gesprochen und seine Schuld gegenüber Gott abgetragen hatte. Er saß nun wieder auf der Kiste.

»Ich bezahle sie gut, damit sie ihre Pflichten nicht vernachlässigen.«

»Was ist in diesen Kisten?«

»Ein paar Kleinigkeiten, für die vermögende Männer viele Gulden bezahlen, um sich ihre Frauen angenehm zu machen.« Der Kaufmann lachte auf. »Ich befriedige die menschlichen Eitelkeiten.«

Der Mann wurde auf einmal ruhig und schaute sich wachsam um. Auch Luther wurde aufmerksam, denn er hatte ein Geräusch gehört, das nicht zu dem Zwitschern der Vögel in den Ästen über ihnen zu passen schien. Er schaute sich um. Huschte dort nicht ein Schatten von Baum zu Baum? Er wollte den Kaufmann darauf aufmerksam machen.

Auf einmal bewegte sich dort nicht nur ein Schatten, sondern mehrere. Sie sprangen hinter den Bäumen hervor auf den

Weg. Es war mindestens ein Dutzend Männer, und sie schwangen Messer und Stöcke. Sie sahen abgerissen und hohlwangig, deshalb jedoch nicht weniger gefährlich aus. Die Worte blieben Luther vor Schreck in der Kehle stecken. Er konnte sich nicht bewegen, blieb auf der Kiste sitzen.

Ganz anders verhielt sich der Kaufmann. Der sprang auf, zog aus einem der herumliegenden Bündel eine Waffe und wandte sich der ersten ausgemergelten Gestalt zu. Seine Männer hatten ebenfalls, ohne zu zögern, zu ihren Schwertern gegriffen. Brüllend sprangen sie auf die Banditen zu.

Einer von ihnen parierte einen Hieb mit seinem Stock. Der zerbrach in zwei Teile. Der Bandit starrte einen Augenblick auf das nutzlose Stück in seiner Hand. Dann warf er es fort und rannte in den Wald hinein. Die anderen folgten ihm. Zwei der Wächter schickten sich an, sie zu verfolgen.

»Lasst sie!«, befahl der Kaufmann. »Ich brauche euch hier.« Er steckte sein Schwert weg und setzte sich wieder neben Luther auf die Kiste.

Es hatte nur wenige Augenblicke gedauert, ehe alles wieder so war wie zuvor. Luther konnte sich wieder bewegen. Er lockerte die verkrampften Schultern.

»Das war ...«, stammelte er.

»Solche Galgenvögel lassen nie lange auf sich warten, wenn man auf der Straße einen Unfall hat. Das ist nun einmal so. Die Welt ist schlecht außerhalb der Klostermauern. Deshalb brauche ich die Knechte. Sie kümmern sich um solches Gesindel. Das kommt aus seinen Löchern gekrochen, sobald es leichte Beute wittert.«

»Das war ...«

»Unerwartet kam das nicht. Zum Glück gibt dieses Gesindel Fersengeld, wenn man ihnen mit der Waffe entgegentritt.«

Luther stand auf, ging zwischen den auf dem Weg abgelegten Waren umher. Was war das für eine Welt, in der die einen Unglücklichen das Unglück der anderen ausnutzten?

»Wenn wir hier noch lange stehen und Pech haben, kommen die wieder«, sprach der Kaufmann weiter. »Sie werden Verstärkung holen und es ein zweites Mal versuchen. So ist dieses Pack. Betet, dass sie die Hosen zu voll haben.«

Luther warf dem Kaufmann einen Blick zu. Er war auch einer dieser Pfeffersäcke, die sich nur um ihre Waren statt um die Menschen sorgten. Er schwieg jedoch, der Schreck saß ihm immer noch zu sehr in den Knochen, als dass er sich auf eine Diskussion einlassen wollte. Stattdessen bat er stumm den Allmächtigen, den hohlwangigen Männern so viel Verstand einzuflößen, dass sie das Weite suchten.

Dafür kam zunächst der Kutscher aus dem Dorf zurück. Das Pferd zog einen Balken hinter sich her. Es war nicht mehr als ein roh behauener Baumstamm in der richtigen Länge. Beide Kutscher machten sich mit Meißel und dem stumpfen Ende eines Axtkopfes daran, aus dem Holz eine Achse zu formen. Späne flogen auf den Weg, und die gleichmäßigen Schläge wurden vom Wind davongetragen. Langsam wurde die Form einer Achse erkennbar.

Bis sie fertig war, würde es eine Weile dauern. Luthers Herzschlag hatte sich beruhigt, er nahm wieder auf der Kiste Platz.

Hufschläge und das Rattern von Rädern, aus Richtung des Dorfes kommend, erregten seine Aufmerksamkeit. Das Herz begann wieder, in seiner Brust zu hämmern. Hatten die Banditen Verstärkung geholt und kamen zurück? Der Kaufmann und seine Wachen dachten offenbar das Gleiche, denn sie stellten sich auf dem Weg auf und hielten die Hände in der Nähe ihrer Waffen. Luther spähte zwischen ihnen hindurch.

Ein Wagen, gezogen von zwei Pferden, kam auf sie zu. Auf dem Bock saß neben dem Kutscher ein beleibter Dominikaner. Zwei Männer zu Pferd begleiteten den Wagen, der eine Reiter so stramm wie der Mönch, der andere spindeldürr. Mit den Wegelagerern konnten die nichts gemein haben, dafür waren sie viel zu wohlgenährt. Und ein Mönch bei ihnen …

In Luther keimte ein Verdacht, aber bevor daraus ein Pflänzchen werden konnte, wurden sie angesprochen.

»Hattet Ihr einen Unfall? Können wir helfen?«, fragte der Dicke auf dem Pferd.

»Wir haben alle Hilfe, die wir brauchen können«, erwiderte der Kaufmann.

»Das sieht doch nach einem Achsbruch aus. Üble Sache, kostet viel Zeit. Mit etwas Hilfe geht es schneller.« Das war wieder der Feiste.

»Sehe ich da einen Mönch in Eurer Gesellschaft?«, fragte der Dominikaner. »Guter Bruder ...«

»Wir kommen zurecht«, unterbrach der Anführer der Wachen. Der Mann legte die Hand auf den Griff seines Schwertes. »Das muss Euch nicht interessieren, setzt Euren Weg fort.«

»Ihr blockiert den Weg«, erwiderte wieder der Feiste.

Der Spindeldürre grinste die ganze Zeit still vor sich hin. Seine Beine waren so lang, dass sie über den Pferdebauch hinausragten.

Der Kaufmann wies mit dem Arm über das Feld.

»Das wird den Bauern nicht freuen.«

»Gott schenkt den Menschen erfreuliche und unerfreuliche Dinge.« Der Wächter zuckte mit den Schultern. »Mir hat er nicht allzu viel Geduld gegeben.« Diesmal zog er das Schwert halb aus der Scheide. Das Geräusch schnitt durch den Nachmittag.

»Kein Blutvergießen! Versündigt Euch nicht! Wir wollen nichts von Euch«, rief der dicke Dominikaner und stieß den Kutscher neben ihm an. »Los, über das Feld!«

Die Zügel klatschten auf die Pferderücken, und der Wagen setzte sich in Bewegung. Er schwankte bedenklich, als er den kleinen Absatz vom Weg auf das Feld rumpelte und eine breite Schneise in den Roggen pflügte. Die beiden Kutscher wandten sich wieder ihrer Arbeit zu. Luther schaute dem Wagen hinterher.

»Das waren doch keine Wegelagerer«, sagte er nachdenklich. »Da war ein Mönch dabei.«

»Ich bin lieber vorsichtig. Es wäre nicht das erste Mal, dass sich jemand als Mönch verkleidet und sich bei anderen ins Vertrauen schleicht, um ihnen dann hinterrücks ein Messer in den Leib zu stoßen. Obwohl dieser aussah wie Johann Tetzel.« Der Kaufmann schlug seinen Wachen auf die Schultern und begutachtete danach die Arbeit der Kutscher.

Sie hatten den Stamm in eine ansehnliche Achse verwandelt. Sie tatsächlich in den Wagen einzubauen, war noch einmal ein hartes Stück Arbeit. Luther bekam davon nichts mit, er schaute immer noch dem Wagen des Ablasspredigers hinterher, obwohl dieser längst nicht mehr zu sehen war.

Tetzel! Das war also der Mann gewesen, der die schlimmste Irrlehre der Kirche verkörperte. So viel hatte er von ihm gehört, dass er beinahe glaubte, den Mann zu kennen, dabei hatte er ihn nie zuvor getroffen.

Die Gelegenheit, sich ein genaueres Bild von ihm zu machen, hatte er nun verpasst!

Kapitel 25

Tetzel und seine Begleiter erreichten das Kloster Himmelpforten im Harz zwei Tage nach ihrer Begegnung mit dem Kaufmann. Sie erhielten aber nur die Auskunft, dass Luther schon wieder abgereist sei – vor bald einer Woche. Sie waren zu spät gekommen, der Dominikaner presste die Zähne so fest aufeinander, dass die Kiefer schmerzten, schwieg jedoch. Frech war mit darartiger Zurückhaltung nicht gesegnet.

»Der Teufel soll ihn holen«, murmelte er leise, aber immerhin laut genug, um vom Bruder an der Klosterpforte gehört zu werden.

Dieser bedachte die gesamte Gruppe mit einem strengen Blick und brachte die Einladung, im Kloster zu übernachten, nur sehr zögerlich heraus.

Tetzel war geneigt, sie anzunehmen, aber Frech lehnte großzügig im Namen aller ab. Nachdem sie Luther nicht antrafen, kehrten sie besser gleich um und gingen wieder ihren eigenen Geschäften nach. Zum Abschied wunderte sich der Bruder von der Pforte noch, dass sie den Wittenberger eigentlich hätten treffen müssen, wenn sie aus Richtung Halle gekommen seien.

»Wir hätten ihn treffen müssen, und wir haben ihn auch getroffen«, brummte Feist, als die das Kloster bereits wieder ein ganzes Stück hinter sich gelassen hatten.

»Wo?« Frech machte sich nie die Mühe, selbst zu überlegen, wenn er doch auch fragen konnte.

»Bei dem Kaufmann. Zwischen seinen Leuten habe ich die schwarze Kutte eines Mönchs blitzen sehen. Das kann kaum jemand anderes gewesen sein.« Feist klang so erbost, wie Tetzel sich fühlte.

Feist und Frech sprachen leise miteinander. Am Ende dieser Unterredung schlug Frech seinem Pferd die Fersen in die Seiten. Es sprengte davon, so dass Dreckklumpen unter seinen Hufen hochspritzten. Einer davon traf den Ablassprediger an der Brust.

Der wischte ärgerlich die Erde beiseite. »Was hat der Mann vor?«

»Es ist erforderlich, einen Auftrag unseres Herrn jetzt auszuführen. Er erreichte uns schon vor einiger Zeit.« Feist ließ sein Pferd antraben und machte auf diese Weise deutlich, keine weiteren Auskünfte geben zu wollen.

Kapitel 26

Ich weiß nicht, was du willst.« Dietlind Herkner saß mit geradem Rücken auf einem Schemel. Mit den Händen umklammerte sie ihre Schultern. Almuth hatte sie bisher nicht ein einziges Mal in die Augen gesehen.

Tammes Mutter war immer schmal gewesen, aber in den letzten Wochen hatte sie sich erschreckend verändert. Sie sah aus, als könne man sie mit einem Griff durchbrechen. Ihre Haut hatte eine wachsbleiche Farbe angenommen, die Lippen waren kaum dunkler und die Augen riesengroß. Als Almuth sie kennenlernte, hatte Dietlind Herkner stets auf adrette, saubere Kleidung geachtet. Davon konnte keine Rede mehr sein: Das Mieder war nachlässig geschnürt und die Ärmel schmutzig, sie trug das Kleid ohne jede Frage bereits mehrere Tage. Auf eine Haube hatte sie verzichtet. Aber wenigstens war sie bereit gewesen, Almuth zu empfangen. Der Apotheker weilte außer Haus, und Marie hatte sie hineingeschmuggelt.

»Ich glaube nicht, dass Tamme an der Pestilenz gestorben ist. Und wenn du deinen Sohn kennst, wirst du es auch nicht glauben.« Almuth wiederholte ihre Worte bereits zum zweiten Mal, und sie war sich nicht sicher, ob sie verstanden worden war.

»Es war doch der Schwarze Tod. Wer sich ansteckt, für den gibt es nur selten Rettung. Georg ist Apotheker, er weiß es besser als ich, und er hat wirklich alles getan, um Tamme zu retten. Und ich war nicht einmal da.« Frau Dietlind sprach so leise, dass Almuth genau hinhören musste, um sie zu verstehen. Gleichzeitig wirkte sie, als hätten sie diese wenigen Sätze über Gebühr angestrengt.

Ihre Trauer stand ihr offen ins Gesicht geschrieben, Almuth mochte sie nicht länger mit Fragen quälen. Sie war bereits von ihrem harten Stuhl aufgestanden, als sie das Zuschlagen der Haustür hörte. Frau Dietlind und sie zuckten gleichermaßen zusammen. Im nächsten Augenblick stand auch schon Georg Herkner im Raum. Bei Almuths Anblick umwölkte sich seine Stirn so sehr, dass die Augenbrauen über der Nasenwurzel zusammenstießen. Ohne ein Wort der Begrüßung packte er sie am Arm.

»Almuth Gronenberg! Ich hätte mir denken können, dass du dich nicht zufriedengibst, bevor du nicht bis zum Äußersten gegangen bist.«

»Ich habe Eurer Frau einen Besuch abgestattet, wie es sich gehört. Schließlich wären wir beinahe Verwandte geworden.« Sie versuchte, sich aus seinem Griff zu winden, aber er war zu stark für sie. »Lasst mich los.«

Der Apotheker gab ihren Arm nicht frei, sondern zerrte sie Richtung Tür. »In meinem Haus bist du nicht willkommen. Treibst du dich auch nur noch einmal in der Nähe meiner Familie herum, werde ich eine Klage beim Rat gegen dich führen.«

»Und mein Bruder wird eine Klage gegen Euch führen, weil Ihr mich nicht wie eine ehrbare Bürgerin behandelt.« Sie war sich jedoch keineswegs sicher, ob Johann das wirklich täte. In einigen Dingen war er übertrieben zurückhaltend.

»Du eine ehrbare Bürgerin? Für diese Lüge solltest du unverzüglich zur Beichte gehen. Du schnüffelst und schleichst herum, wie es kein ehrbares Weib tut.« Er packte sie noch fester, bis sie das Gefühl hatte, der Oberarm würde ihr zerquetscht werden, öffnete mit der freien Hand die Haustür und schubste sie auf die Gasse hinaus.

Hinter Almuth wurde die Tür wieder zugeschmettert, und sie hörte deutlich, wie der Apotheker sie von innen verriegelte. Sie rieb sich den Oberarm und lehnte sich zwischen Fenster und Tür an die Hauswand.

In Almuth schwoll der Ärger immer weiter an.

Kapitel 27

Anfang September machte sich Sibilla auf den Weg in die Gasse hinter der Mauer. An die Stadtmauer angebaut, hauste hier in einem schmalen zweistöckigen Haus eine alte Witwe, die kaum jemand kennen wollte und deren Dienste doch viele in Anspruch genommen hatten.

Auf ihr Klopfen wurde die Tür von einer genauso alten Magd mit strähnigem Haar unter einer angegrauten Haube geöffnet. Die Frau ging gebeugt, und von ihrer Gestalt war kaum etwas zu erkennen. Sibilla musste sich bücken, um durch die niedrige Tür ins Haus zu gelangen. Es führten zwei Stufen nach unten, und dennoch war die Decke so niedrig, dass sie gerade aufrecht stehen konnte. Die Magd führte sie eine schmale Treppe mit knarrenden Stufen hoch zu ihrer Herrin.

Im ersten Stock war der Flur breiter und wies die Besitzerin des Hauses als wohlhabend aus. Der untere Teil der Wände war mit dunklem Holz verkleidet, der obere mit Blütenranken bemalt. Eine Tür war nur angelehnt, auf die zeigte die Magd und schlurfte die Treppe wieder hinunter. Dahinter befand sich die gute Stube. Auf einer Bank saß eine hagere Frau in einem schwarzen Kleid, ein Kissen im Rücken und ein Spinnrad vor sich.

Es gab keine Begrüßung zwischen den beiden, Sibilla wurde kein Platz angeboten und keine Erfrischung. Die Frau schaute nur zu ihr auf.

»Ihr benötigt meine Dienste?«

»Für meine Schwägerin. Sie ist ein junges, hübsches Ding und noch ledig, Frau Mergelin.«

Die Witwe rieb Daumen und Zeigefinger ihrer rechten Hand gegeneinander. Sibilla verstand. Von ihrem Gürtel, an dem auch die Schlüssel des Hauses hingen, löste sie eine Geldbörse. Die enthielt alles, was sie an Bargeld auftreiben konnte, ohne Johann zu bitten. Frau Mergelin wog den Beutel in der Hand, bevor sie ihn öffnete und einen Gulden herausnahm. Sie biss auf das Geldstück, um dessen Güte zu prüfen.

»Woran habt ihr gedacht.«

»An einen Sohn aus gutem Hause. Er kann einer Kaufmanns- oder Handwerkerfamilie entstammen und sollte es verstehen, sich eine Frau gewogen zu machen. Obwohl so wichtig ist das auch wieder nicht. Mein Mann muss mit ihm einverstanden sein, und er wird niemanden akzeptieren, der ihm nicht ebenbürtig ist. Mein Mann ist der Buchdrucker Johann Gronenberg.«

»Ich weiß, wer Euer Mann ist und wer Ihr seid. Es geht also um Eure Schwägerin? «

»Genau. Sie ist im heiratsfähigen Alter, mit allen Dingen des Haushalts vertraut, fleißig und anstellig. Sie geht mir zur Hand und ist mir eine liebe Gefährtin.« Die Lüge ging Sibilla glatt von den Lippen. Sie wusste sich ja im Besitz eines Ablasses, mit dem ihr diese Sünde sofort verziehen war.

»Dennoch wollt Ihr sie verheiraten?«

»Sie ist im richtigen Alter, und ich möchte ihr das Glück einer Ehe und einer eigenen Familie gönnen. Wie auch ich es erfahren habe.«

»Wenn Euer Mann Johann Gronenberg ist, dann muss Eure Schwägerin Almuth Gronenberg sein. Sie war doch mit dem jungen Redecker verlobt, der vor kurzem an der Pest gestorben ist. Tragisch für eure Schwägerin.«

Sibilla muss wohl erstaunt ausgesehen haben, denn Frau Mergelin ließ ein trockenes Lachen hören.

»In meinem Gewerbe wird man nichts, wenn man nicht weiß, was in der Stadt vor sich geht. Eure Schwägerin wird sich vielleicht erst zieren, aber dann zufrieden sein. Die jungen Dinger sind alle gleich.«

»Schnell muss es vor allem gehen.«

Frau Mergelin legte einen knochigen Finger an ihre Nase und dachte einen Augenblick nach. »Ich wüsste einen Kandidaten. Bekannte Familie, nicht unvermögend. Er hat mich gebeten, eine geeignete Frau für ihn zu finden. Ich gehe doch davon aus, dass eure Schwägerin eine entsprechende Mitgift mitbringt. Der Mann ist …«

»Ich vertraue Eurem Urteil. Der Mann muss allerdings jung und ansehnlich sein, damit meine Schwägerin Gefallen an ihm finden kann.«

Jetzt war es an Frau Mergelin, erstaunt zu schauen.

»Dann wird dieser Kandidat nicht in Frage kommen. Er war bereits zweimal verheiratet und hat beide Frauen im Kindbett verloren. Sein ältester Sohn besucht die Universität in Erfurt. Ihm selbst fallen die Haare und die Zähne aus, und sein Leibesumfang entspricht seinem Vermögen. Den jungen Dingern gefällt so was ja nicht. Es braucht Erfahrung, um das zu schätzen zu wissen.«

Sibilla überlegte angestrengt, um welchen Wittenberger es sich dabei handeln mochte. Der Einzige, auf den diese Angaben zutrafen, war der Verwalter des kurfürstlichen Schlosses. Den konnte Frau Mergelin doch nicht gemeint haben? Bevor ihr eine entsprechende Frage über die Lippen kam, sprach die Witwe bereits weiter.

»Seit wann spielt die Meinung eines Weibes bei einer Eheschließung eine Rolle? Es ist die Sache Eures Mannes, für seine Schwester zu entscheiden.«

»Er ist zärtlich zu Almuth und wird ihre Wünsche achten.«

»Und Euer Einfluss?«

»Ist groß.« Sie konnte nicht verhindern, dass der Gedanke durch ihren Geist huschte, ihr Einfluss sei tatsächlich nicht so groß, wie sie behauptete. Nicht wenn es um Almuth ging. »Ich möchte aber meine Schwägerin nicht unglücklich an einen viel älteren Mann gebunden sehen.«

»Wie Ihr wollt.« Ein listiger Ausdruck trat in die Augen der Kupplerin. »Das erschwert meine Arbeit.«

»Ihr werdet mehr bekommen. Findet mir erst einen jungen Burschen, den mein Johann akzeptieren kann.«

»Noch einmal eine Börse wie diese.«

»Ihr werdet Euer Geld bekommen«, wiederholte Sibilla steif.

»Und Ihr einen Ehemann für Eure Schwägerin.«

Der Handel war abgeschlossen, und die Besucherin verließ das Haus wieder.

Frau Mergelins Dienste waren jeden Gulden wert. Und sie würde das Geld auftreiben. Notfalls ginge sie zu Johann, es gab nichts, was sie ihrem Ehemann nicht abschmeicheln konnte, wenn sie es darauf anlegte. Bald wären Almuths Gedanken auf etwas anderes gerichtet als auf ihren verstorbenen Verlobten. Und in Wittenberg würde man aufhören, über sie als eine verschrobene junge Frau zu reden.

Das Ehepaar Gronenberg lag nebeneinander im Bett. Die Kerze war bereits ausgeblasen, nur das Mondlicht schien durch die Ritzen des Fensterladens und malte ein Muster auf die Bettdecke. Ein kühler Windzug fuhr ebenfalls hindurch und strich über Johann Gronenbergs nackte Schulter, auf der der Schweiß langsam trocknete. Sein Glied presste sich noch halb aufgerichtet von unten gegen die Bettdecke, als wollte es noch einmal die warme Höhle erkunden, in der es bis vor wenigen Augenblicken gesteckt hatte.

Johann schielte zu seinem Weib. Sibilla lag auf dem Rücken, die Decke bis zum Kinn hochgezogen und die Augen geschlossen. Ihre Silhouette zeichnete sich unter der Bettdecke ab. Johann erkannte, dass ihre Beine dicht nebeneinanderlagen. Sie war offensichtlich nicht bereit, ihn ein zweites Mal aufzunehmen. Der Buchdrucker drehte sich auf die andere Seite und starrte in die Dunkelheit.

»Johann«, sagte seine Frau auf einmal.

Er war überrascht, hatte gedacht, vor morgen früh von ihr nichts mehr zu hören. »Was ist?«, fragte er zögerlich.

»Wir müssen etwas für Almuth tun. Sie ist über zwanzig Jahre alt.«

»Was genau meinst du?«

»Dass wir ihr einen Ehemann suchen müssen – natürlich. Nur weil ihr Verlobter gestorben ist, soll sie keine alte Jungfer werden und ewig in unserem Haushalt leben. Wir haben schließlich noch Eufemia, um deren Ehemann wir uns auch beizeiten kümmern müssen.«

»Unsere Tochter ist erst zehn Jahre alt und noch lange nicht im heiratsfähigen Alter«, brummte Johann. Er wollte lieber schlafen, als mit seinem Weib zu diskutieren.

»Die Jahre vergehen schneller, als du denkst. Deshalb müssen wir zuerst an die Zukunft deiner Schwester denken. Danach an die unserer Tochter.«

»Wie du willst.« Johann fühlte sich schläfrig. »Hast du schon einen jungen Mann im Auge?«

»Das nicht. Ich habe aber Schritte unternommen und bin bei Frau Mergelin gewesen.«

»Was ist das für ein Weib?«

»Sie kennt sich aus damit, für eine junge Frau den richtigen Mann zu finden.«

»Eine Kupplerin.« Johann drehte sich wieder zurück auf den Rücken. Er warf Sibilla einen schnellen Blick zu – sie hatte sich in der Zwischenzeit nicht bewegt.

»Eine gute Frau, die weiß, wo ein Mann für unsere Almuth zu finden ist.«

»Das wird ihr nicht gefallen.«

»Sie ist dein Mündel und muss dir gehorchen. Frau Mergelin versteht ihre Sache und wird den richtigen Mann für die Schwester eines Buchdruckers finden. Einen, der unserer Familie mehr Bedeutung verleiht. Vielleicht einen Kaufmann oder wieder einen Studierten.« Jetzt klang seine Frau gierig. Bestimmt sah sie schon die glänzende Zukunft des Hauses Gronenberg vor ihrem inneren Auge.

»Das wird gut sein.« Er sprach ohne rechte Begeisterung. In seinen Augen war der richtige Ehemann für Almuth einer, der sie aufrichtig liebte und der auch ihr gefiel, den Ruhm der Familie musste er nicht mehren. »Du sprichst mit ihr darüber.«

Sibilla neben ihm drehte den Kopf von einer Seite auf die andere, er spürte es an den Bewegungen der Matratze. »Sie ist dein Mündel, du wirst diese Aufgabe übernehmen. Wenn ich mit ihr spreche, wird sie nur anfangen, sich herauszureden. Du dagegen ...« Sie ließ den Satz unvollendet und tastete nach seiner Hand.

Johann brummte nur und ließ es zu, dass Sibilla seine Hand auf ihre nackte Brust zog.

»Willst du noch einmal?«, fragte sie und drückte seine Finger in ihr Fleisch. »Ein Sohn zeugt sich besser, wenn du zweimal in der Nacht bei mir liegst.«

Ihre süße Weichheit unter seinen Fingern vertrieb seine Müdigkeit. Sein Gemächt richtete sich wieder zu seiner vollen Größe auf. Er wälzte sich auf sie.

»Sprich gleich morgen mit ihr«, verlangte sie, als sie ihre Schenkel um ihn schlang.

Berauscht vom Duft ihrer Weiblichkeit, nickte er.

Kapitel 28

Es war inzwischen September, und der Sommer machte sich bereit, in den Herbst überzugehen. Noch waren die Tage warm, die Nächte dagegen empfindlich kühl. An vielen Tagen stieg morgens Nebel an den Flussufern auf. Tammes Beerdigung lag länger als einen Monat zurück, und Almuth musste sich eingestehen, dass sie mit der Aufklärung seines Todes keinen Fußbreit weitergekommen war. Außer Doktor Luther und Hinke-Cuno stand niemand auf ihrer Seite. Von einem Professor der Universität, von einem gelehrten Mann, konnte sie nicht erwarten, dass er dem Apotheker hinterherschlich und sich in dunklen Gassen herumtrieb. Die Unterstützung, die er ihr versprochen hatte, war mehr moralischer als praktischer Art.

Gebete halfen ihr jedoch nicht, und in Wittenberg hatte ihr niemand etwas erzählt, was sie weiterbrachte. Aus Paunsdorf war keine Nachricht von Tammes Pächter eingetroffen, obwohl sie ihm einen Brief geschrieben hatte. Herkner stolzierte in der Stadt herum, Tammes Mutter ließ sich nicht sehen. Sie hätte den Apotheker am liebsten an seinem feinen Wams gepackt und die Wahrheit aus ihm herausgeschüttelt.

Außer dem schlimmsten Frevel, Tammes Grab zu öffnen und nachzusehen, ob er tatsächlich darin lag, fiel ihr nur noch eine Sache ein, die getan werden konnte. Dazu musste sie Hinke-Cuno finden.

Schließlich entdeckte sie den Waisenjungen vor dem »Schwarzen Bären« in der Nähe des Elbtores. Er lungerte vor der Herberge herum, wartete darauf, dass für ihn etwas zu essen oder ein Auftrag abfiel.

Letzteres konnte er von Almuth erwarten. Sie zog ihn in den Hof des »Schwarzen Bären« und erläuterte, was sie von ihm wollte. Cuno war ein aufgeweckter Junge und verstand sofort, worum es ging. Er nickte mehrmals, und am Ende schaute er sie fragend an.

Auch Almuth verstand. »Du bekommst jeden Abend nach dem Läuten eine Schale Brei und ein Stück Brot. Dazu noch einen Becher Milch.«

»Dreimal in der Woche muss Speck dabei sein«, forderte Cuno frech.

»Einmal in der Woche.«

»Einverstanden. Aber ich brauche auch Geld, wenn ich für Euch arbeite. Ich kann nicht mehr viele andere Aufträge annehmen, und mein Onkel sieht es gar nicht gern, wenn kein Geld hereinkommt.«

»Dein Onkel, der alte Säufer, soll sein Geld selbst verdienen.«

»Das könnte er, aber er wird nicht erlauben, dass ich für Euch arbeite, wenn dabei nicht ein paar Pfennige abfallen.«

So jung Cuno war, war er doch ein geschickter Verhandler, Almuth gab nach und versprach ihm einen Viertelpfennig zu seinem Essen. Sie rechnete sich aus, wie viel Geld in ihrer Börse lag und dass es am Ende des Sommers aufgebraucht wäre.

»Ich mache mich gleich auf den Weg. Sofort und immer zu Euren Diensten, Jungfer Almuth«, rief er fröhlich und hinkte davon.

Sie schaute ihm nach, bis er den Hof des »Schwarzen Bären« verlassen hatte. Vorher winkte er ihr noch einmal zu.

Cuno nahm seine Arbeit ernst. Er führte nicht nur seine Botengänge verlässlich aus, sondern schlich für Almuth auch genauso gewissenhaft hinter Georg Herkner her. Schmal gebaut war er ein vertrauter Anblick in Wittenbergs Gassen und niemand achtete auf ihn, am wenigsten Herkner selbst. Er duckte sich in Hauseingänge und lungerte an Ecken herum oder spähte von Schuppendächern herunter. Jeden Abend nach dem Vesperläuten schlich er sich in den Gronenberg'schen Hof und nahm hinter dem Hühnerhaus von Almuth seinen Lohn entgegen: eine Schale Brei, einen Becher Milch, einen Viertelpfennig und einmal in der Woche Fleisch.

Das Geld wickelte er in einen schmutzigen Lappen, das Essen schlang er hinunter und berichtete Almuth dabei, was er beobachtet hatte. Die ersten Tage waren nicht sehr ermutigend: Herkner hielt sich in seiner Apotheke auf. Als Besucher zählte Cuno nur bekannte Wittenberger Bürger auf, darunter den Hofmaler Lucas Cranach, der mit einem großen Paket unter dem Arm die Apotheke wieder verlassen hatte. Niemand kam nach Einbruch der Dunkelheit, und Herkner verließ sein Haus nach dem Abendläuten nicht mehr, nicht einmal ein Wirtshaus besuchte er.

Die Magd Marie ging zum Markt und versorgte den Garten. Dabei war sie einmal auf Cuno gestoßen, aber der hatte so getan, als habe er nur gegen die Hauswand gepisst und sich dann verdrückt. Von Dietlind Herkner sah und hörte er nichts. Es war, als lebte die Frau nicht mehr in diesem Haus.

Diese vielen Berichte halfen Almuth allerdings nicht weiter. Sie überlegte, ob sie nicht nur Geld und Essen verschwendete. Nur noch ein paar Tage, sagte sie sich immer wieder und schickte Cuno los.

*

»Ich muss nach der Beichte mit dir sprechen. Warte auf mich«, sagte Martin Luther auf der anderen Seite des Gitters.

Almuth, die erwartet hatte, noch einige Vaterunser als Buße für die gebeichteten Sünden auferlegt zu bekommen, schaute erstaunt auf. Durch das Gitter erkannte sie ihren Beichtvater nur vage. In seiner Miene ließ sich nichts lesen.

Nach ihr betrat eine ältere Frau den Beichtstuhl, eine weitere wartete noch. Almuth betrachtete die geschnitzten Evangelisten Johannes und Matthäus an der Kanzel. Anschließend kniete sie sich neben eine Säule, blickte in Richtung des Hochaltars und betete die auferlegten Vaterunser. Als sie mit dem halben Dutzend fertig war, blickte sie sich verstohlen um. Luther saß immer noch im Beichtstuhl. Die eine der zwei alten Frauen wartete weiterhin davor, die andere musste ein längeres Sündenregister haben.

Almuth beruhigte sich damit, weitere Gebete zu sprechen, und hörte nicht, als Luther neben sie trat. Er berührte sie an der Schulter und ließ ihr dann die Zeit, das Gebet zu Ende zu sprechen. Luther führte sie zur Nordseite der Kirche, wo sich der Wendelstein befand, der zur Empore hinaufführte. Halb unter der Treppe verborgen, blieben sie stehen.

»Genau an dieser Stelle stand ich in der letzten Nacht. Ich war hergekommen, um mich zu sammeln. Und ich war nicht allein in der Kirche.«

Wer war noch da?, wollte Almuth fragen. Ihre Neugier war mindestens so groß wie ihre Furcht.

»Ich konnte nur die Schatten einiger Männer sehen und niemanden erkennen, aber ich hörte ihre Stimmen. Und eine davon erkannte ich.«

Wieder unterbrach sich Luther. Er holte tief Atem, und in seinem asketischen Gesicht arbeitete es, als müsse er sich selbst erst davon überzeugen, zu sagen, was er Almuth mitzuteilen hatte. Almuth wartete und wünschte, er würde gleich den Namen Georg Herkner erwähnen, der sein Gewissen mit der Wahrheit über den Tod seines Stiefsohnes erleichtern wollte. Das wäre das, worauf sie Wochen, beinahe Monate gewartet hatte.

»Sie gehörte Lucas Cranach.«

Der Hofmaler. Was hatte der mit der Sache zu tun?

»Er unterhielt sich leise mit einem Mann, von dem ich nur eine kräftige Statur erkennen konnte. Sie kamen dann in meine Nähe, und ich konnte ihre Worte verstehen. Genau an der Treppe blieben sie stehen, aber mich sahen sie nicht.«

»Ihr macht ein gutes Geschäft, mein lieber Cranach«, sagte der Kräftige.

»Ein Bauerngut bei Paunsdorf?«

»Das Bauerngut ist verpachtet. Ihr verdient Geld und müsst keinen Finger rühren. Ich habe jemanden hingeschickt, der etwas davon versteht und es sich ansieht. Der Hof ist gut in Schuss, es gibt aber auch einige Sachen zu verbessern, danach könnt Ihr die Pacht erhöhen.«

»Trotzdem bleibt es Paunsdorf. Zweitausend Gulden in meinem Kasten wären mir lieber. Wie viele Jahre brauchen wir, bis das Gut den Betrag abgeworfen hat?«

»Einige und danach bringt es Euch immer noch Gulden ein. Der Apotheker hat noch ein zweites Gut von seinem Stiefsohn, ebenfalls in Paunsdorf. Ich habe das überprüft, und dann gibt es noch ein drittes, das wird da auch in der Nähe sein. Ihr seid gut beraten, das Angebot anzunehmen.«

»Dann soll es so sein, in Gottes Namen. Gehe ich eben unter die Bauern.« Der Hofmaler zuckte mit den Schultern. »Hauptsache, es springt etwas dabei heraus. Musstet ihr Herkner sehr zusetzen, bis er es rausgerückt hat?«

»Wir mussten schon einige Register ziehen. Es hat die Sache wohl erleichtert, dass sein Stiefsohn dann an der Pest gestorben ist. Das Verhältnis zwischen den beiden soll nicht das beste gewesen sein.«

»Das pfiffen in Wittenberg die Spatzen von den Dächern. Trotzdem hat er sich aufopferungsvoll um ihn gekümmert, als er krank wurde. Das muss man ihm anrechnen.«

Der Kräftige sagte nichts dazu. Er stammte nicht aus Wittenberg, welchen Zwist die Bürger miteinander ausfochten, kümmerte ihn nicht.

»Das Apothekenprivileg konntet Ihr ihm nicht aus dem Ärmel schütteln? Daran hätte ich mehr Interesse gehabt«, kam Cranach auf das ursprüngliche Thema zurück. »Er hätte von seinen Bauerngütern leben können.«

»Das – das stand nicht zur Debatte. Es ging schließlich nur darum, den Mann zu knicken, nicht, ihn zu brechen.«

»Ach, mein Bester, wenn ich Euch und Eure Männer nicht hätte, meine Geschäfte gingen nur halb so gut.« Der Hofmaler schlug seinem Gesprächspartner auf die Schulter. »Ich nehme das Gut. Ihr könnt die Urkunden aufsetzen lassen. Aber mein Name muss außen vor bleiben. Ich will nicht, dass das in Wittenberg bekannt wird.«

»Ihr könnt Euch auf mich verlassen.«

Die Männer verabschiedeten sich voneinander und verließen die Kirche auf getrennten Wegen. Luther lehnte die Stirn an den kühlen Stein der Säule. Das Gespräch war auf keinen Fall für ihn bestimmt gewesen, und er musste überlegen, was er mit diesem Wissen anfangen wollte. Lange benötigte er nicht, denn er hatte jemandem ein Versprechen gegeben. Und er fühlte sich der Wahrheit verpflichtet.

»Das … Lucas Cranach.« Almuth war wie vor den Kopf geschlagen. Er galt bei den Wittenbergern als geschäftstüchtig, in seiner Werkstatt beschäftigte er ein halbes Dutzend Schüler, und auch seinen Sohn weihte er bereits in seine Kunst ein, obwohl der gerade einmal fünf Jahre zählte.

»Das habe ich gehört. Zweifel sind nicht möglich«, sprach Luther. »Ich habe mir gedacht, dass dich das interessiert, Jungfer Almuth.«

»Das ist die erste richtige Spur, die ich habe. Ich danke Euch, mein guter Herr.« Almuth umarmte den Mönch. Die raue Wolle seiner Kutte kratzte an ihrer Wange.

Als sie wieder voreinander standen, schaute sie verlegen zu Boden. Sie hatte einen Mann Gottes umarmt, einen Mann, der den Frauen abgeschworen hatte. Ausgerechnet Martin Luther, der es mit allen Vorschriften besonders genau nahm. Doch sollte ihn Almuths überschwängliche Reaktion gestört haben, ließ er sich nichts anmerken.

»Was wirst du mit diesem Wissen machen?«

»Lucas Cranach danach fragen. Was sonst? Ich werde gleich zu ihm gehen.« Das Blut rauschte auf einmal wie ein wilder Wasserfall durch ihren Leib, brachte ihn zum Vibrieren. Sie hatte das Gefühl, keinen Wimpernschlag lang mehr stillstehen zu können.

»Das will gut überlegt sein, Mädchen.«

»Da kann es kein Zögern geben. Es geht um Tamme. Euren Namen werde ich nicht erwähnen, das verspreche ich. Nochmals vielen Dank. Gott hat meine Gebete erhört und mir Eure Hilfe gesandt.« Almuth drehte sich um und schickte sich an, aus der Kirche zu gehen.

»Du musst ...«, hörte sie Luther hinter sich sagen.

»Ich werde vorsichtig sein«, sagte sie, ohne sich umzudrehen.

Kapitel 29

Lucas Cranach bewohnte in der Schlossgasse gleich gegenüber der kurfürstlichen Residenz ein Eckhaus, das einen Hof von zwei Seiten umschloss. Er hatte es erst vor wenigen Wochen erworben und nun also noch ein Bauerngut bei Paunsdorf.

Die Malerwerkstatt war bereits im Erdgeschoss des Hauses untergebracht, in den beiden darüberliegenden Stockwerken wurde gebaut. Aus einem der Fenster staubte eine Wolke Kalk. Die Tür stand offen, und zwei Gesellen in staubiger Kleidung trugen einen Balken hinein, Almuth folgte ihnen. Aus einem Raum links des Flurs drangen Stimmen. Sie riss die Tür auf und befand sich in Cranachs Werkstatt. Im Haus war es so laut, dass zunächst keiner ihr Eindringen bemerkte.

Ein Mann, der jetzt noch schlank war, aber mit zunehmendem Alter immer mehr zulegen würde, war unbestreitbar der Mittelpunkt seines Reiches. Er stand über die Arbeit eines Jüngeren gebeugt und korrigierte dessen Bild mit einigen Pinselstrichen. Die anderen Gesellen arbeiteten verbissen an ihren Zeichnungen, einer an einem Holzschnitt, und vermieden es, hochzuschauen, um nicht Cranachs Aufmerksamkeit auf sich zu ziehen.

»Da ist jemand gekommen«, rief eine helle Knabenstimme.

Erst jetzt entdeckte Almuth in einer Ecke der Werkstatt einen Jungen auf dem Boden liegen und mit einem Kohlestift auf einem Blatt Papier zeichnen. Mit dem Stift zeigte er direkt auf sie.

Alle Blicke hatten sich ihr zugewandt. In wenigen Schritten war Cranach bei ihr. Er war größer als sie und schaute interessiert auf sie herunter.

»Schöne junge Frau«, seine tiefe Stimme erfüllte den Raum, »ich habe niemanden erwartet, der für eines meiner Gemälde Modell stehen soll.« Cranach runzelte die Stirn.

»Deswegen bin ich nicht hier.«

Der Hofmaler betrachtete sie aufmerksam.

»Ich muss Euch eine Frage stellen.«

»Gern.«

»Warum …?« Almuth stockte. Auf einmal kam es ihr nicht mehr klug vor, was sie hier tat. Hatte Luther sie nicht davon abhalten wollen? Meister Cranach konnte alles abstreiten, oder es auch zugeben – was änderte das schon? Ihre Gedanken jagten sich.

»Was gibt es? Ihr gehört doch in die Buchdruckerei Gronenberg. Ihr seid die Ehefrau des Meisters – nein die Schwester. Sollt Ihr mir etwas von ihm ausrichten?«

»Ich … ja … nein …« Almuth stammelte und wünschte sich an jeden anderen Ort der Stadt. Es war dumm gewesen, herzukommen. »Nichts. Es ist nichts. Ich muss gehen.« Sie drehte sich um, rannte aus dem Haus und die Schlossgasse entlang.

Sie blieb erst stehen, als ihre Seiten stachen. Keuchend atmete Almuth ein und aus, bis ihr Atem sich wieder beruhigt hatte. Langsamer ging sie weiter und ließ, tief in Gedanken versunken, ihre Füße den Weg bestimmen. Als sie das nächste Mal stehen blieb, befand sie sich auf dem Friedhof an Tammes Grab. Eine schlichte Grabplatte, in die sein Name, seine Lebensdaten und die Worte »studiosus iuris« eingraviert waren, schmückte es. Am Fuß der Grabplatte lag ein Strauß Blumen – wie eigentlich jedes Mal, wenn sie hier gewesen war.

Die hatte Frau Dietlind niedergelegt, vermutete Almuth. Außer bei der Beerdigung hatte sie selbst nie Blumen hergebracht. Gekommen war sie dagegen alle Tage. Zunächst hatte sie voller Wut an seinem Grab gestanden. Wut, weil alle so taten, als läge dort ihr an der Pest gestorbener Verlobter, obwohl sie doch genau wusste, dass es nicht so war. Die Wut auf alles hatte sich in eine Wut gegen Herkner verwandelt, weil sie von seiner Schuld überzeugt war und ihm nichts nachweisen konnte. Aus Wut war schließlich Resignation geworden, und an diesem Tag überwog die Scham.

Sie hatte sich benommen wie ein dummes Ding. Dabei war Tamme immer so angetan gewesen von ihrem wachen Verstand. In Cranachs Werkstatt hingegen hatte dieser bei ihr ausgesetzt. Nur die Freundlichkeit des Hofmalers hatte sie vor noch größerer Peinlichkeit bewahrt.

»Ich bin nicht klug genug für diese Sache. Tamme, verzeih mir«, murmelte sie. »Dein Stiefvater ist schlüpfriger als ein Fisch und gibt sich den Anschein von Rechtschaffenheit. Durfte er nach deinem Tod einen deiner Höfe verkaufen?«

Dann erst fiel ihr auf, was sie gesagt hatte. »Deinem vorgetäuschten Tod, meine ich. Tamme, wo bist du? Ich brauche dich doch«, flüsterte sie.

Das Grab schwieg.

Dennoch gestattete sie sich zum ersten Mal den Gedanken, dass ihr Verlobter wirklich tot war. Vielleicht war er nicht an der Pest gestorben, sondern ... Für Herkner machte es keinen Unterschied, es gab ihm in jedem Fall die Verfügungsgewalt über die Bauerngüter. Dann lag vielleicht doch Tamme in diesem Grab.

Almuth sank auf die Knie, stützte sich mit den Händen auf dem Rand der Grabplatte ab.

»Und ich habe dir nie Blumen gebracht.«

Tränen stürzten in ihre Augen, liefen ihr die Wangen herab und tropften auf die Grabplatte.

»Himmlischer Herr, süßer Heiland, heiliger Rochus. Vater unser, der du bist im Himmel ...«, murmelte sie. Die Welt entglitt ihr und rutschte über den Rand in den dunklen Schlund.

In diesem Augenblick riss der trübe Himmel auf und ein Sonnenstrahl erhellte das Grab, streichelte ihren Scheitel. Danach schloss sich die Wolkendecke wieder.

War das ein Zeichen gewesen? Hatten der heilige Rochus und die Mächte des Himmels ein Einsehen mit ihr? Der Mut kehrte in ihr Herz zurück. Almuth wischte sich die Tränen aus dem Gesicht und ihre feuchte Hand am Rock ab.

Alle Zweifel waren verschwunden. Tamme war nicht in dem Pesthaus gewesen und nicht an der Pestilenz gestorben. Herkner hatte seinen Tod vorgetäuscht, um in den Besitz seines Vermögens zu kommen. Tief in ihrem Herzen wusste sie, dass ihr Verlobter noch lebte. Der Apotheker hatte seinen Stiefsohn verschleppt. Sie musste ihn überführen und Tamme finden. Sollte der Hofmaler an der Sache beteiligt sein, würde sie auch das herausfinden.

Almuth pflückte ein paar Blumen, die zwischen den Gräbern wuchsen, und legte sie neben den leicht verwelkten Strauß. Anschließend kniete sie noch eine lange Zeit am Grab und erinnerte sich an ihre Liebe, an all die schönen Stunden, die sie mit Tamme verbracht hatte. So wollte sie immer an ihn denken und nie die Hoffnung verlieren.

Von Almuth unbemerkt, stand der Wittenberger Feinschmied Artur Bennecken am Grab seiner Frau und seines jüngsten Sohnes. Der Kleine hatte den Namen Paul bekommen, aber mehr als ein paar wenige Atemzüge waren ihm nicht vergönnt gewesen. Sie hatten jedoch für eine Nottaufe durch die Hebamme ausgereicht und ihm einen Platz in geweihter Erde gesichert. Seine Mutter hatte ihn unter Schmerzen geboren, länger als einen Tag lag sie in den Wehen. Nach der Geburt versiegte der ständige Blutstrom zwischen ihren Beinen nicht. Der Körper reinige sich von dem toten Kind, hatte die Hebamme zunächst gesagt. Als die Blutungen nicht endeten, wurde sie ratlos. Nicht einmal eine Stunde hatte es gedauert, bis die Frau des Feinschmiedes tot war – wie ihr jüngstes Kind.

Länger als drei Monate lag das nun zurück, und Artur Bennecken fühlte sich, als wäre es letzte Woche gewesen. Sie hatte ihn allein gelassen mit zwei kleinen Bälgern, die nach ihrer Mutter fragten und sich nicht mehr damit trösten ließen, dass sie ihnen vom Himmel aus zusehe. Er drehte seine Wollkappe in den Händen und blickte sich auf dem Gottesacker um.

Hinten in der Ecke, wo die Pestopfer begraben lagen, kniete eine Frau an einem Grab. Artur Bennecken blinzelte und schaute genauer hin. Die Frau war jung. Es konnte sich eigentlich nur um Almuth Gronenberg handeln. Wie jeder in Wittenberg kannte er die Geschichte um ihren an der Pest verstorbenen Verlobten und dass sie ihn nicht für tot hielt, obwohl sie an seinem Grab kniete. Und auch bei seiner Beerdigung zugegen gewesen war.

Er wusste aber noch etwas anderes, und das ließ ihn die junge Frau ganz genau beobachten. Sie kniete eine lange Zeit vor dem Grab, und als sie endlich aufstand und dem Eingang zustrebte, richtete er es so ein, dass er mit ihr am Tor zusammentraf. Höflich ließ er ihr den Vortritt.

Almuth schenkte ihm keinen Blick, sie hatte ihn nicht einmal bemerkt, sondern eilte den Weg entlang zur Elbbrücke. Der Feinschmied ließ das Tor zufallen und folgte ihr. Er musste sich anstrengen, um mit ihr Schritt zu halten.

»Es ist immer schwierig, jemanden zu verlieren«, sagte Artur Bennecken. Wegen des schnellen Gangs klang seine Sprechweise abgehackt.

Almuth verlangsamte ihre Schritte, schaute ihn von der Seite an.

»Darf ich mich vorstellen. Artur Bennecken mein Name. Ich bin Feinschmied mit eigener Werkstatt in Wittenberg.« Zu Beginn seiner Rede hatte er seine Kappe abgenommen und sie in den Händen gedreht, jetzt setzte er sie schief wieder auf.

Sein zu beiden Seiten gekämmter Oberlippenbart ließ sein ohnehin langes Gesicht noch länger erscheinen und zog seine Mundwinkel nach unten.

»Ich habe niemanden verloren«, sagte Almuth. »Mein

Verlobter ist noch am Leben, und bald wird er wieder bei mir sein.«

»Er ist verschwunden, das ist nichts anderes«, stellte der Feinschmied fest. »Ihr bleibt allein zurück.«

»Allein, ja.« Almuth klang versonnen. »Er muss sich schrecklich allein fühlen.«

Artur Bennecken war verwirrt. Das Gespräch entwickelte sich nicht so, wie er es sich ausgemalt hatte. Er hatte sie wegen ihres Verlustes trösten, vielleicht sogar einmal ihren Ellenbogen berühren wollen, aber sie wich ihm jedes Mal geschickt aus, wenn sich seine Hand ihr näherte.

»In Wittenberg spricht man aber nicht mehr von Eurer Verlobung mit Tamme Redecker«, sagte er geradeheraus. Sie schien ihm zu den Frauen zu gehören, die ein offenes Wort schätzten.

»Was spricht man dann?« Almuth blieb mitten auf dem Weg stehen.

»In der Stadt habe ich gehört ...« Artur Bennecken leckte sich über die Lippen. »Und wo Ihr doch nicht mehr verlobt seid ... Man erzählt sich, Ihr denkt über einen Ehemann nach.«

Almuth schaute ihm lange ins Gesicht, als müsse sie sich ihre Antwort sehr genau überlegen. »Wer erzählt sich das?«

»Ist das nicht so? Habe ich es falsch verstanden?«, stotterte der Mann. »Es ist doch aber allgemein so, dass ein Weib ...«

An jedem anderen Tag hätte sie die Verlegenheit Artur Benneckens belächelt, an diesem Septembertag bemerkte sie sie nicht einmal. Sie trat von dem Feinschmied zurück, geriet einem Postreiter aus der Stadt in den Weg. Der Mann riss an den Zügeln seines Pferdes. Das Tier wieherte empört auf und senkte den Kopf, stemmte sich gegen die Hand seines Reiters. Es gelang ihm, das Pferd zur Seite zu drücken, er streifte Almuth lediglich mit dem Fuß. Das reichte jedoch, um sie zu Boden zu werfen.

Das Pferd stürmte einige Galoppsprünge weiter, ehe es dem Postreiter gelang, es zum Stehen zu bringen. Schweiß tropfte von den Flanken, man hörte Schnauben und nervöse Huftritte auf der Stelle. Der Reiter streichelte den Hals seines Tieres und wollte aus dem Sattel springen.

»Ich kümmere mich um sie«, rief Artur Bennecken und stand schon neben Almuth. Er reichte ihr eine Hand.

Der Postreiter nickte erleichtert und gab seinem Pferd wieder die Fersen.

Den Arm des Feinschmiedes missachtend, sprang Almuth auf. Der Schreck über den plötzlichen Stoß war größer als der Schmerz in ihrem linken Arm, auf den sie gefallen war.

»Es geht schon.« Dann hatte sie auf einmal das Gefühl, es keinen Augenblick länger in dieser Situation aushalten zu können. »Ich werde nicht Euer Weib! Das habt Ihr doch gemeint? Wie könnt Ihr überhaupt daran denken? Ich bin verlobt und werde niemand anderen heiraten als Tamme Redecker. Er ist nicht tot.« Sie hatte alles herausgesprudelt, ohne einmal Luft zu holen, und endete keuchend.

Der Feinschmied sah betroffen aus. »Aber es hieß doch … ein Ehemann für Euch … Frau Mergelin …«

Die alte Kupplerin. Ärger flutete durch Almuths Gedanken.

»Es stimmt nicht. Was immer Ihr gehört habt, vergesst es gleich wieder.« Sie blitzte ihn an, als sollte er unter ihrem Blick zu Asche verbrennen. »Oder noch besser: Geht zu Frau Mergelin und macht es mit ihr aus. Verlang Euer Geld zurück, wenn Ihr ihr welches gegeben habt.«

Sie wollte nichts weiter hören und den Anblick des Feinschmieds auch nicht länger ertragen. Almuth drehte sich um und rannte auf die Brücke über die Elbe zu. Ihre Gedanken jagten sich im Takt ihrer Schritte. Frau Mergelin schlich in der Stadt herum und war nirgends gut angesehen. Sie ließ nie lange auf sich warten, wenn eine Ehe zu stiften war.

Als Almuth die Brücke überquert hatte, war sie bereits langsamer geworden, und als sie das Stadttor erreichte, in ihren normalen Schritt verfallen. Sie hatte sich mehrmals umgesehen, aber den Feinschmied nicht entdeckt. Die Stadtwachen machten eine Bemerkung über ihren erhitzten Zustand, auf die sie nicht reagierte. Sie strebte nicht der Buchdruckerwerkstatt zu, sondern war auf dem Weg zu Frau Mergelin. Diese Frau sollte nicht in der Stadt herumlaufen und verbreiten, sie, Almuth, sei auf der Suche nach einem Ehemann.

Das Haus der Kupplerin sah verlassen aus. Die Fensterläden im Erdgeschoss waren geschlossenen. Aber das waren sie immer. Almuth hob die Hand, um den Türklopfer zu betätigen. Doch sie besann sich eines anderen, drehte sich um und ging davon. Was nützte es, mit der Frau zu sprechen? Männer und Weiber zusammenzubringen, war ihr Gewerbe, und davon ließ sie sich mit ein paar Worten nicht abhalten. Als Schwester eines Buchdruckers galt Almuth als gute Partie. Erst Hans Lufft, jetzt der Feinschmied – wer würde als Nächster seine Chance wittern?

Kapitel 30

Cuno schmiegte sich an das Schuppendach in Herkners Hof, das seit Tagen sein Aufenthaltsort war. Neben ihm lag ein Beutel mit einem Kanten Brot und dem Stück Speck, das Almuth ihm am Tag zuvor gegeben hatte. Der Geruch kitzelte ihn in der Nase.

Das Abendläuten war längst vorüber, und auf den Gassen Wittenbergs kehrte Ruhe ein. Cuno stellte sich auf mehrere ereignislose Stunden ein. So war es bisher stets gewesen. Er lauerte auf dem Dach, beobachtete den Lichtschimmer hinter einem zugeklappten Fensterladen im ersten Stock. Es dauerte nie sehr lange, bis das Licht erlosch. Der Kerzenschein flackerte noch einmal kurz hinter einem anderen Fenster auf – Cuno vermutete dort die Schlafkammer der Eheleute –, und danach kehrte Ruhe im Haus ein.

Der Junge stützte das Kinn auf die übereinandergelegten Handrücken und schielte nach oben in den Himmel. Er machte ein Spiel daraus, seine eigene Nasenspitze, den Turm der Stadtkirche oder die vom Wind getriebenen Wolken zu betrachten. Auf einmal wurde Herkners Hoftür geöffnet, und der Apotheker selbst betrat den Hof.

Das passierte auch regelmäßig kurz vor dem Verlöschen der Lichter. Der Mann war auf dem Weg zur Latrine, die Hausherrin hingegen ließ sich nicht blicken. Cuno entlockte es nicht mehr als einen gleichgültigen Blick.

Die Latrine befand sich hinter dem Schuppen. Manchmal zog der Geruch bis zum Dach. Diesmal schlug Herkner jedoch nicht den Weg hinter den Schuppen ein, sondern ging ums Haus herum. Cuno war sofort hellwach. Der Apotheker ging aus – nach dem Abendläuten. Endlich passierte etwas!

Über die Mauer zwischen Herkners und dem Nachbargrundstück lief Cuno in Richtung Gasse. Trotz seines Hinkefußes war er gelenkig und kam gut voran. Er erreichte die Schlossgasse, als Herkner erst ein paar Häuser weit gegangen war. In der Dämmerung war der Mann gut zu erkennen. Er ging langsam, schaute sich jedoch nicht um und sah auch nicht aus, als hätte er etwas zu verbergen.

Cuno sprang auf die Gasse hinunter. Die weichen Ledersohlen seiner zerschlissenen Schuhe dämpften das Geräusch. Er federte den Sprung in den Knien ab, blieb hocken und tat so, als müsse er an den Bändern seiner Schuhe etwas richten. Für den Fall, dass Herkner doch etwas gehört hatte und sich umdrehte. Er blieb unentdeckt.

Der Apotheker war auf dem Weg Richtung Elbtor. Wenn er um diese Zeit noch die Stadt verließ, würde er die Nacht außerhalb ihrer Mauern verbringen müssen, denn die Tore wurden jeden Augenblick geschlossen. Er ging jedoch am Tor vorbei und verschwand im Frauenhaus. Cuno rieb sich die Augen, aber ein Irrtum war nicht möglich.

Der Junge kannte jedes Haus in Wittenberg und wusste auch über das Frauenhaus Bescheid. Männer suchten es auf, wenn sie keine Frau hatten, die ihre Gelüste befriedigen konnte. Er schlich sich näher heran und hörte hinter den geschlossenen Fensterläden Gelächter und die dumpfen Geräusche von Bierkrügen, die auf Tischplatten geknallt wurden.

»Oh, nicht doch …«, kreischte eine Frauenstimme und brach gleich darauf in unbändiges Kichern aus.

Cuno presste das Ohr an einen Fensterladen und versuchte, Herkners Stimme herauszuhören. Die Ritzen zwischen den Fensterläden waren nicht breit genug, um etwas zu erkennen. Er sah nichts außer einer Unmenge dunklen Stoffes. Eine Hand tauchte in seinem Gesichtsfeld auf, ein Goldring blitzte an einem Finger. Der Apotheker trug keinen Goldring. Es könnte einer der Ratsherren sein, die schmückten sich mit

Ringen. Cuno war so ins Beobachten und Lauschen vertieft, dass er nicht bemerkte, wie die Tür geöffnet wurde.

Auf einmal wurde er an der Gurgel gepackt und vom Fensterladen weggezogen. Ein kräftiger Arm hob ihn mühelos hoch, nur seine Fußspitzen berührten gerade noch den Boden.

»Was treibst du dich hier rum, Bürschchen?«

»Lasst mich los!« Cuno strampelte mit den Beinen und krallte seine Finger in einen fleischigen Handrücken. Die Stimme kam ihm bekannt vor, aber ihm fiel der Name dazu nicht ein.

»Erst wenn ich weiß, was du hier willst. Für so ein Haus bist du noch zu jung.«

»Man hat mir gesagt, ich solle vor der Tür warten«, tischte er dem anderen die erstbeste Lüge auf, die ihm einfiel.

Das bewirkte immerhin, dass er auf die Füße gestellt wurde. Der andere hielt ihn weiterhin am Schlafittchen fest. Dafür konnte Cuno ihn nun erkennen: Er war der Meister der Bäckerinnung. Sein Drang musste groß sein, denn er hatte zu Hause ein Weib und zwei Mägde, und dennoch suchte er das Frauenhaus auf.

»Es war bestimmt nicht die Rede davon, dass du dir die Ohren am Fensterladen platt drücken sollst.« Der Bäckermeister schüttelte ihn.

Hinter dem Bäckermeister in der Tür des Frauenhauses erschienen weitere Besucher und betrachteten neugierig das Geschehen auf der Gasse. Unter ihnen erkannte Cuno den Apotheker. Den Arm hatte der Mann um die Hüfte einer Frau in einem gelben Kleid mit zu vielen Zierborten, um noch als anständig zu gelten, gelegt. Ihre Blicke trafen sich – Herkner war dabei kein bisschen verlegen. Die Frau schmiegte sich an ihn, flüsterte ihm erst etwas ins Ohr und biss dann zart hinein. Der Apotheker ließ es sich mit sehr zufriedener Miene gefallen.

»Ich habe mich nur angelehnt«, verteidigte sich Cuno gegen den Bäckermeister.

»Dabei ist dein Ohr zufällig an den Fensterladen geraten. Bürschchen, ich kenne dich. Mach mir nichts vor.«

»Ich bin erst gegen den Fensterladen gekommen, als Ihr mich gepackt habt«, log er unverfroren weiter.

»Dem Jungen sitzt der Schalk im Nacken.« Herkner lachte auf, bevor er sich von seiner Schönen wieder in das Haus ziehen ließ.

Die anderen Gäste folgten, und der Bäckermeister war von Cunos Antwort offensichtlich auch aus dem Tritt geraten, denn der Griff an dessen Gurgel lockerte sich. Der Junge riss sich los und hinkte fort, so schnell er vermochte.

Gleich am nächsten Morgen berichtete er Almuth von den Vorkommnissen und Beobachtungen, wurde aber enttäuscht. Sie interessierte sich nicht für Herkners Besuch im Frauenhaus. Als sie sah, wie geknickt er war, strich sie ihm übers Haar.

»Du kannst nichts dafür, wenn Meister Herkner sich als ehrbarer Mann gibt.« Sie drückte ihm einen Viertelpfennig in die Hand. Sein Napf und der Becher Milch standen ebenfalls bereit. An diesem Tag war kein Fleisch dabei.

Cuno schlang alles hinunter und verabschiedete sich. Auf dem Weg zurück zur Apotheke nahm er sich fest vor, Herkner zu überführen. Koste es, was es wolle. Almuth sollte nicht enttäuscht von ihm sein. Es war noch gar nicht lange her, da war er nahe daran gewesen, aufzugeben. Jemanden zu beobachten, der Tag um Tag das Gleiche machte, und nie verdächtig schien, langweilte ihn längst. Da half auch die tägliche Belohnung nicht mehr. Einzig seine Treue zu Almuth hatte ihn bisher davon abgehalten – und der Viertelpfennig sowie das Essen hatten natürlich auch einen Teil dazu getan. Das war vorbei, seine Entschlossenheit war so groß wie eh und je.

»Cuno«, rief ihn jemand. Es war eine Frauenstimme.

Er drehte sich um. Herkners Magd stand hinter ihm auf der Gasse, in der einen Hand einen schweren Einkaufskorb, die andere in die Hüfte gestützt. Ihr Gesicht war gerötet, unter dem groben Wollkleid hob und senkte sich ihr Busen.

»Ja?« Cuno tippte sich zur Begrüßung an seine Kappe.

»Was schleichst du herum?«

»Ich schleiche nicht«, verteidigte er sich.

»Wohin bist du unterwegs?«

Das ging die Magd nichts an, dennoch antwortete er ihr: »Ich laufe nur so herum. Vielleicht hat jemand einen Auftrag für mich. Ich habe noch nichts gegessen und Hunger.«

»Das glaube ich dir nicht. In letzter Zeit sehe ich dich oft in der Nähe der Apotheke. Auffällig oft.«

»Nur Zufall.«

Sie machte ein paar Schritte, bis sie vor ihm stand. Zuoberst im Korb lagen ein halbes Dutzend Eier auf einem Bett aus Stroh. »Das sind sehr viele Zufälle.« Marie stellte den Korb ab und neigte sich zu ihm herunter. »Weißt du, was ich glaube, du schleichst um die Apotheke herum und beobachtest uns.«

»Meine Aufträge führen mich manchmal am Haus vorbei.« Cuno zuckte mit den Schultern.

Die Magd neigte sich noch näher zu ihm. »Hat Jungfer Almuth dich geschickt?«, flüsterte sie. »Bei mir war sie auch schon gewesen, damit ich sie ins Haus lasse, obwohl der Herr es verboten hat.«

Am liebsten hätte Cuno genickt und in Marie eine Verbündete gesucht. Im letzten Moment hielt er sich zurück.

»Sie will einfach nicht glauben, dass ihr Verlobter an der Pest gestorben ist. Was sollst du ausspähen? Sage es mir, vielleicht kann ich dir helfen.«

»Du bist nichts als ein dummes altes Weib.«

Cuno trat gegen den Korb, der zwischen Maries Füßen stand. Es klapperte darin.

»Jesus, Maria und Josef, du bist ein ungehobelter Bengel«, schimpfte sie. »Wenn etwas zerbrochen ist.« Sie untersuchte die Eier, die aber alle noch heil waren.

»Dann ist es deine Schuld, weil du dumme Reden schwingst.« Er griff blitzschnell nach einem der Eier und rannte davon.

Obwohl er hinkte, hatte Marie keine Chance, ihn einzuholen. Der Korb war schwer, und sie musste darauf achtgeben, dass die Eier nicht zerbrachen. Cuno bog in die Marstall Gasse ein und verlangsamte seine Schritte. Sein Fuß schmerzte vom vielen Laufen und schien geschwollen zu sein. Das passierte schon einmal, wenn er ihn zu viel bewegte. Cuno bückte sich und rieb den Knöchel.

Er war wütend auf sich und auf Herkners Magd. Das Weib war nicht so dumm, wie es aussah, und er selbst war unvorsichtig gewesen. Mit zusammengebissenen Zähnen rieb er stärker über den Knöchel, verstärkte allerdings nur den Schmerz damit. Das durfte nicht mehr passieren, er hatte in Wittenberg einen Ruf zu verlieren.

Kapitel 31

Seit etlichen Tagen fiel es ihr auf: Im Haus Gronenberg wurde mehr Essen verbraucht als üblich. Mäuse konnten es nicht sein, dafür sorgte eine hungrige Katze. Das Essen verschwand auch nicht aus der Speisekammer, sondern aus dem Topf, glaubte Sibilla. Bei den Mahlzeiten beobachtete sie argwöhnisch die anderen Familienmitglieder. Aß jemand mehr, steckte sich heimlich etwas ein?

Zuerst hatte sie Hans Lufft in Verdacht. Die jungen Gesellen hatten doch immer Hunger. Sie schlich sich in dessen Kammer über dem Stall, schnüffelte auf seinem Lager und in seiner Truhe herum. Essen fand sie keines und auch keinen Hinweis auf Diebstähle. Enttäuscht legte Sibilla alles wieder so hin, wie sie es vorgefunden hatte. Der nächste Verdacht fiel auf die Magd Els, und um sie zu überführen, versorgte sie die Küche eine Woche lang selbst, betraute die junge Frau mit anderen Aufgaben. Dem Haus und der Kleidung tat die gründliche Reinigung gut, aber Els bekam rote rissige Hände vom vielen Waschen.

Es zeigte sich jedoch, dass auch an diesen Tagen mehr Essen verbraucht wurde, als es sein sollte. Els war die meiste Zeit außer Haus gewesen, und Sibilla musste ihren Verdacht gegen sie fallenlassen. Eufemia konnte es auch nicht sein, das Mädchen durfte bei den Mahlzeiten so oft zulangen, wie sie wollte. Und ein Kind würde doch keinen Brei, sondern Naschwerk stehlen.

Sie vertraute ihre Beobachtungen schließlich Almuth an.

»Ein Dieb stiehlt jede Nacht aus unseren Töpfen?«, fragte diese ungläubig. Innerlich dagegen zuckte sie zusammen. Sibilla war eine zu gewissenhafte Hausfrau, als dass ihr der zusätzliche Esser nicht auffiel.

»Ich kann es mir nicht anders erklären.«

»Wie soll er denn Nacht für Nacht ins Haus kommen, wo Johann immer alles verriegelt?«

»Wenn er einen geheimen Zugang hat.«

»Hast du einen entdeckt?« Almuth fühlte sich nicht halb so keck, wie sie sich gab. »Ich bin es jedenfalls nicht, der heimlich in die Töpfe langt. Das klingt, als wäre jemand schwanger und isst für zwei. Da kommst eigentlich nur du in Frage.«

Sibilla schüttelte den Kopf. Im letzten Monat hatte sie wie immer ihre Blutungen bekommen, hatte ihren ungehorsamen Leib bestraft, indem sie sich die Finger ins Fleisch krallte, bis Blut und Tränen kamen. Anschließend betete sie zur Heiligen Jungfrau und beichtete ihre Sünde in der Stadtkirche. In diesem Monat war sie noch nicht so weit. Oder …? Sibilla durchfuhr ein heißer Gedanke. Ihre Kopfhaut prickelte, und sie hatte Mühe, zu verstehen, was Almuth ihr gerade sagte.

»Es ist doch nur ein bisschen Essen. Johann ist nicht so arm, dass du jeden Löffel Brei zählen musst.«

»Ja, ja, aber …«

»Wir können zusammen nachschauen, ob nicht doch ein Loch vorhanden ist, durch das ein Tier ins Haus kommt und bei unseren Speisen räubert«, bot Almuth an.

»Nein, das wird nicht nötig sein. Du hast recht, Johann ist nicht so arm, dass wir uns jeden Löffel in den Mund zählen müssen.« Sibilla floh geradezu aus der Speisekammer und hetzte die Treppe hinauf. Gleich darauf wurde die Tür zu ihrem und Johanns Schlafzimmer geöffnet und wieder geschlossen.

Almuth schaute ihr nach, verwundert und zugleich sehr erleichtert. Es passte nicht zur Art ihrer Schwägerin, einer Sache nicht auf den Grund zu gehen. Sie musste weniger essen, und vielleicht konnte sich auch Els mit kleineren Portionen zufriedengeben, damit es nicht länger auffiel, dass sie Cuno etwas zusteckte.

*

Zwei Tage waren seit dem Gespräch mit Almuth vergangen. Die sparte sich Cunos Portion von ihrer und Els' Ration ab. Unterdessen hatte Sibilla immer wieder ihre Liste kontrolliert. Diese führte sie seit Jahren. In ihrer Truhe lag bereits ein ganzes Bündel Zettel mit Strichen und Daten. Sie schrieb auf, wann sie ihre Monatsblutung bekam und wie viele Tage dazwischenlagen. Meistens brauchte ihr Leib siebenundzwanzig Tage, bis er wieder zu bluten begann. Inzwischen enthielt die Liste sechsunddreißig Striche. Sibilla legte eine Hand auf ihren Bauch, streichelte ihn durch das dünne Hemd hindurch. Konnte das eine Schwangerschaft bedeuten?

Neun Tage über die Zeit musste gar nichts heißen. Aber natürlich konnte es auch ein Zeichen dafür sein, dass ... Sie wünschte sich mehr als alles andere ein weiteres Kind. Einen Sohn, den sie ihrem Mann in den Arm legen konnte. Wie beneidete sie ihre Freundinnen in der Stadt, in deren Häusern ganze Scharen von Kindern lärmten. Auch wenn die sich über die Unbilden ständiger Schwangerschaften und die Schmerzen der Geburten beklagten, sie um ihren schlanken Leib beneideten, an dem jedes Kleid gut aussah. Wie gern würde sie das alles eintauschen gegen das Glück, einen Sohn im Arm zu halten.

»Heilige Maria und Joseph, lasst mich schwanger sein und einen Sohn bekommen. Ich bitte sehr darum und will eine Kerze für euch anzünden«, versprach sie.

Das gegebene Versprechen hielt Sibilla gewissenhaft ein. In der Stadtkirche legte sie ein Geldstück in den Opferstock und nahm eine Wachskerze aus dem Kasten daneben. Die entzündete sie am Fuß der Statue der Muttergottes an anderen dort brennenden Kerzen und stellte sie daneben. Sie betete ein inbrünstiges Ave-Maria und versprach weitere Kerzen für jeden Monat ihrer Schwangerschaft.

Johann würde das nicht gutheißen, das wusste sie. Aber schließlich war Schwangerschaft eine Frauenangelegenheit, und er musste nichts davon erfahren. Aus nicht zu verstehenden Gründen war er dagegen, den Heiligen Gefälligkeiten zu erweisen, damit sie sich beim Allmächtigen für die Belange der Gläubigen einsetzten. Wie sollte ein einzelnes Gebet sonst Gehör finden? In Demut und Buße sollten sich die Gläubigen an den Herrn im Himmel wenden, predigte es Martin Luther sonntags in der Messe, und so wollte es auch Johann halten. Sibilla tat Gott leid – von all den Gebeten mussten ihm doch die Ohren sausen. Wahrscheinlich hörte er gar nicht mehr hin und lieh sein Ohr nur noch den Heiligen. Deshalb war es auch besser, zu ihnen zu beten.

Tag für Tag malte Sibilla Striche auf ihren Zettel. Ihre Blutung kam nicht. Sibillas Handspiegel lehnte an der kleinen Truhe, in der sie ihren Schmuck aufbewahrte. Sie stand im Hemd davor und betrachtete sich. Den Stoff hatte sie eng über ihren Leib gezogen, und der Bauch kam ihr ein wenig runder vor. Waren ihre Fußgelenke nicht auch ein kleines bisschen geschwollen? Sie schaute prüfend an sich herunter.

Der Verstand wusste, dass bei einer Schwangerschaft in den ersten Wochen die Fußgelenke nicht geschwollen waren und dass auch kaum eine Wölbung des Bauches zu ertasten war, und dennoch wollte sie es glauben. Am liebsten wäre sie in die Buchdruckerwerkstatt geeilt, hätte sich Johann an den Hals geworfen und ihm die frohe Nachricht ins Gesicht gelacht. Sie wollte sich jedoch erst sicher sein. Sibilla kleidete sich in ein weites Gewand, flocht ihr Haar und versteckte es unter einer breit ausladenden Haube.

Sie bestimmte, dass Almuth sie an diesem Vormittag begleiten sollte. Missmutig ging die junge Frau neben ihr her. Almuth gefiel es nicht, die Schwägerin bei ihren frommen Werken begleiten zu müssen, Kranke zu besuchen und ihnen Essen zu bringen, sich um kleine Kinder zu kümmern, die ihre Eltern verloren hatten. Dass ihr Ziel an diesem Morgen ein anderes war, davon wusste die junge Frau noch nichts.

»Was sollen wir hier?«, fragte Almut missmutig, als sie in die Gasse »Hinter der Mauer« einbogen.

»Wir besuchen jemanden.«

»Du hast den Korb mit den Esswaren vergessen.«

»Den brauchen wir nicht.«

Am Ende der Gasse duckte sich ein einstöckiges Haus unter der Stadtmauer. Darin wohnte die Hebamme Trude Katte. Alle Wittenberger Frauen kannten sie als die Kattin, und außer dass sie Kindern auf die Welt half, verkaufte sie auch allerlei Zaubermittel – so hieß es hinter vorgehaltener Hand.

»Du willst unheiligen Dreck bei der Kattin kaufen. Dafür gibst du das Geld meines Bruders aus«, empörte sich Almuth, als sie erkannte, auf welches Haus ihre Schwägerin zusteuerte. »Da gehe ich nicht rein.«

»Sei ruhig, du dumme Gans. Soll halb Wittenberg auf uns aufmerksam werden?« Sibilla stieß die andere vor sich her auf die Tür der Kattin zu.

Diese war so niedrig, dass Almuth sich beim Durchgehen bücken musste. Zwei Stufen führten in den Raum nach unten, und Almuth stolperte sie hinab.

Die Kattin hatte auf einem Schemel neben dem Herd gesessen und Wolle gesponnen. Beim Eintritt neuer Kunden sprang sie auf und verneigte sich eilfertig. Sibilla begrüßte die Hebamme wie eine gute Bekannte.

»Was kann ich für Euch tun?«, fragte die Kattin.

Almuth kam sie so vor, als riebe sie sich bereits innerlich die Hände und freute sich über den erwarteten Geldsegen.

»Ich brauche deinen Rat.«

»Ihr seid guter Hoffnung.«

Nun war Almuth verblüfft. Sie hatte bereits zweimal erlebt, dass ihre Schwägerin glaubte, schwanger zu sein, immer hatte es sich als falsch herausgestellt. Einmal war Sibilla tatsächlich schwanger gewesen, hatte aber im dritten Monat eine Fehlgeburt erlitten.

»Das siehst du einfach so?«, fragte sie.

»Ich sehe es am Strahlen in Frau Sibillas Gesicht. Das haben nur werdende Mütter. Außerdem sehe ich eine leichte Wölbung des Leibes.«

Nach diesen Worten strahlte Sibilla tatsächlich. Die Hebamme hieß sie, sich auf einen langen Tisch zu legen, und dann fuhr sie mit den Händen unter die Röcke, tastete die Buchdruckergattin ab. Almuth stand daneben und wusste nicht, wo sie hinschauen sollte. Sibilla sah würdelos aus auf dem Tisch, und sie kam sich überflüssig vor. Die Kattin tastete weiter und auf einmal verzog Sibilla vor Schmerz das Gesicht. Gleich darauf entspannte sie sich wieder.

»Ich habe mich nicht getäuscht, Ihr erwartet was Kleines.«

»Sind Schwierigkeiten zu erwarten? Werde ich es verlieren, wie das andere?«

»Es ist alles, wie es sein sollte. Betet zur Mutter Gottes, dass es so bleibt. Esst und trinkt gut, legt die Füße hoch und verrichtet keine schweren Arbeiten.«

»Das will ich tun.« Sibilla richtete sich vorsichtig wieder auf. Sie hielt sich an der Tischkante fest, als sie die Füße nebeneinander auf den Boden stellte. »Mein Mann ...«

»Der Buchdrucker sollte Euch nicht beiliegen, bis das Kind geboren ist. Sein Gewicht auf Eurem Leib kann ihm schaden.«

»Er wird sich bezähmen müssen.« Die Schwangere drückte der Hebamme eine Münze in die Hand.

Almuth sah Gold aufblitzen. Auf dem Rückweg in die Collegiengasse nahm sie den Arm ihrer Schwägerin, um die Schwangere zu stützen. Nötig war das wohl nicht, aber sie war genauso froh über die Worte der Hebamme wie Sibilla selbst.

Die legte sich zu Hause sofort ins Bett, um sich zu schonen. Vergessen waren die Probleme der Speisekammer, es galt nur noch, die Schwangerschaft zu überstehen und endlich einem Sohn das Leben zu schenken.

2. Teil

Von Mitte September 1517 bis Januar 1518

Kapitel 1

Sie feilschte gerade auf dem Markt mit einem Bauern um Sellerie, als sie den Mann aus dem Augenwinkel bemerkte. Er hatte ausgesehen wie ... Almuth schaute genauer hin, aber der Mann war in der Menge verschwunden. Sie bezahlte zu viel für den Sellerie, raffte das Gemüse in ihren Korb und machte sich auf die Suche.

Nach einigem Spähen entdeckte sie ihn, zusammen mit einem anderen Mann. Die beiden sahen sich auf dem Markt um, als wären sie zum ersten Mal in der Stadt. Ihre grobgewebten graubraunen Kittel und Hemden wiesen sie als Bauern aus. Dennoch war an dem einen etwas ... Almuth wollte sein Gesicht sehen, aber er hatte ihr den Rücken zugekehrt. Einstweilen sah sie von ihm nur, dass seine linke Schulter höher stand als die rechte und dass er eine merkwürdig unförmige Kappe auf dem Kopf trug. Er sagte gerade etwas zu dem anderen, älteren Mann. Der zuckte mit den Schultern. Eine Frau schien auch noch dazuzugehören, sie stand bei den beiden, schwieg jedoch. Der Ältere redete nun auf den Jüngeren ein. Dieser drehte den Kopf, und unter seiner Kappe schauten dunkle lockige Haare hervor. Almuth umrundete die kleine Gruppe, bis sie den Männern ins Gesicht sehen konnte. Die Haut des Älteren war wettergegerbt. Die unförmige Kappe des anderen stellte sich als Verband heraus, der sein halbes Gesicht und ein Auge bedeckte. Das andere Auge war gerötet und von einem dunklen Schatten umgeben. Dennoch stockte ihr der Atem.

Tamme! Das war Tamme!

Zwar gab es Unterschiede: Das Haar war länger, ums Kinn wucherte ein Bart. Außerdem war er abgemagert, das Bauernhemd und die Hose schlotterten um seine Gestalt, und das Gesicht war unter dem Verband kaum zu erkennen. Er trug keine Schuhe, und seine Füße sahen zerschunden aus, als wäre er Meilen um Meilen barfuß gelaufen. Aber die Haltung und etwas im Blick des jungen Mannes verrieten ihr, dass dieser Mann Tamme war. Kein Zweifel. Der Korb mit dem Gemüse fiel ihr aus der Hand. Sie wollte auf ihren Verlobten zulaufen, sich in seine Arme werfen. Einen Kuss auf seine Lippen drücken und sich nicht um Zuschauer kümmern.

»Tamme.« Der Name kam nur sehr leise über ihre Lippen.

Er hörte sie nicht. Sie hob eine Hand, um ihm zu winken. In diesem Augenblick kreuzten sich ihre Blicke. Sein Gesicht zeigte keine Regung. Es war ernst, beinahe verzweifelt. Tamme, ich bin deine Verlobte, wollte sie rufen, aber die Art, wie seine Augen über sie hinweggewandert waren, verschloss ihr den Mund. Er wandte sich ab, und ging mit seinen beiden Begleitern über den Markt davon.

Almuth folgte ihnen. Sie schlugen den Weg zum Schwarzen Kloster der Augustinereremiten ein, dabei kamen sie an der Buchdruckerwerkstatt Gronenberg vorbei. Dabei warf Tamme nicht einen Blick auf das Haus. Der ältere Mann pochte an die Klosterpforte, und nach einem kurzen Gespräch wurden sie eingelassen, während die Frau draußen wartete. Sie schaute an der Fassade des Klosters empor. Zweifel machten sich in ihrem Gesicht breit. Vorsichtig näherte sich Almuth ihr.

»Gute Frau, darf ich Euch eine Frage stellen?«, fragte sie leise.

»So hat mich mein Lebtag noch niemand angeredet.« Die Frau wandte sich ihr zu. Sie hatte ein wettergegerbtes rundes Gesicht und Augen, die bestimmt oft fröhlich, gerade jedoch ernst schauten. »Sagt einfach Meta zu mir.«

»Ich bin Almuth Gronenberg. Ihr stammt nicht aus Wittenberg?«

»Aus Axien an der Elbe.« Von Axien hatte Almuth noch nie gehört. Einen wilden Augenblick lang hatte sie gehofft, die Bauern kämen vielleicht aus Paunsdorf und wären Tammes Pächter, zu denen er sich geflüchtet hatte, nachdem er seinem Stiefvater entkommen war.

»Ist der junge Mann Euer Sohn? Bringt Ihr ihn ins Schwarze Kloster, weil er krank ist? Weil seine Schultern schief sind? Oder will er Mönch werden?«

»Das sind ja viele Fragen auf einmal.« Frau Meta ließ ein kurzes Lächeln sehen. »Der Junge ist nicht mein Sohn. Ich weiß nicht einmal seinen Namen. Mein Mann und ich haben ihn verletzt gefunden und mitgenommen. Es geht ihm nun wieder besser. Nur seinem Kopf nicht, er weiß nichts über seine Herkunft und sein Leben. Kennt Ihr ihn?«

»Er erinnert mich an jemanden, der in Wittenberg gewohnt hat und an der Pest gestorben sein soll.«

»Die Pest hat dieser junge Mann nicht gehabt. Dafür verbürge ich mich. Er bekam einen Schlag auf den Kopf und auf die Schulter. Deshalb ist sie so schief. Vielleicht kann der Medikus im Kloster das noch richten.«

»Seid Ihr deshalb gekommen?«

»Das und weil der Junge keiner von uns ist.«

Almuth schaute Frau Meta fragend an.

»Er hat noch nie auf einem Bauerngut gearbeitet. Seine Hände wussten nichts von dem, was bei uns zu tun ist. Er konnte nicht melken. Nicht einmal das Einsammeln der Eier ging ihm leicht von der Hand, nie hat er alle gefunden. Er gehört in die Stadt, haben mein Mann und ich uns gedacht. Deshalb haben wir ihn hergebracht, er kann nämlich lesen und schreiben. Unserer jüngsten Tochter hat er damit schon den Kopf verdreht. Sie will es nun auch lernen.«

Almuths Gedanken waren wirr. War das ihr Verlobter, oder war er es nicht? Hatte sie sich durch das lockige Haar des Mannes täuschen lassen? Sie wusste nicht, was sie glauben sollte. Konnte es sein, dass jemand den Menschen nicht erkannte, den er heiraten wollte? Bei ihrem Anblick hätte er sich doch erinnern müssen. Stattdessen sah er durch sie hindurch.

»Kennt Ihr nun den jungen Mann oder nicht? Es wäre wohl schön für ihn, endlich jemanden zu finden, der ihm seinen Namen zurückgibt.«

Das wäre es wirklich. Sie konnte sich nicht vorstellen, wie es war, den eigenen Namen nicht zu kennen, nicht zu wissen, zu welcher Familie man gehörte. Und sie wollte so gern glauben, dass dieser Mann ihr Tamme war.

»Ich weiß nicht«, antwortete Almuth langsam. »Der Mann, von dem in Wittenberg alle glauben, er sei an der Pestilenz gestorben, hatte keinen Bart, keine Verletzung im Gesicht und keine schiefen Schultern. Aber er konnte auch lesen und schreiben und sogar Latein. Er war Baccalaureus beider Rechte.«

»Davon verstehe ich nichts.«

Almuth hatte eine Idee. »Wartet hier, Frau Meta. Es gibt in Wittenberg noch andere Leute, die den Mann kennen. Ich hole jemanden, und dann sehen wir weiter.«

Sie wartete die Antwort der Bäuerin nicht ab, sondern lief los. Frau Dietlind würde sich wohl nicht überreden lassen, zum Schwarzen Kloster zu kommen. Sie ging nicht mehr aus dem Haus, aber die Magd Marie hatte Tamme schon gekannt, als er noch in den Windeln gelegen hatte. Sie würde ihn so sicher erkennen wie seine Mutter.

Almuth gelangte ins Haus, ohne dem Apotheker unter die Augen zu geraten. Sie schwindelte Marie vor, vor dem Schwarzen Kloster würden Almosen verteilt. Das brachte die Magd dazu, in der Küche alles stehen und liegen zu lassen und durch die Collegiengasse zum Kloster zu eilen. Almuth folgte ihr. Dennoch war geraume Zeit vergangen, als die beiden sich wieder dem Kloster näherten. Dort wartete niemand mehr. Natürlich wurden auch keine Almosen verteilt. Almuth musste ihre Lüge bekennen. »Du wärst sonst nicht mitgekommen. Dabei ist es so wichtig, dass du mit jemandem sprichst.«

»Ich sehe niemanden.« Marie keuchte vom Lauf quer durch die Stadt.

»Frau Meta wollte hier warten. Sie muss noch in der Nähe sein.« Almuth sah sich um, entdeckte die Bäuerin jedoch nicht.

»Von was für einer Frau redet Ihr?«

»Von einer Bäuerin aus Axien an der Elbe. Vielleicht ist sie ins Kloster gegangen?« Almuth machte Anstalten, an die Pforte zu pochen, aber Marie hinderte sie daran.

»Ihr könnt da nicht reingehen. Das ist ein Kloster der Augustinereremiten. Für Mönche, nicht für uns Weibsbilder. Was soll das alles?«

Unzusammenhängend sprudelte Almuth heraus, was Frau Meta ihr erzählt und was sie auf dem Markt beobachtet hatte.

»Es ist Tamme, da bin ich mir sicher. Er lebt noch. Ich habe es die ganze Zeit gewusst.«

»Aber er hat Euch nicht erkannt?«

»Er kennt sich selbst nicht mehr.«

»Weil er tot ist und beerdigt. Gott hab ihn selig.«

»Das glaube ich nicht, aber ich werde es herausfinden. Und ich werde herausfinden, warum Georg Herkner das alles eingefädelt hat. Es gibt keinen anderen, der dahinterstecken kann. Ich will doch nur mit ihm sprechen, dann werde ich wissen, ob es Tamme ist oder ein anderer Mann, der ihm zufällig ähnlich sieht. Wenn du ihn erst siehst, hast du keine Zweifel mehr.«

Marie antwortete nicht, sah aber aus, als bereute sie längst, mitgekommen zu sein.

»Du glaubst mir doch?«

»Ich weiß nur, dass es Menschen gibt, bei denen einer aussieht wie der andere. Ich denke an den Wirt des ›Schwarzen Bären‹ und seinen alten Vater«, sagte die Magd.

»Weil sie Vater und Sohn sind.«

»Wie Jacob und Esau«, nannte Marie nun die biblischen Zwillinge und fügte hinzu: »Vielleicht gefällt es Gott, auch andere Menschen gleich sein zu lassen.«

Sie ließ sich nicht länger aufhalten, sondern musste zurück an ihre Arbeit. Almuth blieb vor dem Kloster stehen, durchbohrte das Holz der Pforte mit ihren Blicken.

Sie blieb geschlossen.

Almuth musste Gewissheit erlangen, musste dem Mann von Angesicht zu Angesicht gegenüberstehen. Entschlossen klopfte sie an die Klosterpforte. Wie Herkners Haustür besaß auch diese ein kleines Fenster. Statt diesem öffnete der Bruder Pförtner jedoch die Tür und schaute sie freundlich an.

»Hält sich ein Mann im Kloster auf, der seinen Namen nicht kennt?«, fragte sie und erinnerte sich erst danach an die höfliche Begrüßung.

Der Augustinereremit schaute immer noch freundlich, schüttelte jedoch den Kopf. »Solche Auskünfte kann ich dir nicht geben.«

»Ist Doktor Martin Luther da? Ich möchte mit ihm sprechen. Bringt mich zu ihm, guter Bruder.«

Die Freundlichkeit verschwand aus der Miene des Mönchs. »Ein Weib in unserem Kloster! Das wird es nicht geben!«

»Ich kann mich ...« Doch bevor sie zu Ende sprach, fiel ihr ein, dass sie ohne Umhang zum Markt gegangen war, nicht einmal ein Tuch hatte sie sich um die Schultern gelegt. Es war ein warmer Sommertag. »Gebt mir einfach einen Umhang und niemand wird mich erkennen.«

»Ein Weib in unserem Kloster. Nein, das geht nicht.« Der kräftige Mönch baute sich vor ihr auf.

»Könnt Ihr nicht Doktor Luther Bescheid sagen, und ich warte hier auf ihn? Es ist wirklich wichtig, sonst würde ich Euch nicht stören.«

»Der Bruder ist mit wichtigen Studien beschäftigt und darf nicht gestört werden. Komm ein anderes Mal wieder.«

Gleich darauf stand Almuth wieder vor geschlossener Pforte. Das dicke, nietenbeschlagene Holz schien sie zu verhöhnen. Wieder stand sie vor einer verschlossenen Tür. Erst bei Herkner, jetzt vor der Klosterpforte. Was hätte es ausgemacht, sie kurz ins Haus zu lassen und den Fremden zu holen. Oder Doktor Luther?

Klosterbruder – das hatte der Bauer in den letzten Tagen immer wieder zu ihm gesagt. Weil er lesen, schreiben und Latein konnte. Am Ende hatte er es beinahe selbst geglaubt. In einer Welt, in der es nur darum ging, ob die nächste Ernte gut ausfiel und die Kuh ein gesundes Kalb zur Welt brachte, konnte jemand wie er nur aus einem Kloster stammen. In Wittenberg hatten der Bauer und seine Frau ihn zum Kloster der Augustinereremiten gebracht, damit man sich dort seiner annahm.

Ein langvermisster Bruder aus dem Kloster war er nicht. Diese seiner Erwartungen hatte bereits der Mönch an der Pforte enttäuscht, als er ihn nicht kannte und unumwunden erklärte, aus ihrer Mitte fehle kein Bruder. Dennoch war das Kloster bereit, ihn aufzunehmen, damit ein Medikus seine Krankheit heilen konnte.

Wenig später hatte man ihm im Kloster eine Kammer zugewiesen, die gerade genug Platz für eine Bettstatt, ein Kreuz an der Wand und einen Schemel bot. Er setzte sich aufs Bett und schaute sich um. Unter dem Bett standen weiße Lederschuhe, und er vermutete, dass er diese während seiner Klosterzeit tragen sollte.

Die Schuhe passten ihm, als wären sie eigens für ihn gefertigt. Er betrachtete sie gerade, als die Tür geöffnet wurde und ein alter Mann mit einem schwarzen Talar und einem Samtbarett auf dem Kopf eintrat. Sein Gesicht zeigte eine freundliche, interessierte Miene. Auf einmal schien er für einen kurzen Moment zu erschrecken, denn er riss die Augen weit auf und öffnete die Lippen, als wollte er einen Schrei ausstoßen. Gleich darauf fing er sich und schaute wieder freundlich interessiert.

Hatte der Mann ihn erkannt? Hoffnung durchflutete ihn.

»Wisst Ihr, wer ich bin?« Er konnte sich nicht länger zurückhalten. »Ihr müsst es mir sagen.«

Der Mann wich zurück, bis er die Tür im Rücken hatte. »Ich bin Thomas Eschaus. Dr. Thomas Eschaus, Medikus an der Wittenberger Universität. Man hat mich geholt, damit ich mich um deine Verletzungen kümmere.«

»Sagt mir meinen Namen. Ich habe alles vergessen, meine Familie, mein Leben. Bei allen Heiligen, helft mir bitte.«

»Lass mich deine Verwundungen ansehen.«

Der Medikus half ihm, Kittel und Hemd abzulegen. Darunter war seine Schulter mit einem strammen Verband umwickelt. Thomas Eschaus löste die Bandage und besah sich die noch nicht ganz geschlossene Wunde. Er tastete die Haut ab und drückte an verschiedenen Stellen fester zu. Manchmal tat es ihm weh, wenn sich die Finger ins Fleisch bohrten, an anderen Stellen spürte er beinahe nichts. Er biss jedoch die Zähne zusammen und schwieg.

»Du musst mir sagen, wenn es dir weh tut. Das ist der Zweck meiner Untersuchung.«

Er nickte. Die Prozedur begann von vorn. Diesmal befolgte er die Anweisung des Arztes und gab an, wo er Schmerzen verspürte. Eine Stelle ließ ihn zusammenzucken. Er hatte das Gefühl, dass sich in seiner Schulter etwas verschob.

»Woher hast du diese Verletzung?«

»Ich weiß nichts, was in meinem Leben länger als drei Wochen her ist. Damals bin ich im Haus einer Bauernfamilie aufgewacht. Sie hatten meine Schulter und meinen Kopf verbunden.«

»Der Kopf.« Doktor Eschaus entfernte nun den Verband um seinen Schädel. »Mehr gut gemeint als gut gewickelt«, murmelte er dabei. Diese Wunde war mit dickem Schorf bedeckt. »Das ist recht gut verheilt. Hast du manchmal Kopfschmerzen?«

»Wenn ein Gewitter kommt.«

»Daran lässt sich nichts ändern. Du wirst damit leben müssen. Die schiefe Schulter macht mir Sorgen. Da werde ich nicht mehr viel machen können.«

»Damit komme ich zurecht. Jetzt sagt mir, woher Ihr mich kennt.«

»Ich kenne dich nicht. Aber du siehst jemandem ähnlich, der früher in Wittenberg gelebt hat.«

»Was ist ihm passiert?«

»Er ist gestorben. Ich war auf seiner Beerdigung. Die meisten Mitglieder der Leucorea waren auf der Beerdigung.«

»Was für eine Beerdigung?«

»Vom Sohn unseres Apothekers. Er war sein Stiefsohn, um genau zu sein. Der junge Mann hat an der Leucorea die Rechte studiert, bevor er an der Pestilenz gestorben ist. Wir hatten ein paar Fälle in der Stadt. Der Student der Rechte war der Letzte, das ist etwa einen Monat her.«

»Und mit diesem Mann habe ich Ähnlichkeiten?«

»Nur auf den ersten Blick. Er war nicht so mager wie du und hatte keine Verletzungen. Vom Leben auf einem Bauernhof verstand er nichts, er war Student der Rechte.« Thomas Eschaus schaute seinen Patienten forschend an und schüttelte schließlich den Kopf. »Es ist nur eine Ähnlichkeit, die Gott manchmal zwischen Menschen entstehen lässt«, murmelte er mehr zu sich selbst als zu seinem Gegenüber.

»Auf dem Bauernhof habe ich mich nicht bei einer Arbeit

nützlich machen können, aber meine Hände und mein Geist haben sich daran erinnert, dass ich schreiben kann. Deutsch und Latein.« Er klang verzweifelt, und das ärgerte ihn.

»Bleib einige Zeit im Kloster und warte ab, bis du deine Vergangenheit findest. Ruh dich aus und grübele nicht zu sehr. Belaste die Schulter in der nächsten Zeit nicht. Das ist der Rat, den ich dir geben kann. Gott wird es an dir richten.«

»Wenn ich nie mehr ...« Der Rest des Satzes blieb ihm im Halse stecken.

»Patientia. Patientia, junger Herr.«

Doktor Eschaus verabschiedete sich mit einem Nicken und hatte die Kammer verlassen, bevor er noch etwas sagen konnte.

Er sank auf der Bettstatt zusammen und umklammerte seine Oberarme mit den Händen. Die Fingernägel bohrten sich in sein Fleisch. Der Schmerz ließ ihn fühlen, und je mehr er zudrückte, desto mehr hoffte er, sich endlich zu erinnern. Er ließ seine Oberarme los und konzentrierte sich auf den langsam nachlassenden Schmerz. Er wollte sich nicht damit abfinden, dass er sich vielleicht nie mehr an sich selbst erinnern würde.

Kapitel 2

Die Hände auf dem Rücken gefaltet wanderte er durch den Kreuzgang des Schwarzen Klosters. Dessen Ruhe, die er seit zwei Tagen genoss, tat ihm gut, hatte die Erinnerung jedoch nicht zurückgebracht. Er rieb seine schmerzende Schulter. Mit der linken Hand konnte er nicht mehr fest zupacken. Doktor Eschaus hatte ihm keine Hoffnung gemacht, dass sich daran noch etwas änderte, aber die Schmerzen würden nachlassen.

Ein Augustinereremit betrat den Kreuzgang und ging langsamen Schrittes auf ihn zu. Er trat zur Seite, um den Mönch an sich vorbeizulassen. Der blieb jedoch vor ihm stehen.

»Du bist der Mann, der sein Gedächtnis verloren und Unterkunft bei uns gefunden hat?«

»Der bin ich.«

»Hast du dich eingelebt im Kloster?«

»Ich bin dankbar für meine Aufnahme. Bei der Bauernfamilie hätte ich nicht bleiben können, und ich weiß keinen Ort, zu dem ich sonst gehen könnte.«

»Du darfst nicht immer daran denken, wer du sein könntest, sondern musst auf Gott vertrauen. Wenn die Zeit gekommen ist, wirst du deine Gedanken wiederfinden.«

»Ich wüsste nicht, wie ich an etwas anderes denken sollte. Mein Name – nichts wäre mir im Moment wichtiger.«

»Wenn du deinen Namen gar nicht mehr findest, bleibt dir immer noch die Möglichkeit, in ein Kloster einzutreten.«

»Es wird mir kaum etwas anderes übrigbleiben. Wo soll ich hin? Was soll ich sonst machen?« Er ärgerte sich, dass er die Verzweiflung, die er fühlte, nicht verbergen konnte.

»Ich werde mich für dich verwenden, falls du bei uns aufgenommen werden willst.«

Das war zuvorkommend von dem Mönch.

»Du kannst schreiben und lesen und sprichst Latein. Vielleicht hast du vorher in einem Kloster gelebt?«

»Wie bin ich dann verletzt auf die Straße gekommen? Außerdem habe ich nicht die Kleidung eines Mönchs getragen.«

»Oder du bist Student gewesen. Du siehst jedenfalls einem jungen Studenten der Rechte sehr ähnlich, der an der Leucorea studiert hat.«

»Davon habe ich gehört.«

»Er ist an der Pestilenz gestorben und wurde auf dem Gottesacker der Universität beerdigt.«

Er verlagerte sein Gewicht auf das andere Bein und griff sich wieder an die schiefe Schulter. Die Stelle, wo der Knochen gebrochen gewesen war, war unter der Haut deutlich zu fühlen.

»Du könntest einige Vorlesungen hören, um zu sehen, ob dir davon etwas besonders liegt«, schlug der Mönch ihm nun vor.

»Das geht nicht, denn ich bin an der Leucorea nicht eingeschrieben und habe auch kein Geld, um das nachzuholen.«

»Ich lehre selbst an der Universität und werde mich dafür einsetzen, dass der Rektor dich zu den Vorlesungen zulässt. Es geht ja nicht darum, dass du richtig studieren sollst.«

»Das ist eine hervorragende Idee«, sagte er mit mehr Begeisterung, als er tatsächlich fühlte. Studenten, die sich selbst für geistreich hielten, waren nicht die Gesellschaft, nach der er sich sehnte. Er wusste nicht, woher diese Erkenntnis kam, sie war wie ein Blitz in seinen Gedanken aufgetaucht und genauso schnell wieder verschwunden. »Worüber lest Ihr?«

»Bibelkunde. Ich beschäftige mich mit den Hebräerbrief.«

»Nachdem Gott vorzeiten vielfach und auf vielerlei Weise geredet hat zu den Vätern durch die Propheten, hat er in diesen letzten Tagen zu uns geredet durch den Sohn, den er eingesetzt hat zum Erben über alles, durch den er auch die Welt gemacht hat.«

»Du kennst den Hebräerbrief?«

»Es gibt Momente, da fallen mir Dinge ein. Nur ist mein Name nie darunter. Man hat mir gesagt, der Professor für Bibelkunde sei Mönch dieses Klosters und außerdem Prediger in der Stadtkirche und spreche dort gegen den Ablass. Das müsst dann wohl Ihr sein?«

»Ganz recht. Interessiert dich das?«

»Ich weiß nicht, was mich interessiert. Also zunächst einmal alles. Ihr habt Euch doch dafür ausgesprochen, dass der Ablass eher vom Teufel als von Gott komme, weil in der Bibel nichts darüber steht?«

»Daran erinnerst du dich?«

»Das habe ich gehört«, sagte er schnell. Das Gespräch strengte ihn an, und er spürte einen Schmerz in seinem Hinterkopf. Er wünschte sich in seine Zelle zurück, um bei geschlossenen Fensterläden auf dem Bett zu liegen.

»So was erzählen dir die Leute?«

»Ich habe mich über die Leucorea und ihre Professoren erkundigt, weil ich selbst schon daran gedacht habe, ich könnte einer von ihnen sein. Nicht in Wittenberg, aber in Leipzig oder Erfurt.«

»Du erinnerst dich an einen dieser Orte?«

»Ich weiß nicht, ob ich jemals dort gewesen bin.«

»Ich werde mit dem Rektor der Leucorea über dich sprechen. Ich habe einigen Einfluss auf ihn, er wird dich bestimmt Vorlesungen hören lassen. Gott schütze dich, du armer Junge.« Der Mönch schlug das Kreuzzeichen über ihm und entfernte sich.

Keiner der beiden wusste, dass zwei Tage zuvor eine junge Frau an die Pforte gepocht und sich nach ihm erkundigt hatte. Der Bruder Pförtner hatte ihnen nichts ausgerichtet.

Kapitel 3

Im »Schwarzen Bären« in der Nähe des Elbtors trafen sich Professoren, Ratsschreiber, die Meister der Zünfte, die drei Hauptleute der Stadtwache, von denen an diesem Abend zwei einander an einem Tisch nahe dem Kamin gegenübersaßen. Der dritte hatte Dienst in der Wachstube. Die Handwerksmeister hatten es sich auf langen Holzbänken bequem gemacht. Unter ihnen saßen auch Johann Gronenberg und der zweite Wittenberger Buchdrucker, Symphorian Reinhart. Vor beiden stand je ein großer Seidel Bier. Neben ihnen am Tisch saß der Bleigießer Waldomar Rinnegießer. Er stammte aus Mainz und trank statt Bier vergorenen Apfelmost. Sie unterhielten sich darüber, ob sich Bleilettern noch kleiner gießen ließen, ohne dass später die Lesbarkeit darunter litt. Es könnten dann zwei, drei, gar bis zu sechs Zeilen mehr auf eine Seite gedruckt werden.

Allein an einem Tisch saß der Totengräber. Er übte einen verfemten Beruf aus, mit ihm wollte niemand ein Bier trinken.

Ein später Gast trat ein und brachte eine Windböe mit in die Schenke. Die Tür hinter sich ließ er offen und schaute sich im halbdunklen Schankraum um.

»Tür zu!«, rief einer der Hauptleute streng.

Eine Schankmagd eilte herbei und schloss die Tür. Der Gast trug einen knielangen Umhang und eine weiche Kappe, bisher war von ihm nichts weiter zu sehen als zwei sauber genähte Schuhe und eine große Nase. Er strebte dem Tisch der Gelehrten zu, und als er Kappe und Umhang ablegte, ging ein Raunen durch den Raum.

Der Mann war Georg Herkner.

Zwei Professoren rückten auf der Bank enger zusammen und machten ihm Platz.

»Sieh mal einer an«, sagte der Buchdrucker Symphorian Reinhart. »Der trauernde Stiefvater.«

Niemand reagierte auf seine Worte.

»Willst du nicht hingehen und ihn begrüßen?«, fragte Reinhart hartnäckig weiter und an Johann Gronenberg gerichtet. »Immerhin wäre er beinahe dein Verwandter geworden.«

Da der Apotheker bereits Aufnahme am Tisch der Professoren gefunden hatte, winkte Johann ab. Georg Herkner wurde ein Bierseidel gebracht, und er schnippte eine Münze auf den Tisch, die die Schankmagd geschickt auffing, bevor sie herunterrollte. Er trank von seinem Bier und starrte düster vor sich hin. An ihn gerichtete Fragen beantwortete er nur einsilbig, und nach kurzer Zeit ließ man ihn mit seinem Bier in Ruhe.

Dafür begann auf der Bank der Handwerksmeister ein Raunen, aus dem Johann mehrmals den Namen Tamme heraushörte.

»Wer wurde da beerdigt?«, rief jemand aus einer Ecke.

Den Sprecher erkannte Johann nicht, aber ihm antworteten etliche andere, indem sie ihre Bierseidel auf die Tischplatten knallten. Einige Augenblicke wurde es in der Schenke so laut, dass Gespräche unmöglich waren. Johann warf Georg Herkner einen Blick zu. Der Apotheker saß mit starrem Gesicht auf der Bank und tat so, als hätte er nichts gehört. Es war zu dunkel im Raum, um zu sehen, ob ihm das Blut in den Kopf geschossen war.

Nachdem der Lärm abgeklungen war, meldete sich der Bleigießer, der bisher geschwiegen hatte, zu Wort: »Das sind Krawallbrüder, denen man das Maul stopfen muss. Der Mann im Schwarzen Kloster ist ein Betrüger.« Er verfügte über eine tiefe Stimme, die er kaum je erheben musste, um sich Gehör zu verschaffen.

»Das glaubst du?«, fragte Johann.

»Das weiß doch jeder, dass Tamme Redecker an der Pestilenz gestorben ist. Der Fremde kann ja nichts anderes als ein Betrüger sein.«

»Das ist zu kurz gedacht, bester Rinnegießer.« Der Buchdrucker Reinhart trank einen tiefen Schluck und stellte den Bierkrug hörbar auf dem Tisch ab.

Waldomar Rinnegießer kniff die Lippen zusammen und starrte in seinen Mostseidel. Er ließ sich nicht gern sagen, dass er eine Sache nicht gründlich durchdacht habe. Johann war gespannt, worauf Meister Reinhart hinauswollte.

»Der Mann im Kloster weiß nichts über sich. Er kann also auch nicht behaupten, Tamme Redecker zu sein. Ich habe mit Thomas Eschaus gesprochen, der ihn untersucht hat. Er bestätigt, dass es eine Ähnlichkeit gibt, aber auch, dass er Unterschiede festgestellt hat.«

»Tamme Redecker ist auferstanden wie unser Heiland!«, tönte es aus einer Ecke. Wieder ließ sich der Sprecher nicht ausmachen. Die Stimme hatte jedoch jung geklungen. Wahrscheinlich ein Handwerksbursche oder sogar ein Student, der das Verbot missachtete, nach dem die Alumni der Universität keine Wirtshäuser besuchen durften. Andere Stimmen wurden laut.

»Der hat noch was zu klären!« oder »Ein Hoch auf Tamme!«, wurde gerufen.

In der Ecke verbarg sich offenbar ein ganzes Nest dieser Unruhestifter. Johann Gronenberg reckte den Hals, um etwas zu erkennen, aber mehr als die Schemen einiger Köpfe sah er nicht.

»Tamme! Unser Heiland! Tamme! Der Messias!«, erklang es schließlich in der ganzen Schenke.

Etwas krachte auf den Boden. Der Totengräber war von seinem Platz aufgesprungen, der Stuhl lag hinter ihm. Er hämmerte mit der Faust auf die Tischplatte. »Maul halten!«, brüllte er. »Ich weiß, wen ich beerdigt habe. Der war so tot ...« Er holte Luft und blickte sich wild um, »... wie es bald jeder sein wird, der was anderes behauptet.«

»Alter Mann!«, höhnten die jungen Männer in ihrer Ecke. Sie lachten.

Der Totengräber schaute sich verschämt um. Wahrscheinlich war er selbst erstaunt über seinen Ausbruch. Er hob den Stuhl wieder auf und setzte sich hin, die immer noch lachenden jungen Männer beachtete er nicht.

Dafür hielt es Georg Herkner nicht länger aus und sprang nun seinerseits auf. »Mein Stiefsohn ist an der Pest gestorben! Daran gibt es keinen Zweifel! Wer etwas anderes behauptet ...«

Seine Nachbarn versuchten, ihn zu beruhigen und zurück auf seinen Stuhl zu ziehen, aber er schüttelte ihre Hände ab. Alle in der Schenke blickten inzwischen auf, und Johann war überzeugt, dass das Gesicht des Apothekers die Farbe eines gekochten Flusskrebses angenommen hatte. Er fragte sich, ob er seinem Beinaheverwandten zu Hilfe kommen sollte. Herkner raffte jedoch seine Kappe und seinen Umhang und stiefelte aus der Schenke.

Einer der beiden Hauptleute stand auf und stemmte die Hände in die Seiten. Er ging ein paar Schritte auf die Ecke der Lacher zu. »Hier herrscht jetzt Ruhe, oder die jungen Herren können den Rest der Nacht im Turm verbringen.«

Das Gelächter und die frechen Bemerkungen erstarben.

»Tamme Redecker ist tot und begraben, etwas anderes wird nicht mehr behauptet.« Der Hauptmann ging zurück zu seinem Tisch und setzte sich wieder hin.

Wie Herkner verließ nun auch der Bleigießer den »Schwarzen Bären«.

Meister Reinhart schloss sich an, und auch Johann trank nachdenklich sein Bier aus.

Das Gronenberg'sche Haus lag in Stille und Dunkelheit.

Auf dem Absatz im ersten Stock saß Almuth auf der obersten Treppenstufe, die Füße unter ihrem Nachthemd verborgen und ein Tuch um die Schultern gelegt. Sie stand auf, und bevor er etwas sagen konnte, sprudelte sie heraus: »Hast du etwas erfahren? Ich muss wissen, ob es Tamme ist oder nicht.«

»Er ist es nicht. Im ›Schwarzen Bären‹ erzählt man, Thomas Eschaus habe den Fremden untersucht und halte ihn nicht für Tamme Redecker. Die Wittenberger auch nicht. Die Leute sind überzeugt davon, dass dein Verlobter tot ist und begraben wurde.«

»Wie können die das so einfach behaupten? Ich muss den Fremden sehen. Du musst mir Zugang zum Schwarzen Kloster verschaffen.«

»Schwester, du verrennst dich da in etwas. Tamme ist tot, so leid mir das tut. Trauere um ihn, aber vergiss dabei nicht das Leben. Dein Leben.«

»Wir stellst du dir das vor?« Ihre Stimme war anklagend.

Johann hob eine Hand, strich ihr über das Haar. »Geh schlafen, kleine Schwester.«

Kapitel 4

Er lebte inzwischen seit sechs Tagen im Schwarzen Kloster und hatte gehört, wem er ähnlich sehen sollte: dem Studenten der Rechte Tamme Redecker.

Der Name brachte keine Saite in ihm zum Klingen. Er hatte in Erfahrung gebracht, dass Tammes Vater vor Jahren gestorben war. Seine Mutter hatte wenig später erneut geheiratet, den Apotheker Georg Herkner, und war zu ihm in dessen Haus nach Wittenberg gezogen. Die beiden hatten noch zwei Söhne gekommen. Tammes Stiefbrüder studierten in Leipzig, und Tamme war im Sommer an der Pestilenz gestorben. Bruder Henning redete gern. Er unterstrich seine Worte mit großen Gesten, bei diesem letzten Satz hatte er geseufzt.

Das Haus des Apothekers befand sich in der Schlossgasse, nur zwei Häuser vom Renthaus entfernt. Das erste Geschoss stand mindestens eine Elle über dem unteren vor, die Holzbalken des Fachwerks waren mit Ranken verziert, die Ziegel in den Fächern in besonderen Mustern gemauert, alle Fensterläden geschlossen. Ein Apothekenschild hing neben der Tür. Er wusste, dass es eines war, und fragte sich, woher er das wusste. Weil er früher in diesem Haus gewohnt und es zuvor viele Male gesehen hatte? Zum Teufel, da kam ihm vielleicht eine Erinnerung, und er erkannte sie nicht einmal. Er strich sich über die Narbe an seiner linken Schläfe. Thomas Eschaus hatte ihm erlaubt, den Verband abzunehmen, da die Wunde inzwischen beinahe verheilt war. Ein letzter Rest Schorf bedeckte noch die narbige Haut. Schrunden und Beulen bedeckten die Stelle, Haare wuchsen dort keine mehr, sie standen in alle Richtungen ab. Gegenwärtig hatte er gar keine auf dem Kopf. Damit sie nicht in die Wunde gerieten, hatte der Medikus angeordnet, sie abzurasieren. Obwohl er sich nicht in einem Spiegel gesehen hatte, war er überzeugt, keinen schönen Anblick zu bieten. Die Wittenberger schauten ihn wohl wegen seines zerstörten Gesichts so komisch an und nicht weil er jemandem ähnlich sah. Wie sollte er jemand sein, der an der Pest gestorben war? Es war nur ein Zufall in Gottes großem Plan. Dennoch musste er es wissen, solange nur eine winzige Chance bestand, dass er dieser Tamme Redecker war. Deshalb stand er an diesem Morgen vor dem Haus des Apothekers.

Er hatte keine Ahnung, was er sich vorgestellt hatte, aber dieses Haus sah unbewohnt aus. Von Bruder Henning hatte er erfahren, dass der Apotheker seine Offizin häufig geschlossen hielt, wohl wegen des Unglücks, das seine Familie getroffen hatte. Neben dem Haus befand sich eine Hofeinfahrt, das Tor stand offen. Er klopfte dennoch lieber an die Tür und war verwundert, dass sie ebenfalls nicht verschlossen war. Beim Öffnen gab eine Glocke einen hellen Ton von sich, und er befand sich in der Offizin des Apothekers.

Der Mann war nicht da. Das gab ihm Zeit, sich umzusehen und die Gerüche der Arzneien und Gewürze in sich aufzunehmen.

Ton- und Glasgefäße reihten sich auf langen Regalen aneinander, alle sorgfältig in Latein beschriftet. Er freute sich, dass ihm die Sprache geläufig war, ansonsten rief der Raum jedoch keine Erinnerung in ihm hervor. Eine Waage und Gewichte standen auf einem Tresen, der die Offizin in der Mitte teilte. An den beiden Wandflächen zwischen den Fenstern hingen große Plakate, auf denen die in dieser Apotheke herstellbaren Arzneien mit ihren lateinischen und deutschen Namen angepriesen wurden. Darunter war außerdem ein Zettel angeschlagen, auf dem die vom Rat der Stadt Wittenberg verhängten Maßnahmen gegen die Pestilenz aufgeführt waren. Dem jungen Studenten in diesem Hause hat das alles nichts genützt, dachte er, nachdem er einen kurzen Blick darauf geworfen hatte.

Da sich außer ihm niemand in der Apotheke aufhielt, wollte er gerade rufen, aber dann vernahm er das Klappern von Holzpantinen und hinter dem Tresen wurde eine Tür geöffnet.

»Der Meister ist nicht da«, sagte eine weibliche Stimme. »Ihr müsst später noch einmal wieder ... Allmächtiger Herr im Himmel, Maria, Joseph und das Jesulein!« Die Frau starrte ihn aus weit aufgerissenen Augen an und schlug ein Kreuz. Nach einem Moment drehte sie sich um und rannte ins Haus zurück.

»Frau Dietlind, Frau Dietlind«, hörte er sie rufen.

Es dauerte nicht lange, und er hörte wieder das Klappern sich nähernder Holzpantinen. Diesmal musste es mehr als eine Person sein. Die Frau von eben, die er inzwischen für eine Magd hielt, schob eine andere vor sich her in die Offizin.

»Frau Dietlind, das müsst Ihr Euch anschauen. Beim Allmächtigen und allen Heiligen. Der heilige Rochus hat ein Wunder geschehen lassen«, plapperte die Magd in einem fort.

Die andere Frau sah abgezehrt aus, als bekäme sie zu wenig Essen und zu wenig Schlaf. Ihr Gesicht war schmal, er könnte es in seinen hohlen Händen verbergen, und die Haut spannte sich über den Knochen.

Bei seinem Anblick riss sie den Mund auf, aber kein Ton kam heraus. Sie schlug ein Kreuz. Die Art, wie sie ging und ihn anschaute, kam ihm vage vertraut vor.

»Ist er es, Frau Dietlind?«

Die Lippen der verhärmten Frau bewegten sich, und diesmal meinte er, die Worte zu verstehen. »Tamme. Mein Sohn«, hörte er. »Tamme, du lebst. Heiliger Rochus, wie kann das sein. Was ist mit dir geschehen?«

Sie kam um den Tresen herum und machte noch zwei taumelnde Schritte auf ihn zu, ehe sie eine Hand hob und ihm über die Narbe an seiner Schläfe strich.

Die Berührung ... Durch seinen Geist zuckten Blitze. Auf einmal sah er Bilder vor sich: eine Frau und ein kleiner Junge, der sich an ihren Röcken festhielt. Es war dieselbe Frau, die gerade vor ihm stand, nur sah sie wohlgenährt und glücklich aus. Sie lachte über etwas, das jemand gesagt hatte, der ihm ähnlich sah. Er sah sich selbst als Mann, zusammen mit einer Frau, einer dunkelhaarigen Schönheit mit einem Rosenknospenmund, der er tief in die lachenden Augen sah. Eine Flut von Bildern zog durch seine Gedanken, und über allem schwebte immer wieder ein Name – Tamme. Sein Name!

»Tamme. Du bist mein Sohn und von den …« Die Frau, in der er nun seine Mutter erkannte, sackte vor ihm zusammen.

Die Magd stürzte hinzu, Marie war ihr Name, er erinnerte sich wieder. Er erkannte die Apotheke. Seine Mutter lag zu seinen Füßen und immer noch stürzte eine Flut von Bildern auf ihn ein, als müsse er sich an sein gesamtes früheres Leben in einem Augenblick erinnern. Er kniete sich neben seine Mutter. Sie hatte die Augen geschlossen, aber als er eine Hand vor ihre Nase hielt, stellte er fest, dass ihr Atem gleichmäßig ging.

»Hol einen Becher Bier und einen kalten, nassen Lappen«, befahl er der Magd.

Die rannte davon, um das Gewünschte zu bringen. In der Zwischenzeit hatte er Gelegenheit, seine Gedanken zu ordnen. Er blinzelte und musste den Kopf schütteln, um die immer noch durch seinen Geist flutenden Bilder zu bändigen. Er hieß also Tamme, vor ihm auf dem Boden lag seine Mutter, und er war im Sommer an der Pestilenz gestorben. Nur dass das offensichtlich nicht stimmte – er lebte, und er war auf den Tod verletzt worden. Die Magd kam zurück, und im Bruchteil eines Wimpernschlages traf er eine Entscheidung.

»Herr Tamme.« Sie hielt ihm den Bierbecher hin, während sie den kalten Lappen auf Frau Dietlinds Stirn legte.

»Ich bin das nicht. Du musst dich irren. Ich bin noch nie hier gewesen. Jedenfalls erinnere ich mich an gar nichts hier. Diesem Tamme sehe ich wahrscheinlich nur ähnlich.«

Frau Dietlind schlug die Augen auf. Er und die Magd halfen ihr, sich aufzusetzen, und er setzte ihr den Becher an die Lippen.

»Tamme, mein Sohn«, murmelte sie, bevor sie trank.

Er wiederholte seine Worte und brachte sie dennoch dazu, mehr als die Hälfte des Bieres in kleinen Schlucken zu trinken. Etwas Farbe kehrte in ihr Gesicht zurück.

»Was machst du da mit meiner Frau, Bursche?«, erklang eine barsche Stimme hinter ihm. »Dietlind, was ist los?«

Die Magd Marie sprang auf und knickste. Tamme drehte sich um und sah zu seinem Stiefvater auf. Er sah Georg Herkners Gesicht mit der gerunzelten Stirn – die Brauen stießen über der Nasenwurzel zusammen – und der breiten Nase. Er erkannte es genau.

»Eure Frau ist umgefallen und war nicht mehr bei sich. Ich wollte ihr nur helfen. Ich glaube aber, es geht ihr wieder besser.« Er versuchte, seine Stimme möglichst gleichmütig klingen zu lassen. Gemeinsam mit der Magd half er Frau Dietlind beim Aufstehen.

»Bist du ein Medikus? Oder woher nimmst du die Kenntnis, das zu beurteilen?« Dieser Hohn, diese Arroganz, ja, die erkannte er wieder. Das war sein Stiefvater.

»Sie hat die Augen aufgeschlagen.«

»Was machst du überhaupt hier? Verschwinde aus meinem Haus. Die Apotheke ist geschlossen. Für solche wie dich ist sie immer geschlossen. Verschwinde. Verschwinde!«

»Wie Ihr wünscht.«

»Aber das ist doch … das ist Tamme. Mein Sohn«, wagte Frau Dietlind einzuwerfen. Ihre Stimme klang schwach und zittrig und tat ihm in der Seele weh.

Die Magd hatte den Mund weit aufgerissen und hielt eine Hand davor.

»Das ist er nicht! Das musst du doch sehen!« Danach fuhr Georg Herkner ruhiger fort. »Er trägt die Kleidung eines Bauern, ist verlaust, sein Bart verdreckt, er hat das Gesicht eines Galgenvogels. Schau nur auf diese Narbe. Sieht so dein Sohn aus?«

Frau Dietlind wollte etwas sagen, aber ihr Ehemann ließ sie nicht zu Wort kommen. »Du musst nicht in jedem jungen Mann deinen toten Sohn sehen, nur weil er vielleicht braune Augen und Haare hat. Das ist nicht Tamme! Dieser Mann verschwindet jetzt von hier und wird dir nie wieder Kummer machen.«

Georg Herkner war kleiner als er, aber wie er nun mit zornbebenden Augen vor Tamme stand, wich der zurück. Er verließ die Apotheke. Vor dem Haus wollte er sich an die Wand lehnen und erst einmal durchatmen, aber er spürte den Blick seines Stiefvaters im Nacken wie einen Dolch. Mit langen Schritten ging er Richtung Markt davon. Er erinnerte sich wieder an die Gassen und Häuser Wittenbergs, es fühlte sich an, als hätte man in seinem Kopf einen Fensterladen aufgestoßen.

Ihm wurde fast schwindelig, und er musste sich hinknien. Tamme biss sich auf die Lippen. Es war richtig gewesen, wie er sich entschieden hatte. Er musste herausfinden, warum er auf den Tod verletzt im Wald gelegen hatte. Seinem Stiefvater – war ihm zuzutrauen, dass er hinter der ganzen Sache steckte?«

Dietlind stand an den Tresen gelehnt und sah ihrem Mann zu, wie er die Tür der Apotheke von innen verriegelte. Als könnte er auf diese Weise aussperren, was an diesem Tag passiert war. Er hatte ihn erkannt. Auf den ersten Blick war Herkner klar gewesen, dass da sein Stiefsohn vor ihm kniete, über seine Mutter gebeugt. Eigentlich hatte er es schon vorher gewusst. Die Gerüchte hatten es ihm verraten – ein junger Mann, der aussah wie Tamme Redecker, aber mit einer Narbe im Gesicht und einer schiefen Schulter, hatte im Schwarzen Kloster Unterkunft gefunden. Seitdem fragte er sich, was da schiefgelaufen war. Er hatte doch einen Toten … Wie konnte er lebendig vor ihnen stehen?

Er hatte sich mit dem Verriegeln der Tür Zeit gelassen, und nachdem er sich zweimal vergewissert hatte, dass sie auch wirklich abgeschlossen war, gab es keinen Grund mehr, das Gespräch mit Dietlind länger hinauszuzögern.

Er drehte sich um.

Seine Frau lehnte noch genauso am Tresen wie vor wenigen Wimperschlägern. Wenigstens befand sich Marie, dieses vorlaute Weibsbild, nicht mehr in der Offizin.

»Das war Tamme«, sagte sie mit tonloser Stimme und ohne ihn anzusehen. »Eine Mutter erkennt doch ihr Kind.«

»Die Trauer um Tamme lässt dich Dinge sehen, die nicht da sind. Du wünschst ihn dir zurück, und das vernebelt deinen Geist. Komm endlich wieder zu dir. Ich frage mich, wo die Frau geblieben ist, die ich geheiratet habe.« Er machte einen einzigen langen Schritt auf sie zu und packte grob ihre Handgelenke. Er wollte ihr weh tun, dieser Jammergestalt, die doch so viel stärker war als er. Ihre Augen füllten sich auch prompt mit Tränen. Das reichte ihm nicht. »Dein dämlicher Sohn. Als er noch lebte, hast du nur sein Geschick im Kopf gehabt, und nun ist er endlich tot und geistert immer noch durch dieses Haus. Damit ist sofort Schluss. Ich verbiete es dir, noch länger an ihn zu denken.« Er verdrehte ihr den Arm und zwang sie auf die Knie.

»Du tust mir weh«, wimmerte sie.

Er verdrehte ihren Arm noch ein wenig weiter. »Dein Sohn ist tot. Du wirst nie etwas anderes sagen. Verstanden?«

Sie schüttelte den Kopf.

»Sprich!«

»Ich werde nie etwas anderes sagen«, flüsterte sie.

Er ließ sie los. Sie rieb sich das Handgelenk und sah furchtsam zu ihm auf.

Herkner war zufrieden. Zum Glück hatte sein Stiefsohn die Erinnerungen verloren, der heilige Rochus war also doch mit ihm. Und die Wittenberger glaubten nicht an Tammes Auferstehung, das hatte er erst am Abend zuvor im »Schwarzen Bären« erfahren. Nur aus diesem Grund war er überhaupt in das Wirtshaus gegangen, hatte sich von den Studenten und den Handwerkern verhöhnen lassen. Das Blut stieg ihm in den Kopf, als er zurückdachte. Daran war nur Tamme schuld, wie an seinem gesamten Unglück. Dieser Mann aus dem Schwarzen Kloster musste verschwinden. Diesmal durfte er sich keinen Fehler erlauben, musste sorgfältig auf den richtigen Zeitpunkt warten. Georg Herkner ließ seine Blicke über die Flaschen und Tiegel auf seinen Regalen schweifen.

Kapitel 5

Ein altes Weib in fleckigem Kleid und mit strähnigem Haar stand auf einmal vor Almuth, als sie nach der Beichte die Stadtkirche verließ. Die Frau atmete pfeifend mit halbgeöffnetem Mund, ihr entströmte eine Branntweinwolke, die Almuth zurückweichen ließ. Es war erst Vormittag.

Sie machte den Weg in die Kirche frei, obwohl sie nicht annahm, dass Martin Luther der Frau in diesem Zustand die Absolution erteilte.

»Ne, Mädchen. Da will ich nich rein«, nuschelte das Weib. »Mit dir will ich reden, Almuth Gronenberg.«

»Woher kennst du mich?«

»Du erinnerst dich nicht mehr an mich, dabei isses gar nicht lange her. Du bist vor mir gestanden und hast Fragen gestellt. Ich hatte ein Amt inne.«

Wer betraute eine nach Branntwein stinkende Frau mit einem Amt? Bestimmt nicht der gewissenhafte Wittenberger Rat.

»Du erinnerst dich immer noch nicht an mich, dabei haste mir Geld gegeben. Mir und meiner Kollegin.« Die Alte schien die Ahnungslosigkeit der Jüngeren amüsant zu finden, denn sie brach in ein hohles Kichern aus.

Almuth fiel beim besten Willen nicht ein, wo sie der Frau schon einmal begegnet war. »Mildtätigkeit ist ein Gottesgeschenk«, sagte sie deshalb steif. Sie war zur Beichte gegangen und trug keinen Pfennig bei sich. Damit ließ sich das aufdringliche Weib wahrscheinlich am besten vertreiben.

Als hätte es Almuths Gedanken erraten, unterbrach sie das Kichern. »Du hast mir Geld gegeben für Worte. Ne, diesmal will ich nichts von dir.«

»Warum sagst du mir nicht endlich, weshalb du mich angesprochen hast, als würden wir uns kennen?«

»Ruhig, Mädchen. Ich war ein Seelweib.«

Endlich erkannte Almuth die Frau. Das Gespräch mit ihr und dem anderen Seelweib stand ihr wieder klar vor Augen. Für dieses Amt fanden sich nur schwer Leute, da musste der Rat schon einmal auf die Branntweinweiber zurückgreifen.

»Willst du dich über mich lustig machen, weil ich dir Geld gegeben habe für Antworten, die mir nichts nutzten?«

»Nein.« Das Seelweib schüttelte den Kopf und geriet dabei ins Schwanken. Sie musste sich an der Kirchenmauer abstützen.

Die fasse ich nicht an, auch wenn sie zu Boden stürzt, schwor sich Almuth. So weit kam es aber nicht, denn die Frau fing sich wieder.

»Ich will dir noch was sagen für dein Geld. Es muss sein, jetzt, wo dieser junge Kerl in der Stadt ist, der aussieht wie der Pesttote. Gehört sich so.«

Redete das Weib irr, oder hatte es tatsächlich etwas zu sagen? Almuth zweifelte daran und wollte sich gerade abwenden, als die Alte nach einem Schmatzen weiterredete: »Der Rat hat uns mit guten Gulden bezahlt, damit wir die Pestilenztoten waschen und in Tücher nähen. Der Apotheker Herkner hat uns mit guten Gulden bezahlt, damit wir genau das bei seinem Stiefsohn nicht tun. Er hat es selbst gemacht. Wir haben doppelt verdient und sollten unser Maul halten.«

Das musste Almuth erst einmal verdauen. Die Erkenntnis jagte eine Hitzewelle durch ihren Leib.

»Du hast den toten Tamme Redecker nie gesehen?«

»Ich nich. Wir beide nich. Das sollste wissen.«

Sie bedauerte es nun, kein Geldstück dabeizuhaben.

»Ich kann dir nicht mehr anbieten als meinen Dank für deine Worte«, sagte Almuth.

»Du hast mich bezahlt. Der Rat bezahlt seine Seelweiber

auch gut, und es gibt nich viele, die so eine Arbeit wollen. Man darf nich sehr am Leben hängen.« Das ehemalige Seelweib kicherte wieder. Mit einer Hand an die Kirchenmauer gestützt, ging sie davon.

Almuth schaute ihr nach. Die Frau hatte keine Ahnung, wie sehr sie ihr mit dieser Aussage geholfen hatte. Trotz des Branntweins und ihrer abgerissenen Erscheinung hatte sie kluge Gedanken von sich gegeben.

Damit stand nun also fest, dass niemand den toten Tamme gesehen hatte. Frau Dietlind hatte sich zu dem Zeitpunkt nicht in der Stadt aufgehalten – wie praktisch. Zwei alte Weiber waren leicht mit Geld zu kaufen. Was hatte Herkner in die Leintücher eingenäht? Sein toter Stiefsohn war es jedenfalls nicht gewesen, daran bestand für Almuth kein Zweifel mehr.

Er hatte eine Verlobte, er wusste sogar wieder ihren Namen. Almuth Gronenberg, die Schwester des Buchdruckers Johann Gronenberg. Er wusste auch wieder, dass sie in der Collegiengasse wohnte. Am liebsten wäre er hingerannt und hätte sie in die Arme genommen – doch das war leider ausgeschlossen. Er musste standhaft bleiben und glaubwürdig vermitteln, dass er sich an nichts erinnern konnte. Nur so konnte er den Geschehnissen auf den Grund gehen. Deshalb folgte er ihr, als sie mit einem Korb am Arm Richtung Elstertor ging. Er hielt sich immer im Schatten der Hauswände und ließ sie keinen Augenblick aus den Augen.

Als sie aus der Buchdruckerwerkstatt trat, hatte er ihr Gesicht kurz von der Seite gesehen. Sie war schöner als die zu ihm zurückgekehrte Erinnerung. Der Korb hing schwer an ihrem Arm, gern hätte er ihn ihr abgenommen. Wollte er sich nicht vorzeitig verraten, blieb ihm nur übrig, den Sonnenschein auf ihrem Haar zu bewundern. Zu zwei glänzend braunen Zöpfen geflochten, hing es ihr lang den Rücken herunter.

Vor dem Elstertor überquerte Almuth den Rischenbach auf einem schmalen Steg und pochte kurz darauf an das Tor des Waisenhauses. Eine Frau ließ sie ein, und Tamme lehnte sich gegenüber an den Stamm einer Eiche, damit er die Tür des Hauses beobachten, man ihn aber von der Straße aus nicht sehen konnte.

Es dauerte eine ganze Weile, bis Almuth wieder aus dem Haus kam. Sie trug den Korb am Arm, der nun aber wesentlich leichter war. Seine Verlobte machte sich auf den Rückweg. Der leere Korb schlenkerte hin und her, und auf ihrem Gesicht lag ein leichtes Lächeln. Sie ging so dicht an der Eiche vorüber, er hätte nur die Hand ausstrecken müssen, um sie am Ärmel zu berühren. Tamme riss sich zusammen und folgte ihr wieder.

Ein Teil des Weges in der Vorstadt führte an einer hohen Brombeerhecke entlang, an deren Ende der Fahrweg ins nächste Dorf abzweigte. Reife Früchte leuchteten schwarz zwischen den Blättern.

Tamme rannte an der anderen Seite der Hecke entlang, ignorierte den pochenden Schmerz in Kopf und Schulter, bog um das Ende der stacheligen Ranken und stand vor ihr.

Sie ließ den Korb fallen und wollte aufschreien. Blitzschnell legte er ihr die Rechte auf den Mund.

»Kein Wort!«, raunte er ihr zu, drückte ihr den Korb in die Hand und zog sie mit sich hinter die Hecke.

Da erst ließ er sie los, stand vor ihr und wusste auf einmal nicht mehr, was er sagen sollte. Er wollte ihr so vieles erklären und am liebsten, dass er sie so schnell wie möglich zur Frau nehmen wolle. Nur konnte er das einer jungen Frau sagen, die ihn bis eben für tot gehalten haben musste? Vielleicht war sie längst mit einem anderen verlobt?

Mit hängenden Schultern stand Almuth vor ihm, Verwirrung und Erschrecken zeichneten ihr liebes Gesicht.

»Tamme?«, fragte sie vorsichtig.

Er konnte nur nicken.

Sie warf sich in seine Arme, umklammerte ihn und barg das Gesicht an seinem Hals. Auf diese Weise bewies sie ihm, dass sie ganz gewiss nicht mit einem anderen verlobt war. Er strich ihr über den Rücken und den Kopf. Sie im Arm zu halten, fühlte sich gut und vertraut an. Eine ganze Weile lang sagte keiner von ihnen etwas, jeder genoss die Gegenwart des anderen.

Schließlich hob Tamme den Kopf, strich noch einmal über Almuths Haar und löste sich behutsam von ihr.

»Du hast mich nicht vergessen.«

»Wie könnte ich das? Zu Hause sähen sie das gern und wollen mich so schnell wie möglich mit einem anderen verheiraten.« Sie schnaubte empört. »Andere Männer interessieren mich nicht.« Sie strich zart über die Narbe an seiner Schläfe und das Haar, das inzwischen eine Fingerspitze nachgewachsen war und sich wie ein Fell anfühlte. »Was ist mit deinem Haar passiert? Ich habe immer so gern durch deine Locken gewühlt.«

»Sie wurden mir abgeschnitten, damit keine Haare in die Wunde geraten.« Tamme verzog das Gesicht bei dem Gedanken, wie Doktor Eschaus die Kahlrasur angeordnet hatte. Die Bauersfrau hatte nur die Haare um die Verletzung herum abgeschnitten, und er hatte sich noch wie er selbst gefühlt.

»Sie werden wieder wachsen.« Jetzt berührte Almuth seine linke Schulter. »Was ist damit passiert? Und warum erklärt Herkner allen, du seist an der Pest gestorben? Es gab sogar eine Beerdigung.«

»Das weiß ich nicht.« Er erzählte, was passiert war, und ließ nichts aus. Wie ihn eine Bauersfrau verletzt am Wegesrand, dem Tode näher als dem Leben, gefunden und mitgenommen hatte. Dass er zwar seine Verletzungen überlebt hatte, sich aber nicht an seinen Namen und sein früheres Leben erinnern konnte. »Ich habe sogar unsere Verlobung vergessen«, sagte er zum Schluss.

Almuth legte ihm eine Hand auf die Wange. »Hauptsache, du weißt es wieder.«

Dass der Bauer auf die Idee verfallen war, ihn in die Stadt zu bringen, weil er so offensichtlich nie auf einem Bauerngut gelebt hatte, war die beste Idee, auf die der Mann je verfallen war. Er erzählte Almuth, wie dumm er sich beim Melken und beim Einsammeln der Eier angestellt hatte. Am Ende lachte sie, und er fiel befreit ein. Die Schmerzen, die ihm das bereitete, kümmerten ihn nicht.

»Du bist eben ein Mann des Geistes«, sagte sie, nachdem sie sich wieder beruhigt hatte. »Stammen die Verletzungen von einem Sturz?«

Wieder musste er den Kopf schütteln. »Doktor Eschaus meint, diese Verletzungen kann ich mir nicht bei einem Sturz zugezogen haben. Da hat jemand mit viel Kraft und einem Knüppel zugeschlagen. Ich erinnere mich wieder an mein Leben, an fast alles daraus, aber da ist nach wie vor ein dunkler Fleck in meinem Kopf. Alles andere fiel mir wieder ein, als meine Mutter mich berührt hat.«

»Du warst bei Frau Dietlind? Ich habe auch mit ihr gesprochen, habe mich ins Haus geschlichen, weil Georg Herkner sonst niemanden zu ihr lässt. Sie sah nicht gut aus, hielt sie doch ihren Sohn für tot. Hat sie dich erkannt? Was für eine Frage? Eine Mutter erkennt doch ihren Sohn, auch wenn er keine Haare mehr auf dem Kopf hat und im Gesicht einen Verband trägt«, gab sie sich die Antwort gleich selbst.

»Wir konnten nicht viel miteinander reden. Sie wollte erst nicht glauben, dass ich es wirklich bin, und dann kam mein Stiefvater.« Er pflückte ein paar der reifen Brombeeren und steckte ihr eine nach der anderen in den Mund.

»Almuth, ich muss etwas mit dir besprechen«, sagte er dabei. »Ich muss herausfinden, weshalb ich für tot erklärt wurde. Ich habe noch niemandem gesagt, dass ich mich erinnere. Alle halten mich für einen geistlosen Krüppel und unter diesem

Schutz will ich die Wahrheit herausfinden. Wir müssen meinen Stiefvater in Sicherheit wiegen, nur er …«

»Er hat etwas damit zu tun«, unterbrach Almuth ihn aufgeregt. »Ich habe nicht einen Augenblick geglaubt, du seist wirklich an der Pestilenz erkrankt. Du warst doch nicht in dem Pesthaus. Mir liegt wie dir daran, herauszufinden, warum Herkner allen weisgemacht hat, die Pestilenz hätte dich geholt. Sag mir, wie ich dir helfen kann.«

»Du bist …« Er war zu verdutzt, um einen vollständigen Satz herauszubringen. Er war stolz, überwältigt, erstaunt, um Almuth besorgt – und das alles auf einmal.

»Was bin ich?«

»Du bist einfach überwältigend. Zusammen werden wir es schaffen. Aber wir müssen vorsichtig sein, damit er keinen Verdacht schöpft. In deiner Familie darf es auch niemand erfahren, das Risiko, dass sich alles herumspricht, ist zu groß.«

»Doktor Luther hat seine Unterstützung angeboten«, erwiderte sie schnell. »Er will keine Ungerechtigkeit auf Erden zulassen. Es hat ihm gefallen, wie fest ich an dein Überleben geglaubt habe. Und er hat mir auch schon gesagt, dass dein Stiefvater heimlich Geschäfte mit dem Hofmaler macht. Er hat ihm eines deiner Bauerngüter überlassen.«

»Welches?«, schnappte Tamme.

»Eines von den Paunsdorfern. Das kleinere wohl. Es hieß, nach deinem Tod sei er als dein Erbe dazu berechtigt.«

»Er ist nicht mein Erbe, ich lebe ja noch. Und überdies ständen die Bauerngüter im Falle meines Todes meiner Mutter zu.«

»Als Frau Dietlinds Ehemann stehen ihm Rechte an ihrem Vermögen zu.« Almuth hatte aufgepasst, wenn Tamme zu ihr vom Gesetz gesprochen hatte.

»Kleine Rechtsgelehrte«, nannte er sie dann auch zärtlich. Gleich darauf wurde er wieder ernst: »Herkner konnte es offenbar gar nicht abwarten, meine Güter zu Geld zu machen.«

»Wegen seiner Schulden bei Lucas Cranach.«

»Warum hat er nichts gesagt?«

»Hättest du ihm geholfen?« Sie strich wieder über den Verband an seiner Wange.

»Hätte ich«, sagte Tamme nach kurzem Zögern. »Nicht seinetwegen, aber wegen meiner Mutter und meiner Brüder. Das Geld für mein Examen hätte er mir dennoch nicht vorenthalten dürfen.«

Almuths Hand lag noch an seiner Wange.

»Es wird eine Narbe bleiben. Stört sie dich?«

»Auf keinen Fall. Das Wichtigste ist, dass du am Leben bist.« Ihr Blick wurde traurig. »Ich muss zurück, sonst wundern sie sich über mein langes Ausbleiben. Am Ende lassen sie mich nicht mehr aus dem Haus. Sibilla ist misstrauisch geworden, seit ich nicht mehr verlobt bin. Mein Ruf darf auf keinen Fall Schaden nehmen, sagt sie.«

»Wann sehe ich dich wieder?«

»So bald wie möglich. Morgen, nein, besser übermorgen, dann haben wir den Waschtag hinter uns.«

Zum Abschied erlaubte sie ihm, ihr rasch einen Kuss aufs Haar zu drücken, denn auf der anderen Seite der Hecke näherten sich Stimmen und Kinderlachen, und es entsprach nicht ihren Plänen, dass sie jemand zusammen sah. Tamme schaute ihr nach, als sie um die Brombeerhecke verschwand. Gleich darauf trieb eine der guten Schwestern aus dem Waisenhaus eine Handvoll Kinder wie eine Schar Gänse an ihm vorbei und grüßte ihn mit einem Nicken.

Seit sie sich wiedergefunden hatten, entwickelte sich die Brombeerhecke in der Vorstadt zum Ort ihrer heimlichen Treffen. Kühles und regnerisches Oktoberwetter hielt sie nicht ab. Tamme wartete stets auf sie, als sie um die Hecke bog. Er zog sie in seine Arme und barg das Gesicht an ihrem Hals.

»Ich habe jedes Mal Angst, dass du nicht kommst. Dass du nie mehr kommst«, flüsterte er dabei.

»Wieso denkst du das?« Almuth löste sich von ihm und blickte ihn entrüstet an.

»Ich bin ein Krüppel und ein Niemand in Wittenberg.«

»Du bist für mich noch der gleiche Tamme, der du schon immer warst. Wie könnte ich in dir etwas anderes sehen als den Mann, den ich heiraten werde?«

»Manchmal habe ich den düsteren Gedanken, dass du einen anderen gefunden hast«, gab er zu. »Wenn es mir nicht gelingt, meinen Stiefvater zu überführen und mein altes Leben zurückzubekommen ...«

»Ich will davon nichts hören«, widersprach Almuth und erschrak über ihre eigene Heftigkeit. Ruhiger fuhr sie fort: »Es wird uns gelingen. Solche Schurken wie Georg Herkner dürfen mit ihren Untaten nicht durchkommen.«

»Wenn ich dich nicht hätte. Komm zu mir.« Tamme zog sie näher. Er löste ihre Zöpfe, und das Haar fiel ihr lang und seidig den Rücken herunter. Er wickelte sich eine dicke Strähne um die linke Hand. »Ich wünsche mir eine Locke von deinem Haar als Versprechen für die Zukunft.«

»Alles, was du willst, Liebster.«

Tamme zog das kleine Essmesser aus dem Hosenbund, sie hatten es ihm im Kloster gegeben, und er fühlte sich damit sicherer. Er wollte eine dünne Strähne ihres Haares abschneiden. Lächelnd nahm Almuth ihm das Messer aus der Hand und säbelte sich eine Handvoll Haare ab.

»Das ist für ein großes Versprechen.« Sie band die Haare zusammen und reichte ihm feierlich das Haarbüschel.

Er küsste sie. »Ich werde deine Locken in Ehren halten.«

»Wir sind wie ein Ritter und sein Edelfräulein.«

»Nur dass wir ein Student der Rechte und die Schwester des Buchdruckers sind.« Tamme gelang ein Lächeln.

»Das ist mir auch lieber. Wer will schon auf einer zugigen

Burg wohnen«, erwiderte sie leichthin. »Wir brauchen nur einen bescheidenen Platz, wo wir als Mann und Frau leben können.« Almuth strich über die Sorgenfalten auf Tammes Stirn. Seine düstere Stimmung beunruhigte sie. Aber man konnte wohl nicht um seinen Namen und seine Familie gebracht werden, ohne dabei schwermütig zu werden.

Sie standen beide dicht beieinander, Tamme hatte seinen Arm um sie gelegt.

»Du setzt dein Studium an einer anderen Universität fort, wo sie nie von dir gehört haben, in Bologna oder Paris. Dann holst du mich nach, und ich werde deine Frau. Wir vergessen Herkner. Soll er doch ersticken an allem, was er sich unter den Nagel gerissen hat.« Almuth war dazu bereit. Mit Tamme wollte sie überallhin gehen. Es wäre ihr egal, wo und wie sie lebten, Hauptsache, sie waren beisammen.

Tamme schüttelte den Kopf und sagte: »Das ist keine Lösung. Wie sollen wir in diesen Städten leben? Die ersten Gulden brauchen wir schon, damit ich mich überhaupt an der Universität einschreiben kann.«

»Wir werden einen Gönner finden«, erwiderte Almuth begeistert. »Martin Luther könnte dich unterstützen. Bestimmt kann er jemanden finden, der dir das Geld für die Universität vorstreckt. Du brauchst nur noch dein Examen und ein Amt als Notarius oder Rechtsgelehrter.«

Es klang schön. Zu schön, um in Erfüllung gehen zu können.

»Als Tamme Redecker brauche ich nur noch mein Examen. Als namenloser Niemand fehlt mir das gesamte Studium, angefangen bei der artistischen Fakultät. Dein Bruder wird eine Verbindung zwischen dir und einem mittellosen Studenten niemals zulassen.«

»Den fragen wir gar nicht erst.« Almuth machte sich keine Illusionen über die Meinung ihres Bruders. Sie wusste, wie recht Tamme hatte. Aber wären sie erst verheiratet, könnte Johann nichts mehr machen.

»Kein Priester wird uns trauen, ohne eine Erlaubnis deiner Familie.«

»Ich gebe mich als Witwe aus.«

Trotz des ernsten Themas stieg ein Lachen in Tammes Kehle auf – wegen des unerschütterlichen Eifers seiner Verlobten. »Ich will nicht den Rest meines Lebens mit Lügen verbringen.«

»Es bleibt uns also nichts anderes übrig, als deinen Stiefvater zu überführen.«

Er seufzte.

»Ich weiß auch schon wie ...«

»Almuth, du bist einfach – unerschütterlich.«

»Hör mir erst einmal zu. Wir müssen herausfinden, wie und warum er sich mit Lucas Cranach eingelassen hat. Es muss doch öffentlich bezeugt sein, dass dein Stiefvater eines deiner Bauerngüter übertragen hat. Darüber muss es Urkunden beim Rat geben.«

»An dir geht eine Rechtsgelehrte verloren.« Tamme meinte es auch so und fühlte bereits neue Zuversicht. »Die liegen beim Rittergutsgericht in Paunsdorf.«

»Es muss auch in Wittenberg etwas geben«, widersprach Almuth sofort. »Dein Stiefvater ist nach deinem Tod nicht nach Paunsdorf gereist, das weiß ich ganz bestimmt. Lucas Cranach hat die Stadt auch nicht verlassen, sondern baut gerade sein neues Haus um. Ich werde es herausfinden, bevor die Glocken zum Abendgebet geläutet haben.«

»Es bleibt dir nicht mehr viel Zeit«, schätzte Tamme nach einem Blick auf den Stand der Sonne.

Almuth gab ihm einen Kuss. Er wollte sie fester an sich ziehen und ihren Mund so schnell nicht wieder freigeben, aber geschickt schlüpfte sie aus seinen Armen und eilte davon in Richtung Stadt. Einmal drehte sie sich noch um und winkte ihm zu.

Im Wittenberger Rathaus traf Almuth auf den Ratsschreiber und trug ihm ihr Anliegen vor. Sie wollte den Verkauf eines Bauerngutes in der Nähe von Paunsdorf, den der Apotheker Georg Herkner vor kurzem getätigt hatte, einsehen. Philipp Reichenbach, der Schreiber, gekleidet in einen knielangen schwarzen Talar mit weißem Spitzenkragen darüber und tintenfleckigen Fingern zog die Stirn kraus.

»Habt Ihr einen besonderen Grund für Euer Begehr?«, fragte er.

»Sind solche Auskünfte nicht öffentlich?«, fragte Almuth.

»Sprecht mit dem Apotheker.«

»Das möchte ich nicht.« Sie setzte ihr schönstes Lächeln auf. Zwar war der Ratsschreiber verheiratet, aber seine Frau war ein reizloses, blasses Weib mit Sommersprossen auf der spitzen Nase.

Reichenbachs Miene wurde auch sogleich freundlicher. »Ihr seid wegen Eures Verlobten gekommen? Weil Ihr Euch nicht mit seinem Tod abfinden wollt?«

»Er ist nicht gestorben, das weiß ich bestimmt. Muss in Euren Gerichtsakten nicht die Wahrheit stehen?«

»Unbedingt.«

»Aber sie steht nicht drin, wenn jemand etwas verkauft, das ihm gar nicht gehört. Der Apotheker Herkner hat etwas verkauft, das seinem Stiefsohn gehört.«

Einen Finger an die Nase gelegt, überlegte Philipp Reichenbach. Almuth hatte Zweifel in ihm geweckt, das war ihm deutlich anzusehen. »Das darf es nicht geben«, sagte er mit Nachdruck. »Was wollt Ihr wissen?«

Sie jubelte innerlich und wiederholte ihr Anliegen.

»Wo liegt dieses Bauerngut?«

»In Paunsdorf bei Leipzig.«

Die eifrige Miene des Ratsschreibers umwölkte sich wieder. »Diese Urkunden befinden sich in Paunsdorf. Ich kann da gar nichts machen.«

»Ihr könntet eine Anfrage an den dortigen Gerichtsschreiber richten. Er solle eine Abschrift schicken. Ich bezahle auch dafür«, fügte Almuth schnell noch hinzu und fragte sich, ob die Groschen in ihrer Börse dazu noch ausreichten.

»Das entspricht nicht dem Gesetz. Es könnte sonst jeder mit einem derartigen Anliegen zu mir kommen.«

»Bitte macht eine Ausnahme für mich.« Ihr schönstes Lächeln verstärkte sie diesmal mit einem Augenaufschlag.

Der Ratsschreiber ließ sich erweichen. Gemeinsam setzten sie das Schreiben auf. Almuth atmete tief durch, als das Wachs auf den zusammengefalteten Brief tropfte und das kleine Siegel des Wittenberger Rates hineingedrückt wurde.

Die Antwort könnte, laut Philipp Reichenbach, bis zu einem Monat auf sich warten lassen. Die Zeit schreckte sie nicht – und wenn es ein Vierteljahr dauerte, sie würde sich nicht aufhalten lassen. Sie verabschiedete sich und wandte sich zum Gehen.

»Wartet«, hielt der Schreiber sie zurück, als sie gerade die Hand nach der Türklinke ausstreckte. »Mir fällt soeben etwas ein: Georg Herkner war vor gar nicht langer Zeit bei mir, um eine Urkunde aufsetzen zu lassen.«

»Lasst sie mich sehen. Ich bitte Euch.«

»Es war eine private Urkunde, und er hat sie mitgenommen. Ich habe keine Abschrift davon für die Gerichtsakten, deshalb fiel es mir nicht sogleich ein.«

»Erinnert Ihr Euch an den Inhalt?«

»Ungefähr.« Der Ratsschreiber zog die Stirn in Falten und legte wieder einen Finger an die Nase. »Eine Bestätigung, dass ihm die Verfügungsgewalt über ein Bauerngut zusteht und er die Einnahmen daraus versprechen will. Es war sehr vage und keineswegs dem Recht entsprechend ausgedrückt. Ich wollte ihm zu besserer Formulierung raten, aber er bestand auf seinen Worten.«

»War ein Empfänger in der Urkunde genannt?«

»Nein. Das war gerade einer der Punkte, in dem ich ihm zu mehr Genauigkeit geraten habe.«

»Ich danke Euch«, rief Almuth aus. »Ihr habt mir damit sehr geholfen. Mehr, als Ihr denkt.« Sie trat auf den Ratsschreiber zu und umarmte ihn. Nach einem Moment der Überraschung ließ er es sich gern gefallen.

Kapitel 6

Was Almuth in der Schreibstube herausgefunden hatte, war in Tammes Augen ein erster Beweis für die Unredlichkeit seines Stiefvaters. Wenn er Urkunden hatte ausstellen lassen, so musste er diese Beweisstücke irgendwo aufbewahren. Tamme vermutete sie in der verschlossenen Kammer unter der Treppe. Dort schloss sein Stiefvater von jeher Geld und seine Geschäftsbücher ein. Dort mussten sie suchen. Außerdem wollte er herausfinden, was seine Mutter wusste. Deshalb waren er und Almuth nach Einbruch der Dunkelheit durch die Gärten zur Rückseite des Hauses geschlichen.

Tamme hatte seine Verlobte nicht mitnehmen wollen. Eine junge Frau gehörte nachts nicht auf einen fremden Hinterhof. Doch davon wollte Almuth nichts wissen. Frau Dietlind sollte wenigstens ein bekanntes Gesicht um sich haben, wenn sie zum zweiten Mal ihrem totgeglaubten Sohn gegenüberstand.

Die Magd Marie sollte die Hintertür auflassen, damit sie ins Haus kamen. So hatte Almuth es am Morgen mit ihr verabredet. Sie warteten zunächst im Hof neben der Abfallgrube. Die Sonne war inzwischen untergegangen, aus den langen Schatten Nacht geworden. Tamme wollte zur Hintertür gehen, aber Almuth hielt ihn zurück. Sie hatte das Gefühl, nicht allein zu sein.

Gleich darauf zeigte sich, dass ihre Ahnung sie nicht getrogen hatte. Ein dürrer Mann huschte in den Hof, sah sich mehrmals verstohlen um und ging zur Hintertür. Dort wartete er. Almuth und Tamme drückten sich eng an die Schuppenwand und entgingen seinem Blick. Gleich darauf kamen drei weitere Männer in den Hof gelaufen.

»Grundgütiger Heiland«, hauchte Tamme in ihr Ohr. »Beinahe wären wir ihnen in die Arme gelaufen. Ich frage mich, was mein Stiefvater schon wieder ausheckt?«

Die Männer vor der Tür redeten miteinander. Almuth und Tamme hörten zunächst nur ein Wispern und Zischen, aber nach und nach verstanden sie einzelne Worte. Die meiste Zeit sprach der Dürre auf die anderen ein. Er unterstrich seine Rede mit heftigen Handbewegungen, als müsste er etwas genau erklären. Dann hörten sie den Namen Martin Luther und noch etwas, das klang wie: »Nach der Beichte«, zuletzt ganz deutlich: »Es soll eurer Schaden nicht sein«.

Der Dürre schickte die anderen fort, zuvor drückte er ihnen etwas in die Hände. Anschließend klopfte er an die Hintertür, die ihm gleich darauf von jemandem mit einer Laterne in der Hand geöffnet wurde.

Almuth und Tamme blieben noch lange Zeit dicht aneinandergedrängt in der Dunkelheit stehen. Selbst als sich im Haus nichts mehr regte. Der Dürre war nicht wieder herausgekommen.

»Wir müssen gehen«, flüsterte Tamme endlich.

Dicht an der Begrenzungsmauer entlang schlichen sie davon. Inzwischen war es mitten in der Nacht und auf Wittenbergs Straßen alles ruhig. Die ehrbaren Bürger lagen in ihren Betten, und die nicht so ehrbaren machten sowieso kein Geräusch. Die Ausnahme bildeten zwei Kater, die fauchend hintereinander die Schlossgasse entlangrannten und sich gleich darauf mit runden Rücken gegenüberstanden.

Almuth und Tamme liefen Hand in Hand an ihnen vorbei.

»Was hat dein Stiefvater mit Martin Luther zu schaffen?«, Almuth sprach abgehackt und im Rhythmus ihrer Schritte.

»Nichts, soweit ich weiß. Er ist unser Beichtvater.«

»Die Männer im Hof sprachen von der Beichte.«

»Nur ging es bestimmt nicht darum, bei Doktor Luther seine Sünden zu bereuen«, sagte Tamme leise. »Dazu muss man sich nicht mitten in der Nacht in aller Heimlichkeit verabreden.«

»Doktor Luther hat nicht nur Freunde. Das weiß ich von meinem Bruder. Mit seinen Osterpredigten gegen den Ablass hat er sich gegen den Papst und den Erzbischof gestellt. Die Leute vergessen das nicht.«

»Du willst doch nicht etwa sagen, dass der Papst oder der Erzbischof Mordbuben ausschicken?« Tamme spürte das Herz gegen seine Rippen hämmern.

»Dafür haben sie ihre Leute.«

»Almuth!«

»Du hast das Gleiche gehört wie ich. Wir müssen Doktor Luther warnen. Und dein Stiefvater hängt mit drin, gnädiger Heiland. Ich möchte nicht wissen, was er sich noch so alles hat zuschulden kommen lassen.«

Sie waren bei der Buchdruckerei Gronenberg angekommen und standen vor dem Hoftor. Almuth fingerte einen großen Schlüssel aus einer an ihrem Gürtel hängenden Tasche.

»Ich werde Luther warnen und versuchen, ihn zu schützen«, sagte Tamme, als er seine Verlobte zum Abschied küsste.

Seine Nacht war kurz. Mit dem Läuten zur Vigil schlich Tamme sich ins Schwarze Kloster. Schlaflos lag er in seiner Zelle, und bevor die Glocken das nächste Mal zu den Laudes läuteten, erhob er sich wieder. Er folgte den Mönchen in die kleine Klosterkapelle, faltete die Hände zum Gebet und sprach mit ihnen voller Inbrunst das »Amen« am Schluss. Beim Hinausgehen schloss er sich Martin Luther an.

»Auf ein Wort, verehrter Doktor«, sagte er leise.

Luther ging langsamer, und als sie beide allein im Gang standen, nickte er Tamme auffordernd zu.

»Ihr habt Feinde, und sie begnügen sich nicht damit, mit Worten wider Euch zu streiten.«

»Jeder Gelehrte hat Feinde unter anderen Gelehrten. So ist das nun einmal in der Welt des Geistes.«

»Ich meine es ernst. Es gibt Leute, die Pläne gegen Euch schmieden.«

»Wer?«, fragte Luther mit unbewegter Miene.

»Ein dürrer Mann traf sich mit anderen in der Stadt. Euer Name fiel zwischen ihnen, Geld wechselte den Besitzer.«

»Woher weißt du das?«

»Ich war unterwegs auf der Suche nach mir selbst. Dabei höre ich manches.«

»Offenbar auch Teile von Gesprächen, die nicht für deine Ohren bestimmt sind. Du hast dir etwas zusammengereimt.«

»Ich weiß, was ich gehört habe. Es wird ein finsterer Plan gegen Euch geschmiedet.«

»Was soll das schon sein? Eine gegen mich gerichtete Streitschrift.«

Tamme knetete seine Finger. »Davon war nicht die Rede. Keine Streitschrift. Etwas soll während oder nach der Beichte geschehen.«

»Du hast ein paar Wortfetzen gehört, und schon glaubst du, einem Komplott auf der Spur zu sein. Die Beichte ist ein heiliges Sakrament, das kein Gläubiger entweiht.«

Tamme wollte widersprechen, aber Luther schnitt ihm mit einer Handbewegung die Worte ab. »Ich will nichts weiter hören. Auf vage Vermutungen hin werde ich mich nicht von meinen Pflichten abhalten lassen. Gott hält seine Hände über mich, und dahinein werde ich mich demütig begeben.« Der Augustinereremit setzte seinen Weg fort. Seine Schritte klapperten auf dem Dielenboden.

Tamme starrte ihm hinterher. Er bemerkte seinen offenstehenden Mund und schloss ihn schnell. Luther hatte die Warnung in den Wind geschlagen und ging nun geradewegs zur Beichte. Es war einer der drei Tage in der Woche, an denen er keine Vorlesung hielt und stattdessen in der Stadtkirche die Beichte hörte.

Die Beichte!

Eilig setzte sich Tamme in Bewegung. In seiner linken Schulter begann wieder der Schmerz zu pochen. Er solle sich noch schonen, hatte Doktor Eschaus ihm geraten. Dafür war nun keine Zeit. Er hastete hinter Luther her, und erst als er ihn unbehelligt Richtung Stadtkirche gehen sah, beruhigte sich sein Herzschlag etwas.

Luther betrat die Kirche durch die kleine Tür des Nordportals, er bekreuzigte sich vor dem Altar und nahm im Beichtstuhl Platz. Es war einer der seltenen Augenblicke, in denen in der Kirche keine der gestifteten Messen gelesen wurde und es still war. Zu manchen Zeiten wurden mehrere Messen gleichzeitig gelesen, und die Priester versuchten, sich gegenseitig zu überschreien. Dass die angerufenen Heiligen daran Freude haben sollten, ließ sich bezweifeln. Tamme verbarg sich hinter einer Säule.

Von seinem Versteck aus beobachtete er, wie einige ältere Frauen die Kirche betraten und sich dem Beichtstuhl näherten. Eine nach der anderen ging hinein und kam nach einer Weile wieder heraus. Natürlich hörte er kein Wort von dem, was gesprochen wurde, aber die Frauen sahen beim Verlassen des Beichtstuhls deutlich gelöster aus als beim Hineingehen.

Er schaute sich immer wieder in der Kirche um, ob jemand hereinkam, der sich verdächtig benahm. Einer der Männer, die er letzte Nacht im Hof seines Stiefvaters gesehen hatte. Würde er sie erkennen?

Ein junger Mann betrat die Kirche durch das Südportal. Tamme kannte ihn nicht und spannte seine Muskeln an. Das könnte einer von ihnen sein. Gleich darauf entspannte er sich jedoch, denn der Mann zog einen widerstrebenden kleinen Jungen an der Hand hinter sich her. Der Knirps stemmte die Beinchen in den Boden und stolperte bei jedem Schritt.

Die beiden hatten es bestimmt nicht auf Doktor Luther abgesehen.

Der Mann betete vor dem Bild eines Heiligen und wartete danach zwischen den Frauen, bis er mit dem Beichten an der Reihe war. Gemeinsam mit seinem Sohn betrat der Mann den Beichtstuhl. Er blieb nicht lange drin. Als er wieder herauskam, sah er verärgert aus, als hätte seine Beichte nicht den gewünschten Erfolg erzielt. Er zog wieder seinen störrischen Sohn hinter sich her und verließ die Kirche.

Weitere Gläubige warteten nicht mehr, um ihr Gewissen zu erleichtern, und Luther verließ den Beichtstuhl und kam direkt auf die Säule zu, hinter der Tamme sich versteckt hatte. Der machte sich dünn und presste sich eng an den Stein.

»Bist du zur Beichte gekommen, junger Mann ohne Namen?« Luther hatte die Säule noch nicht ganz erreicht, als er mit rauer Stimme sprach.

Tamme trat hinter der Säule hervor.

»Ich komme gern um diese Zeit in die Kirche. Dann werden nicht so viele Messen gelesen, und es ist noch ruhig. Außerdem frage ich mich, ob mich etwas hier drin an mein früheres Leben erinnert.«

»Du bist ein Lügner. Zwar ein geschickter, aber ein Lügner. Du bist mir gefolgt. Erst warnst du mich, und nun schleichst du mir hinterher.« Der Professor sah ihn streng an. Tamme fühlte sich durchschaut.

In der Nacht ließ die Magd Marie zum zweiten Mal die Hintertür angelehnt. Diesmal wurden Almuth und Tamme nicht durch fremde Gestalten am Eindringen ins Haus gestört.

Der Apotheker saß beim Bier im »Schwarzen Bären«. Tammes Mutter schloss ihren Sohn überglücklich in die Arme. In ihrem hohlwangigen Gesicht leuchteten die Augen. Sie bestätigte auch, dass in der vergangenen Nacht ein fremder Mann im Haus genächtigt habe. Er sei groß und dürr gewesen.

»Ich habe von ihm aber nur den Rücken im Schein einer Kerze gesehen. Vor dem ersten Morgenläuten hatte er das Haus bereits wieder verlassen«, berichtete Dietlind Herkner.

Nein, ihr Mann habe ihr nichts über den Besucher gesagt, sondern sei ungeduldig geworden. Tamme streichelte die Wange seiner Mutter, um sie zu beruhigen.

Von den Geschäften ihres Mannes wusste sie nichts, weder von Schulden noch über seine Einnahmen. Dass er eines der Bauerngüter abgetreten haben sollte, konnte sie sich nicht vorstellen.

»Er hat es immer ein großes Glück genannt, sie zu haben«, sagte sie. »In schlechten Zeiten sichern sie das Überleben der Familie.«

»Meiner Familie«, korrigierte Tamme. »Er war verpflichtet, mir die alleinige Verwaltung zu übertragen, sobald ich geheiratet hätte.«

»Das hätte er auch gemacht. Er hat auch gemeint, welch Glück es für dich sei, die Bauerngüter geerbt zu haben.«

»Und …« Tamme ärgerte sich. Seine Mutter war mit Georg Herkner verheiratet und musste mit ihm auskommen, nicht einmal Gott konnte daran etwas ändern.

In sein Zögern hinein sagte Frau Dietlind: »Du hast nie sehen wollen, wie viel er für die Familie getan hat – auch für dich. Wir haben es alle immer gut gehabt.«

»Ist das immer noch so?«, warf Almuth ein.

»Was soll sich daran geändert haben? Die Jungen gehen in Leipzig zur Schule und werden dort die Universität besuchen. Tamme ist wieder …«

»Du weißt von keinen Schulden, Frau Mutter?«, brachte Tamme das Gespräch wieder auf das Thema, das ihm auf der Seele lag. Er wollte keine weiteren Loblieder auf den Apotheker hören.

»Es gibt keine Schulden, es hat uns doch nie an etwas gefehlt.«

»Du solltest nie sparsam wirtschaften?«

»Ich achte ohnehin darauf, nichts zu verschwenden.« Frau Dietlind streckte ihren Rücken. Ihr Blick wanderte forschend zwischen Almuth und ihrem Sohn hin und her. Die Fragen der beiden bedrückten sie, aber noch überwog die Wiedersehensfreude.

Urkunden über die Bauerngüter hatte sie nie gesehen, und eine Durchsuchung des Hauses förderte nichts zutage. Einzig die Kammer unter der Treppe konnten sie nicht öffnen. Frau Dietlind besaß keinen Schlüssel. Tamme stocherte mit dem Stiel eines Löffels aus der Offizin im Schloss herum. Doch statt einer geöffneten Tür war ein verbogener Stiel das Ergebnis. Er musste aufgeben.

»Kein Wort über meinen und Almuths Besuch. Zu niemandem«, schärfte er seiner Mutter ein.

»Georg muss es doch wissen. Er wird ...«

»Gerade er darf nichts davon erfahren. Frau Mutter, kommt es dir nicht merkwürdig vor, dass er mich bis zu meinem Pesttod gepflegt haben will. Er hat mich beerdigen lassen, und doch stehe ich vor dir. Wer liegt in meinem Grab?«

»Es handelt sich um ein Wunder des heiligen Rochus. Wichtig ist nur, dass du lebst, mein Großer.«

»Trotzdem darfst du zu niemandem ein Wort sagen. In der Stadt gelte ich als der Mann, der seinen Namen nicht kennt. Daran darf sich nichts ändern.«

Mühsam rang Tamme seiner Mutter das Versprechen ab. Zum Abschied küsste sie ihn und Almuth auf beide Wangen. Kaum hatten sie ihr den Rücken zugedreht, flossen die Tränen und ließen sich nicht aufhalten.

Tamme brachte seine Verlobte nach Hause. Schweigsam gingen sie nebeneinanderher. Ihm tat es in der Seele weh, zu sehen, wie seine Mutter unter Georg Herkners Einfluss stand. Ein weiterer Grund, warum er den Apotheker seiner Schandtaten überführen musste.

Kapitel 7

Erneut stand Tamme vor Sonnenaufgang in der Stadtkirche und schaute sich um. An diesem Morgen begleitete ihn Hinke-Cuno. Dem Jungen war er auf dem Weg vom Schwarzen Kloster zur Stadtmitte begegnet, und dieser hatte sich ihm einfach angeschlossen. Wusste der Junge, wer sich wirklich hinter dem Mann ohne Gedächtnis verbarg? Manchmal glaubte Tamme das, wenn Cuno ihn mit schiefgelegtem Kopf ansah. Und er sehnte sich danach, nicht nur bei Almuth Glauben zu finden. Dennoch unterdrückte er das Gefühl und offenbarte sich dem Waisenjungen nicht.

»Hier ist niemand«, murmelte er vor sich hin.

Bis auf ihre Schritte und das Klappern eines Fensterladens war es in der Kirche still. Sie waren allein. Niemand verbarg sich im Chor hinter dem Altar, die Tür zur Sakristei war abgeschlossen. Tamme presste sein Ohr gegen das Holz, aber es war nichts zu hören. Jeder von ihnen trug eine Laterne, in deren Schein geisterhafte Schatten über Säulen und Wände huschten.

»Was suchen wir?«, wollte Cuno leise wissen.

»Ich will jemanden schützen.« Tamme ließ alle Vorsicht fahren und erzählte dem Waisenjungen, was er und Almuth belauscht hatten und von seiner Sorge um Luther. Und wie er seitdem in die Kirche schlich, um den Mönch zu bewachen, wenn der die Beichte hörte.

Cuno stellte keine Fragen, sondern nickte, als hätte er genauso gehandelt. »Wir müssen ihn hindern.«

Er durchmaß die ganze Breite der Kirche mit erstaunlich schnellen hinkenden Schritten und blieb vor den beiden Beichtstühlen stehen. Tamme näherte sich langsamer.

»Ich weiß die Lösung«, sagte Hinke-Cuno und zog den Vorhang bei einem der Beichtstühle zurück, spähte hinein, als hätte er dessen Inneres noch nie zuvor gesehen.

»Der Doktor lässt sich nicht von seinen Pflichten abhalten.«

»Das *wird* ihn abhalten.« Cuno öffnete nun die Gittertür in der Mitte des Beichtstuhls, hinter der der Priester Platz nahm. Er bewegte sie einige Male hin und her, als prüfe er etwas. Danach hob er die Laterne höher und beleuchtete das Innere. Tamme erkannte die Zipfel eines bestickten Kissens auf der Sitzbank.

Die Kerze in seiner Laterne flackerte, als ein Windzug durch die Ritzen der Türen und Fenster fuhr, und wäre beinahe erloschen. Der Fensterladen klapperte erneut, Tamme zuckte zusammen. Beide beobachteten, wie die Flamme sich wieder erholte. Der Waisenjunge stellte seine Laterne auf den Boden und hinkte zum Südportal. Der Stadtpfarrer bewahrte in dem kleinen Vorbau einen Holzvorrat auf, und gleich darauf kam Cuno mit einem Armvoll davon wieder zurück. Schlagartig wurde Tamme klar, was der andere vorhatte.

»Das darfst du nicht!« Er fiel dem Jungen in den Arm.

Die Holzscheite polterten auf den Steinboden. Cuno schlug um sich und traf Tammes noch nicht völlig verheilte Schulter mit dem Ellenbogen. Der Schmerz fuhr diesem wie der Stich einer Hellebarde durch den Leib. Tamme sackte in die Knie und vor seinen Augen verschwamm die Welt. Als sein Blick sich wieder klärte, sah er Cuno von Beichtstuhl zu Beichtstuhl hinken und Holzscheite und Kienspäne auf den Priestersitzen verteilen.

Der Schmerz loderte weiter in Tammes Schulter. Er umklammerte sie mit der Rechten. Seine Gedanken waren noch langsam, und als er sprach, fühlte sich seine Zunge im Mund wie ein Bleiklumpen an. »Cuno, nicht!«

Er glaubte, die Worte gerufen zu haben, aber da der Junge

ruhig einen Kienspan an seiner Laterne entzündete und in den ersten Holzhaufen steckte, war er sich nicht sicher, überhaupt laut gesprochen zu haben.

»Cuno!«, rief er noch einmal.

Diesmal schaute der Junge auf. »Es wird an diesem Morgen bestimmt keine Beichte geben. In den nächsten Tagen auch nicht.«

Die Flamme erfasste die Späne und wurde rasch heller und größer. Ihre Zungen leckten über das Holz, gierten nach Nahrung und fraßen sich voran. Schon brannten die kleineren Scheite.

Cuno wiederholte alles beim zweiten Beichtstuhl. Sie beobachteten wieder, wie die Flamme größer wurde. Rauch quoll durch die Gittertüren und brachte sie zum Husten. Cuno stellte sich neben ihn und sah sehr zufrieden aus.

Das trockene alte Holz der Beichtstühle nahm das Feuer gierig an. Es prasselte und knackte, und bald schlugen die ersten Flammen durch das Gitter. Ein Funkenregen setzte die Vorhänge in Brand. Es wurde heiß dort, wo sie standen, sie mussten zurückweichen.

»Du hast die Kirche angezündet. Für den Frevel wirst du im Fegefeuer schmoren«, warf Tamme dem Jungen vor. Ein Teil von ihm wusste, dass er Wasser und Hilfe holen sollte. Ein anderer Teil war erleichtert, weil Cuno so beherzt gehandelt hatte.

»Ich habe einen Ablassbrief«, verkündete Cuno stolz. »Das meiste an der Kirche ist aus Stein, das brennt nicht.« Er zog ihn am Ärmel. »Wir müssen gehen, sonst entdeckt uns noch jemand. Ich wollte dich nicht stoßen.«

Tamme nickte nur und ließ sich durch das Nordportal aus der Kirche führen. Draußen empfing sie eine neblige Dämmerung. Sie trennten sich. Tamme machte sich auf den Weg zurück ins Schwarze Kloster, und Cuno verschwand im Nebel.

Feuchtigkeit legte sich auf Tammes Haar und sein Gesicht. Er zog die Kapuze seines Mantels über den Kopf, verkroch sich ganz tief darin und eilte die Collegiengasse entlang. Der Nebel dämpfte alle Geräusche, deshalb bemerkte er eine entgegenkommende Gestalt zu spät, konnte nicht mehr ausweichen und stieß mit dem Mann zusammen.

»Pass doch besser auf!«, sagte der ärgerlich und ging einen Schritt zur Seite.

Tamme lief es kalt den Rücken hinunter, als er die Stimme erkannte: Es war Martin Luther.

Er murmelte eine Entschuldigung und hastete weiter. Barmherziger Jesus!

Nach ein paar Schritten hatte ihn der Nebel verschluckt. Er blieb stehen und sah sich um. Von Luther war nichts mehr zu sehen, dafür glaubte er, Rufe aus der Richtung der Kirche zu hören.

Als Luther die Stadtkirche erreichte, war die hohe zweiflügelige Tür geöffnet und gähnte wie ein bodenloses Loch im Nebel. Dunkle und kaum zu erkennende Gestalten huschten herein und heraus, es sah für ihn so aus, als trügen sie Eimer.

Außerdem hörte er Rufe: »Feuer! Feuer!«

Gütiger Gott. Er beschleunigte seine Schritte. Ein hinkender Junge, der aus der Kirche gerannt kam, trug tatsächlich einen Eimer.

»Was ist passiert?«

»Ein Feuer in der Kirche. Lasst mich los, ich muss beim Löschen helfen. Der Pastor hat mir eine warme Suppe und Felllappen für meine Füße versprochen, wenn ich es gut mache.«

Luther warf einen Blick auf die löchrigen, viel zu großen Bundschuhe an den Füßen des Jungen. Seine Füße darin waren nackt. Er ließ den mageren Burschen los, der weiter in Richtung Brunnen eilte.

Im Kircheninneren waberte dichter Rauch nach oben und sammelte sich unter der Decke. Sofort kratzte er Luther im Hals und ließ sich auch mit Räuspern nicht vertreiben. Flammen sah er keine, aber es roch überall nach Feuer. Der Rauch quoll aus dem Inneren der Beichtstühle. Die Gittertüren standen offen – oder waren nicht mehr vorhanden, wie er rasch feststellte. Das Feuer war beinahe gelöscht, nur Reste glommen noch, aber beide Beichtstühle waren verkohlte Ruinen.

Der Stadtpriester stellte sich neben ihn. Er war ein kleiner Mann mit einer überraschend tiefen Stimme. Luther mochte ihn besonders wegen seines Gesanges, den beherrschte er meisterhaft, ansonsten folgte er in allem den Anweisungen des Papstes und des Erzbischofs.

»Wir haben Glück gehabt, dass das Feuer rechtzeitig bemerkt wurde. Es hatte keine Zeit, von den Beichtstühlen auf andere Teile überzugreifen. Gott, unserem Vater im Himmel, sei Dank. Wir sollten beten und Dankmessen lesen.« Der Mann bekreuzigte sich.

Luther erinnerte sich an die Gestalt, die ihn im Nebel beinahe umgerannt hätte. Der Mann hatte nach Rauch gerochen. Hatte er etwas mit dem Feuer zu tun? Es am Ende selbst gelegt? Welch verwirrter armer Geist brachte einen Menschen dazu, Feuer in einem Gotteshaus zu legen?

»Lies die Messen, Bruder«, erwiderte Luther. »Aber warte, bis der Rauch abgezogen ist. Die Beichte werde ich an diesem Morgen wohl niemandem abnehmen.«

Er trat an den weniger stark in Mitleidenschaft gezogenen Beichtstuhl heran, tastete mit den Fingerspitzen über das verbrannte Holz. Es war noch warm und nass.

»In der nächsten Zeit nicht. Diese Stühle sind unbrauchbar. Bis wir Ersatz beschafft haben, bis wir auch nur eine vorübergehende Lösung gefunden haben, werden etliche Tage vergehen.« Der Stadtpastor sah sich um, zeigte auf einige Leute, die in der Nähe der Tür herumstanden. »He, ihr da, öffnet alle Luken und Türen, damit der Rauch abziehen kann, und räumt hier auf. Der Herr wird es euch danken und eure Sünden erlassen.«

Luther war mit dieser Art des Sündenerlasses nicht einverstanden, das war nichts anderes als der Kauf eines Ablassbriefes. Da die Leute aber sofort eifrig ausschwärmten, um der Aufforderung nachzukommen, kam er nicht dazu, ihnen ins Gewissen zu reden.

Die Nachricht von einem Brand in der Stadtkirche machte in Wittenberg schnell die Runde. Das Haus des Buchdruckers Gronenberg erreichte sie kurz nach dem Morgenläuten. Rasch legte Almuth sich ein Schultertuch um Kopf und Hals, hüllte sich in einen Umhang und eilte aus dem Haus. War das der Anschlag, der in Herkners Haus verabredet worden war? Hoffentlich war Doktor Luther nichts passiert. Und Tamme … Er hatte doch versprochen, den Professor zu schützen.

Bis zur Stadtkirche war es nicht weit, dennoch keuchte Almuth, als sie dort ankam. In der Kirche und um sie herum herrschte rege Betriebsamkeit. Der Stadtpriester stand wie ein Feldherr an der Tür und befehligte seine Truppen. Sie entdeckte weder Tamme noch Luther. Dafür kam Hinke-Cuno ihr entgegen. Der Waisenjunge schleppte einige verkohlte Bretter und warf sie auf einen Stapel, auf dem schon andere lagen. Almuth stellte sich ihm in den Weg, als er wieder in die Kirche zurückrennen wollte.

»Lasst mich durch, ich muss helfen, zum Wohlgefallen des Herrn«, sagte er, ohne aufzublicken. »Außerdem wurde allen Helfern eine warme Suppe versprochen.«

»Cuno, was ist passiert?«

»Ihr seid es, Frau Almuth. Der Herr schütze Euch. In der Kirche hat es gebrannt, mehr weiß ich auch nicht.«

»Ist jemandem etwas passiert?«

»Es soll gerade niemand drin gewesen sein. Aber die Beichtstühle hat es erwischt. Ich muss weiter helfen.« Er rannte davon.

Die Beichtstühle also.

Das verhinderte die Beichte an diesem Tag. In einem oder zwei Tagen hätte Luther einen Weg gefunden, sie den Leuten doch wieder abzunehmen. Dazu war der Augustinereremit viel zu gewissenhaft.

Kapitel 8

Die Sorge um Doktor Martin Luther wurde ihnen am nächsten Tag abgenommen, denn der Kurfürst kam überraschend nach Wittenberg. Das sonst so stille Stadtschloss war auf einmal von Leben erfüllt. In der Begleitung des Fürsten befand sich auch sein Hofkaplan und Geheimschreiber, Georg Spalatin.

Ihm schickten Almuth und Tamme eine Nachricht, mit der dringenden Bitte, sie zu empfangen. Almuth warf den guten Namen ihres Bruders in die Waagschale, und tatsächlich erhielten sie noch für denselben frühen Abend eine Audienz.

»Ihr seid Euch sicher?« Georg Burckhardt Spalatin, schritt in der Bibliothek des Wittenberger Stadtschlosses auf und ab. Die Hände hatte er auf dem Rücken gefaltet, und sein rötliches schulterlanges Haar wippte bei jedem Schritt auf und nieder.

Tamme und Almuth standen an der Längsseite des Tisches, der die Raummitte beherrschte. Almuth trug ihr bestes Kleid, das dunkelgrüne, in dem sie sonntags zur Messe ging, und hatte die Haare sorgfältig unter einer Haube verborgen. Tamme besaß nichts anderes anzuziehen als die Kleidung, die ihm im Kloster zur Verfügung gestellt worden war, aber er hatte den Staub herausgebürstet. Die beiden nickten.

Luther war die meisten Tage mit seiner gerade begonnenen Vorlesung über den Hebräerbrief und danach mit Studien in seiner Zelle beschäftigt. In der Stadtkirche waren die Beichtstühle noch nicht repariert, nicht einmal notdürftig, aber Luther hatte sich nicht von der Abnahme der Beichte abhalten lassen. Er hatte einfach zwei Stühle mit einem Vorhang dazwischen in der Kirche aufstellen lassen. Tamme blieb nichts anderes übrig, als ihn weiterhin zu bewachen.

Sie hofften nun auf Spalatins Einfluss auf den Professor für Bibelkunde. Die beiden standen in regem freundschaftlichem Briefkontakt, und die Meinung des kurfürstlichen Vertrauten zählte bei Luther sicher mehr als die Tammes.

»Wir haben Teile eines Gespräches belauscht, in dem Luthers Name fiel. Geld wechselte den Besitzer«, wiederholte Tamme. »Wir konnten keine Einzelheiten verstehen oder wer dahintersteckt. Es kann eigentlich nur der Ablassprediger Tetzel sein.«

»Oder Albrecht von Brandenburg, Erzbischof von Mainz und Magdeburg. Alles, was den Ablasshandel stört, schmälert seine Einnahmen, auf die er dringend angewiesen ist, um seine gewaltigen Schulden bei den Augsburger Fuggern zurückzuzahlen. Kurfürst Friedrich hat den Ablasshandel in seinen Ländern verboten. Sie können das Luthers Einfluss zuschreiben, obwohl unser gelehrter Professor nichts damit zu tun hat.« Spalatin sprach mehr zu sich selbst und schien auch keine Antwort zu erwarten, denn er fuhr gleich fort: »Der Erzbischof ist ein junger, unerfahrener Mann, der jüngere Bruder des brandenburgischen Kurfürsten. Steckt am Ende gar er dahinter? Eine Stärkung des Hauses Hohenzollern gegen das Haus Wettin kann ihm nur recht sein. Ich sehe allerdings nicht, wie ihm die Verschleppung Luthers dazu nutzen soll. Es werden vielmehr die Fugger sein, denn deren Geldtruhen füllen sich nicht mehr reibungslos, sobald die Leute auf Luther hören. Diesen Pfeffersäcken traue ich finstere Pläne ohne weiteres zu.«

»Oder dem Heiligen Vater in Rom. Auch dessen Geldtruhen füllen sich ohne Ablass nicht weiter. Immerhin gab es bereits einen Brand in der Stadtkirche zu einer Zeit, als Doktor Luther dort die Beichte abnehmen wollte«, platzte Almuth dazwischen. Es traf sie ein stechender Blick Spalatins, unter dem sie ihre Worte am liebsten zurückgenommen hätte.

»Ihr traut dem Heiligen Vater allerlei Schlechtigkeiten zu.

Der Brand kann auch durch eine umgefallene Kerze entstanden sein. Es ist immer besser, kein vorschnelles Urteil zu fällen.«

»Ich bin nur eine unwissende Frau, verzeiht und vergesst meine unbedachten Worte, hoher Herr.«

»Nein, nein. Warum so bescheiden? Über das Bankhaus Fugger in Augsburg führt der Weg letztendlich nach Rom. Doktor Luther hält seine Meinung kaum zurück, da kann er schon einmal jemanden gegen sich aufbringen. Es kann auch schon einmal jemand glauben, er hätte großen Einfluss auf unseren guten Kurfürsten.«

Tamme fühlte sich ermutigt und sagte: »Doktor Luther ist tatsächlich nicht ohne Einfluss, denn er ist mit Euch befreundet, und der Kurfürst leiht Euch sein Ohr.«

»Genau deswegen.« Spalatin nahm seine Wanderung durch die Bibliothek wieder auf. »Mein guter Freund Luther … Es sieht ihm ähnlich, dass er die Gefahr nicht erkennen will. Auf sich selbst gibt er nicht acht, und seinen Einfluss außerhalb Wittenbergs unterschätzt er gewaltig.«

»Öffnet ihm die Augen«, bat Almuth. »Auf Euch wird er hören.«

»Was macht Euch da so sicher, junge Frau?«

»Im Kloster spricht er immer mit Hochachtung von Euch«, antwortete Tamme anstelle seiner Verlobten.

»Ihr seid eine Frau und außerdem ein Mann ohne Namen und Gedächtnis. Warum kümmert Euch Martin Luthers Schicksal?«

»Es macht mich wütend, wenn einem ehrenwerten und gelehrten Mann etwas angetan werden soll.« Almuth hatte weniger über Luthers, sondern mehr über Tammes Schicksal gesprochen, aber das bemerkte der Hofkaplan und Geheimschreiber nicht.

»Doktor Martin Luther war immer freundlich zu mir. Er hat sich an der Leucorea für mich verwendet, damit ich einige Vorlesungen hören kann, um meine Kenntnisse und Fähigkeiten zu ergründen, und auf diese Weise vielleicht meine Vergangenheit zu finden. Ich schulde ihm Dank.«

Von der Schlossgasse drangen Schreie herauf. Spalatin stürzte zum Fenster. Almuth und Tamme folgten ihm.

Auf der Straße prügelten Männer aufeinander ein. Fäuste flogen, Almuth sah auch einen Knüppel, der auf einen Kopf niedersauste. Der Getroffene sackte zusammen und blieb liegen.

»Es sind Studenten dabei!«, rief sie und deutete auf die Menge. In all dem Durcheinander war das schwarze Tuch der Scholaren zu erkennen.

»Martin! Das ist Martin Luther!«, keuchte Spalatin, und es kam Bewegung in den drahtigen Mann. Er rannte aus der Bibliothek, die Treppe hinunter, rief dabei nach den Schlosswachen.

Almuth und Tamme folgten ihm.

Im Schlosshof unterbrachen die Bediensteten ihre Arbeit, und Pferde wieherten vor Schreck, als Spalatin immer noch nach den Wachen rufend zum Tor rannte. Aus der Wachstube und den angrenzenden Kammern traten grimmig aussehende Männer in kurfürstlicher Uniform, mehrere schlossen hastig ihre Wämser, einer war sogar noch im Hemd.

»Zum Tor!«, schrie Spalatin und deutete nach vorn.

Die Torwachen waren inzwischen auf den Tumult in der Gasse aufmerksam geworden und schauten sich unsicher an. Sie hatten den Befehl, das Tor unter keinen Umständen unbewacht zu lassen und waren nur zu dritt, während es so aussah, als prügelte sich auf der Straße eine ganze Horde.

Spalatin packte einen grob am Ärmel und stieß ihn auf die Gasse.

Almuth kümmerte sich nicht um die Wachen, sondern raffte ihre Röcke. Sie konzentrierte sich nur auf Martin Luther, an dessen Kutte etliche Hände zerrten.

»Almuth! Nicht!«, rief Tamme hinter ihr.

Almuth griff in dem Moment in den Kampf ein, als der Professor zu Boden gestoßen wurde. Ihre Haube wurde ihr vom Kopf gerissen, und sie fühlte einen scharfen Schmerz auf der Kopfhaut. Sie wehrte Hände ab und rief: »Herr Luther, Herr Luther!«

Eine tiefe Stimme übertönte den Lärm: »Auseinander! Alle auseinander! Das ist für die Stadtwache. Weg da!« Die letzten Sätze galten der Schlosswache, deren einzige Aufgabe darin bestand, das kurfürstliche Schloss in Wittenberg und seine Bewohner zu bewachen, die aber auf den Gassen der Stadt keine Handhabe besaßen. Die Wachen des Kurfürsten wussten das und traten auch zurück.

Die Stadtwachen zerrten den Pulk um Luther auseinander. Der lag auf dem Boden, schützte den Kopf mit den Armen. Eine der Stadtwachen wollte nach Almuth greifen, aber sie wich zurück, so dass er nur den Stoff ihres Ärmels zu fassen bekam. Mit einem Ruck riss die junge Frau sich los, drängte sich durch den Kreis der neugierigen Zuschauer und rannte die Schlossgasse entlang. Einige Männer rannten ebenfalls davon. An der nächsten Ecke blieb sie schon wieder stehen. Niemand war ihr gefolgt, und niemand interessierte sich für sie.

Der Kampf war inzwischen beendet, zwei Männer lagen mit dem Gesicht nach unten am Boden. Die Hände hielten sie hinter dem Kopf verschränkt. Sie trugen staubige Kleidung, nicht die Tracht der Studenten. Keiner von ihnen war groß und dürr, aber es könnten zwei der drei sein, die sie in Herkners Hof gesehen hatte. Ein Student im schwarzen Talar lag mit seltsam verrenkten Gliedern in einer Blutlache auf der Gasse. Tamme konnte sie nicht sehen.

Almuth wagte sich wieder näher heran. Spalatin kniete neben Luther und half ihm auf. Er klopfte dem Freund den Staub von der Kutte, an der ein Ärmel fehlte, reichte ihm ein Tüchlein, mit dem der sich das Gesicht abwischte. Die Kutte hob und senkte sich unter Luthers heftigen Atemstößen. Er wollte etwas sagen, aber es kamen nur krächzende Laute über seine Lippen. Erst nachdem er gehustet hatte, brachte er verständliche Worte hervor: »Spalatin, mein Freund, dich schickt der Himmel. Wo kommst du so plötzlich her?«

Spalatin ging darauf nicht ein. Er selbst wollte etwas anderes wissen: »Was waren das für Leute?«

Luther schaute sich um. Die Männer der Stadtwache hatten ihre Gefangenen auf die Füße gezerrt und fesselten ihnen die Hände hinter dem Rücken mit Lederriemen.

»Sie kamen von allen Seiten und haben sich nicht vorgestellt.«

»Du kennst sie nicht? Schau sie dir genau an.« Spalatin deutete auf die Gefesselten.

»Keinen von denen habe ich jemals gesehen.« Luthers Blick glitt zu dem getöteten Studenten. Der eingeschlagene Schädel war gut zu erkennen. Weiße gesplitterte Knochen, das Blut auf der Gasse war mit Hirnmasse durchsetzt. Der Augustinereremit würgte, zwang sich jedoch, noch einen Augenblick länger hinzuschauen. Seinetwegen war der junge Mann gestorben. Er bat Gott, dem Jungen alle Sünden zu vergeben. Noch am Morgen hatte er in seiner Vorlesung gesessen und sich bei der Auslegung des Hebräerbriefes nicht geschickt angestellt. Luther konnte nicht einmal sagen, warum der Junge ihn begleitet hatte, er war einfach da gewesen, und nun musste einer Familie der Tod ihres Sohnes mitgeteilt werden.

»Die beiden Strolche abführen, ins Gefängnis, sofort!«, kommandierte der Hauptmann.

»Studentenpack!«, schrie einer der Gefesselten. »Die waren auf Händel aus und haben uns angegriffen.«

»Einer allein«, höhnte eine der Stadtwachen.

»Was weiß denn ich! Das kennt man doch von denen.«

Die Stadtwache schlug dem Mann mit der Hand quer über das Gesicht. Blut schoss aus der Nase des vorlauten Sprechers und lief aus seiner aufgeplatzten Lippe über das Kinn.

»He«, brachte der Mann noch genuschelt heraus und spuckte einen Zahn auf die Gasse.

In diesem Moment erblickte Almuth ihren Verlobten. Er stand hinter den Gaffern, mehr als der Haaransatz und ein Auge waren nicht zu sehen. Er bemerkte ihren Blick und nickte ihr zu.

Die Gefesselten wurden zum Amtshaus geführt. Zwei Stadtwachen packten den Toten an Armen und Beinen und trugen ihn ebenfalls dorthin.

Die Menge der gaffenden Wittenberger zerstreute sich langsam.

Almuth wartete, bis nur noch Tamme und sie auf der Gasse standen. Sie hielten sich an den Händen.

»Selbst Doktor Luther kann nun nicht mehr behaupten, wir hätten uns das alles nur eingebildet. Erst der Brand in der Stadtkirche und nun das«, sagte Almuth leise.

Verlegen trat Tamme von einem Fuß auf den anderen. »Also der Brand in der Stadtkirche – das war Cuno. Wir waren beide zusammen da und haben überlegt, wie sich Doktor Luther von der Beichte abhalten lässt. Auf einmal hat er das Feuer gelegt, und bevor ich ihn davon abhalten konnte, brannten die Beichtstühle auch schon.«

»Heiliger Jesus«, stöhnte Almuth. »Wenn das rauskommt. Sie werden Cuno einsperren und verprügeln und von den Sakramenten ausschließen und dich auch. Das darf nicht passieren.«

»Cuno hat es nur gut gemeint.«

»Deswegen darf es nicht herauskommen. Wir werden nie wieder darüber reden. Sollen die Leute doch glauben, es ist eine Kerze umgefallen. Das wäre nicht der erste Brand, der deshalb entsteht.«

»Aber in einer Kirche?«

Almuth zuckte nur mit den Schultern.

Kapitel 9

Spalatin hatte seinen Freund in die Bibliothek des Schlosses geführt und ihn genötigt, sich auf einem gepolsterten Stuhl niederzulassen. Mit eigener Hand hatte er ihm Wein eingeschenkt und darauf geachtet, dass Luther nicht nur daran nippte, sondern einen richtigen Schluck nahm. Das Gesicht des Freundes bekam langsam wieder Farbe. Dem Himmel sei Dank! Er schickte einen Bediensteten in die Schlossküche, mehr Wein und etwas zu essen zu holen, und bestand darauf, dass Luther eine Scheibe kalten Braten und Brot aß. Er füllte noch einmal die Weingläser.

»Mein lieber Luther, du musst auf dich achten. Du bist nicht nur von Freunden umgeben. Das hätte übel ausgehen können. Dein Student hat es mit dem Leben bezahlt. Du kannst der Nächste sein.«

»So schlimm das alles ist, es kann nur eine Verwechslung vorliegen. Bei mir ist für Beutelschneider nichts zu holen.« Luther bemühte sich um eine feste Stimme, konnte jedoch das Zittern nicht unterdrücken. Der Wein und das Essen hatten nicht dazu beigetragen, ihn den Schrecken vergessen zu lassen.

»Die haben dich gemeint. Wer verwechselt einen Mönch auf offener Straße?«

Dass Luther nicht weiter argumentierte, zeigte Spalatin überdeutlich, wie durcheinander der Freund noch war.

»Du hast dir mit deinen Ideen über Gottes Gnade und den Ablass Feinde gemacht. Du musst vorsichtiger werden mit dem, was du sagst, und öfter hinter dich schauen.«

»Ich spreche doch nur aus, was jeder gute Christ in seinem Herzen fühlen muss.«

»Du sorgst dafür, dass dem Erzbischof Einnahmen verlorengehen.«

»Ihm sollte das Seelenheil seiner ihm anvertrauten Menschen am Herzen liegen und nicht sein Geldbeutel.«

»Das sollte so sein, aber der Mensch ist unvollkommen und fehlbar.«

»Der Erzbischof soll also mehr um seine Einnahmen als um die Seelen der Christen besorgt sein? Das will ich nicht glauben.« Die Argumentation führte Luther auf vertrautes Gebiet und beruhigte ihn.

Spalatin seufzte innerlich: Für seinen Freund existierten keine weltlichen Zwänge. Der Erzbischof von Mainz und Magdeburg musste sich unter den Mächtigen dieser Welt behaupten und sein Bistum regieren. Er unterlag Zwängen, die sich der Freund nicht einmal vorstellen konnte. Aber würde Albrecht von Brandenburg wirklich so weit gehen, einen Widersacher mit Gewalt aus dem Weg zu räumen? Er kannte den Mann als einen jungen Schöngeist, interessiert an Musik und Dichtung und gewissenhaft bei der Ausübung seiner Pflichten.

»Er hat die falschen Berater«, fuhr Luther fort. »Nur daran kann es liegen. Wenn er das Geschäft mit dem Ablass einmal richtig durchdenkt, wird er einsehen, wie falsch das ist.«

Der Geheimsekretär des Kurfürsten war sich da nicht sicher, aber es gelang ihm nicht, den Freund umzustimmen.

»Ich werde weiterhin von der Kanzel herab verkünden, was mir richtig erscheint und Ablasszettel als Buße nicht anerkennen. Den Mund lasse ich mir von nichts und niemandem verbieten.«

»Ich möchte dich nur um Vorsicht bitten, lieber Freund, denn ich möchte nicht irgendwann dich als Opfer auf der Straße liegen sehen.«

»Sterben müssen wir alle mal, und wir können nur darauf hoffen, dass wir es mit reiner Seele tun.« Luther erhob sich. »Ich muss mich auf meine morgige Vorlesung vorbereiten.«

»Nach allem, was geschehen ist ... der Tod des Studenten ...«

»Ich habe meine Pflichten an der Leucorea, und ich will sie nicht vernachlässigen. Ich danke dir für alles, was du für mich getan hast, aber nun muss ich gehen.«

»Bevor du gehst, will ich dir etwas geben. Eigentlich wollte ich es dir zum Festessen mitbringen, aber mein Bote kam nicht rechtzeitig an. Er hat es mir erst in der letzten Woche gebracht.« Spalatin nahm ein in ungefärbtes Leinen eingewickeltes Päckchen vom Tisch und gab es Luther.

Der wog es in der Hand und betrachtete es. Geschenke waren nichts, was die besitzlosen Augustinereremiten gaben oder nahmen. Hin und wieder erhielt natürlich das Kloster eine Schenkung, aber das war etwas anderes. Entschlossen schlug Luther das Tuch zurück. Zum Vorschein kam ein Buch. Es lag mit der Rückseite nach oben, dünn und nur ein einfacher Einband. Er drehte das Werk um, schlug es auf und erstarrte.

Es handelte vom Ablass, verfasst von Johann Tetzel persönlich. Es war ein Anleitungsbuch für den Ablassprediger. Für den Ablass!

Er musste sehr entgeistert aussehen, denn Spalatin lachte trocken auf. »Als ich das erste Mal davon hörte, wollte ich nicht glauben, dass es so etwas gibt, aber ich habe gleich an dich gedacht. Wer gegen den Ablass predigt, der muss auch wissen, womit die Ablassprediger die Herzen der einfachen Gläubigen gewinnen. Nur war es für mich nicht einfach, dieses Werk zu besorgen. Niemand zeigt es dem Hofkaplan und Geheimschreiber unseres hochedlen Kurfürsten, denn alle kennen seine und meine Haltung in dieser Sache. Ich musste einen Mittelsmann einsetzen. Lies es durch, und du wirst umso besser wissen, was zu tun ist.«

»Du hast es gelesen?«

»Nur einige Absätze. Du bist stark im Glauben und wirst gegen den Schmutz gefeit sein, der dort steht.«

Luther überlegte. Dem ersten Impuls, das Buch weit von sich zu schleudern, hatte er nicht nachgegeben. Jetzt begriff er, wie recht sein Freund hatte: Man musste wissen, was die Gegenseite ins Feld führte, wenn man sie besiegen wollte. Er dankte Spalatin und verabschiedete sich.

Gleich darauf stand er auf der Schlossgasse und schaute sich um. Außer einer Blutspur am Boden erinnerte nichts mehr an den Überfall.

»Gott im Himmel, sei der Seele des armen Jungen gnädig und ein gerechter Richter«, murmelte Luther. Langsam und die Hände in den Ärmeln seiner Kutte verborgen, machte er sich auf den Weg zurück zum Collegium.

Kapitel 10

An den Stamm einer Eiche gelehnt, wartete Frech einen halben Tag in der Nähe einer Wegkreuzung. Sein Pferd rupfte mit seinem Maul die letzten spärlichen Grashalme ab und zerkaute sie geräuschvoll. Wann immer sein Reiter mit der Stiefelspitze gegen den Baum trat und vor sich hin schimpfte, warf es ihm aus einem Auge einen strengen Blick zu, hörte jedoch keinen Augenblick auf zu fressen. Frech fühlte sich von dem Tier gemaßregelt. Das stachelte seine Wut noch mehr an. Er hatte schon den Arm erhoben, um dem Gaul mit einem Ruck am Zügel zu zeigen, wer sein Herr war.

Im letzten Moment hielt er sich zurück. Letztendlich war das Pferd ein dummes Tier – in seiner Welt gab es nichts außer Fressen und Saufen und den Befehlen seines Reiters zu gehorchen. Dass er ihm einen hämischen Blick zuschrieb, war seine Deutung. Nachdem Frech mit seinen Gedanken erst einmal so weit gekommen war, hatte er keine Lust mehr, das Pferd zu schlagen. Lieber hätte er einen der drei wilden Gesellen gepackt, die er nach Wittenberg geschickt hatte und deretwegen er nun an dem Eichenstamm lehnte und die Feuchtigkeit langsam durch seine Stiefelsohlen kroch.

Bei Sonnenaufgang wären sie zurück, hatten sie gesagt. Die Sonne stand nun bald im Zenit, aber sie ließen sich nicht blicken. Seine Gulden hatten sie eingesteckt und geprahlt, dass jeder mit dem kleinen Finger einen Menschen töten konnte. Er hatte das für nichts als Übertreibung gehalten, aber die Narben an ihren Händen und Armen, bei zweien auch im Gesicht, überzeugten ihn, harte Burschen vor sich zu haben, denen ein Mönch ... Und nun wartete er bereits einen halben Tag.

Das Pferd schaute ihn wieder mit einem Auge an. Dann hob

es den Schweif und ließ hinten etwas fallen, während es vorn weiterfraß.

»Du bist ein hirnloser Gaul«, schimpfte er mit dem Tier. »Dich interessiert nichts, was nicht mit dir zu tun hat. Ich kann mir die Beine in den Bauch stehen ...« Er merkte, wie lächerlich er sich anhörte. Ein krachender Tritt gegen den unbeeindruckten Eichenstamm jagte einen Schmerz durch seinen großen Zeh. Weiter änderte sich nichts.

Das hatte ein Christenmensch davon, der sich auf Juden verließ. Erst schickten sie ihn in das Haus des Apothekers, der ihn am liebsten sofort wieder loswerden wollte und ihm nur eine äußerst bescheidene Mahlzeit vorgesetzt hatte. Dann brachten sie ihn mit drei Spitzbuben zusammen, die weder ihre Versprechen einlösten noch Verabredungen einhielten.

Das Rumpeln von Karrenrädern und schwere Tritte näherten sich aus der Wittenberger Richtung. Frech lauschte einen Augenblick, bevor er die Zügel seines Pferdes packte, dessen Kopf hochzerrte und sich tiefer in den Wald zurückzog. Zwischen kahl werdenden Ästen hindurch spähte er auf den Weg.

Der Karren eines Buchhändlers, gezogen von zwei müden Gäulen, zog an ihm vorbei. Der Händler selbst saß auf dem Wagen, sein Gehilfe ging nebenher; beide schauten nicht nach rechts und nicht nach links. Die Pferde hielten es ebenso, und seinem legte er die Hand auf die Nüstern, damit es weder schnaubte noch wieherte.

»Der Teufel mit der neunschwänzigen Peitsche soll mit euch spielen«, brummte Frech, als der Händler nicht mehr zu sehen war.

Die drei hatten ihn versetzt. Anders war ihr Ausbleiben nicht zu erklären. Die sollten ihm noch einmal unter die Augen kommen, jeden Gulden würde er ihnen einzeln wieder abnehmen. Seufzend bestieg Frech sein Pferd, lenkte es um Bäume herum auf den Weg zurück. Dort gab er ihm den Kopf frei und schlug ihm die Fersen in die Flanken. Mit mehr Schwung, als er dem Tier zugetraut hätte, galoppierte es an. Er wurde nach hinten geschleudert, die Sattelstütze hielt ihn auf. Blätter und Erdklumpen spritzten unter den Hufen auf, und Wittenberg näherte sich schnell.

Das Pferd ließ Frech bei einem Fischer in der Vorstadt. Er drückte dessen zehnjährigem Sohn einen Groschen in die Hand, und der Junge versprach, gut darauf aufzupassen. Zu Fuß überquerte er die Brücke und betrat Wittenberg durch das Elbtor.

Er brauchte nicht lange, um herauszufinden, warum die kleine Universitätsstadt summte wie ein Bienenstock. Überall auf den Gassen und in den Hauseingängen standen die Leute beisammen und sprachen über das, was am Tag zuvor passiert war. Ferdinand Naber ging nur einmal vom Marktplatz in Richtung Schlosskirche und war darüber im Bilde, wie seine Spießgesellen versagt hatten. Er hatte keine Heldentat erwartet, aber ...

Luther aus dem Beichtstuhl zu holen, war nicht gelungen. Denn just an diesem Tag war ein Brand in der Kirche ausgebrochen, und Luther hatte gar nicht erst die Beichte abnehmen können. Danach versuchten sie, den Augustinereremiten mitten auf der Straße zu schnappen und das ausgerechnet vor dem Stadtschloss. Aufgebrachte Bürger eilten herbei, die Schlosswache ebenso. Dagegen hatten seine Spießgesellen keine Chance gehabt, einer hatte entkommen können, die anderen beiden saßen im Amtshaus. Den Flüchtigen konnte er beinahe verstehen. Der war über alle Berge und würde sich bei ihm nicht mehr blicken lassen. An dessen Stelle hätte Naber nicht anders gehandelt.

Er machte sich auf den Weg zurück zum Elbtor. Am liebsten wäre er gerannt, wollte so viel Abstand wie möglich zwischen sich und Wittenberg bringen. Der Allmächtige hielt offensichtlich mehr als eine Hand über den Augustinereremiten. Frech schüttelt den Kopf – Gottes Wege waren wirklich unergründlich.

Der Junge fütterte sein Pferd mit welken Blättern, als er die

Fischerkate erreichte. Stolz begann er zu erzählen, wie gut er mit dem großen Tier zurechtgekommen sei, aber Frech wollte davon nichts hören. Er stieg in den Sattel. Seine Unruhe übertrug sich auf das Tier, das antrabte, kaum dass er die Zügel in die Hand genommen hatte.

Kapitel 11

Vor der Buchdruckerwerkstatt verabschiedete sich Tamme von Almuth. Sie blieb vor der Tür stehen, und er schaute sich noch einmal um. Wie sehr sehnte sie sich nach dem Tag, an dem er endlich offiziell seinen Namen zurückerhielt und sie wieder richtig miteinander verlobt waren.

Im Haus erwartete Almuth eine Überraschung. Es sei Besuch für sie gekommen, und der warte in der guten Stube. Sibilla erzählte es ihr, kaum dass sie einen Fuß über die Schwelle gesetzt hatte. Die überaus freundliche Betonung, die die Schwägerin ihren Worten verlieh, schürte Misstrauen in Almuth, sie fragte nach, wer denn da auf sie warte.

»Ein vornehmer junger Herr«, antwortete Sibilla und senkte die Stimme. Die Hände hielt sie vor ihrem leicht gerundeten Leib gefaltet. Ihre Schwangerschaft hatte inzwischen die erste kritische Zeit überdauert. Sie hatte das Bett verlassen und wieder die Führung des Haushaltes übernommen. »Er dient in der Leibwache des Kurfürsten und ist mit ihm nach Wittenberg gekommen.«

Almuth wusste sofort, um was es sich handelte. Eigentlich hatte sie es schon vor Sibillas Antwort geahnt. Sie schüttelte den Kopf. »Ich will ihn nicht sehen. Den Weg in dieses Haus hätte er sich sparen können.«

»Du bist ein unhöfliches, undankbares Ding. Statt froh zu sein, wenn dir eine gute Partie angeboten wird …« Sibilla wandte sich um und rief durch die halboffene Tür in die Buchdruckerwerkstatt hinein. »Johann!«

Schritte waren zu hören, und ihr Bruder stand in der Tür.

»Deine überhebliche Schwester weigert sich, ihren Besuch kennenzulernen.«

»Ich werde meine Meinung auch nicht ändern«, sagte Almuth schnell. »Niemand wird mich dazu bringen, einen anderen Gatten als Tamme Redecker zu akzeptieren.«

»In diesem Leben wirst du ihn nicht mehr heiraten. Das steht fest.«

»Almuth«, begann ihr Bruder langsam und vorsichtig. »Willst du es dir nicht noch einmal überlegen? Wenigstens deinen Gast begrüßen?«

»Nein! Schickt den jungen Mann nach Hause. Sagt ihm alles, was artig ist, aber zu ihm gehen werde ich nicht.«

»Artig wäre ...«, begann Sibilla, kam jedoch nicht weiter, denn Almuth drängte sich an ihr vorbei und verließ das Haus durch die Hintertür.

Bevor sie sie schloss, hörte sie Sibilla eifrig auf ihren Bruder einreden. Sie konnte sich vorstellen, was die Schwägerin zu sagen hatte, und in Johanns Haut wollte sie gerade nicht stecken.

Kapitel 12

Ablass! Ablass!

Nach den Brand in der Kirche und dem Überfall auf ihn selbst war Luther mehr denn je überzeugt, von Gott mit einer Aufgabe betraut worden zu sein und seine Widersacher auf den rechten Weg des Glaubens zurückzuführen. Der Ablass war des Teufels, er vergiftete nicht nur die Seelen derer, die ihn kauften, sondern auch die derjenigen, in deren Namen er verkauft wurde. Luther selbst fühlte seinen Geist vergiftet. Er schleuderte das Ablassbuch, in dem er gerade gelesen hatte, von sich. Es rutschte auf seinem Studierpult über die Kante und klatschte auf den Boden. Es war richtig gewesen von Spalatin, ihm das Buch zu geben, dennoch fiel es ihm schwer, darin zu lesen. Die Heuchelei in jeder Zeile stieß ihn ab. Wie jemand danach handeln und sich auf Gottes Pfaden und den festen Boden der Bibel wähnen konnte? Das hatte mit Christenpflicht und Gottglaube nichts mehr zu tun. Der Erzbischof von Mainz und Magdeburg und der Heilige Vater in Rom waren auf einen Weg geraten, der nur in die Irre führen konnte.

Er bückte sich und hob das Buch mit spitzen Fingern auf. Mehr als ein Dutzend Tage waren vergangen, seit der Freund es ihm gegeben hatte. Bisher hatte es in ein Tuch eingeschlagen wie ein böser Geist ganz hinten im Schrank gelegen. Luther hatte sich nicht ruhig und stark genug gefühlt, sich damit zu beschäftigen. An diesem Morgen hatte er sich ein Herz gefasst, nicht ohne die Nacht davor im Gebet zu verbringen.

Die Lektüre jagte ihm einen Schauer über den Rücken, auf seinen Unterarmen bildete sich eine Gänsehaut.

Er erinnerte sich, was er im Kloster Himmelpforten zum Ablass notiert hatte und suchte die Papiere aus einem überquellenden Stapel auf dem Wandbord heraus. In Stichworten hatte er dort Thesen gegen den Ablass notiert. Insgesamt zählte er fünfzehn Thesen, außerdem besaß er noch die Notizen, die er bereits um Ostern aufgeschrieben hatte. Er holte auch diese hervor und machte sich daran, alles zu ordnen. Und während er ordnete, die doppelt notierten Thesen durchstrich, fielen ihm weitere Sätze gegen den Ablass ein. Die Feder flog über neue Papierbögen, sie füllten sich Satz um Satz.

Luther schrieb und strich wieder durch, gruppierte um und ergänzte seine Gedanken mehrfach. Er schaute immer wieder in das Ablassbüchlein. Gegen jeden dort stehenden Satz ließ sich eine Gegenthese entwickeln.

Er überhörte die Glocken, die zur Prim, zur Terz, zur Sext riefen. Als er endlich aufschaute und sich die müden Augen rieb, war der Tag bereits wieder in die Dämmerung übergegangen, in seine Zelle schien nur noch ein Rest trüben Lichts.

Das Schreibpult und auch der Boden waren mit Zetteln bedeckt, auf denen These um These stand, viele waren durchgestrichen und verbessert worden. Vor ihm auf dem Schreibpult aber lag ein kleiner Stapel Papier ordentlich übereinandergeschichtet. Er enthielt das Destillat seiner Arbeit: fünfundneunzig Thesen über das Wesen der Sünde und der Reue und wider den Ablass.

Es begann damit, dass er aufgeschrieben hatte, was Buße ist: ›Wenn unser Herr und Meister sagt, tut Buße, so hat er damit gewollt, dass das ganze Leben der Gläubigen eine Buße sei.‹ Es ging dann weiter, dass der Papst keine Buße erlassen, sondern nur bestätigen könne, sie sei von Gott erlassen, Strafen für das Fegefeuer können nicht reserviert werden, und der Papst kann auch nicht von diesen befreien, den Seelen im Fegefeuer könne nur durch päpstliche Fürbitte ein Nachlass ihrer Strafe gewährt werden. Gegen klingende Münze können Seelen nicht aus dem Fegefeuer befreit werden, das sei Menschenlehre und keine göttliche – zwei Thesen beinhalteten diesen

Lehrsatz, und den hatte Luther dick unterstrichen, die Feder hatte sich dabei beinahe durch das Papier gedrückt. Einige Sätze weiter hatte er wieder einen unterstrichen: ›Durch den Ablass wird der Mensch nicht mit Gott versöhnt.‹ Und auch der Satz ›Nächstenliebe und Almosen sind besser als Ablass‹ war ihm wichtig. Als Letztes hatte er geschrieben: ›Und so sollen sie vielmehr ihr Vertrauen darauf setzen, durch viele Trübsale in das Himmelreich einzugehen, als durch die Sicherheit eines falschen Friedens.‹

Er lehnte sich zurück und verschränkte die Hände hinter dem Kopf, fühlte sich zugleich erschöpft, zufrieden, aber auch ein wenig ängstlich. Setzte er sich mit seiner Meinung nicht in einen allzu scharfen Gegensatz zum Papst in Rom und zum Erzbischof? Die Wittenberger Universität war befugt, ihre Angelegenheiten eigenmächtig zu regeln. Ob dazu auch Lehrsätze, wie die von ihm aufgeschriebenen gehörten? In der Vergangenheit waren schon Menschen für weniger als Ketzerei aufs Schafott gezerrt worden.

Der Gedanke machte ihm Angst. Sollte er lieber alles verbrennen? Sich nicht mehr einmischen in die Angelegenheiten der Herrschenden? Im gleichen Augenblick, in dem er sich die Frage stellte, wusste er, dass er es nicht fertigbrachte. Es ging um das Seelenheil der Gläubigen. Ihre Seelen loderten auf ewig im Fegefeuer, wenn sie ihr Leben nicht in Reue und Demut verbrachten. Dieser Gefahr durfte er sie nicht aussetzen.

Vor der Tür seiner Zelle erklangen Schritte und unterbrachen seine Gedanken. Keuchender Atem verriet ihm, dass Bruder Henning dort stand. Gleich darauf klopfte es auch an, und sein Mitbruder trat schnaufend ein. Er trug eine Schale in der einen und einen Tonkrug in der anderen Hand und betrachtete die Notizblätter auf dem Boden.

»Da liegt die Antwort auf meine Frage, warum du nicht bei den Gebeten und den Mahlzeiten warst.«

Der Bruder setzte Schale und Krug auf dem Pult ab, schob

dabei ein paar Zettel zur Seite, die zu Boden segelten. Die Bögen mit seinen Thesen brachte Luther schnell in Sicherheit. Er drückte sie wie kostbare Schätze an seine Brust.

»Du hast den ganzen Tag am Schreibpult verbracht.« Es war eine Feststellung, keine Frage. »Dann ist es gut, dass wenigstens ich daran denke, dass der Körper nicht nur von geistiger Nahrung lebt. Das habe ich für dich vom Nachtmahl retten können.«

»Ich bin nicht hungrig.«

»Unsinn, du musst essen«, mahnte Bruder Henning sanft, aber bestimmt. »Wenn du Stunde um Stunde am Pult hockst, ist es ein Wunder des Herrn, dass du noch nicht vor Entkräftung umgekippt bist.«

Luther nahm brav einen Löffel Brei, kaute, schluckte, ohne zu schmecken, was er eigentlich aß. In dem Krug befand sich Dünnbier, das seinen müden Geist wieder wacher werden ließ.

»Lass einmal sehen, womit du dich beschäftigt hast.« Bruder Henning griff wahllos nach einem Bogen Papier und kniff die Augen zusammen, um die kleine Schrift darauf zu entziffern. Beim Lesen bewegten sich seine Lippen.

»Es ist gegen den Ablass gerichtet«, erklärte Luther.

»Das sehe ich. Du hast dir viele gute Gedanken über die Bibel und Gott und das Wesen der Sünde gemacht. Das ist wider den Papst in Rom. Willst du es ihm schicken?«

An den Papst schreiben – er? Daran hatte er nicht gedacht. Luther schüttelte den Kopf.

»Für einen Disput mit meinen Studenten. Einer von ihnen könnte damit zum Doktor promovieren.«

»Du sitzt dir am Schreibpult das Hinterteil platt, und alles, was dabei herauskommt, ist ein Promotionsthema für einen deiner Studenten. So was denkst du dir doch zwischen der Prim und der Terz aus. Das hier ist eine richtig große Sache.« Bruder Henning pochte mit dem Zeigefinger auf den Papierstapel. »Das geht alle an.«

»Wenn ich an den Heiligen Vater schreibe, wird er meine Botschaft nicht einmal lesen. Ich bin nur ein kleiner Mönch aus Wittenberg.«

»Doktor der Theologie, Professor für Bibelkunde an der Leucorea.«

»Eine Universität, die es gerade einmal fünfzehn Jahre gibt. Das wird ihn beeindrucken. Der Papst ist ein Medici, entstammt einer Familie, die seit Jahrhunderten in Italien herrscht.«

»Damit musst du etwas machen. Aber erst musst du etwas essen.«

Bruder Henning ließ ihn allein, und Luther tat genau das: Er aß.

Es war getan, und nun es gab kein Zurück mehr. Über Nacht hatte Luther die Thesen ruhen lassen, hatte, im Bett liegend und die Hände hinter dem Kopf verschränkt, sich alles noch einmal durch denselben gehen lassen. Im Morgengrauen des 31. Oktober 1517 stand sein Entschluss fest.

Er hatte an Albrecht von Brandenburg geschrieben und einen beinahe wortgleichen Brief an den Brandenburger Bischof Hieronymus Schulze. In ebendiesem Augenblick verließ die Post Wittenberg.

Beiden empfahl er Gottes Gnade und Barmherzigkeit. Weiterhin hatte er geschrieben: ›Dabei klage ich nicht so sehr das große Geschrei der Ablassprediger an ... als dass ich vielmehr das überaus falsche Verständnis beklage, welches das Volk daraus erlangt ... Die unseligen Leute meinen nämlich, wenn sie Ablassbriefe lösen, seien sie ihrer Seligkeit gewiss, ebenso dass die Seelen ohne Verzug aus dem Fegefeuer fahren, sobald sie ihre Zahlung in den Kasten legen. ... So sind auch die Werke der Frömmigkeit und Nächstenliebe unendlich viel besser als der Ablass. Und doch werden diese weder mit so großer Pracht noch mit so großem Eifer gepredigt. Ja, sie müssen schweigen, damit der Ablass gepredigt werden kann, während doch aller Bischöfe vornehmstes und einziges Amt sein sollte, dass das Volk das Evangelium und die Liebe Christi lerne. … Aber was kann ich anders tun, hochwürdigster Bischof und durchlauchtigster Kurfürst, als dass ich Ew. Hochwürden durch den Herrn Jesus Christus bitte, doch ein Auge väterlicher Sorge auf diese Sache haben zu wollen und die Ablassinstruktion ganz aufzuheben, auch den Ablasspredigern eine andere Predigtweise zu empfehlen, damit nicht vielleicht doch einer auftrete, der durch die von ihm verfassten Bücher sowohl sie als auch jenes Buch (die Ablassinstruktion) widerlege zur höchsten Schmach Eurer durchlauchtigsten Hoheit. Wenn es Ew. Hochwürden gefällt, können diese meine Disputationen angesehen werden, auf dass deutlich werde, eine wie zweifelhafte Sache der Ablass sei …‹ Die Zeilen waren respektvoll, aber unmissverständlich. Jedem Brief hatte er eine Abschrift der 95 Lehrsätze wider den Ablass beigelegt.

Es war richtig gewesen, auf Bruder Henning zu hören und die Thesen zu verschicken, statt sie für eine Doktorpromotion aufzuheben. Gegen Übelstände in der Welt musste man vorgehen, sonst machte man sich ebenso schuldig wie der Übeltäter selbst.

Luther fühlte sich erleichtert und zum ersten Mal seit Wochen im Reinen mit sich selbst. Sein Schicksal lag nun in Gottes Hand, und alles, was der Allmächtige für ihn bereithielt, wollte er willig annehmen.

Jetzt galt es, sich auf eine Disputation vorzubereiten, zu der der Erzbischof ihn sicherlich laden würde. Wer wäre sein Gegner? Der Ablassprediger Tetzel höchstpersönlich? Ein Gelehrter einer älteren Universität als die Wittenberger Leucorea es war. Ihm fiel Johannes Eck aus Leipzig ein. Die Logik seiner Thesen war bestechend, jeder Leser musste eigentlich sofort von ihrer Richtigkeit überzeugt sein. Dennoch glaubte Luther nicht, dass der Erzbischof ohne ein gelehrtes Streitgespräch vom Ablasshandel abließ. So war es Brauch, und wer sich bei einer Disputation von einer anderen Meinung überzeugen ließ, verlor nicht sein Gesicht.

Luther beschleunigte seine Schritte zurück zum Schwarzen Kloster. Er sehnte die Disputation geradezu herbei. Und auf diese wollte er sich so gut wie möglich vorbereiten. Selbst wenn nur der Ablassprediger Tetzel gegen ihn stehen würde. Der Mann mochte das einfache Volk beeindrucken, aber er besaß nicht einmal den Doktorgrad – Luther hielt ihn nicht für einen gleichwertigen Gegner. Es begann zu nieseln. Luther zog sich die Kapuze seiner Kutte über den Kopf. Der Himmel war voller dunkler Wolken, und er beneidete den Boten nicht, die mit seinen Briefen unterwegs war.

Kapitel 13

Mit dem gesunden Fuß kickte Cuno einen Stein vor sich her, ging ein paar Schritte und schoss erneut. Einmal trat er den Stein mitten in eine Schar Hühner, die kreischend auseinanderstoben. Ihr vorwurfsvolles Gegacker begleitete ihn noch, als er längst weitergegangen war. Um die Schmerzen in seinem verkrüppelten Fuß kümmerte er sich nicht. Er war so an sie gewöhnt, dass er sie manchmal gar nicht mehr spürte. Dafür spürte er Hunger und Ärger.

Der Innungsmeister der Fleischhauer hatte ihm für die Nachricht, die Cuno zu ihm in die Fleischergasse getragen hatte, nicht mehr als einen altbackenen Kanten Brot gegeben. Das war ein Fleischhauer – sein Haus quoll über vor leckersten Speisen. Allein der Geruch, als er im Hof auf den Meister gewartet hatte, hatte ihm Tränen der Vorfreude in die Augen getrieben. Seine Enttäuschung war dann doppelt groß gewesen, beinahe hätte er den Brotkanten zurückgewiesen. Gerade noch rechtzeitig war ihm eingefallen, dass er es sich nicht leisten konnte, auch nur einen Krümel zu verschmähen.

Cuno überlegte, ob er zum Haus des Buchdruckers Gronenberg gehen sollte. Dort bekam er eigentlich immer etwas zugesteckt, obwohl seine günstige Vereinbarung mit Almuth beendet war. Selten Fleisch, aber vielleicht eine Schale Suppe, auf der wenigstens ein paar Fettaugen schwammen. Den Innungsmeister der Fleischhauer hätte es nicht arm gemacht, einem Waisenjungen eine ordentliche Schale Fleischbrühe vorzusetzen. Zu allem Überfluss begann es nun auch noch zu regnen. Cuno warf einen missmutigen Blick in den wolkenverhangenen Himmel und hielt seinen Kittel am Ausschnitt zusammen. Mehr Schutz gegen den Regen besaß er nicht. Mit gesenktem Kopf stapfte er weiter Richtung Elstertor, um in die östliche Vorstadt und zur Kate seines Onkels zurückzukehren.

Von hinten näherten sich ihm eilige Schritte. Cuno drehte sich halb um und wurde beinahe umgerannt, als eine hagere Gestalt mit wehender Kutte ihm auswich und ihren Weg fortsetzte, ohne ihn überhaupt zu bemerken. Cuno kannte den Mann, der Name fiel ihm zwar nicht ein, aber er gehörte zu den Mönchen im Schwarzen Kloster und lehrte an der Universität. Mehr als einmal hatte Cuno für ihn Botengänge erledigt und war immer anständig entlohnt worden. Der Mönch trug eine Ledermappe unter dem Arm, wie viele der gelehrten Herren eine besaßen.

Mehrere Bögen Papier fielen heraus und landeten im Schmutz der Gasse. Mit einigen hinkenden Hüpfern war Cuno heran und hob die Papiere auf.

»Wartet«, rief er. »Guter Herr, wartet doch.«

Der Hagere eilte weiter.

»Herr Mönch.«

Cuno versuchte, ihm zu folgen, kam aber zu langsam voran. Zwischen den Wittenbergern, die alle gesenkten Kopfes nach Hause eilten, hatte er den Mönch bald aus den Augen verloren. Er stellte sich in einer Toreinfahrt unter und betrachtete die Papiere, die er bisher zum Schutz gegen den Regen an seinen mageren Leib gepresst hatte.

Es waren insgesamt drei nur auf einer Seite beschriftete Bögen. Cuno konnte zwar nicht lesen, wusste aber, dass die Gelehrten alles Wichtige aufschrieben und alles Aufgeschriebene wichtig war. Für ihn hatten die Zettel keinen Wert, für seinen Besitzer wahrscheinlich schon – und er würde sie bald vermissen. Er musste sie dem Mönch zurückgeben.

Nur wie? Cuno kaute auf seiner Unterlippe herum. Der Mönch wohnte im Schwarzen Kloster. Er hatte einmal an die Pforte gepocht, weil er hungrig gewesen war und gefroren hatte. Er dachte, Mönche hätten mildtätige Herzen, aber dem Bruder, der die Pforte ein Stück weit öffnete und herausspähte, war davon nichts gegeben gewesen. Statt ein Stück Käse zu bekommen, war er als Taugenichts und Tagedieb beschimpft worden, der nichts als den Stock verdiene und sich trollen solle. Ein Fausthieb hatte den Worten Nachdruck verliehen.

Seitdem mied Cuno die Wohnstätte der Wittenberger Augustinereremiten. So wollte er es auch für die Zukunft halten. Er betrachtete immer noch die Papiere in seiner Hand, als könnten sie ihm doch ihr Geheimnis verraten. Wenn ihm nur der Name des Mönches einfiele. Man würde ihn vielleicht nicht beschimpfen und vertreiben, wenn er sagen könnte, für wen er eine Nachricht hatte. Er wendete die Bögen hin und her, aber nichts verriet ihm, wer sie verloren hatte.

»Cuno, bist du das?« Die Tür des gegenüberliegenden Hauses war geöffnet worden. Ein Mann stand auf der Schwelle und winkte ihm. »Ich habe einen Auftrag für dich. Du musst das für meine Frau zum Schneider ›Hinter der Mauer‹ bringen. Du weißt, welchen ich meine. Es soll dein Schaden nicht sein.« Der Mann streckte ihm eine Hand entgegen, auf der zwei sorgfältig verschnürte Päckchen lagen, das größere unten, das kleinere oben.

Cuno stopfte die Papiere unter seinem Kittel in den Hosenbund und hinkte über die Straße.

»Das Kleinere hat meine Frau für dich gepackt.«

»Ich mach's.« Cuno schnappte sich beide und hinkte eilig davon. Der Regen störte ihn nicht mehr, und das Problem mit den Papieren hatte er vergessen.

Unterwegs schnüffelte er an seinem Paket und glaubte, Speck zu riechen. Im Gehen und mit den Zähnen riss er die Verschnürung auf. Er hatte sich nicht getäuscht und fand einen Streifen Räucherspeck, außerdem eine alte Filzweste, die er sich gleich überzog. Sie war ihm zu groß, aber wunderbar warm und hielt den Regen ab. Aus dem Lumpen, in dem alles eingewickelt gewesen war, konnte er sich Fußlappen machen. Cuno blieb einen Augenblick stehen und blickte nach oben, ließ den Regen auf sein Gesicht fallen.

»Danke Herr, dass du immer wieder für mich sorgst.« Danach hinkte er weiter.

Beim Schneider durfte er eine Weile in der Werkstatt neben dem Ofen sitzen und trocknen, während er darauf wartete, dass ein Mantel für den neuen Ratsherrn Urban Cranappel fertiggenäht wurde. Anschließend brachte er ihn zu seinem Besitzer zurück.

Nachdem er auch diesen Auftrag erledigt hatte, hatten die Glocken bereits zur Terz geläutet, aber der Regen würde wohl den ganzen Tag nicht aufhören, es sah so trüb aus wie am Vormittag. Erst da erinnerte er sich wieder an die Papiere, die immer noch auf seinem Bauch ruhten. Ausgeschlossen, sie jetzt noch abzugeben – das würde ihm nicht nur einen Faustschlag, sondern eine Tracht Prügel einbringen.

Der Ratsherr Cranappel war ein vornehmer Herr und wohnte in der Nähe des Schlosses. Cuno stand auf der Schlossgasse, und auf einmal hatte er eine Idee. Er hinkte zurück zur Schlosskirche und mühte sich die Treppen hinauf.

Die Kirchentür war geschlossen, aber ins Innere wollte er gar nicht. Cuno wusste nämlich, dass diese Tür der Schlosskirche von den Mitgliedern der Universität für Aushänge genutzt wurde. Ihm war nicht klar, was eine Universität eigentlich war und was da gemacht wurde, aber Bogen von diesem beschriebenen Papier hatte er schon hin und wieder an der Tür hängen sehen. Dieser Mönch gehörte auch zur Universität, also würde man dort wissen, dass es seine Bögen waren, und sie ihm wiedergeben.

Entschlossen klemmte Cuno die drei Papiere in den Spalt zwischen rechtem und linkem Türflügel, vergewisserte sich noch einmal, dass sie nicht herunterfallen konnten und nicht nass wurden, und hinkte die Treppe hinunter.

Wieder zufrieden mit sich und der Welt, machte er sich zum zweiten Mal auf den Weg zum Elstertor und nach Hause, dabei biss er kleine Bissen von dem Räucherspeck ab und kaute ihn sehr langsam.

Luther schaute die Unterlagen in seiner Mappe durch. Sein Exemplar der Thesen fehlte. Er blätterte alles erneut durch – das Ergebnis war dasselbe.

Sie waren in dieser Mappe gewesen, er war sich sicher. Prüfend ließ er den Blick über die anderen Unterlagen in seiner Zelle schweifen. Vielleicht …? Er machte sich daran, die Stapel durchzuschauen. Wenn sein Exemplar der Thesen verschwunden war? Wie sollte er dann die Disputation vor Albrecht von Brandenburg bestehen? Luther spürte einen Anflug Verzweiflung in seinem Herzen.

Die Tür seiner Zelle wurde aufgerissen und Bruder Henning stand auf der Schwelle. Er hatte sich nicht die Mühe gemacht, anzuklopfen, stattdessen rang er die Hände vor der Brust.

»Du musst sofort kommen. An der Schlosskirche … jede Menge Leute sind dort.«

»Das ist jedes Jahr an Allerheiligen so«, erwiderte Luther knapp.

An diesem und den nächsten Tagen wimmelte es in Wittenberg von Pilgern, die sich die in der Schlosskirche ausgestellten Reliquien Kurfürst Friedrichs ansehen wollten. Es waren mehr als zwanzigtausend, von denen nur ein kleiner Teil in der Kirche gezeigt wurde, damit die Gläubigen betend an ihnen vorbeigehen und Vergebung ihrer Sünden erlangen konnten. Das war auch eines der Dinge, die Luther nicht gutheißen konnte. Weil aber der Kurfürst die Kosten seiner Promotion übernommen hatte und ihm manche Wohltat erwies – erst in diesem Jahr hatte er ihm eine Kutte aus guter Wolle zukommen lassen –, hatte er sich bisher noch nicht gegen diese Praxis der Zurschaustellung heiliger Körperteile gewandt. Er plante keineswegs, sich dieses entwürdigende Schauspiel anzusehen.

»Aber du musst kommen, Martin. Es soll ein Anschlag an der Kirchentür hängen, und alle reden darüber. Es geht um Ablässe.«

Das brachte Luther auf die Beine. Er zog sich die neue schwarze Kutte über und eilte neben Bruder Henning die Collegiengasse entlang Richtung Schloss. Je näher sie dem Coswiger Viertel kamen, desto mehr Menschen drängten sich auf den Gassen. Außer Pilgern erblickte Luther auch viele Studenten in schwarzen Talaren. Sie drängten sich entweder rücksichtlos durch die Menge oder standen in kleinen Gruppen vor Hauseingängen und diskutierten miteinander.

Bruder Henning pflügte sich ebenso durch die Menschen, und im Schutz seines breiten Rückens folgte ihm Luther. Unterwegs trafen sie den jungen Mann, der sein Gedächtnis verloren und Unterschlupf im Kloster gefunden hatte. Er war wie alle anderen auf dem Weg zur Schlosskirche. Luther nickte ihm zu, und der Mann schloss sich ihnen an.

Das dichteste Gedränge herrschte vor der Nordtür der Kirche. Die Tür war geschlossen, und dicht an dicht drängten sich die Leute auf der Treppe. Ganz oben vor der Tür verteidigten Studenten ihre Plätze mit Fäusten und Füßen.

Einige schienen von der Kirchentür etwas abzuschreiben, aber es war beim besten Willen nicht zu erkennen, was dort angeschlagen stand, obwohl Luther sich so lang wie möglich machte.

Dann begann jedoch einer der oben stehenden Studenten mit lauter Stimme lateinische Sätze vorzulesen. Zunächst verstand Luther nur hier und da ein Wort, aber dann wurde die Menge ruhiger und lauschte. Ihm lief es heiß und kalt den Rücken herunter, als er hörte, was da vorgelesen wurde.

Das waren seine Sätze! Die fünfundneunzig Thesen, die er an Albrecht von Mainz und den Brandenburger Bischof verschickt hatte. Das musste das Exemplar sein, das er in der Frühe so verzweifelt gesucht hatte. Aber wie kam es an die Kirchentür?

Der Vorleser machte nach jedem Satz eine Pause, und ein anderer schrie den Satz auf Deutsch in die Menge, und immer lauter riefen die Zuhörer, vor allem die Studenten, ihre Zustimmung zu seinen Thesen.

»Das sind doch deine Lehrsätze.« Bruder Henning strahlte ihn an.

Von der anderen Seite rief ihm der Namenlose ins Ohr: »Ich verstehe vielleicht nicht viel von der Sache, aber mir scheint, es war lange überfällig, dass das jemand sagt. Ich gratuliere Euch zu Eurem Mut.«

»Doch nicht so. Das war doch … Das sollte doch …« Luther wusste nicht, was er sagen sollte.

Er überlegte ernsthaft einen Augenblick, sich durch die Masse der Studenten bis zur Kirchentür durchzukämpfen und seine Thesen abzureißen. Dazu war es wohl zu spät – zu viele hatten sie bereits gelesen und sprachen darüber. Bald wären es noch viel mehr, denn ihm wurde klar, dass einige da oben standen und die Thesen abschrieben – zweifellos, um sie landauf, landab bekanntzumachen.

Seine Thesen hatten den Bereich der Gelehrsamkeit und der Universität verlassen, und er konnte nichts mehr tun, um sie der Bestimmung zuzuführen, der er sie zugedacht hatte. Luther zog sich die Kapuze seiner Kutte über den Kopf und lauschte.

Der erste Vorleser verausgabte seine Stimme, bis er vor Heiserkeit kein Wort mehr herausbrachte. Er wurde von einem anderen jungen Mann abgelöst.

Die Menge zerstreute sich noch lange nicht. Der Namenlose war irgendwann von seiner Seite verschwunden, aber Bruder Henning blieb bei ihm, als müsse er ihn bewachen, und bahnte ihnen einen Weg zurück ins Schwarze Kloster.

Kapitel 14

Nasskalten Schneeregen schickte der Herr über das Land und dazu einen böigen Wind, der einem die Kappe vom Kopf riss. Wer nicht unbedingt aus dem Haus musste, blieb am warmen Ofen hocken. Der Ablassprediger Johann Tetzel konnte es sich dort nicht gemütlich machen. Er war im Kastenwagen unterwegs, saß darin auf einer harten Bank, hatte eine Felldecke um seine Beine gewickelt und bei der Abfahrt einen heißen Ziegelstein unter seine Füße legen lassen. Der Stein war inzwischen kalt, und er hatte ihn zur Seite geschoben. Seine Füße waren ebenfalls kalt. Den meisten Platz im Wagen beanspruchte der Geldkasten, der im Fußraum stand.

Feist und Frech hatten trotz des schlechten Wetters die Pferde gewählt. Darüber war Tetzel aus zweierlei Gründen froh: Einmal wäre mit Feist in der Kutsche kaum noch Platz für ihn geblieben, und hinzu wäre noch Frechs Mundwerk gekommen. Die beiden Fenster des Kastenwagens hatte er wegen des Windes verriegelt, und saß deshalb im Dämmerlicht. Es machte ihn müde, aber das Gerüttel der Fahrt hinderte ihn am Einschlafen. Er fiel höchstens in einen kurzen Dämmerschlaf – jedes Mal bis zum nächsten Stoß.

Der Wagen rumpelte durch Löcher und über Steine, Tetzel wurde hin und her geworfen. Er stemmte die Füße gegen die Geldtruhe, die unverrückbar auf dem Boden stand.

Am späten Nachmittag des achten November 1517 erreichten sie wieder einmal Jüterbog, wo Tetzel erneut auf zahlreiche Gläubige aus dem sächsischen Kurfürstentum und üppige Einnahmen hoffte. Auf einmal ratterten die Wagenräder über einen gepflasterten Weg. Der Dominikaner stieß eines der Fenster auf und schaute hinaus. Ein Schwall Schneeregen stiemte ihm ins Gesicht, trotzdem erkannte er, dass sie auf dem Marktplatz angekommen waren und vor dem Gasthaus hielten. Ein zweistöckiges Gebäude aus Stein und Fachwerk unter einem Reetdach.

Er wollte die Luke gerade wieder schließen, als ihm noch etwas anderes auffiel. Tetzel ließ sich noch mehr Schneeregen ins Gesicht blasen und spähte hinaus. Mehrere Leute trotzten auf dem Marktplatz dem Wetter. Sie sahen sogar so aus, als kümmere es sie nicht; einer trug nicht einmal eine Kopfbedeckung. Tropfnasses Haar hing ihm in den Kragen. Einem anderen wehte der Wind die Kappe herunter, er scherte sich nicht darum. Die Männer schienen alle die Köpfe zusammenzustecken und sahen aus, als lasen sie etwas, um anschließend eifrig zu diskutieren.

Feist trat an die Kutsche heran und versperrte ihm die Sicht. Er hatte sich einen Schal um den Kopf gebunden und sich einen Hut daraufgesetzt. Sein dicker Filzmantel sah aus wie durchs Wasser gezogen. Hinter ihm tauchte Frech mit seinem mageren Gaul am Zügel auf.

»Viel los hier«, sagte er. »Lasst uns reingehen, ich brauche ein warmes Bier und was zwischen die Zähne.« Er drehte sich um und rannte auf den Gasthof zu.

Tetzels Blick war wieder frei. Es schien ihm, als wären in dieser kurzen Zeit noch mehr Männer auf den Platz gekommen. Es standen mindestens drei größere Gruppen herum, die eifrig aufeinander einsprachen. Einige standen auch nur zu zweit oder dritt beieinander. Frauen waren keine zu sehen.

Feist und Frech schlürften bereits warmes Bier, als er in den Gasthof kam. Die Mäntel hatten sie noch nicht ausgezogen, und um ihre Füße hatten sich kleine Wasserlachen gebildet.

Zur Zeit der Abendmesse lag eine dünne Schicht Schnee auf dem Marktplatz. Die Messe las Tetzel in der Stadtkirche St. Nicolai. Der Geldkasten stand weithin sichtbar neben dem Taufstein. Anschließend warf er als Erster drei Gulden hinein und ließ sich vom Priester dieser Kirche einen Ablassbrief ausstellen. Solange er sich an diesem Ort aufhielt und den Ablass verkaufte, hatte er den Geistlichen zu seinem Helfer bestimmt, der in die vorgedruckten Briefe die Namen der Gläubigen eintrug. Der Mann saß an einem kleinen Tisch seitlich hinter dem Geldkasten, hielt die Feder in der Hand und hatte eine säuerliche Miene aufgesetzt.

Die Kirche war kaum zur Hälfte gefüllt. Alte Frauen, Greise, ein paar Kinder. Und viele der schwarzgekleideten Männer, die er bei seiner Ankunft auf dem Marktplatz gesehen zu haben glaubte.

Von diesen wenigen Besuchern machten etliche keine Anstalten, einen Ablass zu kaufen. Nur ein paar der alten Frauen und Männer stellten sich neben dem Geldkasten auf. Ein Greis, der nach vorn gehen wollte, wurde in ein geflüstertes Gespräch verwickelt. Danach wandte er sich ab. Da hatte ihm offenkundig jemand weisgemacht, es sei nicht nötig, einen Ablass zu kaufen. Was war los in diesem Ort?

Die kurze Reihe der Ablasskäufer hatten sie schnell abgearbeitet, aber die Kirche leerte sich nicht. Alle die keinen Ablass gekauft hatten, standen zusammen und schauten ihn und seine Helfer an.

»Was glotzt ihr so kuhäugig?« Frech hielt es nicht länger aus. »Eure Seelen werden auf ewig im Fegefeuer schmoren und die eurer Ahnen ebenfalls.«

Niemand reagierte darauf. Die Leute kamen Tetzel vor, als hätte man ihnen etwas eingeflößt, das ihnen den Verstand vernebelte. Er gab dem Geistlichen einen Wink. Für diesen Abend konnten sie Schluss machen. Es gab noch andere Tage, sollten die Menschen darüber schlafen, dann würden sie sich daran erinnern, wie ihre Seele zu retten war.

Ein Mann in schwarzem Mantel und mit zerknautschtem weißem Spitzenkragen trat vor. Er sah aus wie ein Apotheker, Kaufmann oder ein Handwerker im Sonntagsstaat. In einer

Hand hielt er einen zusammengerollten Papierbogen und ging zu einer der Säulen, die das Kirchendach trugen. Es gesellte sich ein anderer, ganz ähnlich gekleideter Mann zu ihm. Gemeinsam nagelten sie das Plakat an der Säule fest. Sie warfen Tetzel einen triumphierenden Blick zu und gesellten sich wieder zu der Gruppe ihrer Freunde.

Der Priester der Stadtkirche kümmerte sich nicht um das Plakat an der Säule.

Frech war der Erste, der davor stand, um es zu lesen. Tetzel drängte sich neben ihn. Im ersten Absatz sprang ihm der Name Martin Luther entgegen. »Propositiones wider den Ablass« war das Ganze überschrieben, und er kannte einiges davon. Bruder Benedictus hatte ihm Notizen geschickt, in denen viele der Gedanken niedergelegt waren.

Die Jüterboger verließen St. Nicolai, der Priester schloss sich ihnen an. Zurück blieben Tetzel, Frech und Feist.

»Das ist von diesem Luther aus Wittenberg«, sagte der nicht gerade mit Geistesgaben gesegnete Frech. »Den wir ...«

Ein Rippenstoß Feists ließ ihn verstummen.

»Genau, der, den du nicht aus Wittenberg herausbringen konntest.«

»Es waren zu viele Leute auf der Gasse. Dann sind die Beichtstühle in der Stadtkirche ausgebrannt. Gott hält seine Hand über diesen Mann«, sagte Frech so leise, dass nur sein Kollege ihn verstehen konnte.

»Oder du warst unfähig.«

»Das haben wir davon.« Tetzel riss das Papier mit den Thesen von der Säule. »Dieser Schmutz hat in einem Gotteshaus nichts zu suchen.« Er knüllte es zusammen und stapfte aus der Kirche.

Die Schneedecke auf dem Marktplatz war höher geworden und reichte ihm nun beinahe bis zum Knöchel. Nach wenigen Schritten drang feuchte Kälte durch seine Schuhe. Immer noch standen Männer in Gruppen auf dem Platz und trotzen dem Wetter. Diesmal konnte Tetzel sich vorstellen, worüber sie diskutierten.

In der Gaststube loderte ein Feuer im Kamin. Die Flammen schlugen hoch und verbreiteten eine angenehme Wärme. Tetzel wollte das zusammengeknüllte Papier ins Feuer werfen. Im letzten Moment überlegte er es sich anders. Er strich den Bogen auf einem Tisch wieder glatt.

Frech und Feist waren nach ihm in die Gaststube gepoltert, klopften ihre Schuhe aus und hingen die Mäntel an Haken, bevor sie sich neben ihn stellten.

»Warum hebt Ihr diesen Schund auf?«, wollte Feist wissen. »Er enthält doch nichts Neues.«

»Aber noch nie war alles so schön zusammen aufgeschrieben wie für eine Disputation an einer Universität. Da hat sich Doktor Martin Luther viel Mühe gegeben.«

»Wenn er es in Wittenberg zusammengestellt hat, wie kommt es dann hierher?«

Genau diese Frage ging auch Tetzel durch den Kopf. Disputationen wurden an Universitäten durchgeführt, zur Erlangung des Doktorgrades, eines Lizentiats, eines Baccalaureats. Das waren Angelegenheiten, die kaum je über die Hochschule hinaus Bedeutung erlangten. Manchmal kamen Gelehrte verschiedener Universitäten zusammen, um ihre Meinungsverschiedenheiten in einer Disputation beizulegen. Diese Veranstaltungen fanden gewöhnlich auf der Burg eines Fürsten, im Palast eines Bischofs oder im Rathaus einer bedeutenden Stadt statt. Es bedurfte häufig vieler Gespräche, um Zeit, Ort und Thema auszuhandeln. Von einer großen Disputation um den Ablass mit Doktor Martin Luther als einem Teilnehmer hätte Tetzel gehört. Alle Welt hätte davon gehört.

Es steckte etwas anderes dahinter. Tetzel schickte Frech wieder auf den Marktplatz, um sich unter den Männern umzuhören. Er wäre von ihnen dreien der Unauffälligste; Feist war zu dick, und ihn würde man sofort als Mönch erkennen.

Der Kommissar der Fugger zog ein säuerliches Gesicht, weil er erneut aus dem Haus musste, nahm jedoch seinen Mantel vom Haken und verließ die Gaststube. Zuvor schärfte der Ablassprediger ihm ein, sich kein Wort entgehen zu lassen.

Bis Frech zurückkam, las Tetzel das Thesenpapier Wort für Wort durch. Er folgte den Gedankengängen so genau, als stände Doktor Luther vor ihm und würde mit ihm reden. Feist beobachtete ihn dabei, sagte jedoch kein Wort.

Tetzel war mit dem Lesen noch nicht fertig, als Frech wieder hereinkam, noch mehr Wasser von seinen Füßen schüttelte und seinen Mantel aufhängte.

»Dieses Papier wird landauf, landab verbreitet. Ihnen hat es jemand aus Erfurt gebracht. Einen ganzen Packen davon, und dann ist er weitergezogen, um noch mehr an anderen Orten zu verteilen.«

»Wer steht da draußen?«

»Jeder Mann aus diesem gottverlassenen Ort, der lesen kann. Und wer es nicht kann, lässt sich vorlesen.«

»Was sagen sie?«

»Manche so und manche so. Die jungen Männer stehen auf Luthers Seite. Sie wären am liebsten in diesen Gasthof marschiert und hätten uns aus dem Ort gejagt. Die älteren Männer wissen noch nicht, mit wem sie es halten sollen. Ihnen haben wir es zu verdanken, dass wir noch hier sind. Wir sollten morgen abreisen, sonst können sie für nichts mehr geradestehen, das soll ich Euch vom Bürgermeister ausrichten.«

Kapitel 15

Von ein paar Thesen und einer Handvoll aufgebrachter junger Männer ließ Tetzel seine Aufgabe nicht bestimmen, und deshalb stand er am nächsten Tag wieder in der Kirche. Wieder war der Geldkasten neben dem Taufstein abgestellt, wieder saß der Priester an einem Klapptisch daneben und hielt die Feder in der Hand.

Es kamen nur eine Handvoll alte Frauen, die Männer hätte man an zwei Fingern abzählen können. Dafür aber Kinder, die nicht einmal mehr so taten, als würden sie ihm zuhören. Die Mädchen flüsterten miteinander, die Jungen rannten um die wenigen Besucher herum und spielten Fangen. Ihr fröhliches Kreischen wurde lauter und lauter.

Zunächst hatte Tetzel sich vorgenommen, sich davon nicht stören zu lassen. Er hob einfach die Stimme. Als es jedoch so laut wurde, dass er sich nur noch schreiend verständigen konnte, schickte er zwei Knechte aus, die Jungen zur Ordnung zu rufen. Der Geistliche saß hinter seinem Tisch und schaute dem Trubel zu, als ginge ihn das alles nichts an. Die Mädchen flüsterten weiter miteinander, während die Jungen damit begannen, mit seinen Knechten Fangen zu spielen. Sie machten sich einen Spaß daraus, stets im letzten Moment zu entwischen.

Endlich gelang es einem Knecht, einen dieser kleinen Burschen zu erwischen. Sofort hängten sich die anderen Jungen an dessen Kleidung, zogen an seinen Haaren und schlugen mit kleinen Fäusten auf ihn ein. Der Knecht war ein großer starker Mann, aber die Jungen zu viele für ihn. Er sank auf ein Knie und musste seinen Gefangenen loslassen.

Dann wurde die Tür ein Stück aufgeschoben, und in dem

Spalt zeigte sich kurz eine schwarzgekleidete Gestalt. Kaum waren die Jungen ihrer ansichtig geworden, setzten sie sich still in eine Ecke, dafür begannen nun, die Mädchen lauter zu reden und zu lachen. Die feigen Männer dieses Ortes hatten ihre Kinder vorgeschickt. Tetzel nahm seine Predigt wieder auf, als wäre er nicht unterbrochen worden.

Nur wer ihn kannte, wusste, wie sehr er seine Rede abkürzte. Er steckte nicht einmal einen Gulden in den Kasten, um den Verkauf einzuleiten. Es trat sowieso nur dieselbe alte, auf einen Stock gestützte Frau vor, die bereits am Vortag einen Ablass erworben hatte.

Mit dünner Stimme flüsterte sie Tetzel zu: »Ich weiß, dass ich meine Seele und die meines verstorbenen Mannes, Gott hab ihn selig, gerettet habe. Aber Ihr habt keine Freunde in diesem Ort, ehrwürdige Herren. Nehmt den Rat einer alten Frau an und reist weiter.« Sie beugte sich noch ein Stück weiter vor, berührte beinahe Tetzels Ohr mit ihren Lippen. »Sie rotten sich auf dem Marktplatz zusammen, um Euch gebührend zu empfangen, die Kinder waren nur da, um Euch abzulenken. Geht besser hinten raus.«

Stöhnend drehte sie sich um und trippelte davon, die Spitze ihres Stockes schlug einen langsamen Rhythmus auf den Boden.

Tetzel zögerte. Er wollte sich nicht von aufgebrachten Bauernbengeln vertreiben lassen. Und nicht von ein paar Thesen. Der Papst persönlich hatte ihm den Auftrag erteilt, die Seelen der Sünder aus dem Purgatorium zu retten und den Ablass zu verkaufen. Bis auf ihn, seine Helfer und den Priester war die Kirche inzwischen leer. Frech stieg auf eine Bank und schaute zu einem der schmalen hohen Fenster hinaus.

»Sie stehen auf dem Markt und sehen nicht aus, als wollten sie uns zu einem Ehrenmahl einladen. Eher sollen wir das Mahl sein.« Er lachte über seinen unpassenden Scherz, als er wieder von der Bank herunterstieg.

»Mir liegt nichts daran, Futter für die Wut dieses Abschaums zu werden«, schnaubte Feist und baute sich vor dem Klapptisch des Priesters auf. »Wie kommt man noch aus der Kirche?«

»Ich lasse Euch zum Nordportal hinaus. Dann könnt Ihr hinter meinem Wohnhaus entlang zur Herberge gehen.«

Damit war die Sache entschieden. Sie durften auch nicht Gefahr laufen, dass ihnen der Geldkasten geraubt wurde. Tetzel fasste deshalb selbst einen der Griffe und half beim Tragen. Frech und zwei Knechte nahmen die anderen drei Griffe. Der Kasten war schwer, was nicht allein an seinem Inhalt lag, er war ohnehin sehr massiv und schlug Tetzel bei jedem Schritt gegen den Oberschenkel. Er keuchte, als sie endlich den Reisewagen erreichten und die Truhe hineinhievten.

Der Kutscher hatte bereits damit begonnen, die Pferde anzuspannen, und führte gerade das zweite rückwärts an die Deichsel. Ein Pferdebursche des Gasthauses brachte Feists und Frechs gesattelte Pferde. Wenige Augenblicke später waren sie auf dem Weg aus dem Ort hinaus Richtung Norden.

Eine dünne Schicht Schnee bedeckte den Boden und dämpfte die Geräusche der Wagenräder und Pferdehufe. Sie verließen unbehelligt Jüterbog. Tetzel schloss die Fensterluke des Wagens und lehnte sich zurück.

»Der Ketzer soll mir in drei Wochen ins Feuer geworfen werden«, knurrte er ärgerlich. In Schimpf und Schande vertrieben zu werden, obwohl er einen Auftrag des Papstes ausführte, hätte er nie erwartet. Bisher hatten ihn die Menschen jubelnd begrüßt, wo immer er hingekommen war. In allen Dörfern und Städten und auch bei den nächtlichen Predigten im kursächsischen Gebiet war es so gewesen. Aber auf einmal kam da so ein Augustiner daher und bildete sich ein, seine Geschäfte stören zu dürfen. Mit dem Mann zu disputieren würde nicht mehr in Frage kommen, diese Chance hatte sich Luther verscherzt.

Zu allem Ärger kam Erleichterung hinzu, dass sie glimpflich davongekommen waren. Er wusste, wie gefährlich ein aufgebrachter Mob werden konnte. Andere Ablassprediger waren manches Mal verjagt worden. Die Erleichterung steigerte seinen Ärger wiederum und in Gedanken schimpfte er Luther einen »Hurenbock, ketzerischen Wurm und Teufelsbuhler«, bis er keine Luft mehr bekam.

Ein Gebet beruhigte ihn nicht. Schließlich zog er aus dem Ärmel seiner Kutte die zusammengefalteten »Propositiones wider den Ablass« und las noch einmal, was Doktor Martin Luther zu sagen hatte. Eigentlich war es gut, es war sogar sehr gut, was er da geschrieben hatte.

Das eintönige Rollen der Räder schläferte ihn ein, und sein Kopf sank auf die Brust. Er schreckte wieder auf, als etwas gegen das Fenster des Kastenwagens pochte. Er hakte die Klappe auf.

Feist ritt neben dem Fenster und beugte sich herab, so dass sein Gesicht das Geviert ausfüllte. Von der kalten Luft war seine Nase gerötet. »Wir schaffen es vor Einbruch der Dunkelheit nicht mehr bis nach Brück.«

»Wir halten beim nächsten Gasthof an.«

»Ist das das Geschmiere dieses Luther? Ihr hättet es verbrennen sollen. Der macht nur Ärger, der Mann.«

»Im Gegenteil. Der ach so gelehrte Wittenberger Professor hätte uns keinen größeren Gefallen tun können als mit diesem Papier.« Als Feist verständnislos aussah, fügte er hinzu: »Das werden die hohen Herren nicht durchgehen lassen. Der Mann ist schon so gut wie verschwunden. Niemand kann wider unseren Erzbischof, den Papst und seine Bulle Sacrosancte salvatoris et redemptoris nostri streiten und unbehelligt bleiben. Wir werden uns nicht mehr lange über sein Tun ärgern müssen.«

Feist starrte ihn einen Augenblick an und wischte sich mit einer Hand einen Tropfen von der Nase.

»Der Mann hat sich also selbst erledigt?«, sagte er in einem fragenden Tonfall.

»Besser und vollständiger, als es jeder von uns gekonnt hätte.«

Feist trieb sein Pferd an und verschwand von der Luke.

Kapitel 16

Das ist wahrlich ein seltener Besuch in meinem Hause, Herr Doktor Luther«, sagte Georg Herkner, als er sah, welchen Kunden ihm das Klingeln seiner Ladenglocke gemeldet hatte. »Womit kann ich Euch dienen, was Ihr im Kloster nicht vorrätig habt?«

Luther zögerte mit der Antwort und sah sich um. Er fühlte sich nicht wohl in seiner Haut. Lieber wäre es ihm gewesen, er hätte sich von Almuth nicht zu diesem Gang überreden lassen, aber ihren Bitten und dem unschuldigen Blick ihrer Augen konnte er nichts entgegensetzen. Ihre unerschütterliche Treue zu ihrem verstorbenen Verlobten beeindruckte ihn nach wie vor. Er wusste nicht, was er in einer Apotheke kaufen sollte und entschied sich deshalb, sein Anliegen direkt vorzutragen, überzeugt davon, dass Gott dies ebenso gutheißen würde, wie er Lügen verdammte.

»Ich denke, ich bin es Euch schuldig, Euch über Gerüchte zu informieren, die an der Leucorea und wohl auch bald in der Stadt die Runde machen«, begann er umständlich.

Herkner sah ihn fragend an. Die Finger hatte er flach auf den Verkaufstresen gepresst.

Luther räusperte sich. »Im Schwarzen Kloster hat ein junger Mann Unterkunft gefunden, der nach einer schweren Verwundung seinen Namen und seine Familie nicht mehr kennt. Das quält ihn. Allerdings hat er festgestellt, dass er die lateinische Sprache und Schrift beherrscht, deshalb habe ich ihm die Möglichkeit verschafft, an der Universität einige Vorlesungen zu hören, ohne sich einschreiben zu müssen.«

»Warum erzählt Ihr mir das?«, fragte Herkner mit flacher Stimme.

»Weil nicht nur viele Studenten der juristischen Fakultät, sondern auch bei den Theologen und Artisten eine Ähnlichkeit mit Eurem verstorbenen Stiefsohn festgestellt haben. Ich habe den jungen Mann auch gesehen, und ich kannte Euren Stiefsohn. Die beiden ähneln sich wirklich sehr, sie könnten Brüder sein. Bevor Euch hässliche Gerüchte zu Ohren kommen, seht ihn Euch selbst an und überzeugt Euch.«

»Er kann nicht mein Stiefsohn sein. Den habe ich zu Grabe getragen. Seitdem leidet mein geliebtes Weib an Schwermut. Allein deshalb wünschte ich, er wäre wieder bei uns, damit es ihr bessergeht. Das sind nur Unterstellungen. Er müsste schon unser geliebter Herr Jesus sein, um von den Toten aufzuerstehen.« Herkner bekreuzigte sich.

»Ich habe nur von einer Ähnlichkeit zwischen den beiden jungen Männern gesprochen, nicht dass sie ein und dieselbe Person sind. Wie soll das auch gehen, wo der eine gestorben ist und es keinen weiteren leiblichen Bruder mehr gibt?« Luther wunderte sich über die heftige Reaktion des Apothekers. Für Almuth hätte bereits jetzt festgestanden, dass aus ihm das schlechte Gewissen sprach. So weit wollte er nicht gehen – wahrscheinlich war es einfach schmerzlich für ihn, an Tammes Tod erinnert zu werden.

»Ich kann mir denken, worüber sich die Leute das Maul zerreißen. Der sieht aus wie Tamme Redecker, damit fängt es am Morgen an, und am Abend heißt es schon, das ist Tamme Redecker. Ich kann Euch aber sagen, das ist nicht mein Stiefsohn. Ihr solltet solchen Unterstellungen keinen Glauben schenken.«

»Ich habe mich nur herbemüht, um Euch vor dem zu warnen, was bald in der Stadt die Runde machen wird. Er erholt sich von Tag zu Tag mehr von seinen Verletzungen, geht durch die Stadt und will sich erinnern. Die Leute sehen ihn und reden. Die Nachrichten fliegen schnell wie ein Vogel von einem Ende der Stadt zum anderen. Euer Haus, Ihr und eure Frau, werdet am meisten unter den Gerüchten leiden, deshalb sollt Ihr das Gerede nicht in den Gassen aufschnappen, sondern von Angesicht zu Angesicht hören.«

Herkner wollte etwas sagen, öffnete den Mund, schloss ihn dann jedoch wieder.

»Nun besucht der junge Mann jeden Tag Vorlesungen. Die Studenten lernen ihn kennen. Gerade bei den ehemaligen Kommilitonen Eures Stiefsohnes an der juristischen Fakultät werden die Gerüchte besonders viel Nahrung finden.«

»Weil das zügellose junge Männer sind, die gar nicht wissen, was sie mit ihren unbedachten Worten anrichten«, platzte Herkner endlich heraus.

»Niemand beschuldigt Euch.«

»Ha, da kann ich ja wohl die Tage zählen, bis der Stadtrichter mit seinem Schreiber bei mir in der Offizin steht und mir Fragen stellt, alles aufschreiben lässt, um mir später daraus einen Strick zu drehen.« Herkner hielt erschöpft inne.

Luther wich einen Schritt zurück. Mit einer derartigen Reaktion hatte er nicht gerechnet. Die Wut des Apothekers ließ ihn sich hilflos fühlen.

»Davon spricht niemand.«

»Noch nicht. Aber das werde ich zu verhindern wissen, das sage ich Euch. Ich schütze mein Weib und meine beiden leiblichen Söhne vor dem Gerede.« Herkner rang sich ein Lächeln ab. »Herr Doktor Luther, einstweilen danke ich Euch für Eure Mühe. Besonders weil Ihr selbst gekommen seid, statt einen Diener der Universität zu schicken.«

Luther verstand, dass das Gespräch hiermit beendet war. Als er die Apotheke verlassen hatte, atmete er auf.

Kapitel 17

Die Dunkelheit brach früh und plötzlich über Wittenberg herein. Almuth kam es so vor, als verstärke sich damit auch die Kälte. Sie zog den Umhang fester um ihre Schultern und blies in ihre Hände. Dicht hinter ihr an die Hauswand gedrückt, stand Tamme und schirmte sie mit seinem Körper gegen den Wind ab. Sie ließen die Hintertür der Wittenberger Apotheke nicht aus den Augen. Noch war durch die Fensterläden im Erdgeschoss des Hauses ein sanfter Lichtschein zu erkennen, der ihnen anzeigte, dass Georg Herkner sich in seinem Laboratorium aufhielt, obwohl sie Luther vor einiger Zeit an der Einfahrt hatten vorbeigehen sehen.

Wenn nun ihr Plan nicht klappte? Alles hing davon ab, was Martin Luther dem Apotheker weisgemacht hatte.

Tamme gingen ähnliche Gedanken durch den Kopf, denn er schmiegte seine Wange an ihre und flüsterte ihr zu: »Mein Stiefvater muss etwas tun, er kann gar nicht anders.«

Trotzdem wurde es dunkler und dunkler, ohne dass sich der Lichtschein im Haus veränderte oder die Hintertür geöffnet wurde. Die raue Schuppenwand kratzte an Almuths Wange und das Warten an ihren Nerven. Außerdem wurden nicht nur ihre Hände, sondern auch ihre Füße kalt. Sie fühlte sich, als kröche das Blut langsam wie eine Schnecke durch ihren Körper. Mit gesenktem Kopf schloss sie für einen Moment die Augen.

Tamme rüttelte sie. »Sieh hin! Da!«

Die Hintertür stand offen. Ein matter Lichtschein fiel heraus und verlor sich nach wenigen Schritten im dunklen Hof. Herkner kam.

Die Gestalt, die dann allerdings durch die Tür trat und die

beiden Stufen zum Hof hinunterging, konnte unmöglich der Apotheker sein. Sie trug einen weiten, bis zum Boden reichenden Rock und eine Haube auf dem Kopf.

»Das ist Marie«, flüsterte Tamme.

Die Magd ging am Brunnen vorbei und hielt genau auf ihr Versteck zu. Einige Schritte davor blieb sie stehen.

»Zeigt Euch, wenn da jemand ist«, rief sie mit zitternder Stimme.

Almuth und Tamme bewegten sich nicht.

»Da ist doch jemand.« Marie stampfte mit den Füßen auf. »Frau Almuth, ich bitte Euch.«

Die junge Frau löste sich aus den Armen ihres Verlobten und trat von der Stallwand weg auf die Magd zu. Tamme folgte ihr, angespannt und jederzeit bereit, Almuths Leben mit den Fäusten zu verteidigen.

»Wir sind hier. Waren wir vom Haus aus zu sehen?«

»Nicht eine Haarspitze. Aber als ich einen Mönch aus dem Schwarzen Kloster in die Apotheke eintreten sah, habe ich mir gleich gedacht, dass etwas nicht stimmt. Von denen hat noch nie einer bei uns gekauft.« Marie schlug die Arme um ihren Oberkörper und steckte die Fäuste in die Achseln. Sie sprach schnell weiter: »Ich konnte nicht verstehen, worüber sie geredet haben, aber nachdem der Mönch wieder gegangen war, ohne etwas zu kaufen, war der Herr ...« Marie suchte nach Worten, schüttelte am Ende jedoch nur den Kopf.

»Was hat er gemacht?«, wollte Almuth wissen.

»Er hat das Haus verlassen. Durch die Vordertür. Mir hat er gesagt, er gehe in den ›Schwarzen Bären‹ und ich solle hinter ihm gut zusperren. Und niemanden reinlassen. Das hat er mehrmals gesagt und dass ich niemandem aufmachen soll, komme, was da wolle. Bei der Jungfrau Maria, was soll nur werden? Das kann nur mit Euch zu tun haben.«

Marie war eine bessere Beobachterin, als Almuth gedacht hätte, und sie besaß eine erstaunliche Kombinationsgabe.

Ohne sie hätten sie noch lange in der Kälte blau und steif frieren können.

»Vielen Dank, Marie.« Sie umarmte die Magd kurz. »Ohne dich wäre alles umsonst gewesen. Wir haben keine Zeit mehr.«

»Gott wird dir deinen Mut lohnen«, sagte auch Tamme.

Sie verließen den Apothekerhof. Der »Schwarze Bär« lag in der Nähe des Elbtores. Dass das Gasthaus tatsächlich Herkners Ziel war, glaubten sie nicht. Aber konnte es das Elbtor sein? Sie sahen sich an, fassten sich an den Händen und liefen los.

In den Gassen war es nicht ganz dunkel, da vor manchen Häusern eine Laterne hing und aus mehr als einem Fenster Kerzenschein drang. Aus dem »Schwarzen Bären« drang außerdem Stimmengewirr heraus.

Sie hielten sich nicht damit auf, im Gasthaus nachzuschauen, ob Herkner dort war oder nicht, sondern rannten gleich weiter bis zur Elbgasse. An der Ecke blieben sie abrupt stehen und lugten vorsichtig in die schmale Gasse, die zum Elbtor und in die Vorstadt auf der anderen Flussseite führte. Almuths kalte Füße gehörten der Vergangenheit an, sie prickelten, als stachen tausend Nadeln auf sie ein.

Eine einsame Gestalt bewegte sich auf das Tor zu, grüßte die Wachen, die dort um ein Kohlebecken standen, und ging hindurch.

»Ist das dein Stiefvater?«, flüsterte Almuth.

»Sieht so aus. Hinterher! Wir dürfen ihn nicht aus den Augen verlieren.«

Er wollte loslaufen, aber sie hielt ihn zurück. »Die Wachen werden misstrauisch, wenn wir aus der Stadt rennen, als wären Teufel mit glühenden Zangen hinter uns her. Dein Stiefvater darf uns nicht entdecken. Wir müssen wie ein gewöhnliches Paar wirken, das in der Vorstadt zu Hause ist.«

Die Elbgasse war nicht länger als die Grundstücke der umliegenden Häuser. Tatsächlich war sie die kürzeste Gasse in Wittenberg, aber Almuth kam der Weg bis zum Tor unendlich vor. Herkner war auf der anderen Seite der Mauer außer Sicht, und ihre Füße wollten rennen, sie musste sich zu ruhigen Schritten zwingen.

Eine der dick vermummten Wachen machte eine Bemerkung über die lausige Kälte, und dann waren sie vorbei und durch das Tor. Vor ihnen breiteten sich die geduckten Häuser der Elbvorstadt aus. Herkner war nicht zu sehen.

Sie liefen geradeaus in Richtung Fluss und schauten sich wachsam nach allen Seiten um. In der Vorstadt hingen vor den Häusern keine Laternen mehr, und nur aus wenigen Fenstern drang ein Lichtschein. Almuth wurde unsicher und strauchelte mehrmals. Allein Tammes starker Arm bewahrte sie vor einem Sturz.

Herkner hatte sich vom Fluss fort nach Osten gewandt. Sie sahen ihn nur deshalb, weil er eine Laterne trug, die einen matten Schein verbreitete. Er ging schnell. Mit seinem Licht war er so gut zu sehen, dass sie ihm ohne Schwierigkeiten folgen konnten. Hinter den letzten Häusern der Elbvorstadt begannen Felder und dahinter Wald.

Tamme blieb stehen. »Du musst nicht mehr weiter mitkommen, ich mache das allein.«

»Auf keinen Fall.«

»Almuth, es könnte gefährlich werden.«

»Gerade deshalb.« Sie gab ihrer Stimme einen festen Klang, obwohl ihr die Knie zitterten und diesmal nicht vor Kälte. »Ich lasse dich nicht allein.«

Herkner ging am Waldrand entlang. Er entfernte sich vom Fluss. Sein Weg führte ihn außen um Wittenberg herum in die östliche Vorstadt, wo einmal in der Woche ein Viehmarkt stattfand. Der Geruch nach Rindern und Schweinen hing in der Luft, obwohl es vier Tage her war, dass der Markt abgehalten worden war.

»Mir ist nicht wohl bei der Sache.« Tamme griff Almuths Hand.

Herkner strebte auf ein abseits gelegenes Haus zu, von dem Almuth nur wusste, dass dort Köhler wohnten, zwei Brüder. Das Haus duckte sich unter den ausladenden Ästen einer Buche und hatte seine besten Tage seit einiger Zeit hinter sich. Rings umher lagen unbrauchbare Werkzeuge im Matsch, Deichseln und zerbrochene Räder. Der dazugehörige Wagen stand auf Backsteinen neben dem Haus aufgebockt.

Herkner pochte an die Tür, während Almuth und Tamme ums Haus herumschlichen und hinter dem ausrangierten Wagen Deckung fanden. Almuth presste ein Ohr an die aus Lehm und Holzbalken errichtete Wand. Dahinter hörte sie ein Knistern wie von einem Feuer, und dann polterte es im Haus.

»Die Köhler sind zu Hause«, wisperte sie.

»Du bleibst immer hinter mir«, gab Tamme genauso leise zurück.

Die Tür wurde geöffnet und Herkner unfreundlich gefragt, was er wolle. Seine Antwort war nicht zu hören, aber gleich danach schloss sich die Tür wieder.

Auf der Hausseite, an der Tamme und Almuth sich verborgen hielten, befand sich ein mit einem Laden verschlossenes Fenster. Dorthin schlichen sie. Die Geräusche aus dem Inneren des Hauses waren hier besser zu verstehen.

»Ihr müsst etwas für mich erledigen«, konnten sie Herkner sagen hören.

»Wir sind doch keine Diener.« Die tiefe Stimme eines Köhlers. »Ihr müsst etwas erledigen«, äffte er den Apotheker erstaunlich gut nach.

»Es springt dabei auch etwas für euch raus.«

»Das hört sich schon besser an. Worum geht es?«

»Ein Mann ...« Leider sprach Herkner danach so leise, dass sie außer seiner murmelnden Stimme nichts mehr hörten.

»Ich bin sicher, die reden über mich«, hauchte Tamme in das Ohr seiner Verlobten. Seine Lippen berührten ihre Haut.

Ein Schauder lief Almuth über den Rücken. Sie sehnte sich so sehr danach, dass endlich alles vorbei wäre, Tamme wieder in alle seine Rechte eingesetzt wurde und sie zum Traualtar führte.

»Das wird uns ein Vergnügen sein«, unterbrach die tiefe Köhlerstimme ihre Gedanken. »Das … muss stimmen.« Das ausgelassene Wort bestand wahrscheinlich in einer Geste, die sie sich nur zu gut vorstellen konnte.

»Versaut es nicht, sonst … Meine Geduld kennt Grenzen.« Herkner sprach wieder lauter und war gut zu verstehen.

Nun waren im Haus Schritte zu hören.

Tamme schlängelte sich an der Wand entlang bis zur Hausecke. Sie hörten, wie die Tür geöffnet wurde. Vorsichtig warf er einen Blick um die Ecke. Sein Stiefvater stand im Türrahmen.

Dann trat er einen Schritt aus dem Haus und hätte nur den Kopf wenden müssen, um seinen Stiefsohn zu entdecken. Aber er drehte sich zurück zur Tür, in der jetzt die Gestalt eines Köhlers sichtbar wurde. Massig und lässig lehnte sich der Mann an den Türrahmen.

Der Apotheker zog einen Beutel unter seinem Mantel hervor und ließ ihn in die ausgestreckte Hand des Köhlers fallen.

»Das ist mehr als genug.«

Der Köhler lachte, wog den Beutel einen Augenblick auf der Handfläche, bevor er die Finger darum schloss. »Diesmal machen wir einen Sonderpreis.« Wieder lachte der Mann.

Tamme kam die Situation vor wie sündhafter Hohn. Da gab sein Stiefvater gutes Geld in die Hände zweier Schurken, und ihm hatte er nicht die paar Gulden für seine Assessorexamen geben wollen. Stattdessen hatte er geplant … Für ihn bestand kein Zweifel mehr, dass Georg Herkner hinter seiner Verwundung steckte, und jetzt warf er diesen Spitzbuben weiteres

Geld in die hohle Hand, um zu beenden, was beim ersten Mal nicht geklappt hatte. In Tammes Inneren schwoll eine heiße Welle Zorn an. Er ballte die Fäuste.

Es war zu viel. Er stürmte um die Hausecke. Von seinen Lippen flog ein Schrei in die Nacht. Herkner ließ die Laterne fallen und starrte ihn an.

Bevor er sich von seiner Erstarrung erholen konnte, stürzte sich Tamme auf ihn. Beide fielen zu Boden, rollten im Dreck.

»Tamme! Tamme!«, schrie Almuth und rannte hinter ihrem Verlobten her. Sie vergaß jede Vorsicht. »Hilfe! Helft uns!«

Ihre Röcke behinderten sie beim Laufen, und sie raffte sie mit beiden Händen bis übers Knie. Schlamm spritzte unter ihren Schritten in alle Richtungen, während sie immer weiter um Hilfe rief. Ihre Stimme überschlug sich.

Tamme prügelte unterdessen blind auf seinen Stiefvater ein. Die Schläge prasselten so schnell auf Herkner nieder, dass er nichts anderes tun konnte, als mit den Unterarmen seinen Kopf zu schützen. Dabei gurgelte er ängstliche Laute hervor, die wohl die beiden Köhlerbrüder dazu bringen sollten, ihm zu helfen.

Gerade als Almuth die Männer erreichte, packte der eine Tamme an seinem Umhang, um ihn von Herkner wegzuziehen.

»Hilfe! Ist denn da keiner?«, schrie sie noch einmal mit aller Kraft und holte mit einem Fuß aus. Sie traf den Köhler in eine Kniekehle und er knickte ein.

Er stürzte über Tamme und Herkner, rappelte sich jedoch sofort wieder auf und wandte sich Almuth zu.

»Teufelsweib!« Er stieß sie zu Boden.

Im Fallen sah sie, wie sich rennende Männer mit Fackeln näherten.

Mehr als eine Handvoll Helfer schafften es schnell, Tamme von seinem Stiefvater herunterzuzerren und auch die Köhlerbrüder festzuhalten. Als Letzter erreichte der Älteste der östlichen Vorstadt den Schauplatz des Kampfes.

Almuth hatte sich aufgerappelt und stolperte rückwärts in die Dunkelheit zurück. Sie stützte sich an der Hauswand ab und war froh, als sie um die Ecke zurückweichen konnte.

»Da war auch ein Weib. Wie eine Teufelin aus dem Fegefeuer war die«, schrie einer der Köhlerbrüder und wehrte sich gegen die Arme, die ihn festhielten. Er wurde zu Boden gestoßen.

»Sucht sie!«, befahl der Stadtälteste mit dröhnender Stimme.

Almuth hatte genug gehört. Sie rannte davon, umging die östliche Vorstadt und lief zum Elstertor. Die Sperrstunde war längst vorbei und das Tor geschlossen. Sie stemmte die Hände gegen das dicke Holz und musste erst einmal wieder zu Atem kommen.

In der östlichen Vorstadt kreischte Georg Herkner unterdessen. »Der hat mich angegriffen. Aus der Dunkelheit ist er auf mich zugesprungen. Ich bin Georg Herkner, Apotheker in Wittenberg. Ihr kennt mich, Ihr guten Herren.«

»Der hat diese Köhler dafür bezahlt, damit sie mich umbringen. Ich bin Tamme Redecker, sein Stiefsohn. Er hat euch allen meinen Tod vorgegaukelt und wollte jetzt nachholen, was bisher nicht eingetreten ist.« Auch Tamme gelang es nicht, sich aus dem Griff der ihn festhaltenden Vorstädter zu befreien.

»Der beschuldigt uns zu Unrecht. Wir sind keine Meuchelmörder!« Die Köhlerbrüder schüttelten die Köpfe.

Alle redeten durcheinander, bis es dem Stadtältesten zu viel wurde.

»Ruhe! Alle! Sofort!«, donnerte er. »Ich will kein Wort mehr hören. Schafft sie alle in die Stadt, sollen die sich mit ihnen ärgern.«

»Ich bin ein ehrenwerter Bürger Wittenbergs. So könnt Ihr mit mir nicht umgehen«, protestierte Georg Herkner. Er war nicht bereit, aufzugeben und sich mit Schurken in einen Topf werfen zu lassen.

»Ich kenne Euch, Meister Herkner.« Der Stadtälteste hob die Fackel, leuchtete dem Apotheker ins Gesicht und stellte sich dicht vor ihn. »Aber wenn Ihr gemeinsame Sache mit Gelichter wie diesen beiden macht ...«

»Das mache ich doch gar nicht. *Die* wollten etwas von mir ...«

»Du bist ein Lügner, schon immer gewesen ...« Tamme brach abrupt ab, weil eine Faust in seinen Magen krachte.

»Ruhe!«, forderte wieder der Älteste. »Ins Loch mit allen. Soll sich der Stadtrichter darum kümmern. Schafft sie mir aus den Augen.«

Herkners Protest wurde erstickt, bevor er ein Wort sagen konnte, denn er erhielt einen Schlag direkt ins Gesicht. Seine Lippe platzte auf, und Blut schoss ihm aus der Nase. Tamme verspürte Genugtuung, musste allerdings gleich darauf erdulden, dass ihm die Hände stramm hinter dem Rücken zusammengebunden wurden. Den beiden Köhlerbrüdern und seinem Stiefvater erging es nicht anders.

Sie wurden fort vom Haus und auf den Weg zur Vorstadt gestoßen. Trotz der Kälte und der späten Stunde standen dort Menschen in den Gassen, und aus geöffneten Türen fiel Lichtschein heraus. Alle gafften neugierig. Viele kannten den Apotheker, und Tamme hörte mehr als eine Bemerkung, dass man so etwas von ihm nicht erwartet hätte. Die Meinung über die beiden Köhlerbrüder schien einhellig zu sein – der Galgen wäre nicht zu schade für sie, und früher oder später musste es mit ihnen so enden.

Vor dem Elstertor stand immer noch Almuth und fragte sich verzweifelt, wie sie Einlass in die Stadt bekommen konnte.

Müsste sie am Ende die Nacht in der Kälte vor den Mauern verbringen? In der östlichen Vorstadt bewegten sich Fackeln in der Dunkelheit. Aus der Entfernung sah es aus wie eine Prozession.

Hoffentlich hatte Tamme ebenso entkommen können wie sie.

Als die fackeltragenden Männer immer näher kamen, zog Almuth sich in die Dunkelheit neben dem Tor zurück. Während sie sich auf den Köhler gestürzt hatte, hatte sie die Kälte vergessen, und bei ihrer Flucht zum Tor war sie sogar ins Schwitzen geraten, nun jedoch klapperten ihre Zähne, und sie biss sie fest aufeinander, um sich nicht zu verraten.

Der Fackelzug war inzwischen nahe genug gekommen, dass sie einzelne Personen erkennen konnte. Herkner und die beiden Köhlerbrüder wurden mit gefesselten Händen den Weg entlanggeführt. Und leider war auch Tamme unter ihnen. Sein Anblick versetzte ihr einen Stich.

Ganz vorn ging der Älteste der Vorstadt auf einen Stab gestützt. Vor dem Elstertor blieb er stehen. Mit der Spitze seines Stockes hieb er kräftig gegen das Tor. Die Schläge dröhnten weithin durch die Nacht.

Bei jedem von ihnen zuckte Almuth zusammen. Der Älteste stellte sein Klopfen erst ein, als eine Luke im Tor geöffnet wurde.

»Was soll das?«, rief eine wütende Stimme. »Die Schließzeit ist längst vorbei. Kommt morgen wieder.«

»Du Tölpel. Erkennst du mich nicht?«

»Meister Kunibert. Die Schließzeiten gelten auch für Euch. Kommt morgen bei Tagesanbruch wieder.« Der Wachposten hinter dem Tor wollte die Luke schließen, aber der Älteste verhinderte das, indem er den Stock hindurchstieß, dem Mann beinahe ins Gesicht.

»Der Teu…!«

»Versündige dich nicht. Ich habe hier ein paar Strolche, die ins Loch gehören. Deshalb muss ich in die Stadt.«

»Wartet, Meister Kunibert.« Diesmal hörte Almuth einen anderen Mann sprechen.

Almuth merkte erst jetzt, dass sie die ganze Zeit die Luft angehalten hatte. Langsam atmete sie aus. Sie hätte sich gern weiter vorgewagt, um Tamme am Arm zu zupfen, damit er wusste, dass sie entkommen und ihr nichts passiert war. Aber sie fürchtete, sich zu verraten und dann genauso wie er mit gefesselten Händen vor dem Tor zu stehen. Herkner und die beiden Köhlerbrüder würden nicht zögern, sie zu beschuldigen.

In ihre Überlegungen hinein entspann sich durch die Luke ein längeres Gespräch zwischen dem Ältesten und einer Wache. Diesmal handelte es sich offenbar um einen Wachhauptmann, der geholt worden war, um über die nächtlichen Besucher zu entscheiden.

Das Gespräch endete damit, dass ein Flügel des Stadttores knarrend geöffnet wurde. Die Vorstädter mit ihren Gefangenen gingen hinein, und Almuth hielt sich bereit.

Nachdem der Letzte hindurchgegangen war, machten sich die Wachen daran, das Tor wieder zu schließen. Almuth rannte los und zwängte sich durch den schmalen Spalt. Als einer der Wachen gerade protestieren wollte, wurde er von einem anderen zurückgehalten. Es war Bobbo Marten, den Almuth im Sommer ein- oder zweimal mit Sibilla zusammen besucht hatte, nachdem seine Frau mit dem ersten Kind niedergekommen war. Er erkannte sie und winkte sie durch.

»Hoffentlich habt Ihr nichts mit dem Pack zu tun, das eben hereingebracht wurde«, sagte er leise zu ihr.

Sie schüttelte den Kopf, mehr als froh, sich wieder innerhalb der Stadtmauern zu befinden.

Kapitel 18

Die Handfessel schnitt in seine Haut, und er fühlte Blut über seine Finger laufen. Tamme musste die Zähne tief in seine Unterlippe graben, um nicht seine Wut hinauszuschreien. Wenigstens war Almuth die Flucht gelungen. Wenn sie erwischt worden wäre, hätte er sich das nie verzeihen können.

Der junge Stadtrichter Matthias Globigk war aus dem Bett geholt worden. Mit einer hastig übergeworfenen Hose und dem Wams über seinem Nachthemd stand er neben einem Schreiber, hörte sich an, was der Älteste der östlichen Vorstadt ihm erklärte, und schaute streng auf die gefesselten Männer. Tamme musste sich anhören, wie der Älteste ihn als einen gewissenlosen Schurken bezeichnete, der sich nicht scheute, nachts über andere herzufallen. Es fiel ihm schwer, nicht dagegen zu protestieren und alles richtigzustellen, aber er hatte zuvor mit ansehen müssen, wie sein Stiefvater einen zweiten Schlag ins Gesicht erhielt, weil er sich nicht als gewissenloser Bürger, der mit bekannten Galgenvögeln verkehrte, bezeichnen lassen wollte. Blut war dem Apotheker wieder aus Mund und Nase geschossen. Sein Gesicht und sein Wams sahen aus, als hätte ihm jemand einen ganzen Eimer Blut entgegengeschleudert.

Die beiden Köhlerbrüder standen nebeneinander, als kannten sie das Ganze schon. Sie schienen sich auch nicht an den Fesseln zu stören, während Tamme die Oberarme schmerzten, als hätte sie jemand aus dem Gelenk gerissen, besonders in der linken, schiefen Schulter klopfte die Pein unerträglich.

Der Älteste war fertig mit seinem Bericht und erntete dafür ein Gähnen des jungen Stadtrichters. Seine Augenbrauen zogen sich unwillig zusammen.

»Ich habe meine Schuldigkeit getan und empfehle mich«, sagte er säuerlich und verließ die Schreibstube des Amtshauses. Die anderen Männer aus der östlichen Vorstadt folgten ihm. Der eben noch zum Bersten volle Raum leerte sich.

Was gäbe Tamme dafür, wenn er auch dorthinaus gehen könnte.

Matthias Globigk winkte zwei Knechten und bedeutete ihnen, die Köhlerbrüder rauszubringen und in eine der unteren Zellen zu werfen, damit er das Gelichter nicht länger sehen müsse.

Nachdem sie hinausgebracht worden waren, wandte er sich Georg Herkner zu. »Nehmt ihm die Fesseln ab. Ich kenne unseren Wittenberger Apotheker als einen Mann von Ehre. Er wird uns keine Schwierigkeiten machen.«

»Das kann ich Euch versprechen, ehrenwerter Richter Globigk«, sagte Herkner sofort. Er rieb seine von den Fesseln befreiten Hände. Dann zog er ein Taschentuch aus einem Ärmel seines Wamses und betupfte sich damit die aufgeplatzte Lippe und seine Nase.

Tammes Kiefer mahlten. Wenn es seinem Stiefvater gelang, sich aus dieser Sache herauszuwinden ... Wieder einmal.

»Ich war schon auf dem Weg zurück in die Stadt, da ist plötzlich dieser ... dieser ...«, er zeigte auf Tamme, »auf mich zugestürzt und hat mich zu Boden geworfen. Er hat geschrien und mich angespuckt. Ich weiß nicht, was er wollte. Zum Glück sind die tapferen Männer aus der Vorstadt gekommen und haben mir geholfen, sonst hätte es leicht mein Ende sein können.«

Tamme öffnete den Mund, um zu protestieren, verspürte jedoch einen Stoß in der Seite und musste einen halben Schritt nach vorn machen, um nicht das Gleichgewicht zu verlieren. Das brachte ihm gleich noch einen Schlag des neben ihm stehenden Gefängnisknechts ein. So wurde er nachdrücklich daran erinnert, besser den Mund zu halten, obwohl es ihm schwerfiel, nicht gegen die Lügen seines Stiefvaters anzuschreien.

»Mit den Köhlerbrüdern hattet Ihr also nichts zu schaffen?«

Herkner schüttelte den Kopf und fabulierte weiter: »Ich weiß nicht, wie jemand darauf kommt, dass ich Umgang mit diesen Subjekten pflege. Ich war doch nur ganz zufällig in der Nähe ihres Hauses. Mein Weg hat mich daran vorbeigeführt.«

Diese Lügen waren dreister als alles, was Tamme sich hatte vorstellen können.

»Welcher Weg?«

»Einfach ein Weg. Ich musste raus aus der Stadt. Meine Frau ist gemütskrank, seit mein Stiefsohn gestorben ist, meine anderen beiden Söhne weit weg. Ich wollte alles einmal für ein paar Stunden hinter mir lassen. Ihr könnt das hoffentlich verstehen?«

Globigk nickte.

»Ihr kennt mich. Seit ich nach Wittenberg gekommen bin, von der Familie Pollich von Mellerstedt das Apothekenprivileg erworben und meine liebe Frau geheiratet habe, ließ ich mir nie etwas zuschulden kommen. Ich werde die Stadt nicht verlassen, bis Ihr die Untersuchung abgeschlossen habt. Darauf gebe ich Euch mein Ehrenwort.«

»Nun …« Der Stadtrichter zögerte, strich über seinen Bart.

»Das könnt Ihr nicht machen, ehrenwerter Richter. Jedes Wort von diesem Mann war gelogen. Ich …« Weiter kam Tamme nicht.

»Zu dir komme ich noch, Spitzbube«, fuhr ihm der Richter über den Mund. Er wies den Knecht an: »Sorge dafür, dass der uns nicht mehr unterbricht. Aber schaff ihn nicht raus, ich muss noch mit ihm reden. Das wird wohl die ganze Nacht dauern.« Diesen letzten Satz sagte er mehr zu sich selbst.

»Mein Ehrenwort, dass ich den Wittenberger Bezirk nicht

verlassen werde«, versuchte Herkner es noch einmal. »Das Ehrenwort eines unbescholtenen Bürgers.«

»Nun … Ihr bleibt einstweilen hier, Meister Herkner. Setzt Euch.« Und einen anderen Knecht forderte er auf: »Bringt eine Schüssel Wasser für den Herrn Apotheker.« Der Stadtrichter schaute dann wieder Herkner an und deutete auf einen Stuhl, der in einer Ecke stand.

Herkner ließ sich dankbar darauf nieder, betupfte wieder seine aufgeplatzte Lippe. Es dauerte auch nicht lange, bis eine irdene Schüssel mit Wasser gebracht wurde. Der Apotheker tauchte sein Taschentuch ein und wusch sich das Gesicht und die Hände. Er war noch damit beschäftigt, als sich der Stadtrichter Tamme zuwandte.

»Nun zu dir, Bursche. Name!«

»Tamme Redecker.« Er beobachtete seinen Stiefvater genau. Der säuberte sich weiter und zeigte bei der Nennung dieses Namens keine Reaktion. Entweder hatte er sich sehr gut in der Gewalt, oder er hatte wirklich nichts mit einem Überfall auf ihn zu tun. Sein fester Glaube an die Schuld des Stiefvaters geriet zum ersten Mal ins Wanken.

»Du bist doch im Schwarzen Kloster untergekommen?«

»Das stimmt.«

»Und kennst deinen Namen nicht. Das wird überall in der Stadt erzählt.«

»Ich kenne meinen Namen. Ich bin Tamme Redecker, Student der Rechte.«

»Ich kannte Tamme und auch seinen Vater zu dessen Lebzeiten. Ihr ähnelt Tamme, das stimmt …« Matthias Globigk ging um ihn herum, die Hände hielt er dabei auf dem Rücken gefaltet.

»Da ist diese Schulter, Haar und Bart und das …« Der Richter tippte sich an die Schläfe, an die Stelle, an der Tamme eine aufgeworfene Narbe hatte. »Tamme Redecker war ein Ehrenmann, du siehst aus wie ein Strauchdieb.«

Herkner warf sein Tuch in das inzwischen blutrote Wasser. »Das ist alles eine Lüge. Mein Stiefsohn ist tot, an der Pest gestorben und beerdigt. Ihr könnt sein Grab auf dem Gottesacker besuchen. Dieser Mann ist ein Lügner und Betrüger.«

»Inwiefern?« Globigk strich sich wieder über den Bart.

»Er gibt sich als mein Stiefsohn aus, um an dessen Erbe zu kommen.«

»Der ist der Lügner, der Herr Apotheker. Er hat allen vorgetäuscht, ich sei an der Pest gestorben. Dabei lebe ich. Er hat an diesem Abend die Köhlerbrüder aufgesucht, damit sie mich endgültig beseitigen. Er will mein Erbe.«

»Der nutzt eine günstige Gelegenheit, sich ein Vermögen zu erschleichen.«

»Ruhe! Alle beide!«, donnerte Globigk.

Alle zuckten zusammen, auch der Schreiber hinter seinem Tisch.

»Der in eine Zelle.« Er zeigte auf Tamme. »Und Ihr müsst auch hierbleiben, Meister Herkner, bis die Angelegenheit geklärt ist. Ihr bekommt einen Raum im Obergeschoss.«

»Das könnt Ihr nicht machen. Das geht doch nicht. Meine Frau ist allein zu Hause und ...«

»Genug! Es geschieht, was ich angeordnet habe.« Der Richter wirkte auf einmal nicht mehr müde, er strich sich auch nicht mehr über den Bart, sondern stand hochaufgerichtet in der Mitte der Kammer. Er wirkte wie ein Feldherr am Morgen vor der Schlacht.

Georg Herkner wurde von seinem Stuhl hochgezerrt und aus dem Raum geführt. Es stand ihm ins Gesicht geschrieben, dass er nicht fassen konnte, was gerade geschah. Hatte er sich eben noch wie der sichere Sieger gefühlt, der die restliche Nacht in seinem eigenen Bett verbringen würde, sah er jetzt aus wie ein Häufchen Unrat.

Tamme wurden nun endlich die auf dem Rücken gefesselten Hände befreit. Er streckte seine schmerzenden Arme. Sie fühlten sich an, wie mit tausend Nadeln gestochen, als das Blut in sie zurückfloss. Sich zu wehren, hatte keinen Zweck, deshalb folgte er einem Knecht zu einer Zelle auf gleicher Ebene. Bevor die Tür sich hinter ihm schloss, hörte er noch, wie der Schreiber seine Utensilien zusammenpackte und gemeinsam mit dem Richter das Gefängnis verließ.

»Ich ahne, dass uns da viel Ärger bevorsteht«, sagte Globigk. »Unser Apotheker, wer hätte das von ihm gedacht?«

Seine Zelle war in jede Richtung drei Schritte breit. Sie verfügte über den Luxus einer eigenen Pritsche mit einem Strohsack und einer Decke. Aufatmend ließ sich Tamme darauf nieder. Das Stroh raschelte, und ein fauliger Geruch stieg ihm in die Nase. Immerhin war er allein und konnte sich ausstrecken.

In einer Ecke stand ein Eimer für die Notdurft, und es gab sogar ein Fenster, das größer war als nur ein schmaler Schlitz unter der Decke – natürlich vergittert und ohne Fensterladen. Ein schneidend kalter Luftzug strich herein, und brachte Tamme dazu, sich in die Decke zu wickeln. Sie verströmte einen ähnlichen Geruch wie der Strohsack.

Er lehnte sich an die Wand und dachte über den Schlamassel nach, in den er sich geritten hatte. Warum hatte er sich nicht besser im Zaum gehabt? Weil Herkner dann mit seinen Plänen durchgekommen wäre, statt im Stadtgefängnis zu landen, gab er sich in Gedanken die Antwort.

Der Jurist ist sich selbst der schlechteste Helfer. Dieser Satz seines Professors Hieronymus Schurff fiel ihm ein. Und jedem anderen hätte er auch dringend geraten, sich nicht einzumischen. Aber er? Stürmte los wie ein wildgewordener Bulle. Wenigstens war es ungeheuer befriedigend gewesen, Herkner zu Boden zu reißen und ihm ein paar Hiebe zu versetzen.

Welche Strafe hatte er dafür zu erwarten? Tamme biss auf seine Unterlippe und überlegte. Mehr als diese paar Schläge waren es nicht gewesen. Wie er seinen Stiefvater kannte, würde der jedoch versuchen, ihm die Hiebe auf die Nase und das viele Blut anzuhängen. Aber es hatte doch jeder gesehen, dass das einer der Gefängnisknechte gewesen war, Herkner alles provoziert hatte. Eine Geldbuße, mehr konnte man von ihm dafür nicht verlangen. Im Augenblick besaß er zwar keinen roten Heller, aber um die Bezahlung machte er sich die geringsten Sorgen. Er hatte schließlich die Einkünfte aus dem Erbe seines Vaters.

An diesem Punkt fiel ihm siedend heiß ein, dass er genau die vielleicht gerade nicht hatte. Er galt als tot. Sich auf den Marktplatz zu stellen und zu verkünden, er sei Tamme Redecker, brachte ihn der Wahrheit nicht einen Deut näher, das hatte er deutlich an der Reaktion des Stadtrichters gesehen. Die Wittenberger glaubten nicht an sein Überleben.

Wenn er keine Zeugen hatte, die bei Gott dem Allmächtigen schworen, er sei der für tot gehaltene Tamme Redecker, Sohn des Georg Redecker, blieb er ewig der namenlose Fremde. Die Erkenntnis schmerzte. Er kauerte sich zusammen und verkroch sich tiefer in der Decke. Seine ganze Hoffnung lag bei Almuth. Sie musste einen Weg finden, ihn zu rehabilitieren. Waren sie erst verheiratet, würde er ihr alles zurückzahlen, mit Zins und Zinseszins.

Trotz der tristen Umgebung entlockte ihm dieser Gedanke ein Lächeln und beruhigte ihn.

Almuth hatte eine schlaflose Nacht hinter sich. Gleich am nächsten Morgen machte sie sich auf zum Haus des Apothekers. Diesmal hinderte sie Georg Herkner nicht am Eintreten. Marie öffnete ihr die Tür der Offizin. Sie sah ebenfalls aus, als hätte sie keine gute Nacht hinter sich.

Frau Dietlind stand hinter dem Tresen. Die Augen lagen tief in den Höhlen und beherrschten ihr schmal gewordenes Gesicht. Eine Hand hatte sie um ihren Hals gelegt, mit der anderen stützte sie sich auf dem Tresen ab. Sie trug ein hübsches dunkelblaues Kleid über einem weißen Hemd mit aufwendigen Stickereien am Ausschnitt. Almuth kannte das Kleid, früher hatte die Frau es ganz ausgefüllt, jetzt hing es wie ein Sack an ihr herunter.

Trotzdem war sie froh über den Anblick. Hatte es bisher immer geheißen, Frau Dietlind sei gemütskrank und verlasse das Bett nicht mehr, so hatte sich das jedenfalls nicht bewahrheitet. Almuth eilte auf sie zu und nahm sie in den Arm.

»Ich bin froh, Euch auf den Beinen zu sehen, Frau Dietlind. Ich brauche Eure Hilfe.«

Die Magd hatte hinter ihr sorgfältig die Tür verriegelt und war davor stehen geblieben. Die Hände hielt sie in die Hüften gestemmt und sah aus, als wollte sie ihre Herrin mit dem Leben verteidigen.

»Mein Mann ist nicht da.« Frau Dietlinds Stimme klang schwach und hilflos. »Marie und ich sind allein im Haus.«

»Deswegen bin ich gekommen. Euer Mann wurde gestern festgenommen und musste die Nacht im Stadtgefängnis verbringen. Euer Sohn auch.«

»Meine Jungen sind in Leipzig. Warum sollten sie …?«

»Ich meine Euren ältesten Sohn. Tamme! Meinen Verlobten!«

Almuth beobachtete ihre zukünftige Schwiegermutter genau. Im ersten Moment blieb deren Gesicht ausdruckslos, dann huschte Trauer über ihre Miene, bevor sie sich nach einem tiefen Atemzug in sich selbst zurückzog.

»Mein ältester Sohn weilt nicht mehr unter uns. Der Herr im Himmel sei seiner Seele gnädig. Ich bete jeden Tag für ihn.«

»Er ist nicht hier, weil man ihn im Stadtgefängnis eingesperrt hat.«

»Aber …«

»Er ist nicht an der Pestilenz gestorben und nicht begraben. Das muss Euch doch Euer Herz sagen. Er war mit mir zusammen hier. Ihr habt ihn gesehen, mit ihm gesprochen.«

»Georg sagt … es war die Pestilenz …«

»Er hat Euch belogen.«

Sie schüttelte den Kopf. »Ich war nicht da. Georg hat alles allein gemacht. Tag und Nacht hat er sich um Tamme gekümmert wie um einen eigenen Sohn. Er hat sich selbst der Gefahr ausgesetzt, an der Pestilenz zu erkranken.«

»Die Leiche Eures Sohnes habt Ihr nicht gesehen. Oder habt Ihr Euch von ihm verabschieden können?«

»Er war schon begraben, als ich nach Wittenberg zurückkehrte. Pesttote müssen sofort begraben werden, denn sie können den Tod genauso verbreiten wie die Kranken.«

Almuth begriff erst jetzt, wie geschickt Georg Herkner vorgegangen war. Wie er die Abwesenheit seiner Frau ausgenutzt und sie später eingelullt hatte. Sie glaubte an den Tod ihres Sohnes, obwohl sie ihn vor kurzem mit eigenen Augen gesehen hatte.

Die junge Frau schüttelte den Kopf. »Ihr habt die Leiche Eures Sohnes nicht gesehen, weil es sie gar nicht gibt. Eines der Seelweiber hat mir anvertraut, dass sie Tammes Leichnam auch nicht gesehen hat. Euer Mann hat sie bezahlt, damit nicht sie, sondern er selbst das Einnähen des Leichnams übernimmt.«

Frau Dietlind schaute sie nur mit großen Augen an. Sie sah aus, als könnte sie jeden Moment das Bewusstsein verlieren. Almuth schob es darauf, dass sie in letzter Zeit vermutlich kaum etwas gegessen hatte. Sie ließ ihre Bedenken jedoch nicht zu und sprudelte alles heraus, was sie von Tamme erfahren und selbst herausgefunden hatte.

»Nein, das glaube ich nicht. Das muss anders sein. Georg würde mir das nie antun. Er ist doch mein Mann.«

»Trotzdem müsst Ihr mit mir zum Gefängnis kommen, um Tamme zu helfen. Wenn einer unschuldig ist, dann er. Wir müssen ihn befreien.«

Marie hatte bisher stumm und bewegungslos an der Tür gestanden, aber nun kam Leben in sie. »Ich komme mit. Wir nehmen etwas zu essen mit und warme Kleidung für den jungen Herrn. Im Gefängnis, da haben sie doch kein Feuer.«

Geschäftig verließ sie die Offizin und kam bald darauf mit einem schweren Korb an einem Arm und zwei wollenen Mänteln über dem anderen zurück. Sie half zunächst Frau Dietlind in einen der Mäntel, den anderen legte sie sich selbst um.

Almuth war aufgefallen, dass Marie nur von Tamme gesprochen hatte. Offenbar war sie mehr um sein Wohlergehen besorgt als um das des Apothekers. Hatte Frau Dietlind es auch bemerkt?

»Was ist mit meinem Mann? Er braucht auch etwas zu essen und warme Kleidung«, verlangte Frau Dietlind und bewies damit, dass sie aufmerksam zuhörte, obwohl sie aussah, als sei sie nur mit ihren eigenen Gedanken beschäftigt.

»Ich habe auch für den Herrn etwas in meinem Korb.«

Die Frauen verließen das Haus, und wieder verriegelte Marie sorgfältig die Tür. Sie eilten durch die Gassen zum Amtshaus. Kurz vor dem Ziel tastete Frau Dietlind nach Almuths Hand. Mit erstaunlicher Kraft griff sie zu.

Die Tür war nur angelehnt. Sie betraten eine Wachstube. Die eine Wand wurde von einem Kamin eingenommen, in dem ein munteres Feuer brannte. Der Kamin zog schlecht, und Rauch quoll in den Raum, weshalb wohl auch die Tür nicht ganz geschlossen gewesen war. Sofort kratzte der Rauch in den Kehlen der Frauen.

Gegenüber dem Kamin an der anderen Seite des Raumes stand ein Schreibtisch, übersät mit Papieren, an dem ein Schreiber arbeitete. Die Frauen konnten es nicht wissen, aber es war derselbe Mann, der in der Nacht bei der Befragung Tammes und seines Stiefvaters zugegen gewesen war. Viel lieber hätte er die Nacht allerdings zu Hause in den Armen seiner jungen Frau verbracht.

Entsprechend übernächtigt fühlte er sich an diesem Morgen. Eigentlich hätte er seine Notizen zu den Verhören sauber abschreiben sollen. Bisher hatte er noch nicht einmal eine halbe Seite geschafft, als die drei Frauen in den Raum platzten und beinahe sofort anfingen zu husten. Der Kamin – zog einfach schlecht.

Unter den Frauen erkannte er die Meisterin Herkner. Warum sie da waren, konnte er sich denken, dennoch tat er so, als sei er sehr beschäftigt.

Die Frauen blieben seitlich an seinem Tisch stehen und schauten ihn an. Schließlich trat die Jüngste und Hübscheste einen halben Schritt vor. Er hatte sie bereits in Wittenberg gesehen, wusste jedoch nicht genau, zu welcher Familie sie gehörte.

»Wir möchten zu Tamme Redecker«, sagte sie mit fester Stimme.

»Jemand mit diesem Namen ist nicht bei uns.« Er trat mit dem Absatz seines Stiefels fest auf den hölzernen Bohlenboden. Es dröhnte durch den Raum, und die Frauen zuckten zusammen.

»Das stimmt nicht. Er wurde in der Nacht hierher gebracht, aus der östlichen Vorstadt. Ich habe es selbst gesehen.«

»Was wisst Ihr denn davon, Jungfer?«

»Das ist seine Mutter.« Sie zeigte auf die Frau des Apothekers, die aussah, als hätte sie ihre besten Tage längst hinter sich.

Von der anderen Seite trat eine Wache in den Raum. Mit finsterem Gesicht blieb sie neben der Tür stehen. Der Schreiber hatte sie mit dem Tritt auf den Boden gerufen. Das war ein verabredetes Zeichen, dass man ihm zu Hilfe kommen solle. Er befürchtete, die Frauen könnten in hysterisches Geschrei ausbrechen, und dem fühlte er sich nicht gewachsen. Die Wache warf finstere Blicke auf die Besucherinnen. Die meisten Weibsbilder ließen sich davon einschüchtern. Von diesen dreien zog aber nur die Magd den Kopf ein. Insbesondere die Hübsche sah kämpferisch drein, die Apothekerin dagegen schien nur der Mut der Verzweiflung aufrechtzuhalten. Oftmals waren die am Ende die Zähesten. Der Schreiber wünschte jedenfalls alle drei fort aus seiner Stube.

»Tamme Redecker muss hier sein. Ihr müsst einfach nur in Euren Unterlagen nachsehen.«

»Ich muss nicht nachsehen, denn ich weiß, dass er nicht hier ist. Es ist nur ein Mann gebracht worden, der behauptet, Tamme Redecker zu sein, obwohl jedermann weiß, dass der junge Herr Student im Frühjahr an der Pestilenz gestorben ist. Gott sei seiner Seele gnädig.«

»Dann möchten wir eben den besuchen.« Der Schreiber hatte eine kleinliche Art an sich, die Almuth aufregte. Aber wahrscheinlich wurde man so, wenn man ein Dasein mit Tintenflecken an den Fingern fristete.

»Das ist nicht möglich. Der Rat muss die Erlaubnis erteilen, einen Gefangenen zu besuchen.«

»Mein Mann. Was ist mit meinem Mann?«, mischte sich Dietlind Herkner ein.

»Der Richter spricht gerade mit ihm. Es wird geprüft, ob er sich etwas hat zuschulden kommen lassen.«

Das durfte doch nicht wahr sein: Tamme wurde festgehalten, obwohl er nichts weiter getan hatte, als um sein Recht zu kämpfen. Und der größte Schurke von allen ...

»Was ist mit den beiden Köhlerbrüdern?«, fragte Almuth. »Was haben sie gesagt?«

»Wollt Ihr die auch besuchen, gute Jungfer?«

»Die nicht! Ich möchte nur wissen, ob sie zugegeben haben, wofür Georg Herkner sie bezahlt hat.«

»Dazu kann ich nichts sagen.«

»Lasst mich mit meinem Mann sprechen und mit dem anderen Mann. Wenn er mein Sohn ist ... Ihr könnt doch eine Mutter nicht von ihrem Kind fernhalten. Ihr müsst mich zu ihm lassen. Ich habe Essen und warme Kleidung für ihn mitgebracht. Bitte«, mischte sich Dietlind Herkner mit weinerlicher Stimme ein.

Das war, was der Schreiber befürchtet hatte: weinende Frauen, die vor ihm standen und ihn um Dinge baten, die er nicht erfüllen konnte. Er durfte nicht entscheiden, wer zu den Gefangenen gelassen wurde und wer nicht, nur wollte das nie jemand einsehen.

»Das darf ich nicht. Ohne Erlaubnis gelangt ihr nicht weiter herein als bis in diese Stube.«

»Dann gebt ihm wenigstens das von uns.« Frau Dietlind nahm Marie den Korb aus der Hand und hielt ihn dem Schreiber hin. Er war schwer, und ihr Arm zitterte.

»Das kann ich wohl tun. Lasst ihn einfach stehen. Eine der Wachen wird ihn nachher zu dem bringen, den alle in Wittenberg nur als den bedauernswerten jungen Mann kennen, der nichts über sich, seine Familie und seine Herkunft weiß. Nur dass es sich dabei mit großer Wahrscheinlichkeit um einen Betrüger handelt, der sich das Erbe Eures Sohnes aneignen will. Wollt Ihr ihm wirklich auch noch Wohltaten angedeihen lassen?«

»Das will ich«, antwortete Frau Dietlind mit überraschend fester Stimme. »Eine Mutter kennt ihr Kind. Er ist mein Sohn.«

Der Schreiber kam nicht mehr dazu, etwas zu sagen, denn vor der Tür, die in die Tiefe des Amtshauses führte, wurden Schritte laut. Gleich darauf trat der erfahrene Stadtrichter Caspar Teuschel ein. Ihm folgte der Apotheker.

Beim Anblick der Frauen riss Georg Herkner erstaunt die Augen auf. Er wollte auf sein Weib zueilen, aber jetzt kam zum ersten Mal Leben in die Wache, die bisher bewegungslos neben der Tür gestanden hatte. Sie hielt den Apotheker auf.

»Gefangenen ist es nicht erlaubt …«, fing der Mann eine Erklärung an.

»Lass ihn, der ehrenwerte Meister Herkner ist ein freier Mann. Ich habe mich davon überzeugt, dass er Wittenberg nicht verlassen wird, solange die Untersuchung der Vorkommnisse der gestrigen Nacht nicht abgeschlossen ist. Auf sein Ehrenwort kann er nach Hause gehen.«

Das Ehrenwort eines Schurken zählte etwas, und einem unschuldigen jungen Mann glaubte man nicht. Almuth wünschte sich, keine Frau, sondern ein Mann zu sein, für sich selbst sprechen und streiten zu können.

Herkner ging auf seine Frau zu und streckte die Arme aus, um sie an sich zu ziehen. Doch sie wich vor ihm zurück. »Was hast du mit meinem Sohn gemacht?«

»Tamme ist tot. Dass du das immer noch nicht begreifen willst. Du bist mein Weib, du musst mir vertrauen, ich will dir nicht schaden.«

»Mir nicht, aber meinem Sohn. Ich habe ihn doch gesehen.«

»Wann?« Das fragte der Stadtrichter Teuschel.

»Vor kurzem erst. Er ist in unsere Offizin gekommen. Mein Mann hat ihn auch gesehen.«

Herkner schüttelte den Kopf. »Glaubt ihr nicht, ehrenwerter Richter. Sie ist verwirrt und kränker, als ich dachte. Sie hätte nicht herkommen dürfen, das ist alles zu viel für sie. Sie redet wirr und muss sich zu Hause ausruhen.«

»Er ist nicht an der Pestilenz gestorben. Lasst mich zu ihm.« Frau Dietlind warf sich dem Stadtrichter zu Füßen, krallte die Hände in seine Robe und schaute hoffnungsvoll zu ihm auf.

»Dietlind!« Herkner zog seine Frau von dem Richter fort. »Was fällt dir ein! Wie kannst du für einen Betrüger bitten? Hast du kein Gewissen?«

Er gab seiner Frau einen Kuss auf den Scheitel – ganz der besorgte Ehemann, dem das Wohl seines Weibes über alles ging.

Almuth musste einsehen, dass sie so nicht gegen ihn ankam. Geschickt manipulierte er die Meinungen aller. Die Einzige, die womöglich nicht auf ihn hereinfiel, war Marie, denn sie stand mit verkniffenem Mund neben dem Tisch des Schreibers. Von ihr war keine Hilfe zu erwarten, denn wer würde auf eine Magd hören? Auf diese Weise würde Tamme weder frei noch zu seinem Recht kommen.

Heute und hier hatte Herkner gewonnen. Aber sie würde einen Weg finden, ihrem Verlobten zu helfen, und wenn es bedeutete, ihn aus dem Gefängnis zu befreien und mit ihm zu fliehen. Augenblicklich blieb ihr nichts anderes übrig, als der Wache den Korb zu geben. Sie drückte ihm außerdem ein Geldstück in die Hand, damit er die Sachen auch wirklich Tamme gab und nicht selbst behielt.

Einen Arm um die Schultern seiner Frau gelegt, verließ der Apotheker das Stadtgefängnis. Marie folgte den beiden, und Almuth schloss sich ihnen an.

Kapitel 19

In der ersten Novemberhälfte des Jahres 1517 erreichte ein Schreiben den erzbischöflichen Palast in Magdeburg. Da seine Hochwürden der Erzbischof auf seinen Besitzungen im Rheingau weilte, gelangte das Schreiben in die Hände seiner Hofräte. Sie lasen es und runzelten die Stirn. Albrecht und der Papst sollten vom Ablasshandel ablassen, und die Hoffnungen der Gläubigen auf ihr Seelenheil nicht länger irreleiten. Dem Schreiben lagen fünfundneunzig Thesen bei, in denen der Schreiber seine Meinung begründete. Nicht alle Räte machten sich die Mühe, jede einzelne dieser Thesen zu lesen. Das Gezänk eines Mönchs gegen einen anderen, Augustiner gegen Dominikaner, Luther gegen Tetzel. So etwas kam alle Tage vor und war es kaum wert, sich damit zu beschäftigen. Sie wollten den Brief zu den anderen legen, in denen andere Mönche ihre Zänkereien austrugen.

Einer der Räte las es noch einmal genauer durch und dachte über die Thesen nach. Sie stammten von einem Doktor Martin Luther, nicht irgendeinem Mönch, sondern von einem der bekanntesten Professoren der Wittenberger Universität, und dieses kleine Städtchen lag dem sächsischen Kurfürsten besonders am Herzen. Das alles war noch kein Anlass zur Beunruhigung, aber diese Thesen schienen auch auf der Straße verbreitet worden zu sein. Es gab Gerüchte, das Volk diskutiere sie landauf, landab. Der Hofrat teilte diese Überlegungen seinen Kollegen mit. Sie fanden sich am 17. November zu einer Beratung zusammen, einziger Punkt auf ihrer Agenda waren die Thesen Doktor Martin Luthers.

Der Angriff auf den Ablasshandel war nun nicht mehr das Gezänk eines Mönchs gegen einen anderen, er hatte eine politische Seite bekommen. Der sächsische Kurfürst musste damit zu tun haben. Die Leucorea war seine Schöpfung, um seiner Hauptstadt und seinem Kurfürstentum zu mehr Ansehen zu verhelfen. Eine Universität zog Gelehrte und Studenten an, erlangte Einfluss auf die Kirche. Das war schon daran zu sehen, dass der Kurfürst den Ablasshandel seinem Land untersagt hatte. Dies konnte nichts anderes als der neueste Schachzug des sächsischen Kurfürsten gegen das Haus Brandenburg sein. Zu dieser Meinung waren die Hofräte am Ende ihrer Besprechung gelangt.

Das konnte nur eine Maßnahme nach sich ziehen: Der Erzbischof musste so rasch wie möglich von dieser Entwicklung benachrichtigt werden. Der Brief Martin Luthers und die 95 Thesen wurden von einem Boten nach Aschaffenburg gebracht, wo sich Albrecht von Brandenburg zurzeit aufhielt.

Kapitel 20

Der Wittenberger Stadtrichter Caspar Teuschel war unzufrieden. Seit Tagen drängte ihn sein jüngerer Kollege, die Gerichtsverhandlung gegen den Hochstapler auf die Terminrolle zu setzen. Dieser Kerl hatte zunächst behauptet, seinen Namen nicht zu kennen, und nun wollte er auf einmal Tamme Redecker sein. Als Einziges war sicher, dass er auf den Wittenberger Apotheker eingeprügelt hatte. Wer hatte angefangen und warum? Was hatten die Köhlerbrüder – dieses üble Gezücht – mit dem Fall zu tun? Warum war es gerade vor ihrer Hütte geschehen, wenn sie so unschuldig waren, wie sie behaupteten? Sollte der Apotheker getötet werden oder der angebliche Stiefsohn? Wer wollte sich ein Erbe aneignen? Diese Fragen harrten einer Antwort, und Caspar Teuschel beneidete sich nicht um die Aufgabe, sie finden zu müssen. So lange musste der Prozess warten.

Vielleicht hatte er den arglosen Apotheker selbst in die Nähe der Köhlerhütte gelockt und die beiden Brüder angeheuert, um den Mann zu beseitigen. Das brachte Matthias Globigk als Argumente vor. Diese Logik war einfach und bestechend. Teuschel hatte ihr nichts entgegenzusetzen als das Gefühl, in der Sache gehe es um etwas anderes, als auf den ersten Blick erkennbar war. Georg Herkner stellte sich als das allzu unschuldige Opfer dar. Der Mann hatte in der Zwischenzeit noch einmal bei ihm vorgesprochen, sich für die Unvernunft seines Weibes entschuldigt und darum gebeten, keine Milde walten zu lassen. Wenn ihm etwas vorzuwerfen war, dann solle man das tun, und er würde die Strafe für seine Fehler auf sich nehmen. Das wollte ihm nicht recht zu einem Mann wie Herkner passen. Er mochte den Apotheker nicht. Möglicherweise war das sein ganzer Fehler.

Bisher sah es so aus, als wäre Herkner wirklich das Opfer und der Namenlose der Täter. Die Köhlerbrüder hätten dann ebenfalls nichts mit der Sache zu tun. Die Männer aus der östlichen Vorstadt hatten alle übereinstimmend ausgesagt, dass die beiden Brüder in den Kampf nicht eingegriffen und ihn auch nicht begonnen hatten. Nicht alle hatten das gern zugegeben, viele würden wohl die Brüder am liebsten für einige Zeit im Loch oder aus der Stadt verbannt sehen.

Fürs Zusehen konnte man sie nicht belangen. Eigentlich müsste er sie freilassen, aber etwas in ihm sträubte sich dagegen. Sie waren nicht nur übel beleumdete Gesellen, sein Gefühl sagte ihm, dass sie nichts weniger als unschuldig in dieser Sache waren.

Teuschels Gedanken drehten sich im Kreis und brachten ihn keinen Fingerbreit weiter. Es widerstrebte ihn, Schuldige freizulassen und Unschuldige anzuklagen. Dafür war er nicht Stadtrichter geworden. Er wollte der Gerechtigkeit zum Sieg verhelfen.

In diese Gedanken hinein platzte einer der beiden Köhlerbrüder. Tatsächlich wurde er von einem Wächter des Gefängnisses in die Amtsstube des Richters gebracht. Seine Hände waren vor dem Leib gefesselt, die Wache führte ihn an einem Strick wie einen Esel.

»Der Kerl hat darum gebeten, mit Euch zu sprechen«, sagte der Wächter. Ein Schlag in den Nacken des Köhlers brachte diesen dazu, den Kopf zu beugen. Es konnte als Respektsbezeugung durchgehen.

Teuschel seufzte innerlich. Eigentlich hatte er für diesen Tag nach Hause gehen wollen, einen Krug Bier trinken, mit seinem Weib sprechen und mit seinem Jüngsten spielen. Es mochte wohl nicht allzu lange dauern, was dieser Galgenvogel zu erzählen hatte. Er konnte es schnell hinter sich bringen.

»Lass uns allein.«

Die Wache verschwand, und als sie die Tür hinter sich geschlossen hatte, fragte Teuschel nicht besonders freundlich: »Sage mir deinen Namen. Ich will wissen, welcher von beiden Brüdern du bist.«

»Hinrich Stauff. Ich bin der Jüngere.«

Der Stadtrichter machte sich eine Notiz. »Wenn du dich darüber beschweren willst, dass du nicht genug zu essen bekommst, kehrst du gleich wieder zurück in deine Zelle.«

»Unsere Schüsseln sind wirklich nicht üppig gefüllt, und es könnte auch mal etwas Besseres geben. Mehr Fleisch und weniger Kohl in der Suppe«, antwortete der Köhler. »Deswegen bin ich aber nicht gekommen. Seit zwei Tagen versuche ich, eure Wachen zu überreden, mich zu Euch zu bringen. Ich habe Euch etwas wirklich Wichtiges zu sagen.«

»Sprich frei.«

»Der junge Mann, der mit uns gefangen genommen wurde, ist Tamme Redecker. Man hat ihn uns so benannt.«

»Wer?« Mehr als dieses eine Wort brachte Caspar Teuschel vor Überraschung nicht heraus.

»Der Apotheker Herkner ist zu uns gekommen und hat uns gesagt, wir sollten ihn von dieser Plage befreien. Er hat uns Geld gegeben. Wir haben's genommen. Geld ist nur selten in unserer Hand. Dann ist auf einmal der Mann auf ihn losgegangen. Wir waren überrascht, weshalb wir erst gar nichts machen konnten. Bis das Weib kam. Ich weiß nicht, wer das gewesen ist. Die hat rumgeschrien. Die Männer aus der Vorstadt kamen auch, die sind nicht gut auf uns zu sprechen.«

Der Stadtrichter konnte sich denken, wer die Frau gewesen war. Dieses Geständnis jedoch überraschte ihn, und er war sich nicht sicher, ob er dem Köhler Glauben schenken sollte. Gut möglich, dass der Mann nur Vorteile für sich und seinen Bruder herausschlagen wollte. »Du sprichst die Wahrheit?«

»So wahr mir Gott helfe. Er möge mich mit einem Blitz treffen, wenn ich lüge.«

Auf den Gassen Wittenbergs herrschte ein sonniger Wintertag mit eisiger Kälte, aber sehr geringer Gefahr eines Blitzschlages. Teuschel war nicht überzeugt. Das stellte alles Bisherige auf den Kopf, wenn es auch gefährlich nahe an seine eigenen Überlegungen herankam.

»Warum erzählst du mir das?«

»Ihr seid der Richter. Müsst Ihr das nicht wissen?«

»Stell dich nicht dümmer, als du bist. Du weißt ganz genau, dass du damit eigene Untaten zugegeben hast. Geld zu nehmen, um jemanden aus dem Weg zu schaffen, das ist eines der schlimmsten Verbrechen, das unsere Gesetze kennen.«

»Ihr könnt doch da was machen, ehrenwerter Herr Richter. Ich bin immerhin freiwillig hier. Von dem Geld sehen wir nichts mehr, das ist mir klar. Der Herkner, der feine Herr Apotheker, der soll nicht davonkommen. Ohne den wären wir gar nicht in den Schlamassel reingeraten. Er ist wieder raus aus dem Loch, läuft durch die Stadt und schwingt Reden. Und wir? Wir wollen nicht für seine Taten geradestehen müssen.«

Der Stadtrichter hatte so viel von diesen Worten mitgeschrieben wie möglich. Hinrich Stauff war sich offenbar nicht im Klaren darüber, dass er ohne sein Geständnis gar nicht vor einem Richter gelandet wäre. Das machte seine Aussage aber nicht weniger wertvoll.

»Also, was springt für uns dabei raus? Für meinen Bruder und mich.«

»Nichts.« Teuschel sprach scharf. Er hatte auf einmal genug von dem kriecherischen Gehabe Hinrich Stauffs und wollte den Mann so schnell wie möglich loswerden.

»Aber … aber … das könnt Ihr doch nicht machen«, stotterte der Köhler. Erst jetzt schien ihm aufzugehen, dass er seinen Hintern nicht gerettet, sondern tiefer in den Morast geritten hatte, in dem er ohnehin steckte. »Und mein Bruder?«

»Für den gilt das Gleiche.«

»Er hat doch gar nichts gesagt. Er wird mich erschlagen, wenn er hiervon erfährt.«

»Dein Problem.«

»Das dürft Ihr nicht. Ich bitte Euch. Steckt mich wenigstens nicht wieder zu meinem Bruder ins Loch.«

Teuschel rief die Wache wieder herein und befahl dem Mann, den Gefangenen in eine andere Zelle zu bringen. Als die beiden gegangen waren – Stauff trottete wieder wie ein Esel hinter der Wache her –, rief er zwei andere Wächter herbei und begab sich mit ihnen zum Haus des Apothekers.

Georg Herkner war erschrocken, den erfahrenen Stadtrichter Teuschel in seiner Offizin zu sehen. Er trug einen Arm in einer Schlinge, und eine Binde verdeckte sein linkes Auge. Verletzungen, die Verbände erforderten, hatte der Richter im Stadtgefängnis nicht an dem Mann gesehen – eigentlich hatte er überhaupt keine Verletzungen an dem Apotheker bemerkt. Einer Wache hatte Richter Teuschel befohlen, vor der Apotheke zu warten, die andere hatte er ums Haus herum zum Hintereingang geschickt. Der Mann stand breitbeinig vor der offenen Tür und war von drinnen gut zu sehen. Bei diesem Anblick schaute sich Georg Herkner zur Tür im Hintergrund um, als erwäge er eine Flucht. Als er sich wieder umdrehte, zeigte seine Miene den Anflug eines Lächelns, die seine Augen nicht erreichte.

»Es haben sich neue Erkenntnisse ergeben. Ich muss Euch bitten, mich zu begleiten.«

»Ihr wollt noch einmal mit mir sprechen? Das verstehe ich. Kann ich Euch einen Krug Bier anbieten? Dabei redet es sich besser.« Herkner machte Anstalten, nach der Magd zu rufen.

»Kein Bier. Ihr müsst mich begleiten, entweder freiwillig, oder ich lasse Euch binden.«

»Wenn Ihr ein paar Lügen aufgesessen seid, lasst sie mich richtigstellen.«

»Das alles hat keinen Einfluss darauf, dass Ihr mich begleiten müsst.« Teuschel fragte sich, warum es ihm nicht gelang, den Mann so zu behandeln, wie er es verdient hatte. Der Apotheker war schlüpfriger als ein Aal und verstand es trefflich, andere mit seinen Worten einzulullen. Er war Richter, er durfte sich nicht von seinen Gefühlen leiten lassen, nicht gegenüber Tätern, Opfern oder Zeugen.

Herkner breitete die Arme aus, nahm dann seinen Umhang, legte ihn sich umständlich um und setzte eine Kappe auf. Um den Hals legte er sich einen Kragen aus Kaninchenpelz und steckte seine Hände in Handschuhe aus dem gleichen Fell.

»Ich bin bereit.«

Vor dem Haus trafen sie auf eine Wache, und gleich darauf kam die zweite aus der Hofeinfahrt gelaufen. Die Männer nahmen den Apotheker in die Mitte.

»Das alles, um mit mir zu reden?«

Reden wollte Teuschel mit dem Mann nicht. Kaum hatten sie das Amtshaus betreten, schloss sich die Tür einer Zelle hinter dem Apotheker. Diesmal war es keine der Zellen im Obergeschoss, in denen es ein richtiges Bett mit Kissen und Decken, Stuhl und Tisch, Stroh auf dem Boden, einem Kohlebecken gegen die Kälte und zwei guten Mahlzeiten am Tag gab. Er hatte ihn in die Zelle neben Tamme Redecker stecken lassen. Sein Geschrei hallte durch das ganze Gefängnis.

Caspar Teuschel fühlte sich erschöpft wie nach einer langen Gerichts- oder einer noch längeren Ratssitzung. Er brauchte Zeit, um alles zu durchdenken. Bisher hatte er sich immer für einen guten Richter gehalten, einen, der um jeden Preis nach der Wahrheit suchte. Bei diesem Fall hatte er eine Ahnung, dass es nicht gelingen würde, alle Fäden gleichzeitig zu entknoten.

Kapitel 21

Der Wachmann trug zwei Schalen gefüllt mit wässriger Kohlsuppe in den Keller des Amtshauses. Er verstand nicht, warum man die beiden Köhlerbrüder in benachbarte Zellen gesteckt hatte, er wusste nur, dass es für ihn die doppelte Arbeit bedeutete.

Er stellte eine Schale neben die erste Zellentür und ging weiter zur nächsten, zog den stabilen Riegel zurück. Kein Laut drang aus dem Raum dahinter. Er riss die Zellentür auf und machte sich bereit, die Schale hineinzustoßen. Ob dabei etwas überschwappte, war ihm egal.

Es schwappte nicht nur etwas über, sondern er ließ die Schale in das schmutzige Stroh auf dem Boden fallen.

Wie eine große, achtlos hingeworfene Stoffpuppe lag der Gefangene in einer Ecke. Sein Kopf war zur Seite geklappt, die Zunge hing dick und blau aus dem Mund. Der Mann war nackt und die Gliedmaßen so verrenkt wie der Kopf, ein Unterschenkel offensichtlich gebrochen, denn der Knochen stach durch die Haut.

Der Wächter rannte zur anderen Zelle, öffnete die Tür. Ihm bot sich beinahe das gleiche Bild. Der andere Köhlerbruder lag nackt und ebenfalls tot auf dem Strohsack, der ihm als Lagerstatt diente. Um seinen Hals wand sich, stramm gezogen und fest in die Haut eingegraben, eine dünne Schnur.

Den Tod hatte er oft gesehen, und der Tod dieser beiden berührte ihn nicht. Er fragte sich nur, wie er sie ereilt haben könnte.

Die gleiche Frage stellten sich wenig später auch Caspar Teuschel und Matthias Globigk, als sie die Toten in den Zellen betrachteten. Sie hatten nach Doktor Eschaus schicken lassen und machten dem Arzt Platz, damit er die Brüder untersuchen konnte.

»Dem einen wurde das Genick gebrochen, der andere mit diesem dünnen Seil erdrosselt.« Der Arzt deutete auf die Schnur. »Keiner von ihnen kann sich versündigt und sich selbst entleibt haben.«

»Jemand ist ins Stadtgefängnis eingedrungen, hat diese beiden umgebracht und ist wieder verschwunden? Warum?«, fragte Globigk verwundert.

Ja, warum? Dieselbe Frage stellte sich auch Caspar Teuschel. Mit der Antwort kam er etwas weiter als sein junger Kollege. Er hatte ihm noch nichts von dem Geständnis Hinrich Stauffs erzählt.

Das Geständnis!

Teuschel rannte los zur Schreibstube im obersten Stockwerk des Amtshauses. Hinter sich hörte er Globigk fragen, was los sei. Dann folgten er und der Arzt. Die Tür der Schreibstube war abgeschlossen. Hastig kramte Teuschel den Schlüsselbund hervor, er konnte den Schlüssel gar nicht so schnell ins Schloss stecken, wie er die Tür aufschließen wollte. Das Bund fiel herunter. Mit zitternder Hand hob er es wieder auf, und endlich gelang es ihm, die Schreibstube aufzuschließen.

Aktenberge türmten sich in Schränken und auf dem Schreibtisch. Einige waren sogar auf dem Boden gestapelt. Ein eisiger Luftzug fuhr durch den Raum und ließ einen Fensterflügel gegen die Wand scheppern.

»Bei der heiligen Dreieinigkeit, ist das kalt hier«, beschwerte sich Thomas Eschaus und wollte den Fensterflügel schließen. Er stutzte jedoch, betrachtete den Riegel genauer. »Werte Herren, schaut einmal.«

Teuschel kümmerte sich nicht um ihn, er kramte auf dem Schreibtisch herum, bis er ein Bündel mit einer Schnur zusammengebundener Papiere gefunden hatte. Globigk trat zu dem Arzt.

»Der Wind hat das Fenster aufgedrückt und dabei den Riegel beschädigt.«

»Für mich sieht das aus, als hätte jemand von außen das Fenster aufgehebelt«, widersprach der Arzt.

»Es ist weg!« Teuschel blätterte zum wiederholten Male den Aktenstapel über Georg Herkner durch. Er enthielt nur noch die Zeugenaussagen der Männer aus der östlichen Vorstadt, Herkners Unschuldsbekundungen, Tamme Redeckers Kampf um seinen richtigen Namen – und mehr nicht.

»Was ist weg?«, wollte sein jüngerer Kollege wissen, während der Arzt immer noch den Fensterriegel untersuchte.

»Das Geständnis.«

»Hat dieser angebliche Tamme Redecker seine Untaten gestanden?«

»Hinrich Stauffs Geständnis. Er hat mir hier in diesem Raum erzählt, wie alles zusammenhängt. Meine Notizen und das aufgeschriebene Geständnis dazu fehlen.« Caspar Teuschel berichtete kurz, was der Köhler ihm gestanden hatte.

»Und Ihr glaubt ihm? Pack wie dieses lügt, wenn es sich auch nur den kleinsten Vorteil davon verspricht. Der wollte doch nur seine eigene Haut retten«, ereiferte sich der junge Globigk.

»Die hat er aber nicht gerettet. Er hat sich und seinen Bruder erst als schuldig bekannt. Was hätten wir ihnen nachweisen können, hätten sie geschwiegen? Nicht einmal, dass sie mit dem jungen Tamme Redecker unter einer Decke steckten. Sie haben bei der Prügelei einfach nur zugeschaut, bis die Frau dazwischengegangen ist. Die Aussagen der Vorstädter sind übereinstimmend.«

»Pah, die stecken alle unter einer Decke. Die Leute aus der Vorstadt wollen uns hinter den Mauern schaden, wo sie können. Am liebsten wären sie völlig unabhängig von uns, und wir müssten ihnen Wegezoll zahlen, wenn wir über die Elbe wollen.«

»Da wollte jemand nicht, dass etwas ans Licht kommt. Er bringt die beiden um, die die Wahrheit sagen können, bricht in diese Kammer ein und lässt das Geständnis verschwinden. Es war nicht der Wind, der das Fenster aufgedrückt und den Riegel beschädigt hat. Das hat jemand von außen und mit Absicht getan«, warf der Arzt ein. Er hatte die Begutachtung des Fensters inzwischen abgeschlossen und sich zu den Richtern gesellt.

Teuschel war froh über dessen Anwesenheit.

»Wer soll das gewesen sein?« Globigk klang immer noch so, als hielte er das für eine Ausgeburt wilder Gedanken.

»Georg Herkner«, antworteten die beiden wie aus einem Munde.

»Das kann nicht sein. Der Apotheker ist ein geachtetes Mitglied unserer Stadt. Der Mann kriecht doch nicht an Hauswänden hoch, steigt in Schreibstuben ein und tötet zwei Männer. Wenn das nicht so ernst wäre, müsste ich darüber lachen.« Globigk verzog die Lippen zu einem missbilligenden Grinsen. »Ihr selbst habt den Mann vor einigen Tagen freigelassen, weil er unschuldig ist.«

»Gestern nach dem Geständnis habe ich ihn wieder einsperren lassen, denn danach ist er der einzig Schuldige in dieser Sache.«

»Dann kann er es erst recht nicht gewesen sein, wenn er hier einsitzt.«

»Nicht er persönlich, aber offenbar hat er keine Zeit verloren, das jemand anderen für sich erledigen zu lassen.« Thomas Eschaus schürzte unwillig die Lippen.

»Das traue ich ihm nicht zu.« Auch Globigk klang nicht mehr so ruhig wie beim Eintritt in die Schreibkammer der Richter. »Warum wusste ich nichts von diesem angeblichen Geständnis?«

»Ich bin noch nicht dazu gekommen, es Euch zu sagen, weil ich mir erst einmal selbst darüber klarwerden wollte, was das für unseren Prozess bedeutet.« Teuschel zuckte entschuldigend mit den Schultern. »Das stellt alles auf den Kopf. Deswegen habe ich auch den Apotheker wieder in Haft genommen. Am Ende hätte er sich der kurfürstlichen Gerechtigkeit sonst durch Flucht entzogen.«

»Auf das Wort eines Schurken hin, der sich schon einmal hat kaufen lassen. Kaufen lassen von diesem angeblichen Tamme Redecker.«

»Die Herren Stadtrichter kommen ab jetzt sicher ohne mich zurecht, ich habe Patienten zu besuchen«, unterbrach Thomas Eschaus den aufkommenden Streit zwischen den beiden Richtern. Er nickte ihnen zu und verließ die Schreibkammer und das Amtshaus, froh, der drückenden Atmosphäre dort zu entkommen.

»Von diesem Geständnis ist nichts weiter geblieben als Euer Wort, wenn ich Euch richtig verstanden habe. Der Zeuge ermordet, das Aktenstück verschwunden.«

»Zweifelt Ihr an meinem Wort?«

Globigk wich einen halben Schritt zurück. »Das nicht. Natürlich nicht. Ich vertraue auf Eure Erfahrung und Eure Ehre, so wie ich auf die anderer Wittenberger Bürger vertraue.«

Teuschel war mit dieser Antwort nicht zufrieden. Aber weil das Geständnis Hinrichs Stauffs sicher längst in einem Kamin verbrannt war, und er an Globigks Stelle ähnlich misstrauisch gewesen wäre, zähmte er seine Wut. Am Vortag hatte er den Kollegen absichtlich nicht informiert, weil er genau diese Reaktion befürchtet hatte. Der junge Stadtrichter schaute für seinen Geschmack zu viel auf den guten Namen eines Menschen und zu wenig auf dessen Herz. In diesem Moment bedauerte er, seinen Bedenken so viel Raum gewährt zu haben. Wüssten sie beide von dem Geständnis, stände ein Prozess gegen den Apotheker auf sehr viel besseren Füßen. Teuschel ging zum Fenster und besah sich auch noch einmal den Riegel.

Sein Kollege schaute nun mit ihm zusammen drauf. »Der

Wind hat es aufgedrückt, weil es wahrscheinlich nicht richtig verschlossen gewesen war. Das wird das ganze Geheimnis sein.«

»Der Wind hat dann auch gleich das Geständnis verschwinden lassen und die beiden Köhlerbrüder getötet.«

»Das wohl nicht«, gab Globigk zu. »Ich kann mir nicht erklären, was da passiert ist.«

»Nun, ich kann dazu sagen, dass ich das Fenster fest verschlossen habe. Wer in diesen Raum will und keinen Schlüssel für die Tür hat, dem bleibt nur das Fenster. Die Riegel sind nicht besonders stark.« Teuschel strich über die Stelle, an der der Riegel aus dem Fensterrahmen gerissen war. »Ein gezielter Tritt, und es ist offen.«

»Wie tritt man gezielt gegen ein Fenster im zweiten Stock eines Hauses?« Der junge Stadtrichter beugte sich hinaus und begutachtete die Hauswand, schaute nach oben und nach unten. »Im Amtshaus sind Tag und Nacht Wachen, da kann man nicht einfach eine Leiter an die Wand lehnen, erst herauf- und dann wieder hinunterklettern. Zwischendurch begeht der Einbrecher zwei Morde.«

»Die Wachen sind ein Einwand, den ich gelten lasse. Es hätte jemand hören müssen, wenn in der Nacht ein Fenster eingetreten wird.« Teuschel runzelte die Stirn. »Aber die Wachen ... Das Einfachste wäre es, eine von ihnen für die Morde anzustiften. Sie gehören hierher, können überallhin gehen, und keinem fällt es auf, wenn sie eine Zelle betreten.«

»Für die Schreibkammer haben sie keine Schlüssel.«

»Deswegen das Fenster. Es kann jedoch keine der Wachen lesen. Wie hätte von ihnen jemand das Geständnis unter den ganzen Akten finden sollen? Es lag nicht zuoberst auf einem Stapel.«

»Dann waren es wohl zwei, die an dieser Untat beteiligt waren?« Globigk hörte sich spöttisch an.

»So wird es gewesen sein. Beides ist nun mal geschehen,

und wir werden die Wachen befragen müssen, ob eine von ihnen etwas gesehen oder gehört hat. Am besten gleich.«

Globigk sah nicht aus, als entspreche das auch seinem Wunsch, schwieg jedoch. Er suchte sogar die Liste heraus, mit den Namen der Wachen, die in der Nacht Dienst gehabt hatten.

Zwei kamen dafür in Frage, und beide waren auch jetzt anwesend.

Sie riefen alle Wachen in die Schreibstube, und kurz darauf standen drei verlegen aussehende und mit den Füßen scharrende Männer vor ihnen. Alle wussten inzwischen von den toten Köhlerbrüdern. Teuschel fragte sie streng, ob sie etwas gesehen oder gehört hatten. Er beobachtete sie aufmerksam, während er auf die Antworten wartete.

Einer nach dem anderen schüttelte den Kopf. Sie waren in der Wachstube gewesen, hätten nur hin und wieder ihre Runde gemacht, wie es ihre Pflicht sei. Dabei schauten alle drei zu Boden. Sie hatten mit Sicherheit erst gewürfelt und danach mit dem Kopf auf dem Tisch geschlafen. So liefen die Nachtwachen in der Regel ab.

»Lügen habe ich in den letzten Tage genug gehört, ihr Schwachköpfe!«, donnerte Teuschel. »Bei Gott, ich weiß doch, was des Nachts auf Wache getrieben wird.«

Schließlich schaute ihn der Älteste an, ein Mann mit borstigen grauen Haaren an Kopf und Kinn und strahlend blauen Augen. »Jeder ist mal zum Pissen rausgegangen. Ist doch normal. Ich habe zum Nachtläuten die Runde bei den Gefangenen gemacht, da haben sie fest geschlafen.«

»Gab es in der Nacht was Ungewöhnliches?«

»Nichts gesehen und nichts gehört. Das war doch so?« Der Älteste schaute sich hilfesuchend zu seinen Kameraden um.

Die nickten.

Der Alte lügt, dachte Teuschel. Entweder hatte der es selbst gemacht oder einer der beiden anderen, und sie deckten sich gegenseitig.

»Ich will wissen, wer die beiden Gefangenen getötet hat. Solange ich im Rat und hier Richter bin, hat es so etwas noch nicht gegeben.« Teuschel schritt die kurze Reihe der Männer ab, die Hände auf dem Rücken gefaltet.

Globigk stand neben dem Schreibtisch und beobachtete das Ganze stumm, als gehörte er nicht dazu.

»Von uns war es keiner.« Wieder sprach der grauhaarige Alte. »Er hat die Gefangenen gefunden und sich beinahe in die Hose gepisst vor Schreck.« Er packte den rechts neben ihm stehenden Mann am Arm und wollte ihn vorschieben. Der Jüngere blieb hartnäckig stehen.

»Ich will Antworten auf meine Fragen. Keine Ausflüchte. Wer spaziert in der Nacht hier rein, bringt zwei Gefangene um und stiehlt Unterlagen aus dieser Schreibkammer – wichtige Unterlagen?« Er hatte die Stimme erhoben.

»Keiner von uns kann lesen.«

»Deshalb legt euch auch niemand einen Diebstahl der Unterlagen zur Last.« Globigk sprach tonlos und bewegte sich nicht.

Dieser eitle Wichtigtuer. Konnte der nicht einmal seinen Mund halten?, dachte Teuschel. Sah er denn nicht, dass einer von dreien unverschämt log? Er setzte eine Miene auf, von der er hoffte, sie würde auch dem Teufel Angst einjagen, und redete den Wachen noch einmal ins Gewissen, malte ihnen aus, welche Qualen sie im Fegefeuer für die Verletzung ihrer Pflichten erwarteten und dass sie noch so viele Ablassbriefe kaufen konnten, sie würden nie wieder unschuldig werden. Dabei dachte er an seine eigenen Ablassbriefe, die er zu Hause in einer Truhe wohlverwahrt hatte.

Die Wachen schauten stur zu Boden, und als er den Eindruck hatte, sie hörten ihm nicht länger zu, schickte er sie fort. Sie sollten die Toten aus dem Haus schaffen und für eine anständige Beerdigung auf Kosten der Stadtkasse sorgen. Globigks Protest bügelte er damit ab, dass die Männer in der Obhut der Stadt umgekommen waren, und das sei das mindeste, was sie noch für die beiden tun könnten.

Die Wachen scharrten mit den Füßen und verließen die Schreibkammer. Ihre Erleichterung war mit Händen zu greifen.

Matthias Globigk verabschiedete sich mit einem Kopfnicken.

Teuschel setzte sich jedenfalls hinter sein Schreibpult und suchte noch einmal in der Akte nach dem verschwundenen Geständnis. Als ob er es die beiden Male zuvor hätte übersehen können. Es befand sich nicht unter den Papieren. Wertlos – diese ganzen Aussagen waren wertlos. Er warf sie auf den Boden und machte sich daran, in den anderen Akten zu wühlen, es könnte ja sein, dass das Geständnis zwischen die falschen Unterlagen gerutscht war. Mit dem Stapel auf dem Pult fing er an, schaute systematisch jedes beschriebene Blatt an und arbeitete sich danach durch die Unterlagen im Schrank.

Urkunden, Papiere, flüchtig hingeworfene Notizen – nur das eine dringend gesuchte Schriftstück fand er nicht. Am liebsten hätte er alles aus dem Schrank gezogen und auf den Boden geworfen, er fühlte sich wieder wie ein kleiner Junge, dem die Mutter den begehrten Honigkuchen verweigerte, und der deshalb mit den Füßen stampfte. Er war aber kein Junge mehr, deshalb legte er alles wieder geordnet in den Schrank und wollte sich dem letzten Stapel Akten auf dem Boden zuwenden, als er ein Räuspern hörte.

Teuschel sah auf. Der grauhaarige Wachmann stand dort und knetete seine Hände.

»Was Ihr über die Sünde der Lüge und die Strafen im Fegefeuer gesagt habt, darüber habe ich noch einmal nachgedacht.«

Hatte er doch richtig vermutet: Die Männer verbargen etwas. Teuschel ließ sich nichts anmerken, er nickte nur.

»Es ist doch was passiert in der letzten Nacht.«

»Und was soll das gewesen sein?«

»Wir sollten nichts hören und kurz die Schlüssel für die Zellen unbeaufsichtigt lassen. Dafür haben wir jeder ein paar Goldgulden bekommen.« Der Grauhaarige sah nach diesen Worten erleichtert aus.

»Wer hat euch das Geld gegeben?« Teuschel war nicht im mindesten überrascht, dass die Wachen sich hatten bestechen lassen. Ein paar Goldgulden – das war etwas, was die Männer sonst kaum in die Hand bekamen.

»Eine Gestalt in einem langen dunklen Umhang und mit einer Kapuze auf. Wir haben von ihm nur gesehen, dass es ein Mann war.«

»Was hast du gehört?«

»Jemand hat den Schlüssel vom Haken genommen und nach einer Weile wieder hingehängt. Schritte waren zu hören. Mehr nicht.«

»Was habt ihr danach gemacht?«

»Nichts. Wir sollten die Wachstube die ganze Nacht nicht verlassen. Sonst würde es uns schlecht ergehen.«

»Darüber reden solltet ihr wohl auch nicht.« Der Stadtrichter konnte den Spott nicht zurückhalten.

»Nein«, antwortete die grauhaarige Wache ganz ernst. »Was passiert jetzt mit uns?«

»Geht mir aus den Augen, bis ich überlegt habe, wie viele Peitschenhiebe jeder von euch bekommen wird. Spendet das Geld für die Armen und überlegt euch in Zukunft zweimal, ob ihr noch einmal solchen Einflüsterungen vertraut.«

»Sprecht Ihr mit dem ehrenwerten Richter Globigk und unserem Hauptmann darüber?«

»Nenn mir einen Grund, warum ich das tun sollte.«

»Ich weiß nicht.«

»Das bleibt unter uns. Und nun ab mit dir.«

Das musste er dem Grauhaarigen nicht zweimal sagen. Da hatte er die Gewissheit, auf die er die ganze Zeit gehofft hatte.

Es war sinnlos, noch weiter nach dem Geständnis Stauffs zu wühlen. Wer immer das alles geplant hatte, war gründlich gewesen. Wenigstens wusste er nun, woran er war, und hatte die Wachen auf sich verpflichtet.

Eine Frage war offengeblieben: Wenn schon jemand ins Gefängnis eindrang, um zwei Zeugen zu töten, warum hatten sie nicht auch den angeblichen Tamme Redecker ermordet? Damit wären alle Probleme aus der Welt geschafft.

Auf jeden Fall hatte die Stadt Wittenberg nun die Pflicht, den jungen Mann zu beschützen. War das im Stadtgefängnis noch möglich? Er überlegte, den Mann in seinem Haus unterzubringen und nicht mehr aus den Augen zu lassen. Georg Herkner hingegen würde auf jeden Fall in Gewahrsam bleiben. Der Apotheker hatte in ihm keinen Fürsprecher gewonnen.

Die Nachricht vom Tod der beiden Köhlerbrüder hatte auch Georg Herkner in seiner Zelle erreicht. Und er verstand sofort die Botschaft, die sich dahinter verbarg: Niemand ist vor uns sicher. Du auch nicht.

Das Blut stieg ihm ins Gesicht, und für einen Augenblick wurde ihm in der kalten Zelle heiß. Er presste die Hände gegen seine Wangen, damit sie nicht zitterten. Hätte er sich doch nur nie mit diesen Leuten eingelassen. Für ihn bestand kein Zweifel daran, wer für den Tod der beiden Köhlerbrüder verantwortlich war.

Kamen sie in der nächsten Nacht wieder? Er war hier nicht sicher, nicht einmal im Gefängnis.

Herkner ging zur Tür und trommelte mit der Faust dagegen. Nach dem ersten Schlag schmerzte sie ihn, aber er hörte nicht auf.

»Ruhe!«, rief eine barsche Stimme.

Er trommelte weiter. Deshalb hörte er auch nicht, wie sich Schritte näherten. Als sich auf einmal die kleine Klappe in der Tür öffnete, fuhr er erschrocken zurück.

»Ruhe! Hörst du nicht!«, blaffte ihn eine Wache mit fauligen Zähnen an. Gleichzeitig spie sie einen Schwall schlecht riechender Speicheltropfen in die Zelle.

Herkner wich zurück. »Ich bin hier nicht mehr sicher.«

»Ach.«

»Die Köhlerbrüder wurden umgebracht.«

»Ach.«

»Ja.«

Der Mann machte Anstalten, die Luke wieder zu schließen und sich abzuwenden.

»Warte. Du kannst mich doch nicht einfach hierlassen.«

»Wie?«

»Ich meine ohne Schutz. Die Stadt Wittenberg hat bestimmt, dass ich eingesperrt sein muss, da muss sie auch für meine Sicherheit sorgen.«

»Soll ich zu dir reinkommen?« Der Mann öffnete den Mund und ließ die Zunge auf und nieder schnellen. Anschließend lachte er.

Herkner wich weiter zurück. Wie sollte er erklären, was ihn bewegte? »Ich möchte einen der Stadtrichter sprechen. Am besten den ehrenwerten Richter Globigk.«

»Von den beiden ist keiner da. Du musst hierbleiben, so ist es nun mal.« Wieder ließ der Mann die Zunge auf und nieder schnellen.

Diesmal protestierte Herkner nicht mehr, als die Luke geschlossen wurde. Er ließ sich auf sein Lager sinken und stützte den Kopf auf die Hände.

Hätten sie doch lieber Tamme getötet statt die Köhlerbrüder. Mit dem Tod seines Stiefsohnes wären alle Probleme gelöst. Er könnte freikommen und seine Schulden zurückzahlen. Es gäbe niemanden mehr, der ihm Tammes Erbe streitig machte. Die Sorgen mit Dietlind hätten endlich ein Ende. Er wäre wieder frei und für seine Familie da.

Seit der Mann ohne Namen in Wittenberg wieder aufgetaucht war, war all das, was vorher schon schlecht gewesen war, noch schlechter geworden. Der Mann war in sein Haus eingedrungen, aus seiner Frau wurde er nicht mehr klug. Hielt sie ihn nun für ihren Sohn oder nicht? Besser wäre es, der junge Mann verschwand wieder aus seinem Leben und aus Wittenberg – das war damals sein erster Gedanke gewesen, und er galt bis zu diesem Tag. Es hatte nur nie eine Gelegenheit gegeben, ihm etwas von den Tränken einzuflößen, die er vorbereitet hatte. Weil er ihn in einem Anfall erster Wut das Haus verboten hatte. Leicht hätte er ihn einmal zu einem Essen einladen können.

Das hatte er sich selbst verdorben, und oft genug hatte er in den letzten Wochen deshalb mit den Zähnen geknirscht, so wie auch jetzt wieder. Tatsächlich verhielt sich der Mann unauffällig in Wittenberg, er versuchte nicht wieder, sich ihm zu nähern, behauptete nicht, der verstorbene Tamme Redecker zu sein. Der Apotheker begann aufzuatmen. Es konnte noch alles gut werden, er würde das Gut bei Paunsdorf weggeben und wäre wieder ein freier Mann. Der Trank schien nicht mehr nötig. Bis – bis Doktor Martin Luther in die Apotheke gekommen und er auf die Idee mit den Köhlerbrüdern verfallen war, die ihn direkt in die Gefängniszelle geführt hatte.

Georg Herkner hatte seinen Stiefsohn nicht immer gehasst. Der war ein Junge von zwölf Jahren gewesen, als er Dietlind geheiratet und das Wittenberger Apothekenprivileg von der Familie Pollich von Mellerstedt übernommen hatte. Damals nahm er sich vor, Tamme ein guter Vater zu sein, und eigentlich hatte er ihn auch gemocht. Dessen Erbe zu verwalten, war ihm eine selbstverständliche Pflicht, aber keine Last gewesen.

Erst nach der Geburt der eigenen Söhne änderte es sich. Er hatte erkennen müssen, dass seine Gefühle für Tamme nichts waren verglichen mit denen, die er für seine Jungen empfand. Sie sahen ihm nicht nur ähnlich, in ihnen erkannte er sich selbst als Buben wieder. Sie waren sein Fleisch und Blut.

Von ihm wäre immer noch etwas da, wenn er längst auf dem Gottesacker lag. Das konnte Tamme niemals für ihn sein, und als sich herausstellte, dass seine Jungen geistig dem Halbbruder nicht das Wasser reichen konnten, kühlten seine Gefühle für den Stiefsohn immer mehr ab. Dafür konnte er wirklich nichts.

Schritte waren wieder auf dem Gang zu hören. Die Wachen waren also zur Vernunft gekommen und würden ihn schützen.

Die Schritte gingen an seiner Zelle vorbei und blieben vor der Nachbartür stehen.

Kapitel 22

In Wittenberg wartete unterdessen Martin Luther auf eine Antwort des Erzbischofs. Vor über einem Monat hatte er ihm geschrieben. Die Universitätsstadt und Magdeburg lagen nicht so weit entfernt, dass in der Zeit nicht eine Antwort hätte eingehen können. Wenigstens eine Eingangsbestätigung hätten sie ihm schicken können. Er wusste nicht einmal, ob Albrecht von Brandenburg sich überhaupt mit seinen Thesen beschäftigte. Hatte der sie am Ende zusammengeknüllt und dem Kaminfeuer überantwortet? Hielt er so wenig davon, dass sie ihm keine Erwiderung wert waren?

In den ersten beiden Wochen, nachdem er den Brief abgeschickt hatte, hatte er versucht, nicht daran zu denken. Hatte sich mit Arbeit abgelenkt, in der Stadtkirche gepredigt, seine Vorlesung fortgesetzt, Briefe geschrieben, seine Aufgaben als Distriktsvikar ernst genommen.

Dafür wurden seine Thesen auf den Straßen und unter seinen Studenten umso intensiver diskutiert.

Eine Frage konnte ihm keiner der Eiferer beantworten: Wer hatte die Thesen an die Kirchentür gehängt? Er konnte sich nicht erklären, wie sie überhaupt in fremde Hände gelangt waren. Eigentlich traute er niemandem zu, sie ihm entwendet zu haben. Nicht einmal Bruder Benedictus. Der hätte sie eher an den Erzbischof geschickt, um ihn zu verleumden.

Er wird die Thesen verloren haben, lautete Bruder Hennings Vermutung, die er geäußert hatte, als er Luthers kalte Füße in Senfwasser badete. Der konnte sich das nicht vorstellen. Selbst wenn sie jemandem in die Hände gefallen sein sollten – auf den Thesen stand sein Name. Der Finder hätte sie ihm leicht zurückgeben können. Es blieb ein Rätsel.

Je länger die Antwort des Erzbischofs ausblieb, desto mehr glitt ihm die Sache aus der Hand. Albrecht von Brandenburg war die Verbreitung der Thesen sicher zu Ohren gekommen. Was mochte er darüber denken? Das lange Schweigen, das konnte doch nichts Gutes bedeuten. Luther presste die Fäuste gegen seine Schläfen. Seine galoppierenden Gedanken ließen sich auf diese Weise nicht aufhalten.

Er hatte richtig gehandelt! So beruhigte er sich wieder und wieder selbst. Der Ablass war Teufelszeug, das musste dem Erzbischof vor Augen geführt werden. Und im gleichen Moment grübelte er, ob er nicht vielleicht zu weit gegangen war.

Kapitel 23

»Mitkommen!«, verlangte der grauhaarige Wärter, nachdem er die Tür geöffnet hatte.

Tamme streckte ihm die Hände hin, damit er sie zusammenband.

»Keine Fesseln.«

Verwundert und vorsichtig trat Tamme durch die Tür an dem Wärter vorbei. Er war auf der Hut – und richtig, der Mann versetzte ihm aus reiner Bosheit einen Tritt in die Kniekehle, der ihn auf ein Knie stürzen ließ. Bevor es weitere Tritte hageln konnte, rappelte er sich wieder auf.

Der Wärter brachte ihn in die Schreibstube, in der sie alle bei der Ankunft im Amtshaus verhört worden waren und wo eine Tür nach draußen in die Freiheit führte. Richter Teuschel, in einen warmen Mantel mit Pelzkragen gehüllt und mit einer Pelzkappe auf dem Kopf, erwartete ihn.

Die Tür stand offen, ein paar Schneeflocken stiemten herein. Bevor sein Leben derart durcheinandergeraten war, wäre er mit zwei schnellen Sprüngen durch die Tür entwischt und hätte die Beine in die Hand genommen. Nur fort aus der Gefangenschaft, und alles andere würde sich später finden. Nur war gegenwärtig Winter, und er hatte keinen Ort mehr, an den er gehen konnte. Bei Almuth oder seiner Mutter würden sie ihn als Erstes suchen. Also blieb er stehen und wartete.

»Du weißt, was passiert ist?«, fragte Teuschel ohne Einleitung.

»Die beiden Köhlerbrüder? Jeder im Loch weiß davon.«

»Deshalb kommst du mit. Du bist hier vielleicht nicht sicher und wirst in meinem Haus wohnen. Ich brauche dein Ehrenwort, dass du nicht versuchen wirst, zu fliehen, und dass du das Haus nicht ohne Begleitung verlässt.«

»Ich schwöre es bei Gott, seinem Sohn und der Heiligen Dreifaltigkeit«, antwortete Tamme sofort.

Nach dem Richter verließ er das Stadtgefängnis.

Teuschel wohnte in einem großen Eckhaus, wo die Coswiger und die Juristengasse aufeinandertrafen, im Coswiger Viertel und nicht weit von der Apotheke entfernt. Das Knirschen des Schnees unter seinen Schuhen, die schmelzenden Flocken auf dem Gesicht, Tamme konnte sich nicht daran erinnern, beides schon einmal so genossen zu haben. Die Luft stank nach den vielen Holzfeuern, die in den Häusern brannten und den Rauch durch die Schornsteine ausstießen, aber ihm kam es vor, als könne das Paradies nicht angenehmer riechen.

Im Haus des Richters wurde ihm eine Dachkammer zugewiesen, in der es zwar nicht wärmer war als in seiner Gefängniszelle, aber das Bett mit einer festgestopften Strohmatratze und weichen Decken war weitaus bequemer als sein früheres Lager. Er musste seine Notdurft nicht mehr in einen Eimer in der Ecke des Raumes verrichten, sondern konnte die Latrine aufsuchen, ihm standen eine irdene Wasserschüssel, ein Stuhl mit einem Kissen und ein Tisch zur Verfügung. Auf dem Boden lag gegen die Kälte eine geflochtene Strohmatte. Der Richter hatte sogar für Lektüre gesorgt und einen Kodex des römischen Zivilrechts bereitlegen lassen. Das Beste an dieser neuen Unterkunft war jedoch die unverschlossene Tür. Er konnte hinausgehen, sich in der warmen Küche oder sogar in der geheizten Stube aufhalten, sich im Hof die Beine vertreten. Seine Welt war noch nicht besonders groß, aber um ein Vielfaches bequemer geworden.

Er begriff, dass er weiter ein Gefangener war, aber warum der Stadtrichter sich zu dieser ungewöhnlichen Maßnahme entschlossen hatte, blieb ihm verborgen. Er bekam keine Gelegenheit, zu fragen, denn kaum hatte Teuschel ihn in seiner neuen Unterkunft abgeliefert, verließ er wieder das Haus.

Wollte er wirklich zur Tür hinaus, hätte ihn niemand aufhalten können. Jedenfalls nicht die bucklige Magd in der Küche oder die junge, hübsche Frau des Richters. Tamme stand der Sinn nach etwas anderem. Er überredete den jüngsten Sohn des Stadtrichters, einen vorlauten Knaben von neun Jahren, dazu, eine Botschaft ins Haus des Buchdruckers Gronenberg zu tragen.

Der Junge brauchte nicht lange, bis er zurückkam. An der einen Hand hielt er Almuth, in der anderen einen Honigkuchen, an dem er vergnügt knabberte. Tamme hatte an einen der zur Straße hinausgehenden Fenster gelauert und rannte zur Tür, bevor die beiden geklopft hatten.

Er und Almuth lagen sich in den Armen. Er bedeckte ihr Gesicht mit Küssen und empfing ebenso viele von ihr. Der Sohn des Stadtrichters stand staunend neben ihnen, aber sie hatten seine Anwesenheit vergessen. Erst als jedes Stück des Gesichts von Küssen bedeckt war, ließen sie voneinander ab. Tamme umfasste ihr Gesicht mit den Händen und betrachtete es.

»Du bist frei, Tamme. Oh, mein Liebster. Sie haben mich nicht zu dir gelassen und deine Mutter auch nicht.«

Davon hatte er nichts gewusst. Auch nicht, dass sein Stiefvater zwischendurch einige Tage in Freiheit verbracht hatte, weil er als unschuldig galt. Das entlockte ihm ein Zähneknirschen – ausgerechnet der größte Schurke unschuldig.

Sie saßen nebeneinander auf einer Bank in der Stube und hielten sich an den Händen, während sie erzählten, was ihnen in den letzten Tagen widerfahren war. Im Kamin brannte ein Feuer, das es langsam schaffte, die Luft zu erwärmen. Nach und nach legten sie ihre Mäntel und Halstücher ab.

Almuth erfuhr vom Tod der beiden Köhlerbrüder und dass der Stadtrichter Teuschel glaubte, ihr Verlobter sei im Amtshaus nicht mehr sicher. Sie verstand es nicht, und eine Erklärung konnte ihr Tamme auch nicht liefern. Einstweilen waren sie aber froh, wieder beisammen zu sein.

»Caspar Teuschel glaubt an deine Unschuld, sonst hätte er dich nicht ein sein Haus geholt«, sagte Almuth. Bei ihr klang es, als wäre das Urteil bereits gesprochen.

Sie wussten nicht, wie viel Zeit sie im Haus des Richters zusammen verbracht hatten, als seine junge Frau hereinkam. Sie trug ein hübsches Kleid aus himmelblauem Atlas, an den Säumen mit Blumenranken bestickt, am Hals und an den Ärmeln blitzte die Spitze des Untergewandes durch. An ihrem geflochtenen Gürtel hingen die Utensilien der Hausfrau: Schlüsselbund, Schere, Nadelbüchse und ein Kamm. Sie schaute die Verlobten freundlich an.

»Ihr solltet euch verabschieden, ehe Ihr einen schlechten Leumund über dieses Haus bringt. Ein Gerücht ist schnell in der Welt, und man wird es kaum wieder los. Das werdet Ihr selbst am besten wissen, junger Herr Tamme.«

»Ihr kennt mich?«, fragte Tamme ungläubig. Sollte es auf einmal Menschen in der Stadt geben, die ihn für ihn selbst hielten?

»Nur was mein Gatte über Euch gesagt hat. Ich teile seine Meinung in allen Dingen.«

So jung und harmlos die junge Ehefrau wirkte, sie bestand hartnäckig darauf, dass Almuth sich verabschieden müsse. Einen letzten Kuss gestattete sie den Verlobten noch.

Tamme beobachtete vom Fenster aus, wie Almuth im Schneetreiben auf dem Marktplatz verschwand. Ihr Glaube an seine Unschuld war das größte Glück für ihn.

Kapitel 24

Der Prozess gegen Georg Herkner fand am letzten Novembertag 1517 statt und begann im Morgengrauen im Ratssaal. Draußen herrschte strenger Frost, alle Scheiben waren von einer Eisschicht überzogen, und drinnen dampfte der Atem vor den Mündern. Sibilla hatte ihr verbieten wollen, hinzugehen. Für eine junge, unverheiratete Frau von gutem Ruf gehöre es sich nicht, so einer Veranstaltung beizuwohnen. Als ob Almuth das interessierte. Sie stand neben ihrem Bruder hinter der Schranke und wartete auf den Beginn des Prozesses. Um sie herum drängten sich viele Studenten der Universität, aber auch etliche Wittenberger Bürger.

Es strömten immer mehr Menschen in den Saal. Almuth wurde warm, und sie lockerte ihre Mantelschließe. Sie war nie zuvor bei einer Gerichtsverhandlung gewesen, aber Johann sagte ihr, dass es immer voll sei, erst recht, wenn es um einen bekannten Wittenberger Bürger ging. Die beiden Toten im Gefängnis machten es für die Leute noch spannender.

Durch eine Seitentür traten Tamme und Georg Herkner hinter die Absperrung. Zischen und Beifall empfingen sie. Hinter dem Apotheker ging sein Berater, ein Lizentiat der Rechte, wie Johann ihr ins Ohr flüsterte. Jemand anderes hat sich nicht zur Verfügung gestellt, obwohl er bei allen Professoren der Rechte vorgesprochen hatte. Sie hatten wohl zu viel zu verlieren, wenn sich Herkners Behauptungen als Lügen erwiesen.

»Woher weißt du das alles?«, flüsterte sie zurück, ohne ihre Augen einen Moment von Tamme zu wenden.

Der sah sich um und stellte sich möglichst weit von seinem Stiefvater entfernt auf. Sein Blick glitt über die Zuschauer, bis er Almuth entdeckte. Sie lächelte und nickte ihm zu. Bei Gott dem Allmächtigen, dem Heiland und der Heiligen Dreieinigkeit, sein Mut stieg.

Die Verhandlung dauerte den ganzen Tag. Georg Herkner ließ eine Vielzahl von Zeugen auftreten, die ihn als honorigen, ehrenwerten Mann darstellten. Niemals würde er einen Finger gegen seinen Stiefsohn erheben, vielmehr habe er ihn hingebungsvoll gepflegt, ihn aber trotzdem nicht retten können. Die Pestilenz ... mehr müsse doch darüber nicht gesagt werden. Die Wittenberger sollten froh sein, dass ein Sterbslauf verhindert worden sei. Tamme kam kaum zu Wort.

Die Wittenberger glaubten nicht, dass er tatsächlich der Stiefsohn des Apothekers sei. Wer einmal tot war, kehrte nicht wieder unter die Lebenden zurück. Nur der Heiland habe vor tausendfünfhundert Jahren dieses Wunder fertiggebracht. Tamme beantwortete eine Vielzahl von Fragen zu seiner Person und seiner Familie, die eigentlich kein Betrüger wissen konnte. Der Stadtrichter Caspar Teuschel, der an diesem Prozesstag nicht den Vorsitz führte, wies sprachgewaltig darauf hin.

»Seine eigene Mutter hat ihn als ihren Sohn erkannt. Welche Mutter irrt sich über ihre Kinder?«, donnerte er durch den Saal.

Aber es zeigte sich, dass Georg Herkner auch für diesen Fall gute Vorarbeit geleistet hatte, denn Dietlind Herkners Gemütskrankheit war in der Stadt allgemein bekannt. Eine gemütskranke Mutter, wer konnte ihr glauben?

Auf die Richterbank hatte das Los an diesem Tag Matthias Globigk bestimmt, und der ließ alle Fürsprecher Herkners ausgiebig zu Wort kommen. Für Almuth sah es sogar eine Weile so aus, als könne am Ende Tamme als der Schuldige angesehen und verurteilt werden, während sein Stiefvater als unbescholtener Bürger das Gericht verließ.

»Wenn es so kommt«, raunte sie ihrem Bruder zu, »sorge ich dafür, dass Herkner seines Lebens nicht mehr froh wird.«

»Almuth, du versündigst dich. Außerdem machst du damit für Tamme alles noch schlimmer.«

Zu einer Verurteilung ihres Verlobten kam es letzten Endes nicht, aber auch Herkner wurde nur wegen des Anscheins der Erberschleichung für ein Jahr aus Wittenberg verbannt. Tammes drei Bauerngüter – der Verkauf des einen war nicht zur Sprache gekommen – wurden Dietlind Herkners Vermögen überantwortet, zum Bevollmächtigten für diese Güter wurde ihr Bruder bestellt. Tamme erhielt weder seinen Namen noch seinen Stand zurück. Matthias Globigk vermied jede Aussage dazu. Almuth fühlte sich wie betäubt, während die Studenten ihren Unmut herauszischten. Nur am Rande bekam sie mit, dass die Wittenberger Bürgerschaft und die Richter zufrieden wirkten. Teuschel hingegen stampfte durch den Saal, das Gesicht wutverzogen.

»Komm nach Hause, wir können hier nichts tun«, sagte Johann zu ihr und ergriff ihren Ellenbogen.

Das Gedränge war groß, und sie brauchten geraume Zeit, bis sie vor dem Rathaus standen. Almuth schloss ihren Umhang und steckte die Hände in Handschuhe aus Kaninchenfell. »Du kannst doch nicht einfach nach Hause gehen wollen.«

»Das Urteil ist gesprochen, daran ändert niemand mehr etwas.«

Johann nahm ihre Hand und führte sie unbarmherzig aus dem Rathaus hinaus und nach Hause.

Unbemerkt hatte ganz hinten im Saal Martin Luther gestanden und der Verhandlung gelauscht. Gott hätte das niemals zulassen dürfen. Der junge Mann, er war inzwischen überzeugt, dass es sich dabei tatsächlich um Tamme Redecker handelte, hatte gar nichts gewonnen, sondern konnte von Glück sagen, dass er nicht selbst verurteilt worden war.

Herkner dagegen, den Luther für den wahren Sünder hielt,

wäre beinahe untadelig aus der Sache herausgekommen. Die Gerechtigkeit der Menschen! Im Himmel würde der Allmächtige mit dem richtigen Maß messen.

Er zog sich ein paar Schritte tiefer in den Saal zurück und ließ die Leute an sich vorbei nach draußen drängen. Etliche seiner Studenten hatten der Verhandlung beigewohnt und nickten ihm im Hinausgehen zu. Die juristische Fakultät war komplett versammelt. Bereits während der Verhandlung hatten die Studenten gezischt, sie zogen alle finstere Mienen, und mehr als einer hatte die Fäuste geballt. Sie hießen das Urteil ebenso wenig gut.

Luther erblickte Almuth Gronenberg an der Seite ihres Bruders. Für die junge Frau musste das Urteil ein Schreck gewesen sein. Er erinnerte sich, wie sie ihm vor einigen Tagen hoffnungsfroh erzählt hatte, dass Tamme nicht länger im Loch festgehalten wurde. Sie hatte so sicher geklungen, ihn bald in den Armen zu halten und endlich zu heiraten, dass die Enttäuschung nun für sie umso größer sein musste. Er hatte die Freilassung des jungen Mannes ebenfalls als gutes Zeichen angesehen.

Als einer der letzten verließ er den Ratssaal.

Die Wittenberger standen auf dem Hof beisammen und diskutierten das Urteil, er hörte mehrfach das Wort »Betrüger«, offen blieb jedoch, ob damit Tamme oder der Apotheker gemeint war. Die Studenten sahen aus, als würden sie am liebsten ein anderes Urteil herbeiprügeln. Er ging zu ihnen.

»Versündigt euch nicht vor Gott und den Menschen«, mahnte er.

Obwohl sie betreten zu Boden blickten, war er sich nicht sicher, ob seine Worte ihre Herzen erreichten.

Unvermittelt stand Tamme vor Almuth und Johann. Er sah sehr blass aus und hatte die Lippen zu einem schmalen Strich zusammengepresst.

»Junger Mann.« Der Buchdrucker war verlegen. Er wusste nicht, ob er den Verlobten seiner Schwester vor sich hatte oder einen gewissenlosen Betrüger, und am liebsten wäre er der Begegnung ausgewichen.

Almuth stahl sich an dessen Seite und schmiegte sich an ihn, sie schlang eine Hand um seine Hüfte.

»Bei Gott im Himmel, schlechter hätte es nicht laufen können«, fauchte Tamme.

»Flüche bringen dir nichts ein«, sagte sie. »Gegen das Urteil muss doch was zu machen sein.«

»Das ist ein Witz von einem Urteil. Das …« Tamme unterbrach sich. »Du hast ja recht. Ich bin nur so wütend, ich könnte … Ach, ich weiß es nicht. Richter Teuschel hat mich gewarnt, dass es schwer werden würde, weil das Los auf seinen Kollegen gefallen ist. Aber dass mein Stiefvater so einfach davonkommen soll … Er hat sie alle gekauft, mit dem Geld aus meinem Vermögen.«

»So einfach nun auch wieder nicht. Immerhin wurde er für ein Jahr aus der Stadt verbannt«, warf Johann Gronenberg ein.

»Was ist das schon«, unterbrach Tamme den Buchdrucker rüde.

»Er kann ein Jahr die Geschäfte seiner Apotheke nicht betreiben und muss sie verpachten, kann in der Zeit nicht in seinem Haus wohnen, muss anderswo eine Unterkunft mieten. Ein Jahr ist wiederum nicht lang genug, um an einem anderen Ort heimisch zu werden und ein Geschäft zu gründen. Er wird viele Ausgaben haben und keine Einnahmen. Und die Einkünfte aus Tamme Redeckers Erbe wurden ihm immerhin abgesprochen, sie stehen nun dessen Mutter zu.«

»Das ist mein Erbe!«

»Wie immer es sein mag, seine Strafe wiegt schwerer, als sie sich anhört.«

»Er wollte mich töten lassen! Dass ich hier noch stehe, ist nichts als ein Zufall. Das Erbe steht nun also meiner Mutter zu. Das soll mich wohl trösten? Sie hatte gegen Herkners Willen keine Chance, er wird einen Weg finden, ihr die Einnahmen abzuluchsen. Bei so etwas ist er mehr als findig«, wütete Tamme weiter.

Almuth hätte ihm in diesem Punkt gern widersprochen, aber sie hatte das Bild vor Augen, als sie mit Frau Dietlind das Amtshaus aufgesucht hatte und es Herkner mit einen paar Worten gelungen war, ihren Willen zu beeinflussen.

»Ihr Bruder kontrolliert die Einnahmen aus den Bauerngütern. Herkner hat keine Gewalt darüber«, sagte Johann sehr vernünftig.

»Er wird ihr jeden Gulden abnehmen, den sie in ihrer Schatulle hat. Der Bruder meiner Mutter lebt in Halle, er wird nichts anderes tun, als die Pacht zu kassieren und ihr zu geben. Ich kenne ihn doch, er macht sich nicht mehr Mühe, als unbedingt sein muss.«

»Dann muss das Gericht einen anderen Bevollmächtigen ernennen, einen, der sein Amt richtig versieht. Doktor Luther zum Beispiel, ihm könnte dein Stiefvater nichts vormachen«, sagte Almuth. »Das musst du bei Gericht erreichen.«

»Wie soll das gehen? Für das Gericht bin ich ein Niemand.« Tamme zuckte mit den Schultern. Er fühlte sich hilflos.

Ein Pulk Studenten näherte sich ihnen. Sie nickten ihm zu. Einer klopfte ihm auf die Schulter.

»Das Urteil ist eine große Ungerechtigkeit. Du darfst das nicht auf dir sitzen lassen. Wir kämpfen für dich.«

Die jungen Männer zogen weiter. Er kannte keinen von ihnen, dennoch tat ihm ihre Unterstützung gut. Der ersten Gruppe Studenten folgten eine zweite und eine dritte. Es sah so aus, als stände die Leucorea komplett auf seiner Seite. Aber vielleicht suchten sie auch einfach nur einen Vorwand, um durch die Straßen zu ziehen und Unruhe zu stiften. Er wusste selbst noch, wie es während seiner Zeit an der artistischen

Fakultät gewesen war: Er und seine Freunde hatten nichts ausgelassen, was Spaß und eine Rauferei versprach. Mit wirklicher Unterstützung hatte das nichts zu tun.

Nachdem ihm noch ein paarmal jemand ermutigend auf die Schulter geschlagen hatte, stand auf einmal Martin Luther in ihrer Runde.

»Bei diesem Urteil scheinen mir die Richter nicht mit göttlicher Weisheit gesegnet gewesen zu sein«, sagte der Professor für Bibelkunde.

»In der Tat nicht.« Tamme antwortete weniger wild als noch vor wenigen Augenblicken dem Buchdrucker. »Es ist alles verloren. Ich bekomme nicht einmal mehr meinen Namen zurück. Herkner ist der Einzige, der die Wahrheit ans Licht bringen könnte. Da besteht keine Hoffnung, und ich kann für den Rest meines Lebens als der heimatlose Fremdling herumlaufen.«

»Klage bei einem anderen Gericht gegen deinen Stiefvater«, warf Almuth ein. Die Bitterkeit in Tammes Stimme war mehr, als sie ertragen konnte.

»Um ein Urteil abändern zu lassen, braucht man Verteidiger und Unterstützer und vor allen Dingen Geld. Ich habe nichts davon, und ohne die Einkünfte aus meinem Erbe werde ich auch zu nichts davon kommen.«

»Du kannst wieder im Schwarzen Kloster wohnen, mein Sohn«, bot Luther an. »Es ist sicher nicht mehr angebracht, wenn du weiterhin Unterkunft im Haus eines Stadtrichters nimmst.«

Auf welches Kissen er am Abend sein Haupt legen würde, darüber hatte Tamme noch gar nicht nachgedacht. In Teuschels Haushalt konnte er nicht weiter wohnen, deshalb blieb ihm wohl nichts anderes übrig, als einstweilen Luthers Angebot anzunehmen.

»Wann muss dein Stiefvater die Stadt verlassen? Bis dahin wartest du am besten ab und versuchst dann, zu deinem Erbe und deinem Namen zu kommen«, entwickelte Almuth einen neuen Plan.

»Was soll ich machen? Mein Grab auf dem Gottesacker öffnen, um zu zeigen, dass dort nichts außer Steinen begraben liegt?«

Diese Forderung nach der Störung der Totenruhe brachte Luther dazu, sich zu bekreuzigen.

»Es muss noch einen Weg geben. Wenn Herkner erst einmal aus der Stadt ist und keinen Einfluss mehr nehmen kann. Wir werden ihn finden.« Almuth schaute in die Runde. In Luthers Miene konnte sie nicht lesen, und was sie bei Tamme und ihrem Bruder entdeckte, war nicht ermutigend. Bei beiden überwog Skepsis.

»Das kann dauern, bis mein Stiefvater Wittenberg verlassen muss. Das Urteil muss zunächst vom Kurfürsten bestätigt werden. So lange aalt er sich in seinem Nest.«

»Das ist doch wunderbar!« Almuth hätte beinahe in die Hände geklatscht. Drei erstaunte Männergesichter wandten sich ihr zu. »Wir müssen nur den Kurfürsten bitten, das Urteil nicht zu bestätigen.«

»Dann ist aber Georg Herkner nicht wegen Erberschleichung bestraft«, warf Tamme ein.

»Genau. Du musst nicht mit dem ungerechten Urteil leben und hast wieder die Möglichkeit, deine Identität zu beweisen, ohne das Grab zu öffnen. So ist es doch, wenn das Urteil nicht bestätigt wird?« Almuth schaute ihren Verlobten an.

Der überlegte. Versuchte, sich zu erinnern, was er in den Vorlesungen gehört hatte. Seit Monaten hatte er nicht wie ein Jurist denken müssen – und jetzt fiel es ihm schwer. »Solche Fälle – ich kenne keinen«, sagte er langsam. »Das Urteil erlangt dann keine Rechtskraft. Wahrscheinlich muss der Fall vor einer anderen Richterbank neu verhandelt werden.«

»Das wäre sogar richtig gut«, ließ sich Martin Luther hören. »So könnte alles zu seiner rechten Ordnung zurückfinden. Der Herr nimmt mit der einen Hand, was er mit der anderen gibt. Der Kurfürst ist mir wohlgesonnen, seinen Hofkaplan darf ich Freund nennen. Ich werde an beide schreiben und ihnen deinen Fall darlegen. Es wird alles gut werden, Friedrich ist gerecht und weise.«

»Wir werden die Briefe zu ihm bringen. Vielleicht kann Euer Freund es sogar einrichten, dass wir den Kurfürsten persönlich sprechen können.« Almuth war selbst erschrocken, mit welcher Selbstverständlichkeit sie über eine Audienz beim Landesherrn gesprochen hatte. Um sich nichts anmerken zu lassen, fügte sie hinzu: »Bei Gott und allen Heiligen, es muss doch gelingen.«

Tamme schüttelte sofort den Kopf. »Das geht nicht.«

»Herr Luther hat doch gesagt, dass er die Briefe schreiben will. Was soll daran nicht gehen? Unser Kurfürst ist ein gottesfürchtiger Mann und hat ein großes Herz, er duldet keine Ungerechtigkeit.«

»Du kannst nicht mitkommen, meine ich. Es ist zu gefährlich für eine Frau. Ich gehe allein.«

Das empörte Almuth. Sie löste sich von Tammes Seite und funkelte ihn an. »Ich habe immer an dich geglaubt, als alle dich für tot gehalten haben. Und dafür lässt du mich zurück? Das kann nicht dein Ernst sein, Tamme!«

Sie schaute hilfesuchend zu Luther, doch der machte eine Geste, die besagte, er mische sich da nicht ein.

»Ich kann dich nicht mitnehmen. Du bist eine junge Frau. Dein Ruf wäre endgültig ruiniert, wenn du tagelang mit mir unterwegs bist. Wir haben außerdem Winter, Almuth. Ich kann dir nicht zumuten, in der Kälte unterwegs zu sein.«

»Ich bin kein edles Fräulein, das bei jedem Luftzug Fieber bekommt. Es ist abgemacht: Ich begleite dich, daran gibt es nichts zu rütteln.« Sie schaute Tamme, ihren Bruder und Luther der Reihe nach an.

»Die Briefe könnt ihr morgen nach der Prim bei mir abholen«, verkündete Luther und verabschiedete sich.

Tamme strich Almuth mit dem Finger über die Wange. Sie schauten sich lange in die Augen, bevor Johann zum Aufbruch drängte. Almuth schaute sich noch einmal nach ihrem Verlobten um. Er ging in die andere Richtung davon, sah einsam und traurig aus.

Kapitel 25

Georg Herkner war froh, als er die Tür seines Hauses hinter sich schließen konnte und allein war. Nach der Verkündung des Urteils hatten ihn seine Unterstützer in die Schlossgasse begleitet und bis vor einem Augenblick seine Stube bevölkert, ihn bei der Vernichtung seiner Biervorräte unterstützt und von der angebotenen Suppe nicht eine Kelle übriggelassen. Allein vom Brot lag noch ein trockener Kanten auf dem Brett. Er nahm ihn und knabberte an der harten Rinde.

Dietlind hatte sich nicht blicken lassen, aber er hatte auch nichts anderes erwartet. Tatsächlich war es ihm lieber so. Ihr Auftritt im Amtshaus hatte ihm alles andere als gefallen, sie hatte da auf einmal eine Aktivität an den Tag gelegt und tatsächlich behauptet, dass dieser gedächtnislose Betrüger ihr Sohn sei. Zum Glück hatte er das Schlimmste verhindern können und sie wieder in die Rolle der gemütskranken, trauernden Frau gedrängt. Er verdächtigte sie schon seit einiger Zeit, nicht so hinfällig zu sein, wie sie sich gab. Solange sie jedoch in ihrer Kammer blieb und seine Kreise nicht störte, würde er sich darüber keine weiteren Gedanken machen.

Er ging in seine Offizin. Dort war alles so, wie er es verlassen hatte. Er kontrollierte einige Tiegel mit Arzneimitteln – nichts fehlte. Es war also nichts weggegeben worden, obwohl er als Apotheker nicht da gewesen war. Ganz wie es die Vorschriften verlangten, wenigstens dieser Ärger blieb ihm erspart.

Herkner ging von der Offizin in den Hof und atmete tief die abendlich kalte Luft ein. Der Schneefall des Tages hatte aufgehört, und eine frische weiße Decke bedeckte alles. Die Unberührtheit wurde einzig durch eine Fußspur quer über den Hof zum Hühnerstall und von dort zum Brunnen und wieder zurück ins Haus gestört. Sie stammte von Marie, die ihre abendlichen Pflichten erledigt hatte. Herkner verspürte Scheu, das frische Weiß zu betreten. Er überwand sich jedoch und rüttelte an allen Türen der Ställe und Kammern. Alles war gut abgeschlossen für die Nacht. Der Apotheker gestattete sich einen Seufzer.

Der Schreck, als man ihn auf einmal ins Loch gesteckt hatte, war riesengroß gewesen. Nie hatte er damit gerechnet, ein Gefängnis von innen zu sehen, und nun war es ihm gleich zweimal in einem Monat passiert. Zum Glück war das Los auf den jungen Stadtrichter Matthias Globigk gefallen, denn Richter Teuschel hätte mit Sicherheit versucht, ihm alles anzuhängen, was in letzter Zeit passiert war.

Stattdessen war er nur wegen versuchter Erberschleichung verurteilt worden. Den Grund dafür verstand er nicht, schließlich war ihm das Erbe seines Stiefsohnes aberkannt worden, aber er war kein Jurist. Ein Jahr wurde er nun aus Wittenberg verbannt. Er könnte zu seiner Schwester nach Annaberg ziehen, sie war dort mit einem Bergbauinspektor verheiratet. Das Jahr ließ sich überstehen, Dietlind würde er mitnehmen, die Jungen blieben in Leipzig. Aber was wurde aus alldem hier? Er schaute sich um. Er bräuchte einen Pächter für die Apotheke. Einen zuverlässigen Mann, der ein Jahr lang so viel Pacht bezahlte, dass er davon leben konnte.

Noch war etwas Zeit, alles zu ordnen. Ihm war erklärt worden, dass erst der Kurfürst das Urteil besiegeln müsse, bevor seine Verbannung wirksam wurde. Bis dahin musste ihm etwas einfallen.

Allmählich wurde ihm kalt. Er trug zwar ein wollenes Wams, aber die Kälte kroch dennoch durch den Stoff. Herkner wandte sich wieder dem Haus zu.

»Hoffentlich würdigst du, was wir für dich getan haben?«

Er fuhr zusammen, als er die Stimme hinter sich hörte. Sie

kam ihm bekannt vor, aber im ersten Moment, konnte er sie niemandem zuordnen. Er drehte sich um, und da fiel ihm auch ein, zu wem die Stimme gehörte: einem Mann, von dem er gehofft hatte, nicht so schnell wieder etwas zu hören.

Aus dem Dunkel einer Ecke, die der Stall des Nachbarhauses mit dem seinen bildete, löste sich erst eine Gestalt und gleich darauf noch eine. In der ersten erkannte Herkner den Sprecher von seinem Besuch im Haus des Goldschmieds, er hatte damals auf dem Lehnstuhl gesessen; der zweite Mann war von bulliger Natur mit einem Gesicht, an dem sich schon so manche Faust versucht hatte, und ihm unbekannt: Die Nase war schief und knollig wie eine Rübe, als wäre sie mehrfach gebrochen gewesen. Außerdem zog sich eine Narbe quer über die rechte Wange.

»Was wollt ihr?«, fragte Herkner und bemühte sich, den bulligen Mann nicht zu beachten. Der Kerl machte ihm Angst, und das war wohl genau sein Zweck, denn er baute sich mit verschränkten Armen neben dem Schlanken auf.

»Euch daran erinnern, dass es uns gibt.«

»Daran muss man mich nicht erinnern.«

»Bestimmt habt Ihr Euch gefragt, wem Ihr dieses Urteil zu verdanken habt?«

»Richter Globigk und seinen Beisitzern.«

»Aber wer hat dafür gesorgt, dass dieser ehrenwerte Mann auf der Richterbank Platz nehmen durfte?«

Herkner schluckte. Hatten sie so viel Macht?

»Ihr wärt nicht so glimpflich davongekommen, hätte der ehrenwerte Richter Teuschel den Vorsitz geführt«, fuhr der Mann fort. »Der wollte Euch hängen sehen und das Erbe an Euren Stiefsohn zurückgeben.«

»Mein Stiefsohn ist an der Pestilenz gestorben«, erwiderte Herkner automatisch.

»Nun hört doch damit auf. Wir alle wissen, dass das nicht stimmt. Dieser junge Mann, der vor Gericht so eine beeindruckende Vorstellung gegeben hat, ist Euer Stiefsohn. Viel hat nicht gefehlt, und er hätte alle auf seine Seite gezogen. Sogar Richter Globigk hat geschwankt.«

»Ihr wart da?«

»Meine Freunde und ich, wir haben ein ganz spezielles Interesse an Eurem Wohlergehen, solange Ihr Eure Schulden nicht zurückgezahlt habt, da werden wir doch einen so wichtigen Tag nicht einfach vorübergehen lassen. Wir waren alle da. Wir sollten ins Haus gehen, da redet es sich gemütlicher.«

Diesen Mann und seinen Wachhund ins Haus zu lassen, danach stand Herkner ganz und gar nicht der Sinn, deshalb schüttelte er den Kopf.

»Im Haus wäre es wärmer. Ich denke dabei an Euch. Wir sind gut versorgt.« Der Mann deutete auf seinen dicken Filzmantel und die Fellstiefel.

Der Apotheker fror lieber, als die beiden in sein Haus zu bitten. Deshalb blieb er stur stehen. »Ich frage zum zweiten Mal: Was wollt Ihr?«

»Könnt Ihr Euch das nicht denken? Euer Aufenthalt im Loch hat Euch bisher daran gehindert, Euer Versprechen einzulösen. Jetzt seid Ihr frei und ich im Besitz einer Urkunde, in der Ihr mir ein bestimmtes Bauerngut versprecht, sofern ich und die hinter mir stehenden Personen einverstanden sind. Sie sind es. Also lasst vom Rat die Urkunde ausstellen, damit das Bauerngut auf mich übergeht.«

Der Kopf des Bulligen wackelte einfältig vor und zurück, als er nickte, um die Worte seines Herrn zu bekräftigen. Die Urkunde gab es längst, sie lag in der Kammer unter der Treppe. Gut weggeschlossen. Er hatte bisher gezögert, sie zu übergeben.

»Wenn Ihr beim Prozess zugegen wart, wisst Ihr, dass mir die Gewalt über die Bauerngüter entzogen ist. Sie sind dem Vermögen meiner Frau einverleibt, unterstehen der Verwaltung ihres Bruders.«

»Das ist Eurer Problem, nicht unseres. Ihr habt sogar die Wahl zwischen einem Bauerngut und Gulden. Nicht alle unserer Schuldner genießen diesen Vorzug.«

Der Wachhund wiegte sich auf seinen säulenartigen Beinen hin und her. Dabei kam er ihm langsam näher. Er überragte Herkner um mindestens einen Kopf, und der fühlte sich bedroht. Der Mann folgte ihm hartnäckig, als er einige kleine Schritte zurückwich.

Es musste ihm gelingen. Dietlind und ihren Bruder zu überreden. Notfalls ... Den Mann hatte er nur ein paarmal gesehen und konnte ihn nicht einschätzen. Nahm er sein Amt ernst und stellte sich quer ... Er wollte diesen Gedanken nicht zulassen. Für einen winzigen Moment huschte dafür ein anderer durch seinen Kopf – alldem ein Ende zu bereiten und sich selbst zu entleiben. Sein Ablassbrief hatte ihn auch von dieser Sünde freigekauft. Seine Jungen fielen ihm ein, sie brauchten ihren Vater. Dietlind und ihren Bruder zu überzeugen und seine Schulden ein für alle Mal loszuwerden, erschien ihm als das kleinere Übel.

»Ich stehe zu meinem Wort«, presste er heraus.

»Einer der Gutshöfe wird nicht mehr reichen. Legt noch einmal die Hälfte seines Wertes in Gulden drauf.«

»Was meint Ihr?«

Der Mann schürzte die Lippen und schüttelte den Kopf, als habe er ein unartiges Kind vor sich. Herkner spürte, wie ihm das Blut ins Gesicht schoss.

»Wir hatten Mühe und Ausgaben, damit Ihr an diesem Abend hinter Eurem Haus stehen könnt.«

»Ich hatte auch Unannehmlichkeiten, das muss berücksichtigt werden. Schließlich habe ich im Loch gesessen, wo es feucht und kalt ist und das Essen ... Das will ich lieber nicht genauer ausführen.« Er wusste nicht, woher er den Mut nahm, aber nachdem er erst einmal angefangen hatte, ging es mit jedem Wort leichter.

»Bei Gott, dieser Mann ist dreist!«, rief der Wachhund aus. »Soll ich ihn …?«

»Noch nicht. Ich bin sicher, dass der ehrenwerte Apotheker das Unpassende seiner Rede von selbst einsieht.«

»Was sollen das für Mühen gewesen sein?«, verlangte Herkner zu wissen.

»Da Ihr Gast im Loch wart, mussten wir dafür sorgen, dass keine Dinge ans Licht kommen, die besser verborgen bleiben.«

»Ihr wart das mit den Köhlerbrüdern?«

»Na, na …«

Herkner war nicht zu bremsen. »Wenn Ihr die Köhlerbrüder habt beseitigen lassen, warum nicht auch diesen Betrüger, der mein Stiefsohn sein will? Dann wären wirklich alle Probleme beseitigt gewesen.«

»Eure Probleme wären beseitigt gewesen, aber was haben wir damit zu schaffen? Die Sache mit Eurem Stiefsohn habt Ihr angefangen, und die bringt Ihr auch zu Ende. Ihr habt überall verbreitet, er sei an der Pestilenz gestorben, also seht zu, dass er auch tatsächlich aus dieser Welt verschwindet.«

»Wie soll ich das machen, nachdem er seinen Anspruch vor aller Welt deutlich gemacht hat?«

Im Sommer war er feige gewesen, und deshalb schalt er sich innerlich einen Trottel. Gleich nachdem Tamme in Wittenberg aufgetaucht war, hätte er die Köhlerbrüder auf ihn ansetzen sollen. Besser noch hätte er sich vergewissert, dass der Junge wirklich zur Hölle gefahren war, statt ihn einfach am Wegesrand abzulegen. Aber es war gar zu schaurig gewesen nachts im Wald; und es hatte da ein Geräusch gegeben, als hätte der Teufel persönlich gestöhnt. Keinen Wimpernschlag länger wollte er den Toten noch auf dem Karren haben, sondern so schnell wie möglich zurück ins sichere Wittenberg. Erst zu Hause war ihm die Idee mit dem Tod durch Pestilenz gekommen. Die Leiche wieder zurückzuholen – ausgeschlossen. Er hatte eine

Puppe aus Stroh und Steinen in das Leichentuch eingenäht, und er war froh gewesen, weil die Leute glaubten, was sie glauben sollten. Wer hatte denn ahnen können, dass Tamme nicht im Wald verrottete, sondern höchst lebendig nach Wittenberg zurückkehrte? Und sein Gedächtnis wiederfand?

»Mein Begleiter kann Euch mehr als ein Dutzend Möglichkeiten nennen. Gegen ein gewisses ...« Der Mann rieb Daumen und Zeigefinger der Rechten gegeneinander. »... ist er Euch behilflich. Ihr überschreibt uns zwei der drei Höfe. Die werden unsere Ausgaben decken, und ich will nicht gierig erscheinen.«

»Zwei Höfe! Beim barmherzigen Heiland, dazu kann ich meine Frau und ihren Bruder nie überreden, ohne dass sie misstrauisch werden.«

»Soll ich mich bekreuzigen?« Der Mann lachte kurz und trocken auf. »Es gibt da ein gewisses Geständnis, das befindet sich in meiner Hand. Ich könnte es dem Gericht übergeben. Nicht einmal der ehrenwerte Richter Globigk kann Euch dann retten.«

Was war das für ein Geständnis? Im letzten Moment gelang es Herkner, diese Frage zurückzuhalten. Das war es doch, was dieser Teufel in Menschengestalt wollte. Er hatte also richtig vermutet, dass einer der Köhlerbrüder gestanden hatte, als Teuschel ihn zum zweiten Mal ins Loch steckte.

»Wollt Ihr es gar nicht wissen?«

»Ich glaube nicht, dass Ihr etwas in der Hand habt.«

»Ihr wolltet es drauf ankommen lassen?« Der Mann gab seinen Begleiter einen Wink.

Ehe Herkner auch nur reagieren konnte, lagen baumdicke Arme um seinen Hals, die ihn niederdrückten. Er bekam kaum Luft und fühlte das Blut durch seinen Körper pulsieren. Er klammerte die Hände um den dicken Arm, aber alle Kraft, die er aufwenden konnte, bewirkte nicht das Geringste.

»Für den ungläubigen Thomas in Euch.« Der Mann beugte sich zu ihm herunter und hielt ihm ein Papier vor die Nase.

Das Mondlicht und der Schnee reichten gerade aus, ihn die kunstvoll gemalten Worte ›Geständnis‹ und ›Hinrich Stauff‹ lesen zu lassen.

»Der Schlüssel, Euch aufs Schafott zu bringen. Zwei Bauerngüter, und das wird ein Raub der Flammen.«

»Was sagt mir, dass Ihr nicht eine Abschrift gefertigt habt.« Herkner presste die Worte mühsam heraus. Das Blut rauschte in seinen Ohren, und er verstand sich kaum selbst.

»Mein Wort. Aber erwartet keinen Schwur auf die Bibel von mir.«

Das Geständnis wurde weggezogen, und der Arm um seinen Hals verschwand. Herkner stolperte ein paar Schritte durch den Schnee und sog tief die Luft in seinen Leib. Er musste husten, und sein Kopf dröhnte.

Als er wieder normal atmen konnte und sich aufrichtete, war von seinem Gläubiger und dessen Wachhund nichts mehr zu sehen. Nur die Spuren im Schnee zeugten noch von ihrer Anwesenheit.

Kapitel 26

Albrecht von Brandenburg studierte Anfang Dezember in seiner Aschaffenburger Residenz ein theologisches Gutachten der Universität Mainz. Die Gelehrten kamen zu dem Schluss, Luther bestreite mit seinen Thesen die Macht des Papstes, und das widerspreche dem Dogma von dessen Vorherrschaft.

Das Schreiben dieses Wittenberger Professors, das ihm seine Räte im November aus Magdeburg geschickt hatten, hatte ihn erbost. Er teilte vollumgänglich die Meinung seiner treuen Ratgeber, und es galt, den Machenschaften des sächsischen Kurfürsten mit den geeigneten Mitteln zu begegnen. Deshalb hatte er die Thesen der Mainzer Universität – sie war älter als die nicht einmal zwanzig Jahre zählende Leucorea – zur Begutachtung vorgelegt. Das Ergebnis hatte seine kühnsten Erwartungen übertroffen. Der Wittenberger Professor bestritt die Macht des Papstes. Im Gutachten war das Wort nicht erwähnt, aber es schaute hinter jeder Zeile hervor: Ketzerei. Er war auf einen Fall von Ketzerei gestoßen.

Albrecht von Brandenburg stützte die Hände auf die Marmorplatte. Deren Kälte drang durch den Stoff seiner Robe. Den Raum erwärmte ein Kamin hinter ihm, aber die Kälte aus seinem Inneren konnte er nicht vertreiben.

Rechts von ihm räusperte sich jemand. Der Erzbischof schaute auf. Hinter einem Pult wartete sein Schreiber auf Anweisungen. Vor ihm lag ein Stapel unbeschriebenes Papier, eine gespitzte Feder hielt er erwartungsvoll in der Hand. Er war ein älterer Dominikanermönch, dessen grauer Haarkranz schon schütter wurde. Augen und Verstand waren weit schärfer, als das Alter vermuten ließ. Seine Aschaffenburger Räte standen in einer entfernten Ecke zusammen und flüsterten miteinander. Immer wieder schauten sie zu ihm herüber.

Der Erzbischof fühlte sich von ihrer abwartenden Haltung unter Druck gesetzt. Er war kein Mann schneller Entschlüsse, durchdachte eine Sache lieber gründlich, bevor er sich festlegte. Als seine Räte ihm nach dem Morgenmahl das Gutachten vorgelegt hatten, hatten sie selbst es bereits gelesen und sich eine Meinung gebildet. Jeder von ihnen hatte auf eine andere Stelle gedeutet, die er für bedeutsam hielt, und auf ihn eingeredet. Schließlich hatte Albrecht sie alle fortgewiesen. Statt zu gehen, rotteten sie sich in einer Ecke zusammen. Sollten sie doch da stehen, hatte er trotzig gedacht und begonnen, langsam und sorgfältig das Gutachten zu lesen. Kurz darauf störte ihn die flüsternde, huschende Anwesenheit der Räte. Das Rascheln ihrer Kleidung und ihr Gemurmel verstopften seine Ohren, lähmten seine Gedanken.

Mit einer gebieterischen Handbewegung verwies der noch nicht dreißigjährige Erzbischof seine Räte des Raumes. Ohne ihre Gegenwart fühlte Albrecht von Brandenburg sich gleich befreiter und atmete tief ein. Er stand auf, reckte die Schultern und kippte seinen Kopf erst nach rechts, dann nach links, um die verspannten Nackenmuskeln zu lockern.

Danach widmete er sich wieder dem Gutachten. War es wirklich Ketzerei, was dieser Wittenberger Mönch trieb, oder war der Mann nur übereifrig? Als Albrecht zu Ende gelesen hatte, bestand kein Zweifel: Er hatte einen Fall von Ketzerei entdeckt. Der weitere Weg war nun ohne Zaudern und Zögern zu beschreiten.

Es war nicht christlich, aber er wünschte Martin Luther in das Fegefeuer, ohne Ablass und ohne Aussicht auf Erlösung. Er erinnerte sich daran, dass er im Sommer angeordnet hatte, den Mönch zu ihm zu bringen, als das erste Mal etwas von dessen starrer Meinung gegen den Ablass und gegen den Heiligen Vater in Rom zu ihm gedrungen war. Damals war es darum gegangen, mit dem Mann zu sprechen, damit er ihm das Irrige seiner Meinung darstelle und ihn auf den rechten Weg der Kirche zurückführe. Solange das ein Streit unter Mönchen blieb, hätte es sich mit einem Gespräch und einem Bruderkuss am Ende regeln lassen. Gegen einen Ketzer musste er andere Mittel anwenden.

Der Erzbischof stürmte auf die Tür seiner Studierstube zu und riss sie auf. Sein Schreiber und die Räte standen davor. Alle wollten hereindrängen, Albrecht winkte jedoch nur dem Schreiber.

»Ich brauche Euch nicht mehr«, beschied er seine Räte.

»Hochwürden ...«, begann der älteste der Prälaten, der schon drei seiner Vorgänger gedient hatte.

»Meine Entscheidung ist gefallen. Wenn ich Euch noch etwas mitzuteilen habe, lasse ich Euch rufen.«

Im Studierzimmer setzte sich Albrecht nicht wieder hinter seinen Schreibtisch, sondern schritt mit auf dem Rücken gefalteten Händen vor dem Kamin auf und ab. Der Schreiber stellte sich an sein Pult. Er öffnete das Tintenfass und hielt die Feder bereit.

»An wen wollt Ihr schreiben, Eure Eminenz?«, fragte der Dominikaner, nachdem Albrecht dreimal die Länge des Raumes durchmessen hatte.

»Wir schreiben, wir schreiben ...«, Albrecht runzelte die Stirn, »... an den Heiligen Vater in Rom. Die Anrede und alles, was dazugehört. Du weißt, was da zu schreiben ist.«

Er beobachtete die Reaktion seines Schreibers, aber der verzog keine Miene, tauchte nur die Feder in die Tinte, und gleich darauf kratzte sie über das Papier.

Nach der gebührenden Anrede schaute der Mönch auf. Albrecht von Brandenburg dachte nach. Der Anfang eines Briefes war immer am schwierigsten, hatte man erst einmal die richtigen ersten Worte gefunden, ergab sich der Rest von allein.

So war es auch dieses Mal: Nach dem ersten holprigen Satz flossen die Worte von seinen Lippen. Das heilige Geschäft mit dem Ablass sei von einem Mönch aus Wittenberg angefochten worden, und er lege dem Heiligen Vater dessen an ihn gerichtete Schriften vor. Seine Gelehrten der Universität Mainz hätten darin Anklänge von Ketzerei entdeckt.

Dem Schreiber entlockte nicht einmal das Wort »Ketzer« eine Reaktion. Er beendete den Brief mit den üblichen Ehrenbezeugungen, tropfte Wachs auf das Papier, und Albrecht drückte sein Siegel hinein.

»Es ist eilig. Ein Bote soll sich sofort auf den Weg nach Rom machen. Kümmere dich darum«, bestimmte der Erzbischof.

»Es wird alles gemacht, wie Ihr es wünscht, Eure Eminenz.«

»Setzt noch ein weiteres Schreiben auf, an meine Kanzlei in Magdeburg.«

Als Antwort rückte der Schreiber einen neuen Bogen Papier zurecht und nahm wieder die Feder zur Hand.

Seiner Kanzlei in Magdeburg teilte Albrecht mit, dass er die Angelegenheit Martin Luther nach Rom abgegeben habe. Er wollte seinen Ablasskommissar benachrichtigt wissen, damit der jede öffentliche Äußerung verbiete, bis die Antwort des Heiligen Vaters eingegangen sei. So lange sollte jeder Konflikt mit dem Orden der Augustinereremiten vermieden werden.

Nachdem auch dieses Schreiben gesiegelt und der Schreiber mit beiden Briefen die Studierstube verlassen hatte, atmete der Erzbischof auf. Seine Ämter waren mit Lasten und Bürden verbunden, die ein einzelner Mensch kaum schultern konnte. Ein erheblicher Teil derselben war soeben von ihm abgefallen. Aus einer Karaffe schenkte er sich mit eigener Hand ein Glas funkelnden roten Wein ein. Schluck für Schluck genoss er ihn.

Kapitel 27

Die Reise nach Schloss Hartenfels in Torgau war anstrengend gewesen, aber ohne Zwischenfälle verlaufen. Almuth und Tamme hatten sich als Ehepaar ausgegeben, das auf dem Weg nach Torgau war, wo er eine Arbeit als Bleigießer aufnehmen wolle. Niemand hatte an diesen Angaben gezweifelt, und in allen Herbergen hatten sie ohne Probleme eine gemeinsame Schlafkammer erhalten. Almuth hatte auf der Bettstatt genächtigt, und Tamme es sich auf dem Fußboden bequem gemacht. Zu mehr als Küssen war es zwischen ihnen nicht gekommen, obwohl es ihnen beiden nicht leichtgefallen war, den Anstand zu wahren.

»Ich will doch keine Frau heiraten, deren Ruf ruiniert ist«, hatte Tamme gesagt und dazu gelacht.

In Torgau hatten sie Luthers Briefe Georg Spalatin überbringen lassen. Dann mussten sie jedoch mehrere Tage warten, bis der Hofkaplan des sächsischen Kurfürsten und Leiter seiner Schreibkanzlei sie empfing. Er versprach ihnen, sich für ihr Anliegen einzusetzen.

»Das hörte sich nicht an, als wäre er wirklich auf unserer Seite«, klagte Almuth, als sie wieder in ihrer Herberge nebeneinander auf dem Bett saßen. »Er hätte uns besser direkt zum Kurfürsten gebracht, damit wir ihm alles erklären und den Brief übergeben können.

Tamme verschluckte sich fast, als er das hörte. »Du kannst doch nicht einfach zum Kurfürsten gehen.«

»Warum nicht?«

»Weil du die Schwester eines Buchdruckers aus Wittenberg bist, und ich nicht einmal meinen Namen kenne.«

»Du bist Tamme Redecker, Student der Rechte. Du hast

dir nichts zuschulden kommen lassen, dein Stiefvater sich dafür umso mehr. Wir suchen Gerechtigkeit für dich. Genau das würde ich unserem weisen und gerechten Kurfürsten sagen.«

»So kannst du mit dem edlen Herrn nicht reden.« Tamme war beeindruckt vom Mut seiner Verlobten, wusste jedoch, dass man sich den hohen Herrschaften nicht auf direktem Wege nähern konnte. Man brauchte einen Fürsprecher, dem der Fürst sein Ohr lieh. Er trug das Anliegen vor und brachte den hohen Herrn dazu, ihm stattzugeben. So war es von alters her, und daran würde sich auch so schnell nichts ändern.

Sie warteten eine ganze Woche in der Herberge, bevor Spalatin ihnen eine Nachricht schickte. Nicht die ersehnte, dass der Kurfürst das Urteil nicht bestätigen werde, sondern dass sie ihn in der Schreibkanzlei am nächsten Tag gleich nach der Frühmesse aufsuchen sollten.

Die Schreibkanzlei vor den Toren des Schlosses war karg und schmucklos. Schreiber standen hinter ihren Pulten in kleinen Räumen mit Regalen voller Akten. Es roch nach Staub, Tinte und Papier. Das Ganze wirkte auf Almuth, als könnte ein einmal angelegter Akt nie wiedergefunden werden. Allerdings wirkte keiner der Männer im schwarzen Kittel und mit tintenfleckigen Fingern wie auf einer verzweifelten Suche; alles schien seine geheime Ordnung zu haben. Der Amtsraum Spalatins befand sich im ersten Stock der Kanzlei. Auf dem Boden lag ein Teppich, ein anderer mit dem Bildnis des heiligen Hieronymus hing an der Wand. Dem Schreibpult des Gelehrten gegenüber hing ein Kruzifix.

Der Hofkaplan saß an seinem Pult und schrieb, als Tamme und Almuth hereingeführt wurden. Sie blieben an der Tür stehen, und Almuth wusste nicht, ob sie sich verneigen musste und ob sie ohne Aufforderung sprechen durfte. Da Tamme schwieg, hielt sie es ebenso. Spalatins Feder kratzte über das Papier. Ohne hinzusehen, tauchte er sie immer wieder in ein riesiges Tintenfass. Schließlich beendete er sein Schreiben, streute Sand aus einer Büchse darüber, um die Tinte zu trocknen und legte alles beiseite.

Der Vertraute des Kurfürsten erhob sich, trat um das Schreibpult herum auf seine Besucher zu. Das rote lockige Haar umwallte seinen Kopf; das Gesicht dominierte eine spitze Nase über schmalen Lippen. Der Mann war ganz in Schwarz gekleidet und bewegte sich mit genau bedachten eleganten Bewegungen.

Almuth entschied sich doch für einen tiefen Knicks. Spalatin umfasste ihre Arme und bedeutete ihr aufzustehen. Er schenkte ihr ein dünnes Lächeln und schüttelte Tamme die Hand. Nach der Begrüßung hieß der Hofkaplan sie, auf einer Bank mit gerader Lehne und schmaler Sitzfläche Platz zu nehmen. Er selbst setzte sich auf einen ungepolsterten Lehnstuhl.

Es vergingen etliche Momente, in denen niemand etwas sagte. Almuth fühlte einen Drang, unruhig auf der Bank hin und her zu rutschen, der sich immer schlechter bezähmen ließ.

Endlich sagte Spalatin: »Ich habe unserem Kurfürsten Euer Anliegen vorgetragen. Ich habe ihm auch Martin Luthers Brief gegeben. Und den an mich gerichteten ebenfalls.«

»Was hat er dazu gesagt?« Tamme konnte nicht länger an sich halten und stillsitzen.

»Er hat es bedauert.«

Das war keine der Antworten, mit denen Almuth und Tamme gerechnet hatten. Sie schauten sich an.

»Unser Kurfürst kann Eurem Wunsch nicht mehr nachkommen. Es tut ihm leid und mir auch. Das Urteil gegen Georg Herkner ist bereits bestätigt.«

Tamme sackte in sich zusammen.

Almuth richtete sich auf. »Ihr hättet uns selbst mit Kurfürst Friedrich sprechen lassen sollen. Dann hätte er das Urteil nicht mehr bestätigt. Das war die letzte Chance für meinen Verlobten.«

Neben ihr stieß Tamme sie mit dem Ellenbogen an.

In Spalatins Gesicht zuckte es kurz, dann wurde seine Miene wieder ernst. »Es hätte nichts daran ändern können. Das Urteil war schon bestätigt, als Ihr mir die Briefe gegeben habt. Aus Wittenberg ist ein Eilbote gekommen und hat es gebracht. Er ist bereits wieder auf dem Weg zurück.«

Es gab nichts mehr zu sagen. Als würde ein Sturm über sie hinwegziehen, verabschiedeten sie sich von Spalatin und schlichen in ihre Herberge zurück.

»Mein Stiefvater ist uns immer einen Schritt voraus.« Tamme stützte den Kopf in die Hände. »Ich werde nie mehr meinen Namen zurückbekommen oder auch nur eine Viertelhufe von meinem Erbe. Es ist alles vorbei.«

»Wir finden eine Lösung, wenn wir nur gut genug nachdenken. Ich will einfach nicht glauben, dass diese Ungerechtigkeit Bestand haben soll.«

»Das ist der Weg des Rechts«, antwortete Tamme. »Ein vom Kurfürsten bestätigtes Urteil ist endgültig. Ich werde dich zurück nach Wittenberg bringen. Danach versuche ich ein eigenes Leben außerhalb Kursachsens. Es wird sich etwas finden. Oder ich trete in ein Kloster ein, Martin Luther hat mir angeboten, sich für mich zu verwenden.«

»Nein!«, entfuhr es Almuth.

Eine erneute Botschaft Spalatins unterbrach ihr Gespräch. Er bat sie noch einmal zu sich. Hatte er ihnen noch nicht genug schlechte Botschaften übermittelt?

Es kam nicht in Frage, den Hofkaplan zu versetzen, deshalb machten sie sich wieder auf den Weg. Diesmal saß er nicht hinter dem Schreibpult, sondern lief in seinem Amtszimmer auf und ab.

»Der Kurfürst will Euch sehen. Beide. Er hat irgendwie erfahren, dass Ihr am Morgen bei mir wart und warum. Die Wände in Torgau haben Ohren. Ich bringe Euch zu ihm.«

Der Kurfürst arbeitete in seinem eigenen Kabinett. Der

Raum war ungleich prächtiger ausgestattet als Spalatins. Teppiche bedeckten den Boden und die Wände, alle Sitzmöbel waren ausnahmslos gepolstert. Das Schreibpult, ein großer Tisch – acht Personen hätten daran ohne weiteres Platz gefunden –, war mit Schnitzereien verziert. An den Wänden standen Truhen und Bücherschränke, im Kamin brannte ein Feuer, und außerdem verbreiteten noch zwei Kohlebecken Wärme. Almuth brach sofort der Schweiß aus, aber sie wagte kaum zu atmen, geschweige denn die Schließe ihres Umhangs zu öffnen.

Zum zweiten Mal an diesem Tag versank sie in einem tiefen Knicks. Tamme verneigte sich ebenfalls. Es wurde ihnen kein Platz angeboten. Und natürlich kam es auch nicht in Frage, ohne Aufforderung zu sprechen.

Der Kurfürst ging zwischen Kamin und Tisch hin und her. Er war ebenso schwarz gekleidet wie Spalatin, einzig mehrere Ringe an seinen Fingern zeugten von seiner hohen Stellung. Wer genau hinsah und sich auskannte, erkannte auch, dass seine Kleidung aus feinerem Tuch geschneidert war als die seines Hofkaplans. Tamme fiel das nicht auf, er hielt die Bescheidenheit des Kurfürsten für bemerkenswert.

Auf einmal blieb der Kurfürst stehen, die Hände hielt er auf dem Rücken verschränkt. »Wir haben gehört, was dir passiert ist.«

Tamme und Almuth schwiegen. Sie wagten kaum, den Kopf zu heben.

»Wir können daran nichts mehr ändern. Ein einmal bestätigtes Urteil können wir nicht mehr zurücknehmen. Dennoch sehen wir das Unrecht, das dir widerfahren ist. Deinen Namen können wir dir nicht zurückgeben, aber wir geben dir ein Bauerngut bei Wittenberg. Nimm es als unser Zeichen, das Unrecht an dir wiedergutzumachen.«

Tamme stammelte einen Dank, und damit war die Audienz bei Kurfürst Friedrich beendet. Spalatin brachte sie hinaus.

»Ihr habt unseren gnädigen Fürsten beeindruckt und sein Herz gerührt«, sagte der Hofkaplan später zu ihnen.

»Aber warum kann er denn nicht …? Er ist unser Fürst.« Almuth hatte gedacht, es wäre für einen so hohen Herrn keine Schwierigkeit, die Bestätigung zurückzunehmen und zu entscheiden, was ihm richtig erschien. Wer sollte ihn daran hindern?

»Seine eigenen Prinzipien hindern ihn. Er ist kein Herrscher, der die Willkür zur Staatskunst erhoben hat. Aber genau das wäre die Aufhebung der Bestätigung eines Urteils. Ich werde Euch eine Nachricht schicken, wenn die Besitzurkunde für Euer Bauerngut ausgestellt ist.«

Kapitel 28

Wenige Tage vor Jahresende hielt Tetzel sie in der Hand, jene einhundertsechs Thesen, die das Verderben Martin Luthers einleiten würden.

Nachdem die Menschen ihn aus Jüterbog vertrieben hatten, erbat er sich von Erzbischof Albrecht Urlaub und eilte nach Frankfurt an der Oder, um sich mit seinem früheren Lehrer und Vertrauten Konrad Wimpina zu beraten. Herausgekommen waren einhundertsechs Thesen, die die Rechtmäßigkeit und Gottgefälligkeit des Ablasses bewiesen.

Er las sie höchst zufrieden noch einmal durch. Damit würden Luther und seine Meinungen hinweggefegt werden. Es waren nicht nur elf Thesen mehr – er hatte darauf bestanden, dass es mehr sein müssten als die des Wittenbergers –, sie zeugten auch von einer bestechend klaren Geisteshaltung. Und anders als Doktor Luther würde er sie auch besser zu nutzen wissen, als dass sie nur auf den Straßen und Plätzen diskutiert wurden. Es war schon alles vorbereitet. Mitte Januar war es so weit.

In einem ersten Ärger hatte er gedroht, Luther würde binnen drei Wochen im Feuer brennen, und nun würde es tatsächlich nur mehr diese Zeit dauern, bis der Wittenberger Professor erledigt war. Tetzel strich sich zufrieden über seinen Bauch. Er fühlte sich so gut wie nach einer kräftigen Mahlzeit, und genau eine solche wollte er jetzt zu sich nehmen.

Die Empörung unter seinen Studenten war groß gewesen. Er hatte Mühe gehabt, sie zu beruhigen und ihre Aufmerksamkeit wieder auf den Hebräerbrief zu richten. Ihm selbst war es auch nicht leichtgefallen. An diesem Tag beendete er die

Vorlesung um einiges vor der üblichen Zeit, schickte die Studenten fort und beantwortete keine ihrer Fragen. Er wartete, bis sie alle den Raum verlassen hatten, bevor er seine Notizen einsammelte.

Vor der Tür traf er auf Bruder Benedictus – ausgerechnet ihn –, der dort auf ihn gewartet zu haben schien.

»Das hast du nun davon«, begann er sofort. »Ich warte auf den Tag, an dem diese Leute über unser Kloster herfallen werden. Das kann kaum gottgefällig sein.«

»Mit diesen Leuten meinst du Johann Tetzel? Denn er war es doch wohl, der in der Frankfurter Vorstadt ein Feuer mit Papier angeheizt hat. Er wird sich kaum hierher nach Wittenberg trauen.«

»Gottgefällig ist es trotzdem nicht, sich gegen alles zu stellen, was der Heilige Vater in Rom beschließt.«

»Gottgefällig ist es nicht, was Tetzel getan hat. Wenn er glaubt, dass meine Thesen verschwinden, weil er ein Exemplar von ihnen verbrannt hat, ist er ein lausiger Mönch und ein lausiger Gelehrter.« Luther schob sich an seinem aufdringlichen Mitbruder vorbei, eilte die Treppe nach unten und verließ das Klostergebäude.

Im Hof lag Schnee, von vielen Schuhen festgetrampelt und verschmutzt. Der Schnee hatte seine Reinheit verloren, wie auch die Christenheit ihre verloren hatte. Im Kräutergarten lag der Schnee unversehrt auf den Beeten, lediglich auf den Wegen dazwischen war eine Spur getreten, sie führte zum Schuppen und wieder zurück. Bruder Henning hielt sich also nicht in seinem Refugium auf. Luther hätte gern ein paar Worte mit seinem Freund gesprochen, stand nun aber allein im Schuppen zwischen Schaufeln und Hacken. So war es auch in Ordnung. Seit sich die Thesen wie ein Lauffeuer im Reich verbreiteten, war viel zu wenig Stille um ihn gewesen.

Von der Bank vor dem Schuppen fegte er mit einem Ärmel seiner Kutte den Schnee und setzte sich trotz der winterlichen

Kälte hin. Tetzel hatte nun also Luthers Thesen verbrannt und wollte nur seine eigenen gelten lassen. Als er es von seinen Studenten gehört hatte, wollte er sich davon nicht beeinflussen lassen. Seine Gedanken waren damit nicht aus der Welt, aber es schmerzte ihn doch in seiner Gelehrtenehre. In den Wochen seit der Veröffentlichung der Thesen hatte er sich daran gewöhnt, eine Person zu sein, deren Meinung weit über Wittenberg hinaus bekannt war und verehrt wurde. Nur vom Erzbischof hatte er auf seinen Brief immer noch keine Antwort erhalten. Inzwischen glaubte er auch nicht mehr daran, je eine zu bekommen. Vielleicht musste er Tetzels Tat als Antwort nehmen. Größeres Missfallen ließ sich wohl nicht ausdrücken.

Knirschende Schritte im Schnee unterbrachen seine Gedanken. Bruder Henning kam auf ihn zu, ein breites Lächeln im Gesicht. »Warum bist du hier draußen, statt es dir in der Wärmestube gutgehen zu lassen?«

»Ich wollte nachdenken.«

»Über deine Thesen und die einhundertsechs des Dominikaners?«

»Als ob sie seiner Feder und seinen Gedanken entstammen«, schnaubte Luther. »Wimpina wird sie für ihn aufgestellt haben. Tetzel kann doch nichts anderes als ein Feuer entfachen. Er wird darüber debattieren und damit seine Doktorwürde erhalten. Sie werfen sie ihm hinterher, damit sein Stand dem meinen ebenbürtig ist. Das wird nichts daran ändern, dass der Ablass eine Irrmeinung ist und alle seine Verfechter dem Fegefeuer näher sind als der Erlösung.«

»Er hat dich getroffen, weil er deine Thesen verbrannt hat. Ich habe es dir angesehen.«

»Du hast gar nichts gesehen.«

»Doch. Ich wollte nach deiner Vorlesung mit dir sprechen, aber Bruder Benedictus kam mir zuvor. Als ich dich dann davonrennen sah ... Der Bruder versprüht ja nie etwas anderes als Gift. Ich wollte dir die Zeit geben, deine Gedanken zu sammeln.«

Wie rücksichtsvoll von Bruder Henning. Der Gärtner befreite die andere Hälfte der Bank vom Schnee und setzte sich schnaufend. »Wie willst du in Zukunft damit umgehen?«

»Ich werde mich nicht in ihre Niederungen begeben, aber ich werde mich auch nicht von meiner Meinung abbringen lassen. Du weißt, dass ich zunächst nicht damit einverstanden war, dass sie auf diese Weise öffentlich wurden. Inzwischen habe ich mich damit abgefunden. Wenn die hohen Herren von ihrem Irrglauben nicht ablassen wollen, erfahren die einfachen Leute überall im Land die Wahrheit und können ihre Seelen retten. Es gibt nichts Wichtigeres, als die Seelen zu retten, indem man ein gottgefälliges Leben führt.«

»Recht so. Das bist du, wie ich dich kenne. Sage mir nur, wenn ich dir bei etwas behilflich seien kann.«

»Du hast mir schon geholfen. Lass uns in die Wärmestube gehen.«

Am 20. Januar 1518 war es so weit: Tetzel disputierte an der Universität in Frankfurt an der Oder über Wimpinas einhundertsechs Thesen für den Ablass. Jede einzelne These Martin Luthers wurde widerlegt. Die Zuhörer spendeten donnernden Applaus, trampelten mit den Füßen, es wollte gar kein Ende nehmen. Danach durfte sich Tetzel mit dem Doktortitel schmücken. Sein Wort kam Luthers nun an akademischem Gewicht gleich.

Feist und Frech befanden sich unter den ersten Gratulanten. Sie schüttelten ihm lange die Hand, und in ihren Gesichtern erkannte der frischgebackene Doktor ehrliche Hochachtung. Mit genauso aufrichtigen Gefühlen nahm Tetzel ihre Geste entgegen. Die Disputation hatte aber noch ein anderes Ergebnis zweifelsfrei erbracht.

»Dieser Wittenberger Professor ist ein Ketzer«, sagte

Wimpina, als sie spät in der Nacht nach dem reichhaltigen Essen, das sich stets der Erlangung der Doktorwürde anschloss, bei einem letzten Krug Wein beisammensaßen.

»Ihn wird das Schicksal ereilen, das Leuten seines Schlages zugedacht ist.« Tetzel hob seinen Becher und prostete seinem Ordensbruder zu.

»Die Unterstützung aller Dominikaner ist dir gewiss. Das Schreiben an den Heiligen Stuhl werden wir gleich in der Frühe aufsetzen und mit einem Eilboten nach Rom schicken.«

»Er wird brennen, wie ich es schon im November letzten Jahres gesagt habe. Die Leute werden gar nicht schnell genug Ablässe kaufen können, um sich von ihm loszusagen, und wir werden einen neuen Geldkasten benötigen. Der alte wird zu klein sein für die Gulden.«

»Die Gläubigen sind in Sorge um ihr Seelenheil und der Erzbischof um sein Geld.«

Tetzel schaute seinen alten Lehrer erstaunt an. Wimpina bemerkt es und setzte zu einer Erklärung an: »Er sorgt sich natürlich auch um das Seelenheil der ihm anvertrauten Schäfchen.«

Der schlanke Mann mit dem schmalen Gesicht und der gebogenen Nase trank einen tiefen Schluck Bier. Als er seinen Humpen absetzte, krönte Schaum seine Oberlippe. Er leckte ihn ab.

Diese Aussage seines Lehrers beruhigte Tetzel. Wimpinas Gedanken galoppierten jedoch wie ein wildes Füllen von einem Ende der Koppel zum anderen. »Das Geld aus dem Ablass braucht unser gütiger Erzbischof wie das Abendmahl. Seine Schulden müssen zurückgezahlt werden. So schnell wie möglich.« Wimpina schaute Feist und Frech an. »Schulden machen ihn abhängig von anderen, und das kann er sich als Fürst der Kirche und des Reiches nicht leisten. Er muss in seiner Meinung frei und wehrhaft sein.«

»Wie Euer Ehren meinen«, antwortete Frech leicht beleidigt. »Unser Meister hat auch sein Geld gern zurück.« Er hätte wohl auch noch mehr gesagt, aber Feist trat ihn unter dem Tisch.

»Man sieht ja, dass die Ketzer aus jeder Ecke kommen, auch aus dem Schoß unserer eigenen Kirche.«

»Luther ist geschlagen.« Tetzel griff nach dem Bierkrug. Er schaute hinein – ein Rest war noch drin, den teilte er auf die beiden Becher auf.

Wimpina hob seinen Krug an, ließ den Inhalt kreisen und schaute beim Sprechen hinein: »Es wird nicht mehr lange dauern, und der Ablass wird auch im Kurfürstentum Sachsen verkauft. Kurfürst Friedrich wird seine Weigerung nicht länger aufrechterhalten können.« Der Dominikaner trank den Wein in einem Zug aus.

Tetzel tat es ihm nach.

Kapitel 29

Die Nachricht sprang von Haus zu Haus, überquerte mühelos die Gassen und sorgte dafür, dass die Leute in ihre Häuser gingen und Türen und Fenster verrammelten.

Pestilenz! Pestilenz!, flüsterte der Wind, der durch die Stadt strich.

Georg Herkner schloss ebenfalls die Fensterläden der Offizin und wollte gerade die Tür verriegeln, als ein hinkender Bengel darauf zueilte. In der ganzen Stadt war er als Hinke-Cuno bekannt, er hatte eine ausnehmend hässliche Fratze. Sein mageres Auskommen verdiente er mit dem Überbringen von Botschaften, und tatsächlich schaute aus seiner Faust ein zusammengefalteter Zettel heraus.

Der Apotheker schlug trotzdem die Tür zu. Diesen dreckigen Bengel wollte er nicht im Haus haben. Wenn einem die Pestilenz vorauseilte, dann diesem Burschen. Gleich darauf hämmerten allerdings Faustschläge gegen die Tür und zeigten an, dass Hinke-Cuno nicht so leicht abzuhalten war.

»Meister Herkner«, klang seine Stimme leise durch das dicke Holz. »Eine Nachricht für Euch vom Medikus.«

Herkner stand hinter der Tür und überlegte: Einfach nicht zu öffnen, hielt die Pestilenz am sichersten fern.

»Es ist dringend!«

Er rührte sich nicht, und musste dann zusehen, wie ein Zettel unter der Tür durchgeschoben wurde. Hinke-Cuno murmelte etwas, das durch das Holz nicht zu verstehen war – wahrscheinlich beschwerte er sich, dass er keine Belohnung erhielt. Herkner nahm den Zettel mit spitzen Fingern und faltete ihn auseinander.

Es war eine Nachricht des Rates, in der offiziell der Ausbruch der Pestilenz festgestellt und verschiedene Maßnahmen zu deren Eindämmung getroffen wurden. Als Pestarzt der Stadt wurde Thomas Eschaus berufen, als Apotheker ›mangels anderer Möglichkeit der verurteilte Erschleicher Georg Herkner‹. So stand es tatsächlich dort. Er wollte das Papier zusammenknüllen und in eine glimmende Kohlenpfanne werfen. Die Strafen bei der Verweigerung übertragener Ämter hielten ihn davon ab. Er hatte bereits genügend Schwierigkeiten. Weiter ging es mit den Arzneien, die er bereitzuhalten hatte. Die Liste war umfangreich und die Mengen enorm; er hatte keinesfalls genügend in seinen Lagern. Selbst wenn er sich sofort an die Zubereitung machte, wäre er Tage beschäftigt. Es folgten die ernannten Seelweiber, die sich um die an der Pestilenz Verstorbenen zu kümmern hatten. Ganz unten stand, was jemand zu erwarten hatte, der sein Amt nicht antrat oder nicht richtig ausübte. Es waren die gleichen Strafen wie letztes Jahr, und sie waren empfindlich.

Die Pestilenz war unerbittlich und unberechenbar. Manchmal verschonte sie jahrelang die Städte und Dörfer, und nun suchte sie Wittenberg zum zweiten Mal innerhalb von sechs Monaten heim. In der Haut des Rates wollte Herkner nicht stecken. Der würde sich Vorwürfe anhören müssen, weil er die Vorsichtsmaßnahmen gegen die Seuche zu früh aufgehoben hatte, dass diese Geißel der Menschheit zurückkommen konnte. Herr im Himmel, was war das für ein Leben! Seufzend machte Herkner sich an die Herstellung der Arzneien.

Etwas anderes hatte er auch nicht zu tun, denn die Geschäfte liefen schlecht, seit er verurteilt worden war. Dietlind sprach nicht mehr mit ihm, nur am Tag nach seiner Verurteilung hatte sie ihm mitgeteilt, dass sie und ihr Bruder keinerlei Verfügungen über Tammes Erbe treffen würden. Er war sich sicher, dass er sie dazu bringen könnte, einen der Höfe zu verkaufen, wenn es darum ging das eigene Leben und das der beiden jüngeren Söhne zu retten, aber dazu müsste er ihr die Wahrheit über seine Schulden gestehen, und das widerstrebte ihm. Er könnte Gewalt anwenden, aber auch das widerstrebte ihm – er war kein gewalttätiger Mensch, und bisher hatte es ihm nur Unglück gebracht. Herkner wandte sich seinem Laboratorium zu, um mit der Herstellung der geforderten Arzneien zu beginnen. Dabei entdeckte er einen kleinen Zettel auf dem Boden. Er hob ihn auf.

Thomas Eschaus hatte ihm eine Nachricht geschickt. Die hatte wahrscheinlich in dem offiziellen Schreiben des Rates gesteckt, und er hatte sie bisher übersehen. Herkner faltete den Zettel auseinander.

Der Arzt bat ihn, in die Fleischergasse zum Haus des Fleischhauers Wessel zu kommen, Kampfer und Theriack mitzubringen. Unverzüglich! Das stand da nicht, aber nur das konnte gemeint sein. Er machte sich auf den Weg.

Das Haus lag in der Fleischergasse, und auf sein Klopfen hin öffnete ihm der Arzt selbst die Tür. Er trug eine Maske vor dem Gesicht und einen langen schwarzen Umhang, der nur die Augen freiließ. Der Apotheker hatte die gleiche Ausrüstung dabei und verhüllte sich. In einem Hinterzimmer lag der tote Fleischhauer auf einem Strohsack auf der Erde. Ein Laken war über seinen Körper gebreitet. Es stank nach Eiter und Fäulnis. Herkner atmete möglichst flach durch den Mund und hob mit einem Feuerhaken einen Zipfel des Lakens an. Das Gesicht des Mannes war sogar noch im Tode schmerzverzerrt, sein Oberkörper von schwarzen Beulen bedeckt, von denen etliche aufgeplatzt waren.

Pestilenz! Zweifel waren nicht möglich!

Die Familie des Fleischhauers hatte den Ausbruch der Krankheit nicht gemeldet. Erst als die Leichenwäscherinnen ins Haus gekommen waren, ließ es sich nicht länger verheimlichen. Die Weiber waren schreiend davongelaufen.

Kurz nach Herkner drängten sich die Seelweiber ins Haus und nähten den Toten in das Laken ein. Nachdem er aus dem

Haus getragen worden war, winkte Eschaus den Apotheker heran, und sie schauten in die Nachbarkammer. Dort lagen drei der sieben Fleischhauerkinder im Fieber und stöhnten. Die noch gesunden Geschwister saßen bei ihnen und kühlten ihre Stirnen mit nassen Lappen. In einer Ecke hockte die Mutter auf einem Schemel, sie klagte und betete abwechselnd.

»Sie wissen es noch nicht, aber sie leiden auch an der Pestilenz«, flüsterte der Arzt ihm zu. »Keines davon wird überleben.«

Gemeinsam räucherten sie die Kammer aus, in der der tote Fleischhauer gelegen hatte. Der Arzt ordnete an, dass alle Kleider und das Bettzeug des Toten verbrannt werden sollten, und alles, was er berührt hatte, müsse gründlich mit Sand und Wasser abgescheuert werden. Danach verließen sie das Haus, in dem bald niemand mehr leben würde. Es wurde für die nächsten vier Wochen versiegelt. Als sie auf die Gasse traten, huschte durch den Rinnstein eine Ratte.

»Widerliche Tiere.« Eschaus trat nach ihr. »Wo Krankheit und Tod Einzug gehalten haben, sind sie nie weit. Wie lange werdet Ihr brauchen, um die vom Rat verlangten Medizinen herzustellen, Meister Herkner?«

»Ein paar Tage. Ich muss die Ingredienzien beschaffen. Alles habe ich nicht in meinem Lager vorrätig.«

»Lasst Euch Zeit. Beherzigt der Rat alle Maßnahmen, die ich vorgeschlagen habe, dürfen wir mit Gott hoffen, dass Wittenberg vom Schlimmsten verschont bleibt.«

»Das wünsche ich auch«, erwiderte Herkner und meinte es auch aus vollstem Herzen.

Den Seitenblick, den der Arzt ihm zuwarf, bemerkte er nicht. »Die Menschen sind die Schwachstelle – wie immer.«

»Was meint Ihr?«

»Diese arme Fleischhauerfamilie per exemplo. Menschen wie sie können es sich nicht leisten, brauchbares Bettzeug und gute Kleidung zu verbrennen. Sie und andere in gleicher Lage werden meine Anweisungen nicht befolgen. Schlimmer noch: Ich gebe Euch Brief und Siegel darauf, dass am Abend die Gesunden im Bettzeug des Verstorbenen schlafen werden.«

»Und morgen sind sie auch krank?«

»Die Gefahr ist groß. Betet, Meister Herkner, dass wir um einen Sterbslauf herumkommen.«

Sie trennten sich in der Kupfergasse, und Herkner ging zurück Richtung Schlossviertel.

Kapitel 30

In Wittenberg wurden täglich neue Fälle von Pestilenz gemeldet. Die Geißel Gottes machte auch vor den Häusern der Ratsherren nicht halt. Im Haus des ehrenwerten Jacob Drandorff starben zwei Mägde. Die Familie verließ daraufhin die Stadt. An der Leucorea debattierten die Professoren leidenschaftlich darüber, ob sie den Lehrbetrieb unterbrechen und die Universität vorübergehend in eine andere Stadt verlegen sollten. Am leidenschaftlichsten sprach sich Luther dagegen aus.

»Nicht dass ich den Tod nicht fürchte, denn ich bin nicht der Apostel Paulus, sondern nur jemand, der Vorlesungen über den Apostel Paulus hält. Aber ich hoffe, der Herr wird mich aus meiner Furcht herausreißen«, hielt er den anderen Professoren vor.

Thomas Eschaus stellte sich auf seine Seite, weil er die Kranken nicht allein lassen wollte. Einige Studenten hatten die Stadt verlassen, aber noch harrten viele aus, und denen müsse man ein gutes Beispiel geben. Schließlich entschied sich die Universität für den Verbleib in der Stadt – vorerst.

Ebenso leidenschaftliche Diskussionen wurden im Hause Herkner geführt. Der Apotheker wollte dem gegen ihn gefällten Urteil Genüge tun und die Stadt auf ein Jahr verlassen. Bisher war es ihm nicht gelungen, jemanden zu finden, der in dieser Zeit die Apotheke betrieb, und während die Pestilenz in der Stadt wütete, würde sich daran auch nichts ändern. Er wollte sich und seine Frau in Sicherheit wissen und lieber von den Einnahmen der beiden verbliebenen Bauerngüter leben, als sich der Gefahr der Seuche auszusetzen. Nach Leipzig wollte er gehen, um in der Nähe seiner Söhne zu leben.

Dietlind wollte davon nichts wissen. Sie weigerte sich, die Stadt zu verlassen, solange ihr ältester Sohn dort weilte.

»Das ist nicht dein Sohn. Das ist nur ein Hochstapler, der dein Geld will«, beschwor er sie.

Sie hörte nicht auf ihn, verweigerte ihm nicht nur seine ehelichen Rechte, sondern gab ihm das Gefühl, zu Unrecht auf der Welt zu sein.

»Ich verlasse die Stadt ohne dich. Und dies ist immer noch mein Haus! Und in dieses wird der Hochstapler keinen Fuß setzen, dafür sorge ich«, brüllte er und bekam nicht einmal ein Schulterzucken als Antwort.

Er konnte sich nicht entschließen, zu gehen. Dietlind war doch sein geliebtes Weib, und die Niederlage im Kampf um sie gestand er sich nicht ein. Also blieb er. Die Tage verrannen, Menschen starben an der Pestilenz, und der Zeitpunkt, bis zu welchem er dem Urteil spätestens Folge leisten musste, kam immer näher.

Unterdessen mischte er in seinem Laboratorium unermüdlich die verlangten Arzneien. Seine Nase roch den Gestank des Kampfers schon nicht mehr. Er fühlte sich müde, aber das schob er darauf, dass er in der Nacht lange bei Kerzenlicht gearbeitet hatte. Er hatte es auch nicht mehr geschafft, in seine einsame Schlafkammer zu gehen, sondern war auf einem Lehnstuhl eingeschlafen und entsprechend steif aufgewacht.

Herkner rieb sich die Augen. Sie brannten, und die Phiolen und Messlöffel verschwammen vor seinem Blick. Auf seiner Stirn bildete sich ein Schweißfilm. Obwohl es im Laboratorium nicht übermäßig warm war, drang ihm der Schweiß bald aus allen Poren und lief seinen Rücken hinunter. Seine Arme wurde immer schwerer, bis er sie kaum noch anheben konnte. Er brauchte eine Pause. Herkner wankte zu dem Lehnstuhl, in dem er die letzte Nacht verbracht hatte.

Die Beine fühlten sich genauso schwer an wie die Arme, und er hatte das Gefühl, keinen Schritt gehen zu können. Dennoch erreichte er den Stuhl und ließ sich aufatmend darauf nieder. Nur eine kurze Pause, die musste ihm vergönnt sein.

Als er das nächste Mal einen klaren Gedanken fassen konnte, waren die Kerzen ein großes Stück heruntergebrannt, und er fühlte sich nicht kräftiger als zuvor. Dafür war ihm nicht mehr heiß, sondern kalt. Sein ganzer Körper schüttelte sich, und er klapperte mit den Zähnen. Herkner legte eine Hand an seine Stirn. Im Gegensatz zum Rest seines Körpers fühlte sie sich heiß und verschwitzt an. Er konnte nicht länger leugnen, dass er Fieber hatte.

Zwei Tage später bestand kein Zweifel mehr: Es war die Pestilenz. Doktor Eschaus stellte die Diagnose, indem er die Achseln und die Leisten des Kranken betrachtete. Die Haut spannte sich über Eiterbeulen, die sich schwärzlich verfärbten. Herkner lag die meiste Zeit im Fieberwahn, aber er war gerade lange genug bei klarem Verstand, um die Diagnose zu verstehen und nach einem Priester zu verlangen.

Die Gottesdiener weigerten sich allesamt, in ein Pesthaus zu gehen und einem Sterbenden die Letzte Ölung zu verabreichen. Allein Martin Luther fand sich bereit. Auf Geheiß Doktor Eschaus' zog er eine zweite Kutte über, die später verbrannt werden sollte. Er sollte sich in dem Haus weder hinsetzen noch etwas berühren, schon gar nicht den Sterbenden.

»Mein Sohn«, sprach er den Apotheker leise an.

Zunächst hatte es den Anschein, als habe Herkner ihn gar nicht bemerkt, aber dann kämpfte er sich unter großen Schmerzen in eine halb sitzende Stellung und lehnte sich an die Wand.

»Ich muss etwas erklären«, sagte der Apotheker keuchend.

»Reinige dein Gewissen von deinen Sünden, mein Sohn, und Gott wird dich in Gnaden aufnehmen.«

»Keine Beichte. Muss ... erklären ...«

»Sprich dich aus.«

»Aufschreiben! Wichtig!«

Der Kranke stieß die Worte so bittend hervor, Luther vergaß, dass er sich nicht setzen und nichts anfassen sollte. Er ließ sich von der Magd Marie Papier, Feder und Tinte bringen und schrieb, das Papier auf den Knien liegend, die unglaubliche Geschichte auf, die der Apotheker ihm erzählte.

»Ihr müsst ihm ... seinen Namen ... zurückgeben. Ich will nicht mit dieser Sünde sterben – alles, was ich für ihn tun kann. Er soll sich ...« Herkner musste innehalten und erst wieder zu Atem kommen. »... soll sich um seine Brüder kümmern. Vergeben.«

Der Kranke hielt die Augen geschlossen und lag wie tot auf dem Bett. Nur bei genauem Hinsehen war zu erkennen, dass seine Brust sich hob und senkte. Luthers Feder kratzte eifrig über das Papier, während er den Rest dessen aufschrieb, was der Apotheker eben erzählt hatte.

»Du musst dein Zeichen auf dieses Dokument setzen«, verlangte er anschließend.

Herkner hatte nicht die Kraft, die Feder zu halten. Sie entfiel seinen kraftlosen Fingern, Tinte spritzte auf sein Nachtgewand. Endlich gelang es aber doch.

Die Unterschrift war kaum zu erkennen. Luther setzte als Zeuge eine Erklärung auf die Urkunde, beeidete alles bei Gott, der Jungfrau und dem Heiland. Er steckte das Dokument sorgfältig in die Tasche, in der er die Utensilien für die Letzte Ölung mitgebracht hatte.

An dem Fläschchen mit dem geweihten Öl benetzte Luther seinen Zeigefinger und berührte damit sacht die Stirn des Sterbenden.

»Durch diese heilige Salbung helfe dir der Herr in seinem reichen Erbarmen, er stehe dir bei mit der Kraft des Heiligen Geistes: Der Herr, der dich von Sünden befreit, rette dich, in seiner Gnade richte er dich auf«, sprach er, schloss ein Gebet an, in dem er die Seele dieses armen Sünders Gott empfahl. Herkner hatte sich die ganze Zeit nicht mehr bewegt, nur einmal mit den Augenlidern gezuckt, ehe die Seele den Körper verließ. So leise wie Luther das Gemach des Sterbenden betreten hatte, so leise verließ er es auch wieder.

Seine Kutte verbrannte er, die Hände schrubbte er lange mit heißem und kaltem Wasser.

Kapitel 31

Der Apotheker überlebte die Nacht nicht. Die Seelweiber kamen am nächsten Morgen und nähten ihn in ein Laken ein. Er wurde aus dem Haus getragen und mit anderen an der Pestilenz gestorbenen Wittenbergern auf einen Karren gelegt. Ohne vorherige Aufbahrung würden sie noch am selben Vormittag beerdigt werden.

Dietlind Herkner stand im Hausflur und sah zu, wie ihr Mann aus dem Haus getragen wurde. Sie wusste nicht, was sie fühlen sollte. Erleichterung, weil der Mann, der so viel Unglück über die Familie gebracht hatte, endlich tot war? Trauer, weil sie zum zweiten Mal einen Ehemann verloren hatte? Angst, weil sie nun allein dastand und nicht wusste, wie es weitergehen sollte, und weil sie sich auch mit der Pestilenz angesteckt haben und sterben könnte.

Almuth besuchte sie und überredete sie, ihrem Mann das letzte Geleit zu geben. Er war tot und ein Schuft gewesen, aber er war auch ihr Mann gewesen und hatte es verdient, dass sie ihm ein letztes Mal den Respekt einer Ehefrau erwies. Die Hochherzigkeit dieser jungen Frau beeindruckte Frau Dietlind, und sie ließ sich überreden, obwohl sie eigentlich ihren Mann nicht hatte begleiten wollen.

Sogar Martin Luther war auf dem Gottesacker anwesend, und nachdem der Tote in der Erde versenkt worden war, kam der junge Professor für Bibelkunde auf sie zu und fragte nach Tamme.

»Ihr glaubt also, dass es mein Sohn ist?«, fragte Frau Dietlind erfreut.

»Ist er nicht bei Euch im Schwarzen Kloster?«

Darauf ging Luther nicht ein. »Ich muss ihn unbedingt

sprechen. Im Kloster ist er nicht, ich hatte gehofft, ihn hier zu finden.« Er schaute sich um.

Frau Dietlind blieb noch einen Augenblick am Grab stehen und blickte auf die frisch aufgeworfene Erde, unter der ihr zweiter Ehemann ruhte. Aus einem Gefühl der Verbundenheit mit dieser Frau blieb Almuth neben ihr stehen. Luther wartete auf die beiden Frauen und sah sich dabei immer wieder um.

Nachdem sich außer den dreien niemand mehr auf dem Friedhof befand, arbeitete Tamme sich hinter einem Gebüsch hervor und kam auf sie zu. Solange er seinen Stiefvater kannte, hatte er sich eingebildet, ihn zu hassen. Immer hatte der die eigenen Söhne vorgezogen und ihn bestraft, hatte ihm das Geld für die Promotion verweigert und den beiden Gulden um Gulden nach Leipzig geschickt. Hatte ihn um seinen Namen betrogen, dennoch konnte er jetzt keinen Hass auf den Mann empfinden. Dessen armselige Existenz dauerte ihn.

Almuth lief ihm ein paar Schritte entgegen und umarmte ihn.

»Ich wollte sehen, ob er wirklich tot ist«, sagte er leise zu ihr, bevor er seine Mutter umarmte.

Luther drängte sich an ihr vorbei. »Ich muss mit dir sprechen. Aber nicht hier auf dem Gottesacker.«

»Natürlich. Hat das nicht ... ich will ein paar Worte mit meiner Mutter sprechen.«

»Es hat keine Zeit. Komm«, verlangte der Professor sehr bestimmt.

Tamme zuckte mit den Schultern und folgte ihm.

Erst im Schwarzen Kloster in Bruder Hennings Gartenhütte ergriff Luther wieder das Wort. Tamme lehnte lässig mit dem Hintern auf der Kante eines Arbeitstisches, auf dem Blumentöpfe gestapelt standen, als der Mönch ein sorgfältig in eine Lederhülle eingeschlagenes Dokument aus seiner Umhängetasche nahm.

»Ich will dir das geben.«

Tamme nahm die Lederhülle entgegen. Bevor er sie aufschlug, fragte er: »Warum diese Heimlichkeit?«

»Du wirst es gleich sehen.«

Und wie er es sah. Seine Augen wurden immer größer, je länger er die in Latein gehaltene Urkunde las.

»Das ist … das ist …« Tamme konnte seine Blicke nicht von den Worten abwenden. Er musste sie noch ein zweites und drittes Mal lesen. »Wie habt Ihr meinen Stiefvater dazu gebracht?«

»Gar nicht. Er hatte von selbst den Wunsch, sein Gewissen zu erleichtern und mit reinem Herzen vor Gott zu treten. Ich habe seine Worte nur aufgeschrieben.«

»Ich bekomme alles zurück. Nicht nur meinen Namen … alles.« Tamme konnte es nicht glauben. Es waren nur Worte auf Papier, aber …

»Verwahre diese Urkunde gut.«

»Ich muss vor den Rat damit.« Tamme fand kaum die Zeit, sich von Luther zu verabschieden.

Im Wittenberger Rathaus traf er den Bürgermeister Christian Bayer an, dem er die Urkunde vorlegte. Der studierte Jurist las sie sorgfältig und ergriff Tammes Hand.

»Das ändert alles. Willkommen zurück in der Wittenberger Bürgerschaft, Herr Tamme Redecker. Das muss offiziell vom Rat bestätigt werden, aber es ist nur eine Formalität. Die nächste Ratssitzung ist in vier Tagen, lasst mir die Urkunde bis dahin hier.«

»Auf keinen Fall!« Tamme nahm dem Bürgermeister das Dokument wieder ab und drückte es an seine Brust. »Das gebe ich nicht aus der Hand. Es soll kein Misstrauen gegen Euch sein, aber ich habe im letzten halben Jahr zu viel erlebt. Meine einzige und letzte Chance, wieder ich selbst zu sein, lasse ich keinen Moment aus den Augen.«

Sie einigten sich darauf, vom Stadtschreiber Philipp Reichenbach eine Abschrift anfertigen und beglaubigen zu lassen, die dann dem Rat vorgelegt werden sollte. Tamme ließ eine zweite Abschrift fertigen – für alle Fälle.

Während der Stadtschreiber daran arbeitete, sah Tamme ihm über die Schulter. Philipp Reichenbach war es nicht gewohnt, bei seiner Arbeit beobachtet zu werden und schaute sich mehrmals ungehalten um. Tamme ließ jedoch nicht von seinem Beobachtungsposten ab. Am Ende nahm er beide Abschriften an sich. Eine übergab er Christian Bayer. Mit der anderen und dem Original suchte er das Gronenberg'sche Haus auf. Bei Johann Gronenberg erneuerte er seine Ansprüche auf die Heirat mit Almuth. Der Buchdrucker hieß ihn gern zum zweiten Mal als Verlobten seiner Schwester willkommen. Für Almuth konnte es kein größeres Glück geben, sie wollte gar nicht wieder von seiner Seite weichen.

»Ich bin so froh, dass wir uns endlich nicht mehr heimlich treffen müssen«, flüsterte sie ihm zu.

»Wir heiraten, sobald ich meinen Namen vom Rat bestätigt bekommen habe und wieder in alle meine Rechte eingesetzt bin.«

»Wir brauchen aber auch eine richtige Feier. Niemand soll uns am Ende was nachsagen können.«

»Niemand«, stimmte Tamme zu. Er hätte sich mit allem einverstanden erklärt, so trunken vor Glück war er.

Noch am selben Tag zog er aus dem Schwarzen Kloster aus und in das Apothekenhaus ein. Neben Marie nahm er eine zweite Magd in den Dienst, die alle Spuren von Herkner im Haus tilgen sollte. Alles, was sich in der Kammer befunden hatte, in der sein Stiefvater gestorben war, wurde verbrannt. Tamme ließ das ganze Haus lüften und überredete seine Mutter, aus dem Verschlag, in den sie sich zurückgezogen hatte, wieder in ein großes schönes Zimmer im ersten Stock zu ziehen. Die Offizin und das Laboratorium sowie alle Lagerräume verschloss er sorgfältig. Das war das Erbe seiner Halbbrüder, und er würde es sorgfältig bewahren, aber an diesem Tag stand ihm nicht der Sinn danach, Inventur zu machen und sich nach einem Pächter für die Apotheke umzuhören. Er saß mit seiner Mutter in der warmen Küche am Ofen und hörte sich ihre Pläne für die Hochzeit an.

Erstaunlicherweise war sie mit Almuth einer Meinung, dass es nicht in Frage komme, in aller Stille zu heiraten. Die Hochzeit müsse ihrer beider Rang und Namen angemessen sein. Er gab jeden Widerstand auf.

Die Hochzeit fand vier Wochen später im großen Ratssaal statt. Alles, was in Wittenberg Rang und Namen hatte, war erschienen: beide Bürgermeister und alle Ratsherren mit ihren Ehefrauen, der Rektor der Universität und die Professorenschaft, die Zunftmeister mit ihren Familien, der Prior des Schwarzen Klosters – und Martin Luther. Der Saal konnte die Gäste kaum fassen. Musikanten spielten, Platten und Becher wurden nicht leer.

Kurz vor Mitternacht legte Frau Dietlind ihrer neuen Schwiegertochter eine Hand auf die Schulter und nickte ihr zu. Almuth äugte zu Tamme, der ihr den Rücken zugewandt hatte. Er stand inmitten eines Pulks junger Männer, ehemaliger und neuer Kommilitonen und hielt einen gefüllten Bierkrug in der Hand.

Von ihrer Schwiegermutter, ihrer Schwägerin und anderen verheirateten Frauen begleitet, wurde Almuth in ihr neues Zuhause geführt. Nicht mehr das Haus ihres Bruders, sondern das Apothekenhaus. Auf dem Weg dorthin wurde aus ihrer Gruppe ein richtiger Zug, immer mehr Weiber, alte und junge, schlossen sich an.

Im Apothekenhaus war für Almuth und ihren Mann die Schlafkammer hergerichtet worden, die dem Hausherrn und seiner Ehefrau zustanden und in die die Frauen Almuth führten. Sie zogen ihr das neue Kleid aus und lösten ihre Flechten. Frau Dietlind kämmte die Locken so lange, bis sie ihr seidig weich über den Rücken fielen. Ihre Schwägerin tupfte ihr Rosenwasser hinter die Ohren, auf den Brustansatz und die Handgelenke. Andere Frauen salbten ihre Füße und ihren Leib mit einer Creme. Danach fühlte sich ihre Haut so zart an wie die eines neugeborenen Kindes. Zum Schluss steckten sie Almuth in ein neues Nachtgewand, lang, weiß und mit Spitze am Ausschnitt. Dieser war so weit, wie sie noch nie einen getragen hatte. Sie zupfte daran herum und fragte sich, wie sie das Hemd tragen sollte, ohne dass ihre Brüste herausfielen.

Sibilla bemerkte es und sagte lächelnd: »Deinem Ehemann wird das gefallen, da kannst du dir sicher sein.« Ihre Schwangerschaft war ihr inzwischen deutlich anzusehen, und sie strich mit einer Hand über ihren Bauch.

Schließlich verabschiedeten sich die Frauen mit vielen guten Wünschen und Gelächter von Almuth. Die setzte sich aufs Bett und raffte das Hemd am Hals wieder dichter zusammen. Sie war aufgeregt und ein wenig ängstlich. Was erwartete Tamme von ihr? Würde sie alles richtig machen? Sie wusste nicht wirklich, was gleich passierte. Es ging um den Vollzug der Ehe, und erst danach wären sie richtig Mann und Frau. Und es kam darauf an, dass sie noch Jungfrau war – das konnte sie mit gutem Gewissen bejahen – und dass sie ihrem Mann einen Sohn schenkte. Vielleicht zeugten sie ihn nicht gleich in dieser Nacht, aber doch in einer der folgenden.

Ihre Gedanken wurden unterbrochen, als die Haustür geräuschvoll aufgestoßen wurde. Laute Stimmen und schwere Schritte waren im Flur zu hören. Sie lauschte, ob sie Tammes ausmachen konnte – vergeblich. Zu viele Stimmen grölten schlüpfrige Witze und lachten.

Vor der Tür verharrten die Schritte, das Gelächter und die Witze nahmen zu. Sie trieben Almuth das Blut ins Gesicht.

»Nun hört auf«, rief Tamme.

Doch die grölenden Männer hörten nicht. Stattdessen riefen sie:

»Wenn du vorzeitig schlappmachst, steht hier genug Nachschub. Sag das deiner Holden.«

Noch mehr Gelächter, und Almuth hielt sich die Ohren zu.

Die Türklinke wurde heruntergedrückt, und sie drehte der Tür den Rücken zu. Viele helfende Hände schoben Tamme durch den Türspalt, und alle versuchten, einen Blick in die Schlafkammer und auf Almuth zu werfen. Besonders Mutige traten sogar nach ihm ein. Sie machten eindeutige Geräusche und stöhnten brünstig.

Tamme drehte sich um und stemmte sich ihnen entgegen. Er breitete die Arme aus, in der rechten Hand hielt er immer noch einen Bierkrug. »Das reicht jetzt, Freunde. Ich will mit meiner Frau allein sein.«

Er schob sie aus dem Raum und verriegelte die Tür. Almuth warf über die Schulter einen Blick auf ihn. Im Flur lärmten weiter seine Freunde. Den Blick, mit dem er sie bedachte, konnte sie nicht deuten. Dafür nahm er einen verlegenen Schluck von seinem Bier und stellte den Krug auf dem Nachttisch neben dem Bett ab.

Er ging um das Bett herum und setzte sich neben Almuth. Zwischen ihnen befand sich mindestens eine Handbreit Platz. Vor der Tür erstarben Gelächter und Witze allmählich.

»Sie werden bald genug haben und gehen«, sagte Tamme. »Hoffentlich.«

Almuth fühlte einen Kloß im Hals. Sie musste sich räuspern, bevor sie überhaupt ein Wort herausbrachte. »Ich will dir eine gute Frau sein. Immer.«

»Das bist du. Du kannst gar nichts anderes für mich sein. So lange habe ich mich nach dir gesehnt.«

»Ich meine, auch in dieser Nacht, aber ich habe Sorge, ich enttäusche dich.«

»Meine liebe Almuth, das kannst du gar nicht.« Tamme drehte sich zu ihr um. Sein Knie bohrte sich in ihren Oberschenkel. »Warum solltest du das tun? Du bist schön wie immer.«

»Ich weiß aber nicht genau, was du von mir erwartest.« Almuth sprach leise. In ihrem Hals saß ein Kloß. Das war ein Thema, das sie nicht gewohnt war.

»Du sollst so sein wie immer. Ich weiß es auch nicht.«

»Ich dachte, Männer ...«

Draußen vor der Tür war Ruhe eingekehrt.

»Ich nicht.« Tamme streckte eine Hand aus und wickelte sich eine ihrer Locken um den Finger. Bald wühlte er beide Hände in ihre Haare.

Almuth ließ es sich gefallen, aber sie war angespannt, und ihr Atem ging flach. Es dauerte jedoch nicht lange, da zog Tamme sie in seine Arme, und als sie seinen vertrauten Geruch wahrnahm, fühlte sie sich besser. Er küsste ihr Gesicht, ihr Ohr, ihren Hals und ließ seine Lippen langsam in Richtung ihres Schlüsselbeins wandern. Er berührte mit der Zungenspitze die Kuhle zwischen Schulter und Hals, und Almuth schauderte.

»Du bist wunderschön und zart«, murmelte Tamme und ließ seine Lippen weiterwandern. Sie näherten sich stetig dem Rand des Nachthemdes.

Almuth hielt den Atem an. Was würde geschehen? Sie wusste selbst nicht, worauf sie wartete. Tamme spürte es.

»Keine Angst, Liebste. Wir können nichts falsch machen, und es wird für uns beide wunderschön werden.« Er löste sich kurz von ihr und zog sein Wams und sein Hemd aus. Beides warf er achtlos in eine Ecke.

Mit nacktem Oberkörper saß er auf dem Bett. Sie hatte ihn schon so gesehen. An ihrem ersten Tag beim Bad in der Elbe. Sein Oberkörper war nicht mehr so makellos wie damals. Von seiner linken Schulter lief eine gezackte, schlecht verheilte

Narbe zur Mitte seines rechten Brustkorbes. Die Stellung des Schlüsselbeins war schief und hob die Schulter auf dieser Seite an. Almuth strich über die Narbe.

»Ich bin nicht mehr unversehrt. Stört es dich?«

»Das macht nichts«, sagte sie schnell. »Es tut mir nur so schrecklich leid. Die Schmerzen, die du gehabt haben musst. Es kommt mir so vor, als könnte ich sie jetzt fühlen.«

»Almuth?«

»Nein, es ist nichts. Das ist dumm von mir.« Sie schlang die Arme um Tamme und fuhr mit den Händen über seinen Rücken. »Küss mich wieder. Das gefällt mir.«

Das brauchte sie ihrem Ehemann nicht zweimal zu sagen, und diesmal erreiche er mit den Lippen den Rand ihres Nachthemdes. Er schob es hinunter und küsste den Ansatz ihrer Brüste. Almuths Gefühle gerieten in Wallung, sie machte sich keine Sorgen mehr über den weiten Ausschnitt. Sie merkte kaum, wie Tamme ihr das Hemd über die Schultern streifte, und es sich um ihre Hüfte zusammenknüllte. Denn er nahm eine Brustwarze zwischen die Lippen und schickte Feuerpfeile durch ihren Leib. Sie klammerte sich an ihren Mann, und ohne es zu merken, öffnete sie die Schenkel.

Dorthin in ihren Unterleib zielten die Feuerpfeile. Almuth stöhnte. Das schien Tamme zu ermutigen, denn er begann, zart an ihren Brustwarzen zu knabbern. Er drückte sie mit dem Oberkörper auf die Matratze, schob eine Hand unter das Nachthemd und ließ sie ihren Schenkel entlang nach oben wandern.

»Ich möchte dich ganz nackt sehen, Liebste. Darf ich?«, fragte er heiser.

Sie konnte nur nicken und half ihm, das störende Hemd auszuziehen. Er kniete an ihrer Seite und ließ seine Blicke über ihren Leib wandern, bis sie auf dem lockigen Dreieck zwischen ihren Beinen verharrten. Almuth schämte sich ihrer Nacktheit nicht. Sie wollte wieder von ihm berührt werden und tippte ihn mit der Fußspitze an. Er erfüllte ihren Willen nur zu gern, lenkte ihre Hände zu den Schnüren seiner Hose. Auf einmal hatte Almuth es sehr eilig, die Knoten zu lösen. Und dann lagen sie nackt nebeneinander. Sein steifes Geschlecht drückte gegen ihren Oberschenkel. Er tastete nach ihrem Schamhaar, er griff hinein und berührte das Intimste zwischen ihren Beinen. Unwillkürlich wollte Almuth die Schenkel zusammendrücken, aber dann war das Gefühl in ihrem Leib viel zu süß, um es nicht noch länger spüren zu wollen. Sie presste ihren Leib gegen seine Hand.

»Komm ganz zu mir«, flüsterte sie, ohne zu wissen, was das wirklich bedeutete.

Tamme kniete sich zwischen ihre gespreizten Schenkel. Er lag über ihr, sein Geschlecht drückte gegen ihre Scham. Es geschah alles wie von selbst. Sie bewegten sich im Einklang miteinander. Ihr Stöhnen vermischte sich, und Almuth spreizte die Beine so weit auseinander wie möglich, um ihn tief in sich aufzunehmen.

Hinterher lag sie ausgestreckt auf der Matratze, Tamme neben ihr. Er stützte sich mit einem Arm auf und betrachtete sie, strich ihr Haarsträhnen aus dem Gesicht und streichelte es anschließend.

»Ich bin so glücklich«, murmelte er. »Meine Ehefrau vor Gott und den Menschen. Jetzt kann uns nichts mehr trennen.«

»Das konnte auch vorher niemand.« Almuth fühlte sich erschöpft, entspannt und ganz als Frau. Das war es also, worüber alle nur hinter vorgehaltener Hand sprachen. Ihr Unterleib fühlte sich noch warm an und brannte angenehm.

Tamme zog ein Laken über sie. »Willst du noch mal, oder sollen wir schlafen?«

»Kannst du noch?«

»Was denkst du denn?«

»Tun wir es«, entschied sie.

Es sollte nicht bei dem einen Mal bleiben. Erst nachdem sie einander dreimal Freude geschenkt hatten, schliefen sie zufrieden ein.

Tammes erste Tat nach seiner Heirat bestand darin, die Schulden seines Schwiegervaters zu begleichen. In Herkners Büchern hatte er Aufzeichnungen darüber und über die bereits erfolgten Rückzahlungen gefunden. Er trat eines seiner Bauerngüter in Paunsdorf bei Leipzig ab, erfüllte das Versprechen seines Stiefvaters und verhandelte im Gegenzug, dass damit alle Schulden bezahlt seien. Die Schuldscheine wurden ihm ausgehändigt.

Der Verlust des Bauerngutes schmerzte ihn nicht, denn er besaß mit dem von Kurfürst Friedrich geschenkten immer noch drei. Zwar hatte er dem Kurfürsten geschrieben und angeboten, das Gut zurückzugeben, da er wieder in seinen Stand und seinen Namen eingesetzt sei. Friedrich hatte davon jedoch nichts wissen wollen. Spalatin war eigens nach Wittenberg gekommen, um die kurfürstliche Antwort zu überbringen – und um Martin Luthers Mut zu stärken, der nach wie vor auf eine Antwort des Erzbischofs zu seinen Thesen wartete.

Die zweite Tat Tammes bestand darin, sein Assessorexamen abzulegen. Sein Mentor und Rektor der Wittenberger Universität, Wolfgang Scheurl, bot ihm danach an, eine Rhetorikvorlesung an der artistischen Fakultät zu übernehmen, und Tamme akzeptierte. Im Frühjahr 1518 stand er das erste Mal vor seinen Studenten.

Zu diesem Zeitpunkt war er etwa acht Wochen verheiratet, und Almuth hatte festgestellt, dass ihre monatliche Blutung ausgeblieben war.

Nachwort

Am 31. Oktober 1517 schlug Martin Luther seine 95 Thesen an die Tür der Schlosskirche in Wittenberg mit »Hammerschlägen, die die Welt veränderten«. So lernt man es in der Schule, so habe auch ich es gelernt. Als ich jedoch begann, mich mit dem Thema näher zu beschäftigen, kamen mir schnell die ersten Zweifel an meinem Schulwissen. Hingen die Thesen an der Kirchentür oder ist das nur eine Legende? Darüber ist sich die Fachwelt keineswegs einig. Eine im Jahr 2006 aufgefundene Notiz von Luthers Sekretär (im Jahr 1517 musste er noch ohne auskommen, aber später half ihm ein Sekretär bei der Bewältigung seines Arbeitspensums) stärkte die Meinung, dass die Thesen doch an der Kirchentür gehangen haben. Bei der Beschäftigung mit Martin Luther habe ich ihn als einen von seiner Meinung überzeugten, aber auch besonnenen Mann kennengelernt. Schreibt so jemand einen höflichen Brief an den Erzbischof und nagelt dann den Inhalt an die Kirchentür? Muss das nicht provozieren? Und passt das zu einem Mann, der sich im Schoß der Kirche wähnte? Es blieb viel Raum für meine eigene Interpretation der Geschehnisse. Mögliche Fehler kann ich jedoch niemand anderem anlasten als mir selbst. Die zitierten Stellen aus dem Brief an den Erzbischof stammen aus dem Buch Martin Luther, Luther deutsch, Band 10.

Neben dem Thesenanschlag nimmt der Kriminalfall um Tamme Redecker einen wesentlichen Raum im Roman ein. Er ist einem tatsächlichen Vorfall aus dem Jahr 1535 nachempfunden. Wittenberg wurde damals von der Pest in Atem gehalten, und ein Magister der Universität wollte das ausnutzen, um sich das Erbe seines Stiefsohnes anzueignen. Er täuschte den Pesttod des Sohnes vor, beerdigte an dessen Stelle einen anderen in seinem Haushalt gestorbenen Jungen und brachte den Stiefsohn bei einem Bauern in Jüterbog unter. Die Tat des Magisters wurde entdeckt, der Junge nach Wittenberg zurückgeholt und der Stiefvater angeklagt. Er wurde jedoch nur wegen Erberschleichung für ein Jahr aus Wittenberg verbannt. Martin Luther empörte sich über dieses Urteil und schrieb deswegen an den sächsischen Kurfürsten, um dessen Rechtskraft zu verhindern. Sein Brief kam aber zu spät, der Kurfürst hatte das Urteil bereits bestätigt und ihm so zur Rechtskraft verholfen. Kaum war ich bei meinen Recherchen auf diese Episode gestoßen, stand mir Almuths und Tammes Geschichte klar vor Augen.

Ein Roman ist nie nur das Werk eines Einzelnen. An seiner Entstehung wirken viele Helfer mit, ohne die der Autor nicht in der Lage gewesen wäre, das Werk zu schaffen, das Sie in Händen halten. Dafür möchte ich mich bedanken bei meiner Lektorin Anne Gabler, der ich wertvolle Hinweise verdanke und ein behutsames Lektorat. Dank schulde ich auch meinem Agenten Dirk R. Meynecke, ohne ihn hätte dieses Projekt nie das Licht der Welt erblickt. Ich danke auch meinem Partner, der nie die Geduld mit mir verliert, wenn mein Computer mich überallhin begleitet, und stets mein erster und kritischster Leser ist. Meine Schreibgruppe holte mich wieder auf den Boden der Tatsachen zurück, wenn ich mit dem Kopf in den Wolken steckte: Theresa, Anne und Danny vielen Dank dafür. Meine Freundinnen Steffi und Beate ertrugen es klaglos, wenn ich mehr im 16. Jahrhundert als in der Gegenwart lebte. Die Stadt Wittenberg empfing mich mit Sonnenschein, und die Ausstellung »Luther und die Fürsten« brachte mir das Leben vor und während der Reformation näher.

Birgit Jasmund im Januar 2016